Marcel G. Seyppel • USIWA – Durch die Wüste

Marcel G. Seyppel

USIWA

Durch die Wüste

Roman

Bibliografische Information der Deutschen Nationalbibliothek
Die Deutsche Nationalbibliothek verzeichnet diese Publikation in der Deutschen Nationalbibliografie; detaillierte bibliografische Daten sind im Internet über http://dnb.dnb.de abrufbar.

www.medu-verlag.de

Marcel G. Seyppel
USIWA
Durch die Wüste
Roman

Schloss Philippseich
D-63303 Dreieich
Telefon: 06103/312 54 70
E-Mail: info@medu-verlag.de

Printed in EU

ISBN 978-3-96352-137-9

Ich widme dieses Buch meinen Kindern
Alan, Janis, Milia und Wolli

Inhalt

TEIL 1
Schatten der Vergangenheit

PROLOG (I)
Durch die Wüste

Perseus, Beginn in: Ovid, Metamorphosen, Buch 4, Vers 612-618
Mox tamen Acrisium (tanta est praesentia veri)
tam violasse deum quam non agnosse nepotem
paenitet: inpositus iam caelo est alter, at alter
viperei referens spolium memorabile monstri
aera carpebat tenerum stridentibus alis,
cumque super Libycas victor penderet harenas,
Gorgonei capitis guttae cecidere cruentae.

Tragend die fruchtbare Beute des natterlockigen Scheusals,
Flog durch Dünne der Luft mit rauschenden Fittichen Perseus,
Über die libyschen Sande.
Da siegreich jener sich fortschwang,
Tröpfelten blutige Tropfen vom Haupt der Gorgo Medusa.

Am Berg des Todes, 1. Juli 1980

Schallmauern zerbersten. Auf schwarze Felsen fliege ich zu. Wie aus dem Nichts schlägt ein Blitz ein, dann ein zweiter, gefolgt von anschwellendem Donner. Triebwerke speien weißes Gold. Menschenleiber zerplatzen im Aufprall. Dann plötzlich Meer, endloses Blau. Ich gleite. Am Horizont ein Strich. Ein Leuchtfeuer, gelb. Land. Die Landung ist hart. Winde treiben glutheißen Sand vor sich her. Irgendwo pocht es, dann ein Brechen und Pfeifen. Die Geräusche entfernen sich, bis es nur noch zischt, leise schwirrt, wispert. Das Rauschen der Wüste kündigt neue Stürme an. Stille dann und Leere, weiß.

In Schweiß gebadet wacht er auf. Es ist stickig. Das Pochen, ist es sein Herzklopfen? *Die immer gleichen Bilder und Geräusche. Nie lassen sie mich los,* denkt er, bevor sie sich auflösen wie verdunstender Nebel im Morgenlicht. Er wälzt sich aus dem Laken. Steht. Beginnt den Raum zu durchschreiten. Sechs Schritte nach Süden, acht nach Westen. Als markiere er das Revier. *Klack* macht es im wurmstichigen Holzboden.

Er kniet sich in Richtung Osten, beugt sich, um zu Allah zu beten. So hält er es, fünf Mal am Tag. Er schließt die Augen. Lächelt.

Eine junge Frau, in Schwarz gehüllt, betritt den Raum. Sie bringt ihm eine Karaffe mit klarem Wasser und Früchten. Sie schaut ihn nicht an. Sie ist ein schöner Kontrast zu den dunkelroten Weinreben, blassrostbraunen Datteln und rötlich-orangenen Mangos, schimmernd im Raumlicht, herbsüß duftend. Gebäck liegt in einem ausgeblichenen Bastkorb auf dem niedrigen Holztisch. Er spürt Salz auf seinen Lippen.

Er trinkt einen Schluck und betupft mit einem Tuch die Schläfen. Schaut an seinem makellos muskulösen Körper herunter, stolz, ein *Imajagen* zu sein. Der niedrige, halb verputzte Bau mit gelblich-ockernen Wänden erinnert ihn an seine Kindheit. Hier ist er ein *Agnabi*, ein Fremder, der der Sprache der Berber, dem *Tamazight*, mächtig ist. Am Fuße des Bergs der Toten lebt er. Ein Mann des Todes will er nicht sein.

Er tastet die Umgebung ab, bevor er das Fenster öffnet. Es riecht nach Gekochtem, Foul, Oleander und zerfallendem Laub. Duft der Einsamkeit. Ein Hund bellt nahebei, ein anderer antwortet. Der Garten ist voller schattenspendender Palmen. Weiter hinten schimmert etwas Weißes, ein Tipi, das Kinder verlassen haben mögen. *Ein Fluchtpunkt, wenn Gefahr droht,* denkt er. Ein Wassergraben führt vorbei. Ein Weg, den Ort zu verlassen, ohne gesehen zu werden. Um unterzutauchen in den Katakomben des Bergs. Theoretisch.

Er schließt seine Augen. *Ihr denkt, ihr seid allmächtig. Ich habe keine Angst. Es ist eine harte Prüfung. Bei Allah, meine Ehre – Ellelu – werde ich wiederherstellen. Egal, wie lange es dauert. Der Prophet Mohammed hilft, zu warten. Hamdulillah. Nur Allah weiß, warum er mir das Leben zurückgegeben hat. Allah, Großmächtiger, stehe mir bei.*

Dalia! Hunderte Meilen ist sie entfernt. Er murmelt die Verse: *Deine Tränen fallen wie gläserne Perlen. Kinder spielen im Staub. Aischa, mein Stern. Mehmet, mein kleiner Falke. Endlich ist der Weg. Durch die Wüste führt er.*

Kapitel 1
Solfatara

Neapel, 22. Juni 1988

Wo ist Jae? Wo bloß? Sophia Uhl spürte eine gallige Übelkeit aufsteigen, als begehrten die Salmonellen wieder auf, die sie gerade ausgemerzt zu haben glaubte.

Sophia hatte Jae ins Urlaubsparadies am Golf von Neapel vorgeschickt, sie jedoch vor ihrem Abflug aus Berlin nicht mehr erreicht. Das war zwar normal, doch ein komisches Bauchgefühl war geblieben. Für einen vierzehnjährigen Teenager war ein Telefon schließlich nicht dazu da, um von ihrer Stiefmutter angerufen zu werden. Sophia hatte in der nachmittäglichen Sonne das Flair Neapels genossen und sich dann ein Taxi zur Pension in den Ortsteil Pozzuoli genommen, um Jae in ihre Arme zu schließen.

Doch Jae war nicht da. Und nichts, aber auch gar nichts deutete darauf hin, warum.

Komisch, sagte die Wirtin. *Heute habe ich sie noch gar nicht gesehen. Aber sie kann ja nicht weit weg sein. Sie ist schon sehr flügge, was nur gut ist. Eine richtige Signorina!*

Sophia überhörte die Anspielung auf ihre eigene Ängstlichkeit und schaute an ihr vorbei.

Einige Tage zuvor hatte Sophia noch mit der Wirtin telefoniert, die nichts Ungewöhnliches bemerkt hatte und Jae noch Tipps gegeben hatte, wo es einen besonders schönen Blick auf die Bucht und den Vesuv zu erheischen gab. Wo die *Campi Flegrei* sind mit dem *Vulkankrater Solfatara,* die *Öfen des Nero,* auch *versteckte Monster* genannt. *Der Eingang zur Hölle! Klein, aber fein.* Wo ein Buchladen mit alten Postkarten war und nette Cafés zum Verweilen einluden. Auch, wo es günstig Pizza auf die Hand gab.

Wo kann sie sich nur rumtreiben? Sophias Frage konnte die Wirtin ob der zahlreichen Möglichkeiten nicht beantworten.

Was meinen Sie damit? Ich hatte Sie gebeten, ein Auge auf sie zu werfen. Sie ist doch noch ein …

Sagen wollte sie *Kind,* verschluckte es aber. Ihr *Stiefkind,* deren Eltern seit acht Jahren nicht mehr lebten und die sie in ihrem quasi himmlischen Auftrag voller Liebe aufzog, das war Jae. Dass sie am Rande eines Nervenzusammenbruchs stand, konnte eine Wirtin an der *Solfatara* eh nicht verstehen.

Natürlich, das habe ich, Signora! Man kann eine junge Dame aber nicht festbinden und ich habe viel zu tun. Ich bin sicher, sie kommt bald wieder. Machen Sie sich keine Sorgen!

Sophia gab es auf und würgte ihre Angst runter. Vielleicht hatte sie ja recht. Wie oft war Jae verschwunden und bald darauf mit einer fantasievollen Bemerkung in ihrer Steglitzer Wohnung aufgetaucht.

Eine Postkarte mit dampfenden und blubbernden Solfatara-Öffnungen und eine andere mit einer Tor-Ruine, zugewachsen und verwunschen, hatte sie nicht als ein Menetekel verstanden, eher im Gegenteil. Es waren Ansichten aus einer anderen Welt, ausgeschmückt mit Ansichten einer jungen Frau, die sie manchmal nicht wiederzuerkennen glaubte, so entrückt waren sie. Jae war dem Morbiden dieser Welt begegnet und wollte partout das Schattenreich erkunden, die Katakomben Puzzuolis, meinte Sophia zu verstehen. Jae war in der Suche nach den Geheimnissen des Vergangenen aufgegangen. Doch nun?

Wo konnte sie hingegangen sein in dem Moloch mit fünf Millionen Menschen, die auf einer dünnen Erdkruste über der *Caldera* hausten mit Camorrabanden, Entführern, Tagedieben und weiß der Deibel was noch?

Dabei hatte alles so entspannt angefangen. Es war die *Philo-Sophia* des ganzheitlichen Wohlfühlens und der inneren Einkehr, die Sophia suchte: die Bäder über den

Phlegräischen Feldern, dem Auswurf eines weitverzweigten vulkanischen Gefäßsystems, einem Magmabecken, das sich *Caldera* nannte. *So riesig, dass es auch schon egal ist,* hatte Sophia spaßeshalber erklärt. Sophia sah einer besinnlichen Auszeit vom Berliner Kneipenstress entgegen, wenn auch inmitten von hämorrhoiden-, gicht- und aknegeplagten Gestalten. Und natürlich *Neapel sehen und nicht sterben.* Was für ein unsäglicher Spruch! Fast wie ein Horrortrip mit Ansage.

Ein halbes Jahr hatten sie sich auf diesen Trip gefreut. Doch wie es so kommt. Nicht wegen des Teufels, der in seiner Hölle unter der Stadt einst den Pfropfen wegsprengen würde. Das Vorhaben stand aus profaneren Gründen unter keinem guten Stern: Sophia musste ihre Reise in letzter Minute wegen des Salmonellenbefalls absagen, eingefangen beim Resteverzehr von Hühnerschenkeln in ihrem Berliner Restaurant an der S-Bahn am Savignyplatz, wo sie Gläser spülte und bediente. Sie lag hilflos wie ein Steifftier auf Jaes Bett und nahm statt der Antibiotika das verschriebene Ciprofloxacin. Und dann ergab sie sich.

Niedergestreckt konnte sie weder fahren noch wollte sie absagen und alles gänzlich vermasseln. Also hatte sie Jae, die sich offenbar nicht angesteckt hatte, wie eine ärztliche Diagnose bestätigt hatte, kurzentschlossen und ohne viel Aufhebens zu machen vorgeschickt. Jae war mächtig stolz, mit ihren vierzehn Jahren alleine reisen zu dürfen, war beneidet worden und hatte selbst gepackt: luftige Kleider und Hüte, Malsachen, Poesiealbum, einige Abenteuerromane und Reiseführer. Alles, was ihr guttat.

Sophia plagten Gewissensbisse, an denen die fließenden Tränen nichts zu ändern vermochten. Die Wirtin schaute weg und verschwand, da sie Arbeit hatte. Sollte sie die Polizei alarmieren? Oder abwarten? Ihr brach der kalte Schweiß aus.

Im Zimmer herrschte eine heillose Unordnung, aber das war nicht ungewöhnlich. Sophia suchte alles ab nach

Hinweisen, fand den leeren Malblock, einen antiquarischen Reiseführer, Seneca-Traktate vom *glücklichen Leben,* Zuckertüten mit Aufschriften von Cafés und einen faustgroßen Stein mit gelblich glitzernden Schwefelkristallen. In einem Wäschebeutel lag zwischen Kassetten und Malstiften nur Billigschmuck. Doch ihr Tagebuch mit dem Einband aus gelb-violett-braun getönter Seidenstickerei, das sie ihr geschenkt hatte, fehlte.

Sophia roch den Nebelduft des Satans und merkte nicht mehr, wie ihr Bewusstsein schwand, wie sie auf dem Bett aufkam, unkontrolliert abrollte und schließlich polternd auf dem Teppichboden landete, wo die Wirtin sie fand, aus einer Platzwunde am Hinterkopf blutend, aber lebendig. Die Verwundung aber war eine andere.

Jae blieb verschwunden. Die Polizei war eingeschaltet.

Neapel, 27. Juni 1988

Die Tage zogen sich endlos dahin. Die Nächte waren kurz und voller Alpträume.

Sophia Uhl saß am Tag sechs nach Jaes Verschwinden geistesabwesend im Frühstücksaal ihrer Pension in Neapel. Die Tomate, die nach Tomate schmeckte, schmeckte sie nicht, auch die Trauben nicht und nicht den Cacio Ricotta. Sie nahm den Mann am Nebentisch kaum wahr, ihren Aufpasser. Zwei weitere Uniformierte flanierten draußen. Einen erkannte sie, der sich mit Capitán Macosi vorgestellt hatte, die Kontaktbrücke zu Commissario Sergio Clato, alias *il Gatto,* die Katze, der die Suche nach Jae leitete, jedoch selten auftauchte.

Es gab *Nachfragegespräch* genannte Verhöre. Sie zeigte wahlweise Commissaria Ramona und Commissario Clato die Postkarten und Briefe, die sie erhalten hatte, um Anhaltspunkte zu finden. Eine Ansichtskarte hatte sie irritiert. Das Foto zeigte einen belanglosen Platz mit Palme vor hundert Jahren mit dem Namen *POZZUOLI PIAZZA Vittorio Emanuele con Cassa Armonica*. Also nichts Besonderes, hatte sie gedacht. Anders war der Text. Der Platz *existiere wohl,* hatte Jae bemerkt, doch sei er zum Parkplatz *mutiert* und die Palme sei *zu Erde geworden*.

Es war die Wortwahl, die irritierte. Jae hatte sich bemüht, einen mustergültigen Text abzuliefern mit neuen, erwachsenen Begriffen, die sie vielleicht gelesen oder aufgeschnappt hatte. Die Schrift war kleiner als sonst, sauber, ohne Klecks oder Fehler, stellte Sophia fest. Die Karte hatte mit einem Ausflug in die Antike geendet:

Schon Cicero wusste die Heilquellen von Pozzuoli zu schätzen. Lange verweilten hier die Kaiser Caligula und Cäsar, die sich oberhalb der Bäder Häuser errichten sowie Tempel und Häfen anlegen ließen. Und Ovid. Lucius Annaeus Seneca, dem Nero später befahl, durch Selbstmord zu sterben (wie schrecklich!), wollte sich hier erholen. Er hatte sich über einer der vielen Badeanstalten einquartiert und beklagte sich über den Lärm trainierender Kraftprotze, Diebe, Ballspieler, ***Achselhaarausrupfer (fett)****, Getränkeanbieter, Wurstverkäufer, Zuckerbäcker und Betreiber von Garküchen. Dies hier seien alles Herbergen der Laster. Er reiste sofort weiter. (Ist nicht von mir.) Tolle Beschreibung, oder? In Puzzuoli laufen lauter krumme Typen herum, der Text könnte glatt von heute sein.*

Wer hatte sie bloß inspiriert? Der Achselhaarausrupfer? Wo hatte sie sich herumgetrieben? Wen hatte sie getroffen?

Jae hatte zwar einen Hang zum Elementaren, Nachdenklichen, schon immer, was Sophia mit Vorlesen bei sphärischer Musik (*Engelwelten!)* und allerbestem Malequipment förderte. Wasser und Feuer. Das Meer. Erde und Wind. Die Insel. Solche Motive malte sie immer wieder, immer anders. Inseln, von denen sie sich vielleicht Paradiesisches erhoffte. Doch was hinter ihren Worten stand, sei unklar und mache ihr Verschwinden eher mysteriöser, meinte der Commissario.

Eine andere Karte war die Reproduktion eines Aquarells. Ein kleines Boot lag an einer Mole, impressionistisch in Pastellfarben gemalt und leicht unscharf. Das Bild strahlte Ruhe und Harmonie aus, ganz im Gegensatz zum Text.

Hoch oben zog ein winziges Silbervögelchen einen Nebelstreifen hinter sich her, der bis zum Horizont reichte. Dort liegt Ustica. Herum nur Meer. Es macht mich traurig. Ich mag es, wenn der Wind von Ustica mein Haar zerzaust. Mir wird etwas schwummrig: Fliegen. Von einem Schiff soll das Wrack des Flugzeugs, das man auf dem Meeresboden gefunden hat, hochgeholt werden. Dort ist Papa. Alle reden drüber. Schrecklich. Was soll ich machen, wenn ich groß bin?

Jae hatte demnach einiges erfahren, was mit dem Tod ihres Vaters und den Ermittlungen der italienischen Justiz zu tun hatte, die das Wrack des Flugkörpers aus der Tiefe zu bergen versuchte. Doch von wem hatte Jae die Information?

Die Katze ließ nicht locker, ließ Gäste, Nachbarn und Gastwirte verhören und ordnete eine Durchsuchung der gesamten Pension an, sehr zum Unwillen der Wirtin, die um ihre Gäste fürchtete. In einer Besenkammer fand man schließlich Jaes Tagebuch unter Handtüchern und Laken versteckt. Als *il Gatto* eintraf, begann Sophia zu übersetzen.

Freitag: Eigentlich finde ich Neapel ganz spannend. Gestern hat mich ein Amerikaner an der Villa Nero unten am Hafen angesprochen, unweit der Buchhandlung. Irgendwie kannte er meinen Namen. *Signorina Ruti, I suppose*, sagte er. Vielleicht hat ihn der nette Buchhändler mit dem Hinkebein verraten. Joe heißt er, und er kann etwas Deutsch. Er meint, er sei hier, um seinen Körper zu entwässern. Komisch. So schwefelwässrig sieht er gar nicht aus.

Schwefelwasser hat man der Venus angedichtet, eigentlich die Göttin der Liebe. Schwefel gleich Liebe? Verstehe ich nicht. Joe meint, dass einem Schwefel, gemischt mit Holzkohle und Chemie um die Ohren fliegt. Heißt Schwarzpulver, steckt in Raketen.

Davon und von einem *Joe* hatte Jae in ihren Postkarten nicht die geringste Andeutung gemacht. Wer war der geheimnisvolle Typ, dem Jae begegnet war? Sie las weiter.

Vor vierzigtausend Jahren hat sich der Vulkan selbst in die Luft geschossen, meint Joe. Auf die Erdgeschichte umgerechnet sind dies nur Sekunden, meint aber mein Buchhändler. Der Vulkan war so fett wie ein sieben mal sieben mal sieben Kilometer großer Steinklotz. Keine Ahnung. Man fand Steine aus Neapel sogar in Sibirien. Sagt er. Wo ich in dem Café war, wird gerade die Hafenmole neu gebaut, da sich der Untergrund angehoben hat.

Montag: Ich bin ausgerutscht, konnte mich aber vor dem Sturz in einen stinkenden Spalt festhalten. Manchmal habe ich Angst und Heimweh, doch meine Wirtin ist toll. Sie versteht mich als Mensch, so wie sie mich behandelt. Eben nicht als dummes Kind. Dann stelle ich mir vor, sie ist eine gute Mutter und beschützt mich. Aber dafür ist sie etwas zu mollig.

Sophia brachte nicht zusammen, wie es zu dem passte, was in den Postkarten gestanden hatte. Es war wie ein Palimpsest, ein Scherenschnitt hinter dem Vorhang, die Unterbühne eines Theaters. Ein Alptraum schob sich vor den Traum. Sie schwitzte, würgte, las.

Mittwoch: Das also ist der Eingang zur Hölle. Oder nicht? Man muss höllisch aufpassen, dass man nicht in diesem Schwefeldampf erstickt, der sich unterhalb der Decke sammelt. Dabei ist der Fußweg zum Krater wunderschön. Zypressen kenne ich und die riesigen Oleanderbüsche. Weil sie besonders gut auf der fruchtbaren Erde gedeihen? In einem Nebeneingang der Hundehöhle *La Grotta del Cane* stinkt es nach Schwefel. Auf einem alten Bild ist eine Tür. Der Buchhändler meint, die müsste es noch geben. Es gibt sie wirklich. Der Eingang ist zugemauert, aber ganz bröckelig. Ich zwänge mich hinein. Leuchte. Es ist glitschig. Richtig unheimlich ist es da. Immer tiefer geht es hinab. Dann weitet sich die Höhle, und ich komme in einen Raum mit Wänden aus Ziegeln und einer gelblichen Decke. Dann stehe ich in einem Seitenraum zwischen Säulen, ururalt. Wie im Film. Hinten sind Kanäle und Mauern einer versunkenen Welt.

Donnerstag: Was einstürzt oder absackt, wird rasch wieder errichtet. Gegen unterirdische Mächte kann man halt nur beten und hoffen, sagt meine Wirtin. Joe, dem ich das erzählte, konnte darüber nur komisch lachen. Ich habe ihr nichts davon gesagt und von meinen Entdeckungen, damit sie sich keine Sorgen macht.

Freitag: Ein Lehrer in der Pension behandelt mich wie ein kleines, verblödetes Kind, nur weil er so viel über die Antike weiß. Meint er. Von den geheimen Bädern weiß er aber nichts. Er meint das ja nicht so, der A. Jedenfalls fotografiert er in den Tempeln herum, und findet Pompeji geil, obwohl da die Menschen innerhalb einer Sekunde getötet und dann versteinert wurden, als wäre die Zeit stehengeblieben. Gruselig. Der Amerikaner auch.

Samstag: Gestern hat mich Joe zum Lunch eingeladen. Wenn ich was sage, lacht er komisch. So, wie wenn man hustet, vielleicht, mit einer hohen Stimme. Plötzlich hört das Lachen wieder auf. Da habe ich gemerkt, dass er eigentlich gar nicht lustig ist. Wenn er lacht, sieht man seine gelben Zähne zwischen schmalen Lippen. Seine Haut hat kaum Falten. Außer Bürstenhaarschnitt hat er Kinnbart. Mag ich nicht. Verheimlicht er Pickel? Deswegen muss er sich doch nicht schämen. Seine Augen erinnern mich an die Kieselsteine in dem Wasser, das mir meine Wirtin bringt. Kalt eigentlich. Er hat mich ausgefragt. Immer sagt er: *Ich bin untröstlich*. Ich stelle mir vor, er ist in Wahrheit ein **Achselhaarausrupfer**. Noch mal lasse ich mich nicht einlullen.

Sonntag: Heute war ich am Wasser und schaute stundenlang in die Gischt. Unterhalb sind grellbunt gestreifte Soldatenfische mit großen schwarzen Augen und grünen Lippen. Ich hab's gemalt, mit leuchtenden Kraken. Das Blau des Meeres ist nur eine Illusion. Dass Wasser nicht verbrennt, sondern nur in Milliarden Teilchen verdampft, macht es geheimnisvoll. Besonders toll sehen die Nebel in den Grotten aus, wenn ich mit meiner Taschenlampe hineinleuchte. Aber was da genau drin ist, weiß kein Mensch. Morgen schaue ich, welche Wege das Wasser nimmt, wo es in die Tiefe fließt.

Der Commissario nickte. Er machte sich Notizen. Welchen Reim er sich darauf machte, behielt er für sich. Er hatte regelmäßig mit Erpressern zu tun. Doch war kein Schreiben eingegangen. Man scheute offenbar das Licht. Es ging um was *Höheres*. Was Sophia klar wurde: Die Aussichten, ein verschwundenes vierzehnjähriges Mädchen lebend wiederzusehen, gingen am sechsten Tag ihres Verschwindens gen null.

Am siebten Tag – es war schon später Nachmittag – setzte sich Commissaria Romana, die sich um sie kümmerte, beziehungsweise lästig an ihr klebte, zu ihr. Wie sie Francesco Ruti in Erinnerung hätte, fragte sie, nur um irgendetwas zu fragen, nachdem alles schon mehrfach gesagt war, vermutete Sophia.

Sie hatte das kantige Gesicht Francescos vor Augen, als sei es gestern gewesen, sein hintergründiges Lächeln, seinen trockenen Humor im Ohr. Ihr letztes Treffen in Berlin fiel ihr ein. Mit Francesco, ihrer Schwester Frauke und Jae, unmittelbar, bevor alles auseinanderbrach. Jae war ein *total süßes Kind* mit dunklen, funkelnden Augen. Lebhaft. Fordernd. Sie wusste sich mit sich selbst zu beschäftigen. Ostern 1980 war Sophias Schwester gestorben. Wenig später stürzte Francesco vor der Insel Ustica ins Meer, dort, wo das Meer besonders tief ist. Ihr Trauma. War es im Juli? Mehr fiel ihr nicht ein.

Romana überspielte ihren Blackout und erzählte von Paula, die ihren Sommerurlaub bei ihrer Familie verbringen wollte. Ihre Geschichte hatte in Magazinen gestanden. Sie hatte der Tragödie ein Gesicht gegeben: dem *Abschuss* der *Itavia 870* am 27. Juni 1980 vierzig Kilometer vor Palermo durch Kampfjets der NATO, wie Ramona zu wissen glaubte.

In einem kleinen Dorf auf Sizilien war Paula aufgewachsen. Alles hatte die Familie in ihre Ausbildung gesteckt. *Sie war 23, als sie starb, Semiotik-Doktorandin an der Universität zu Bologna, eingeschrieben bei einem gewissen jungen Professor namens Umberto Eco. Eco schätzte sie, wie wir wissen, als eine begabte Wissenschaftlerin.* Er hatte eine Widmung in seinen neuen Roman *Im Namen der Rose* gesetzt: *Mit großer Hochachtung, Dein U. Eco.* Paulas Leiche hatte man nie gefunden, doch das Buch mit der Rose auf dem Umschlag schwamm in einem Koffer im Tyrrhenischen Meer.

Ramona plauderte, sprach vom Aberglauben ihrer Mutter und warum sie Polizistin geworden sei. Sophia hörte in Gedanken zu. Sie hatte genug erfahren. Der Commissario hatte schließlich erklärt, dass dieser Joe kein ganz unbekannter Zeitgenosse sei, zumal Zeugen befragt wurden, wobei es zu mysteriösen Todesfällen gekommen sei. Die Untersuchungen machten dennoch Fortschritte. Einige des *Hochverrats* verdächtige italienische Generäle bestritten jedoch, auch nur das Geringste mit dem *Attentat* – so die offizielle Version der Absturzursache – zu tun oder etwas erfahren zu haben.

Der Gegenbeweis wurde Stück für Stück gehoben: das Wrack der *Itavia 870* am Grunde des Meeres vor einer kleinen Insel namens Ustica. Spezialschiffe hatten abgelegt. Bald jeder hier wusste es. Und Jaes Verschwinden hatte offensichtlich etwas damit zu tun. Mit einem gewissen Joe.

Ramona und Sophia schauten sich in die Augen, als sich die Tür öffnete. Im Türbogen stand Jae.

Kapitel 2
Der Anruf

Hinterfichtenich bei Köln, 31. Dezember 2010

Es war Punkt fünf vor zwölf. Das Telefon klingelte. Fünf Minuten vor Jahresende war es.

Was für ein Idiot! JETZT? Nä, oder? Herrgottsakramentamal, fluchte ich nichtsahnend vor mich hin. Draußen knallte es schon. Jahreswechsel war angesagt. Die Männerkinder und Kindermänner gefallen sich seit Ewigkeiten darin, tonnenweise Sternenstaub in den Himmel zu befördern und kraftmeierisch explodieren zu lassen – ok, *nice* anzusehen. Beziehungsweise, nicht ok. Sich an Kanonenschlägen und anderem Kriegsknallzeux aufzugeilen? Die arme Tierwelt in Schockstarre zu versetzen? Die Haushaltskasse verpulvert, um die Sau rauszulassen? Muss nicht sein. Sage ich seit sechzig Jahren. Mit den Ohren habe ich es nicht.

Das Klingeln setzte aus, um eine Minute später wieder einzusetzen. *Na und?* Die Trotzfrage war gerade allgegenwärtig, und ich wollte mich nicht ärgern. Ich hatte schon zwei Einladungen in den Wind geschlagen mit Verweis auf den jeweils anderen. Wieso sollte ich zum Misslingen einer Silvesterparty beitragen? *Leider nein, aber nächstes Jahr gewiss ...*

Die eine Einladung war von Sabine, meiner Ex, die sich vor vier Wochen kurz angebunden und ohne jedweden Zwist lesbisch geoutet und drei Minuten später getrennt hatte. Wir hätten uns Lichtjahre voneinander entfernt. Ich stellte mir vor, einen Hustenanfall zu bekommen, wenn ihre Freundin die Frage in den Partyraum stellt, ob ich denn nichts davon mitbekommen hätte. *Nein. Keine Ahnung.* Um lächelnd die Korken knallen zu lassen, da *dat*

Sabinsche das eheliche Bett verlassen hatte, um ans andere Ufer zu schwimmen. Großartig! Unter aufgeklärten Freunden kein Ding, wenn jemand einen auf *Inside-out!* macht. Passiert. *So what?*

Ich bin zwar nicht das *fette Arschloch,* wie die *Ex* es hinausposaunt. Eher ist es dieses *How to fuck up something,* was die Leute zu nerven scheint, und – wie mir Freund Viktor neulich augenbrauenhebend zu verstehen gab – dass ich hinter jeder Frage immer noch eine Frage sehe. *Na und?*

Die andere Einladung kam von Viktor höchstpersönlich. Da ich namenstechnisch auf Winkel höre, eröffnete er breitbeinig mit: *Lieber Herr Winkeladvokat! Zum Böllern braucht's einen Böllermann, besser noch einen philosophierenden Licht-Künstler. Sogar, um Knallerbsen zu zünden.*

Die PeEr-Fuzzis, die er um sich schart, um über seine *Funnies* zu geiern, zünden die Raketen. Ich hatte mich bedankt.

Prompt kam die Replik: *Torsten, du bist ein Narzisst!* Das schon wieder.

Selbst wenn, schrieb ich zurück.

Das Klingeln begann zu nerven. Es erinnerte mich gerade an das Läuten meines Schrotthändlers, der im Wochentakt mit dem Kastenbulli unseren Vor-Vorort Kölns abklapperte. Ich hatte ihn ins Haus gebeten, um zu sondieren, wie wertlos das Interior sei. Am liebsten hätte er die Bude ausgeräumt.

Ich drehte dem Telefon eine Nase. Ich, der großartige Licht-Ingenieur mit besten Referenzen, stets kreativ zu Diensten und körperlich einigermaßen beieinander: Seit über einem Jahr waren Aufträge mau-mau. *Kein Schwein ruft mich an ...* Ich schaute irritiert zur Klingelquelle. *Jetzt?! Leider nein. Na und!*

Ich war selbst schuld. Ich hatte auf die falschen Pferde gesetzt. Die Finanzkrise, früher nannte ich den Morast *Hybris des Monopolkapitalismus,* diese ach so unverhofften schwarzen Löcher überall, *Gralshütermafia,* wie auch immer: Sie hatten just die Firmen verschluckt, die in besserem Licht glänzen wollten und mich für gutes Geld um futuristische Illuminierungsideen gebeten hatten, eine Brauerei, eine Versicherung und der größte Automobilzulieferer des Rheinlands, allesamt eingedampft, atomisiert und auf der Rückseite als Furz herausgeblasen. Viktor hatte mich nicht vorgewarnt. Dabei war er es, der mir beim Reinholen der Aufträge, ohnehin nicht meine Stärke, die entscheidenden Tipps zu geben pflegte, mit Provision, freilich. Ein echter Freund eben.

Gestern spuckte der Bankautomat wieder nichts aus, zum Beispiel. Das deprimiert. Was wollte *jetzt* jemand von mir? Ich hypnotisierte das Phone, das tatsächlich zu klingeln aufhörte. Ich drückte die Show weg, in der die Immerfröhlichen und Erfolgreichen ihre Spleens und Erinnerungen begeierten. Mitternacht! *Prosit! Happy New Year!* Ich entkorkte den Jahrgangssekt und stöberte in den CDs, um *APP* zu hören. Bloß keinen Blues. Doch gingen mir die Beats bald auf die Nerven. So tanzte ich mit Kissen zu *A whiter pale of shade, Procol Harum,* bis das Klingeln erneut einsetzte. *Fuck, im Takt!*

Ich ignorierte das Läuten und kritzelte *Wichtig?* auf einen Papierstapel, den ich entsorgen wollte. Die erste gute Tat im Neuen Jahr. Es hat eh was Masochistisches, in der Vergangenheit zu wühlen. *Wat fott es, es fott*. Also jammere nicht. In Köln sitzen die Weltmeister im Aussitzen und deren versteinerte Propheten: Adam. Noah. Moses. David. Elias. Joachim. Josef. Johannes der Täufer. Jeremias. Salomon. Samuel. Abraham. Die Eva mit der Schlange. In der Mitte Maria samt Jesus. Eingangsportal des Doms. Abgefragt per Klassenarbeit in der 7b. Jede Menge Unterbewusstsein.

Beim Entsorgen meines Sammelsuriums nach Sabines Auszug war ich auf diesen Brief gestoßen. Wie ein Kugelblitz fiel er aus dem schwärzesten Loch meines Lebens. Frauke, die ich abgöttisch geliebt hatte, hatte mir 1980 abschiedshalber aus dem revoltierenden Nicaragua geschrieben. Mit PS:

Ich plane, etwas länger zu bleiben. Wegen mir mach dir keine Gedanken. Unsere Tochter ist in Prato und dort, wie ich weiß, in besten Händen. Leb wohl. Das war's. Von Herzen, Frauke

Sie blieb – für immer. Der Brief mit diesem *Pst* war ein Stigma, als würde sie den Zeigefinger auf die Lippen legen, oder etwa nicht? Es waren ihre letzten Worte, die sie an mich gerichtet hatte. *In besten Händen*. Wessen Hände? Wo lag Prato?

Meine Hände wurden jedenfalls nicht gebraucht. Ein gutaussehender, italienischer Flugkapitän würde sich um unser Kindchen kümmern. Ab in den Keller mit dem Brief und drei Riegel vor. So verdrängt man Töchter. *Na und?*

Was hätte ich denn tun sollen? 1980. Allzu viel fiel mir nicht ein, außer einer Demo mit Parolen wie *Arbeit ist scheiße,* auch ein *TU-NIX*-Teach-In und dass ich mich dazugesetzt hatte, um mich von depressiven Punks anstecken zu lassen und einen Schlussstrich zu ziehen unter was immer, Politik, dem ziellosen Lernkonvolut, dem Leben. Um dann strickenden Männern in lila Latzhosen auf grünen Parteigründungszirkeln zu lauschen: *Tu was, Mann, mach mal voran!* Mein persönlicher Ball-Paradox. 1980 war schon ein schräges Jahr, und viele Gedanken um eine Tochter südlich der Alpen hatte ich mir wohl nicht gemacht.

1981 hatte ich mir geschworen, den Kopf nicht in den Sand zu stecken. Dieses *Hinterm-Horizont-geht's-weiter*-Ding. Irgendeinen Lichtblick gibt es doch immer für einen, der sich der Lichttechnik verschrieben hat. Und nun war schon 2011.

Unmittelbar nach Sabines Abgang aus Hinterfichtenich war immerhin ein Angebot mit Geldscheinzukunftserwartung reingeflattert: Ob ich mir vorstellen könne, ägyptische Gottheiten zu illuminieren? Klang zunächst wie ein Witz, war es aber nicht. Aber dass es schon bald losgehen sollte, *geil*! Ich müsse nur meinen ZehVau *updaten*, sprich Lebenslauf aufpeppen, ihre mauen Tagessätze akzeptieren und los ging's.

Ich hatte das überraschende Ersuchen direkt an meinen Freund Aron in Haifa weitergeleitet, meinen jüdischen Freund und Berater in Lichttechnikangelegenheiten – seines Zeichens Professor für Astrophysik.

Mach doch, hatte er lakonisch geantwortet, von ägyptischen Sonnenritualen und bigotten Universums-Rezeptionen schwadroniert. Es klingelte erneut!

Ich machte mich mit der Single Malt-Pulle in der verödeten Couchlandschaft breit, drehte die Musik auf Dröhn, um das Klingeln zu übertönen, und streichelte meinen Bauchansatz. Mit illuminierten ägyptischen Gottheiten meine momentane Schieflage auszutarieren, das gefiel mir.

Irgendwann hob ich den Hörer ab und knallte ihn wieder auf, um die Beats auf Zimmerlautstärke zurückzustellen. Ich sagte mir, meine Tochter zu finden, das wäre doch ein guter Vorsatz fürs Neue Jahr. Mit Reiseplänen pflegte ich schon immer gerne den Neujahrstag zu vertrödeln.

Es begann schon wieder zu schellen. Dieser Stalker war impertinent. Ich erwog, das Kabel zu zertrennen, gab es aber auf, als ich das Messer in der Hand hielt. Meine Tochter hätte mich für verrückt erklärt. Sie musste um die fünfundvierzig sein. Vielleicht war sie in Hamburg reich verheiratet. Oder sie lebte arm in Mittelamerika, von wo Frauke, meine kurz-große Liebe, nicht mehr zurückgekehrt war. Gehirntumor. Shit.

Beim Leiserstellen des Klingeltons (warum kommt man nie sofort auf die Lösung?) fragte ich mich, wer mir derartig auf den Zeiger gehen musste. Im Display flimmerte eine Nummer von – den Ziffern nach zu urteilen – irgendwo hinter der Elbe. *Sibirien,* hätte Adenauer gesagt. Sie sagte mir nichts.

Immer gebe ich irgendwann auf. Weicheier sind halt so, und Trotz ist auf Dauer auch keine Lösung, nur widerspenstig oder perfide. Also nahm ich ab. Eine Frau namens Elena Madruschkaja meldete sich. Sie hatte einen polnischen oder sibirischen Akzent, sprach langsam und hatte eine monotone Stimmfrequenz. Sie kam unumwunden zur Sache: *Kom-men bit-te! Bitte schnell.*

Seltsam. Noch eine Party? Doch zu dieser Zeit im Neuen Jahr? Etwas hielt mich davon ab, einen deplatzierten Silvesterscherz zu vermuten und aufzulegen. Stattdessen schoss ich einen süßen Giftpfeil ab.

Ja, natürlich, jederzeit gerne! Aber wohin? Wer sind Sie? Und um was in aller Welt geht es?

Hier Ribbeck. Hospiz.

Jaa?!

Es ist Vater. Ihr Vater krank. Alt. Er wird sterben sehr bald. Sie kommen …

Pause. Es war die Stille einer Überblendung, Farbe Weiß. Ich hatte nichts zu sagen. Als ob ich nicht wüsste, was gemeint war, stotterte sie hinterher: *Bit…te… Jetzt!*

So glitt ich ahnungslos ins Neue Jahr.

Kapitel 3
Matera

Neapel, 29. Juni 1988

Jae stand nur da, eingekleidet in einem nagelneuen Dress aus luftigen, pastellfarbenen Stoffen, hellblauen Turnschuhen und einer Sophia-Loren-Sonnenbrille inmitten eines bleichen, ausdrucksleeren Gesichts. Das Sonnenlicht beleuchtete ihre Silhouette von hinten und verstärkte den Eindruck, als sei sie engelsgleich von oben hereingeschwebt. Sie machte keinen Luftsprung, wie sie es sonst gerne tat. Man konnte sehen, dass sie müde war. Sie sah zauberhaft aus.

Sophia sagte wie zu sich selbst: *Jae! Himmel!*

Jae ging mit abgemessenen Schritten auf Sophia zu, nicht schnell, aber auch nicht sehr langsam und nicht schwer. Sie legte ihre Arme um sie und hielt sie fest. Eine Stille erfüllte den Raum, man hätte eine Feder fallen hören können oder eine ihrer Postkarten. Sophia meinte, einen leicht fauligen Geruch, vermischt mit einem Hauch Vanille und Orangenblüte in ihrem lockigen Haar wahrzunehmen. So vergingen eine Minute oder zwei, bis sie sich lösten, langsam.

Sophia blieb auf zitternden Beinen stehen. Jae nahm die Brille ab. Sie weinte nicht. Sie hielt ihre Augen geschlossen, als müsse sie es hinnehmen, um dann ein zweites Mal besser anzukommen. Romana griff nach dem Funktelefon, drückte wie ferngesteuert eine Tastenfolge und sagte: *Sie ist wieder da.*

Ich war nicht krank und habe mir auch kein Bein gebrochen, erklärte Jae am Abend unter vier Augen, nachdem sie sich etwas ausgeruht und etwas Süßes sowie einen Kräutertee aus Sophias eisernen Reserven zu sich genommen hatte.

Das Höhlenleben habe ich noch nie erforscht, also gehe ich hin, dachte ich. *Sophia, stimmt doch, oder? Ich bin eine Höhlenforscherin.*

Sie bemühte sich nicht, souverän zu wirken, oder *cool*, eher wie eine Pippi Langstrumpf, was sie nicht war, aber Sophia entkrampfen sollte. Ein Lächeln flackerte kurz über ihr Gesicht. Sie war ganz bei sich selbst. Innerlich erwachsen. Bereit für das Leben, das da kommen sollte, egal was.

Sophia weinte mehr, als dass sie nicht weinte. Sie hatte Romana um Schonung gebeten. Jae würde es brauchen. Romana aber versuchte herauszufinden, was geschehen war.

Jae sprach, als hätte sie es sich zurechtgelegt. Sie sei in die Höhlen hinabgestiegen, um nach den Wegen des Wassers zu suchen. *Es waren zwei Jungs mit dabei. Die haben aber Schiss bekommen und sind abgehauen, als sie das bisschen Schwefel gerochen haben. Kinder von Lehrern halt.*

Sophia schwieg. Ramona gesellte sich mit einem wärmespendenden Lächeln dazu. Die Wirtin brachte Pizzen aus einer nahen Trattoria, schaute aber durch die drei Frauen hindurch, als seien sie aus Glas. Sergio hatte ihr die Bewirtung aufgetragen, unentgeltlich.

Jae hatte inzwischen Appetit. Wie lange sie unten in den Katakomben gewesen war, wollte Ramona wissen. Sie wusste es nicht. Sie hatte sich verlaufen. Weiter unten waren die Katakomben gepflegter, teilweise auch beleuchtet gewesen. Schließlich seien Touris unterwegs gewesen, ohne sie aber wahrzunehmen. Sie folgte ihnen, als gehöre sie dazu.

Draußen sei sie froh gewesen, dem Amerikaner zu begegnen, der sie wieder einladen wollte. Sie lehnte zuerst ab, hatte aber dann doch eine Coke getrunken, weiter hinten in einem Gartenlokal am Hafen, wo kaum was los war. Ab da setzten die Erinnerungen aus. Filmriss.

Er hatte ihr wohl etwas in die Cola getan. Die Mole war direkt gegenüber gewesen. Als sie aufwachte, war sie in einem Motorboot in einer Kabine eingeschlossen. *Edles Teil, wummernder Motor und sehr schnell.* Sie konnte sehen, dass sie an der Küste entlangdüsten. Sie war dann in ein Auto mit abgedunkelten Scheiben umgestiegen und schließlich an einer Höhlenschlucht ausgestiegen, weit weg, wo es heiß war. *Das war nicht am Meer jedenfalls.*

Dort sei sie eingesperrt worden. Es sei nicht so schlimm gewesen, gefangen zu sein, betonte Jae, aber es klang nicht sehr überzeugend. *Zuerst hatte ich Angst. Ich wurde aber nicht dauernd bedroht. Ich hatte zu essen, Landbrot, Honig, Salami, ein harter Käse und immer viel Mineralwasser. Weintrauben bekam ich, so viel ich wollte. Große, honigsüße, saftige Trauben. Auch mal eine Limo.* Für die Trauben hätte ich sterben können. Jae hatte die Pizza schon halb verschlungen und konnte wieder lächeln.

Ich weiß jetzt, was ich zum Überleben brauche, fügte sie beiläufig hinzu, wie ein Abenteurer, der sich im Vorbeigehen lässig mit Schlangen und Skorpionen anlegt.

Auf dem Rückweg sei der Amerikaner nett gewesen. In einer Stadt mit dem Namen Eboli hatte sie sich komplett neu einkleiden dürfen. Die alten Kleider hatte er später aus dem Fenster geschmissen. Eis hatte er spendiert und eine Coke.

Alles?

Ja. Ich bin müde. Kann ich schlafen gehen? Bitte!

Neapel, 29. Juni 1988

An Erholung war nicht zu denken. Sophia wollte abreisen. Ihr war klar, dass man den Amerikaner nicht finden, sofern man ihn überhaupt suchen würde. Alle steckten sowieso unter einer Decke. Es stank zum Himmel.

Jae lag regungslos im Bett. *Bitte höre auf, immer nur zu heulen,* sagte sie mit monotoner Stimme. Spricht so ein Kind?

So leicht würde sie jedoch nicht herauskommen, ließ Commissario Clato sie wissen. Eine Katze würde sich keineswegs mit der Story, die Jae erzählt hatte, abfinden. Er wolle der Sache auf den Grund gehen.

Er erschien am Abend. Die Wirtin hatte Getränke und Gebäck bereitgestellt. Sophia sah ihr in die Augen. Jae war hellwach. Der Commissario bat um Details. Was wollten die Entführer? Die Camorra, *der Schrecken der Caldera,* war es wohl diesmal nicht. Er hob die Stimme. *War es vielleicht das Gespenst der Verschwörung von …* – er machte eine Pause – *… Ustica?*

Er sagte *Verschwörung,* als wisse er etwas Bestimmtes, was er in der Hinterhand halte, vermutete Sophia. Dann plauderte er wieder. Das Boot sei gefunden worden. Es war unter falschem Namen gechartert worden, gezahlt im Voraus in bar. Zurückgebracht vor einem Tag. In Neapel.

Jae sprach zögerlich. Der Amerikaner hätte sie am Stadtrand abgesetzt und ihr Geld gegeben für ein Taxi.

Der ist über alle Berge, warf der Commissario ein. *Eine Muräne, untergetaucht in den glibbrigen Höhlen Neapels.*

Es war ein lauer Abend. Sergio lud zu einem Spaziergang ein, um zu entspannen oder vor Abhörattacken sicher zu sein, vermutete Sophia. Sie fanden eine gut besuchte Trattoria, in dem der Chef noch selbst gestenreich und lauthals bediente und der Koch aus der Küche dazukam. Es gab Vorspeisen mit Pulpo und köstliche Spaghetti.

Il Gattos erste Frage war, ob sie sich erinnern könnte, wo das Boot angelandet war. Er wollte zunächst genauer verstehen, wie der Amerikaner vorgegangen sei.

Jae hatte gehört, dass sie in … *Zalermo?* umsteigen würden. Ein Hafen mit Industrie. Sie konnte sich an die großen Schiffe erinnern. Das Auto zum Abholen stand direkt an der Mole. Sie hatten gedroht, Sophia umzubringen, wenn sie schreien würde. Als sie eine Bergstraße hochgefahren seien, hatte sie viele Häuser gesehen, die eingestürzt waren, eine alte Villa und eine Kirche auch.

Das war das Erdbeben von 1980, das ist Salerno, bemerkte *il Gatto* und schlich auf seinem Schmusekurs weiter an, sich ein wenig reibend, die Augenlieder leicht gesenkt. Sophia begann, ihn zu mögen. *Wo warst du eigentlich, irgendeine Idee? Lass mal nachdenken. Du warst vermutlich sogar noch hinter Eboli. Da kommt meine Großmutter nämlich her, aus dem wahren Italien. Das uralte Italien, von dem niemand genau weiß, wo es herstammt und wann es anfing. Wo die Weintrauben herrlich schmecken. Oder nicht?*

Jae nickte. Schmückte ihren Bericht aus. Hügelig war es, die Berge kahl und grau, bisweilen schwarz. Vorbeigefahren waren sie schließlich an Gewerbegebieten, großen Hallen, Autowerkstätten, auch vielen Betonskeletten. Sie hatte viel beobachtet. Geräusche, das Licht, Landschaften, wie Sophia bemerkte. Als die Sonne unterging, waren sie angekommen.

Il Gatto unterbrach ihren Erzählfluss, als könne er vor lauter Siedepunktspannung nicht länger warten. Er nippte dabei an seinem zweiten Grappa, schlürfte, beobachtete sie dabei unauffällig, doch unentwegt. Das langgezogene: *Und?*

Na ja. Wir waren in einer Art Geisterstadt. Zum Teil waren die Mauern eingefallen. Überall gab es gewundene Treppen, weil es sehr steil war. Ich konnte in eine tiefe Schlucht schauen, die kahl war und toll aussah – Canyon sagt man?

Ja, wenn es einen Fluss gibt. Gab es einen?

Weiß ich nicht. Unten sah ich eine Kirche. Sie brachten mich durch ein enges Gassen-Gewirr runter bis zu einer uralten Mauer mit einer Tür drinnen. Es war aber mehr eine Höhle, nur von außen sah es aus wie ein Haus. Also eine zur Wohnung ausgebaute Höhle. Die hinteren Zimmer waren nur verputzter Felsen. Da lebten aber nicht viele Menschen. Gesehen habe ich nur einige alte Frauen und Kinder, auch zwei Verrückte. Ach, und vor Cholera wurde gewarnt.

Wie hieß der Ort?

Ich weiß es nicht.

Wirklich?

Sophia musste grinsen. *Il Gatto* wusste wohl, dass Jae log, so wie er die Stirn in Falten legte. Ob die *Prinzessin* vielleicht eine dieser köstlichen neapolitanischen Nachspeisen testen wollte, einen *Struffoli* vielleicht oder eine *Crostata con Mandorle e Ricotta*. Von Cassata würde er abraten, der Salmonellen wegen. Aber in diesen Kuchen, den seine Mutter köstlich wie niemand sonst backen würde, täte er sich glatt reinlegen. Und der hier sei fast genauso gut.

Jae mochte ihre Gründe haben, den Namen des Ortes nicht zu nennen. Vielleicht weil er wie ein Fluch wirkte oder die Nachgeburt des Teufels. Sophia kannte es von sich selbst, wenn etwas so schlimm war, dass man es nicht aussprach.

Sophia war klar, dass es nur einen Ort gab, der zu ihrer Beschreibung passte. Sergio erzählte, wie er bei den Besuchen seiner Großmutter, die sich weigerte wegzuziehen, in den Abendstunden in der tiefen Schlucht der *Gravina* den zehntausenden Fledermäusen zugeschaut hatte. Nach Gehör versorgten sie sich mit Insekten. Er kannte Höhlen, in denen man sie abpflücken oder aufscheuchen konnte, ein Heidenspaß. Die Haushöhlen klebten wie Schwalbennester am Felsen, muffig und verlassen von den Bewohnern bis auf Alte, Kranke und Arme, die sich eine schicke Wohnung nicht leisten konnten. Man lebte in verschworener Gemeinschaft, mit gewissem Stolz, doch wurde man nicht glücklich und selten alt, wie sein Großvater, der an Cholera verendet war.

Ist es … Matera?

Jae schluckte. Schaute weg. Nickte reflexhaft. Als hinge ein Fluch an diesem Wort, synonym für alles Böse der

Welt. Sophia wurde das Gefühl nicht los, als wüsste *il Gatto* ohnehin alles, als kannte er die Orte, die Entführer, sogar Jae selbst. Er ließ sie gewähren, reichte ihr die Hand, um sie zu ziehen aus der Höhle, wo sie klebte wie ein Flughund an der Decke, unfähig, sich zu lösen aus einem andauernden Alptraum.

Sergio bestellte eine *Crostata con Mandorle e Ricotta*. Er erzählte von der Zeit nach dem großen Erdbeben von 1980. Er entführte sie in eine andere Zeit und eine fremde Welt, als die Mafia mit korrupten Polizisten, Medienmogulen und Politikern zu dealen begann, um die Kontrolle über Italiens Süden zu übernehmen. Die Mafia infizierte die Menschen wie ein mutierender Virus, sagte Commissario Sergio Clato, und machte aus Jae eine Verbündete. Er öffnete ihr Herz, um das Gespräch auf Matera zurückzulenken.

Wie sah die Wohnung innen aus? Vielleicht finden wir sie ja. Ich habe zwar keine Freunde in Matera, eher ganz im Gegenteil, aber wir können es mal versuchen.

Was sollen die schon befürchten. Geld hatten sie, darum ging's nicht.

Sprovvisto Lire. Kasse leer. Vielleicht finden wir mit deiner Hilfe etwas, was uns weiterhilft, um der Bande das Handwerk zu legen.

Am Nebentisch prosteten sich Männer zu, Fischer oder Matrosen. Ein angetrunkener Typ stimmte ein Lied an, das eher traurig klang. Jae lauschte, bestellte sich eine Coke und drehte sich dem Commissario zu. Gefasst begann sie mit einer Frage. Sophia kam aus dem Staunen nicht heraus.

Lieben sie Farben? Die Felsen waren irgendwie farblos, fand ich, mal so, mal anders. Alles sah grau aus. Da kann man sich verirren. Abzuhauen wäre zwecklos gewesen. Wollte ich auch nicht.

Das war sehr schlau, sagte Sergio. *Ja, das Land hat keine Farbe. Sonst welche Anhaltspunkte, ein Brunnen, ein Feigenbaum?*

Ich sah doch nichts, keine Ahnung! An das Fenster über dieser dicken Tür kam ich kaum ran. Außerdem war es vergittert. Ganz hinten waren nur zwei Höhlenzimmer. Die Eingänge waren vermauert.

Jae dachte nach, sprach dann wie staccato. *Es gab … keine Bilder. – Zwei Jesuskreuze. – Flaschen. – Ein Regal. – Lampen. Gelbliches Licht. – Es war lehmig-feucht. – Stickig am Abend.*

Was hast du gemacht den ganzen Tag?

Lesen, malen. Sie haben mir italienische Rätselhefte und Comics gebracht. Und Buntstifte, darum habe ich gebettelt. Wasser gab's, aber nur kalt, zum Waschen und Abwaschen. Eine Kochstelle war noch da, aber kein Gas. Dann habe ich Spinnen, widerliche Kakerlaken und manchmal auch eine Eidechse oder Geckos gejagt.

Äh, eklig, oder?

Nicht so schlimm. Die waren überall in den Ritzen. Oder in der Kommode. Ach so. Das Bett war eine Matratze auf einem niedrigen Holzgestell. Der Teppich roch nicht gut, den habe ich zusammengerollt.

Inzwischen war es ein lockeres Gespräch. Die Quelle sprudelte. Die Frage, wie sei er gewesen, der Amerikaner, kam irgendwann, ein harmlos gezielter Katzenpfotenschlag.

Der? Joe. Der hatte einen Bürstenhaarschnitt. War muskulös, schleimig manchmal, brutal aber auch. Er hat mein Gefängnis einen Dogenpalast genannt, dann die blaue Grotte. Wegen der blauen Fensterrahmen und der blauen Tischdecke. Er ging halbwegs. Okay?!

Der Wirt brachte die *Crostata con Mandorle e Ricotta* und zelebrierte wortreich die neapolitanische Kunst, dem Gast oder Feind Honig ums Maul zu schmieren. Während Sergio verteilte, beschrieb Jae die Männer, die sie bewacht hatten. Doch schien dies keinen neuen Anhaltspunkt zu liefern. Kein Kind hatte ihr geholfen. Kein Erwachsener auf Rufe reagiert. Es schien ihn nicht zu überraschen. In Matera konnten die Türen sehr fest verschlossen sein.

Die Augen gesenkt, genoss sie den Mandelkuchen. Als sie fertig war, kamen weniger appetitliche Einzelheiten zur Sprache. Dass sie ihre Notdurft hinter einem Vorhang verrichten musste, in einem Topf. *Das war nicht so okay.*

Was wollte der Amerikaner, insistierte Romana. Jae stockte. Einer hätte behauptet, dass es in Neapel Leute gab, vor denen man sie hatte schützen müssen, sagte sie ausweichend. Dabei hätte er künstlich gelacht. Ein anderer hätte was von Lösegeld geschwafelt. Dumme Sachen, die in Italien passierten.

Erst dachte ich, die wollten Geld. Aber der Amerikaner brauchte keins, der hatte Geld, das konnte ich sehen. Fette Klamotten, teure Uhr, eine dicke Börse – der hatte das Sagen.

Einmal hatte der Amerikaner ihr mit der flachen Hand ins Gesicht geschlagen. Er meine es ernst, sie solle ihn nicht verscheißern. Was sie machen würde. Jae rang nach Worten.

Warum ich im Antiquariat war. Wonach ich am Hafen gesucht hatte. Ob ich was in den Höhlen versteckt habe. Tausend Sachen wollte er wissen. Ob ich am Hafen fotografiert hätte. Habe ich nicht, aber er hat das nicht geglaubt. Womit die Mutter Geld verdient, warum sie mich vorgeschickt hätte, alles solche Sachen. Dass Vater tot ist, das wusste er.

Wenn sie was hören sollte über *Ustica,* wäre da ein gutes Taschengeld zu verdienen. Wegen ihrem Vater. Und dass sie besser schweigen sollte über alles, was sie erlebt und gesehen hatte, zu ihrem eigenen Schutz und dem von Sophia.

Und dann sagte Jae etwas, worüber Sergio stolperte. *Ich habe aber vorgesorgt. Bin ja nicht blöd.*

Was meinst du damit? Solltest du etwas Bestimmtes tun?

Nichts! Ich meine nur … Na ja. Wieso?

Das war, wie er sich ausdrückte, *un poco irriante.* Er sah Jae in die Augen, als schaue er in das Tyrrhenische Meer, wo die Wahrheit versunken lag, dachte Sophia. Sie ahnte, dass Sergio etwas Bestimmtes wusste. Er würde tiefer nicht tauchen. Und er tat es nicht. Er würde es erfahren, irgendwann.

Kapitel 4
Rommels Fotograf

Köln, Berlin, Ribbeck im Havelland, 1. Januar 2011

Es fiel mir erstaunlich leicht, den Abschied von Vater zu organisieren. Um acht hielt ich das Ticket in der Hand. Um zehn lief ich die Gangway hinunter und in den Flieger hinein. Mein Flug in das Tal des Schattens begann heiter. *All Bird Completed.* Es war überhaupt das erste Mal, dass ich des Captains Zauberworte meinte verstanden zu haben. Nicht *Allbord* oder *All Doors*. *Weißer Neger Wumbaba.*

Der Kapitän wieder: *Hunde, wollt ihr ewig leben?* Ein Neujahrsscherzbold. *Also anschnallen. Wie das geht, zeigen Ihnen gleich meine hübschen FlugbegleiterInnen. Danach bekommen Sie Saftiges zugeschubst. Frohes Neues Jahr auch!*

Die Körbchengröße behielt er für sich.

Über der Wüste sich auftürmender Wolken erinnerte ich mich an Vaters Bewunderung eines gewissen Romanciers namens Karl May, und dass er mir vorzugsweise *Durch die Wüste* vorgelesen hatte, als wir nach Deutschland gezogen waren. Damit ich deutsch werde. Jedes Mal, wenn der Diener auftauchte, hatte ich *Hadschi Halef Omar Ben Hadschi Abul Abbas Ibn Hadschi Dawuhd al Gossarah* herunterzurattern. *Ratatata*. Eine der Platituden meiner Jugend. So hatte ich meine *Vatersprache* erlernt.

Anfangs hatte ich noch gelacht. *Hadschi* hatte sich besser eingeprägt als Caesars *Bellum Galaktikum* und Goethesche *Glockenreime*. Mein *Dasein* als zukünftiger Dienstleister, irrlichtern, doch stets zu Diensten vielleicht. Oder weil Lachen befreit. Denn viel zu lachen hatte ich nicht gehabt, nachdem ich acht geworden war, verpflanzt aus *meinem* Amerika in ein ausgeblutetes Land. Aber Vater musste ja *heim*. Super.

Heranwachsende Zwillinge eine Sitzreihe vor mir spielten Krieg auf ihren Gameboymonitoren. Ich beobachtete über die Schultern eine Weile, wie hölzern in Szene gesetzte Krieger den Pharaonenmonstern die Köpfe wegpusteten, um Punkte zu sammeln. Sie brachen Schatztruhen mit geheimnisvollen Tagebüchern auf und penetrierten Slow Motion feindliche Soldaten, die im Moment des Geschossaufpralls zu Skeletten konvertierten. Ratata. *Siwa drei* hieß das Machwerk kindlicher Todesfantasien, konnte ich erhaschen.

Mal wieder fliegen. Demnächst vielleicht Ägypten? Von Berufs wegen, nicht zum Spielen und Schnorcheln. Passte. Genießen konnte ich die fünfundfünfzig Minuten Flug nicht. Nun ratterte was anderes. *Mit dem alten Haudegen geht es zu Ende.*

Dass Vater regelmäßig die Hand ausgerutscht war, hatte ich ihm verziehen. Ungelenk wie ein Steifftier, so sah ich ihn vor mir, als hätte er seinen Spazierstock verschluckt, der ihm afterseitig herausrutschte. Das Bild hatte ich immer vor Augen, wenn er mich schlug. So hatte ich meinen Spaß behalten. Ein Spaß, der schmerzte.

Dass er gelegentlich in Spielkasinos und Puffs abgestürzt war, war sein Problem. Keine Ahnung, ob er zum Schluss noch was preisgeben wollte, was ich nicht schon wusste. Aber was wusste ich schon? Wie pleite er war zum Beispiel. Wenn ich ihn überhaupt noch lebend antreffen würde.

Ich bestellte ein Morgenbier und zahlte den horrenden Aufpreis für einen kurzen Blick ins Dekolletee und ein dezentes Lächeln. Ich dachte daran, wie Vater mit unbeweglicher Miene dem Abendtisch vorgesessen hatte, wenn er sich mal wieder über Politiker- und Baumafia ärgerte, launisch, explodierend. Er hatte den Raum in der *guten Stube* im kaputtgebombten Köln ansonsten lieber schweigend beherrscht. Ich hatte ihn einmal gefragt, was der Unterschied zwischen vergeistigt und geistesabwesend sei und hatte mir direkt eine eingefangen. Er schien es gebraucht zu haben.

Der Vogel ging in den Gleitmodus über. Ein kurzes Innehalten vor dem Aufsetzen, um sich neu zu erden. Geiler Moment. Der Kapitän setzte auf. Präzise. Entschlossen. Ein wenig zu hart. Ich wusste plötzlich, was ich Vater sagen wollte: *Hätte deine Mutter – Gott hab sie selig – gewollt, dass du dich ständig grämst? Ich bin eh der Nächste, der geht, wenn nichts dazwischenkommt.* Mehr Trost würde es nicht geben. *Mene mene tekel upharsin?*

In Tegel herrschte eine trockene Kälte. Menschenmassen wuselten durch die vergeigte Architektur der Siebziger. Mietwagen abholen. Einfädeln in den Verkehr. Ab nach Falkensee, wo Berlin endet, und das Havelland beginnt in einem Wald von Windmühlen. Ich roch die Kiefern, als ich schnurstracks auf die B-fünf-Baumallee einbog, die ich schon lange nicht gefahren war. Verrottende russische Kasernen neben dem Havelland-Einkaufsmoloch. Alte Baumallee. Nauen, Lietzow, Berge. Neugedeckte Häuser, Blitzer und weiße Kreuze zogen vorbei. Gestorben wurde ständig überall.

Und dann erreichte ich Ribbeck gleich hinter dem Großen Havelländischen Hauptkanal. Fontaneland. Kaum jemand hat ihn gelesen, aber den *Birnbaum* kennt jeder. Unsere ganze gefakte Vaterkultur. Carlo Levis *Eboli* in Italien, bis wohin Christus kam, der Text, den niemand gelesen hatte, aber dessen Titel jeder kannte. Die Einschiffung der Liebeshungrigen nach Kythera von Antoine Watteau, der Alpenlandschaften malte, da er nie griechischen Boden betreten hatte, was niemanden interessierte und mich an Frauke erinnerte. Fake und Projektionen, wohin man schaute. Nun also Ribbeck, wo Fontane selbst wohl nie gewesen war. Wo es zum Hospiz ging im Alten Schloss, Zimmer 221.

Am Eingang verweilte ich an einem Schild: *So ging es viel Jahre, bis lobesam, der von Ribbeck auf Ribbeck zu sterben kam. Er fühlte sein Ende. 's war Herbsteszeit, wieder lachten die Birnen weit und breit.* Guter Vateralgorithmus. *Aber der* Alte, *vorahnend schon, und voll Misstrauen gegen den eigenen Sohn …*

Zimmer 221.

Vater, da bin ich.

Ich trat leise ein.

Ich schaute auf die weißen Falten unter seinem Kinn, die seinen schmalen Mund mit dem Brustkorb zu verbinden schienen. Er hatte einen Ziegenbart bekommen, sabberte und schaute durch glasige Augen hinter den nicht vorhandenen Horizont, wo es für ihn nicht weiterging. Er hatte vierundneunzig Jahre Zeit gehabt, das Leben mehr oder weniger zu vergeigen. Die Generation der Väter trat ab. Einsam, eingeschalt zwischen Havelkanälen und ihren Mythen, Schulgedichten und feuchten Auges.

Er schaute durch mich hindurch und sagte erst einmal nichts. Dann aber kam's zackig.

Wat soll ick denn hiear?

Also *das* Thema. Der Verlust der Schreibmaschine nach dem Umzug ins Schloss, den er mir stets vorwarf. Eine der letzten Frontlinien in seinem Leben. Nichts und schon gar nicht sein **eigener Sohn** hätten ihn davon abbringen dürfen, weiter in die Tasten seiner Adler-Gabrielle-Zehn zu hämmern, mit dem durchschlagenden „e" und „o" und dem verdrehten „m". Jeder Elektrifizierung oder Automatisierung gegenüber war er immun geblieben, sein persönlicher Beitrag zum *Zurück in die Zukunft*, wie er einmal bemerkt hatte, ein kleiner Seitenhieb gegen mich aber auch. An sein hintergründiges Lächeln erinnerte ich mich gut. Seine Umgebung hatte es sich einfach gemacht und seine Schrägheit auf die *schweren Zeiten* geschoben. Krieg oder so. Er, der keinen Nagel in die Wand schlagen konnte, hatte fortan sein *Handwerk* als *Geisteswerk* zelebriert. Da lag sie nun, ohne Band, Durchschlagskohle- und Luftpostpapier auf seinem Schoß, die Gabrielle.

Er begann, lustlos auf die Klaviatur einzuhämmern. Das mechanische Werkzeug seiner Mission *Erkenntnisse eines Historienforschers!* stanzte Luftlöcher auf die Kautschukrolle.

Nich ma Farbbända jibt et, klagte er, als sei er soeben aus seinem Schreibwarenladen getreten. Es machte mich ratlos.

Ohne zu antworten, begann ich durch das Zimmer zu schleichen, betrachtete die elfenbeinfarbig öllackierten Wände und schaute hoch zur Decke, die kein Stuck zierte. Mir fiel auf, dass kein einziges Bild im Zimmer hing. Ich verharrte am Fenster, an dem Blumen in einem Marmeladenglas verwelkten. Ein staksendes Storchenpaar, das lebensecht aus Holz geschnitzt an einem schmalen Zufluss zum Großen Havelländischen Hauptkanal Wache hielt, einige Obstbäume. Über dem Waldrand kreisten zwei Raubvögel, Habichte vielleicht oder Rotmilane. Vater liebte es, Raubvögel zu beobachten, obwohl er keinen kannte. Er liebte das weite Havelland. War er hier glücklich? Sein Walzer: *Glücklich ist, wer vergisst, was doch nicht zu ändern ist*?

Ich hörte ihn hinter mir: *Kieck mal. Ärmel hoch. Meen zernarbter Aarm.*

Ich drehte mich ihm zu. *Weiß ich doch, Vater.*

Nüscht weeßt du. Det war keene Jugendfarletzung beim Hopsen üba'n Polder off'm Schulhof, wie ick's imma jesaacht habe. Det iss eene Kriegsfarletzung. Det war meen persönlichet Kriegsende, fastehste?

Ich setzte mich an sein Bett. Wieso berlinerte er auf einmal? Weil man spricht, wie einem der Schnabel gewachsen ist, wenn sich Gevatter Tod anschleicht? Sein Berlinern ging mir *ufn Keks*.

Kannst du ***bitte*** *mal hochdeutsch …*

Deutsch? Kannick. Kann ich. ICH KANN.

Er hob den zernarbten Arm an und ballte die knochige Faust. Etwas kindlich Kraftmeierisches bäumte sich auf.

Da. Ist. Noch wat. – Was.

Die Augen schimmerten matt und fixierten mich. Ich fragte mich, was in ihm vorging. Etwas wie Sohn und Vater, zu guter Letzt? Würde er zurückdenken an die Tage, als wir mit Karte und Kompass durch den Böhmerwald gewandert waren, von Grafenau zum großen Arber? Einer der lichten Momente zwischen uns. Wie wir auf dem Spirituskocher Tütensuppen aufgekocht und dazu Landkrainer auf Graubrot gegessen hatten, er mit seinem Wehrmachtsrucksack, hellbrauner Nesselstoff, Lederriemen, aber in ausgelatschten US-Turnschuhen und viel zu kurzen, hellbraunen Jeans. Wie wir die in Filz eingeschlagenen Feldflaschen an der Quelle aufgefüllt hatten. Wie wir schweißmüffelnd unter eine Decke gekrochen waren, um im Heu zu schlafen. Und wie wir uns morgens im Bach gewaschen hatten mit *Die Gedanken sind frei*.

Das auch. Ich sprach es nicht aus. Doch war es eine andere Zeit, an die er dachte. Er nickte mit dem Kopf.

*Da ist wat, was du wissen musst. Was du tun … **musst.***

Ich nickte, obwohl ich mich fragte, worauf es hinauslief.

Es war in al-Alamein

Was war?

In der Nähe bin ich verwundet worden, dieser Arm.

Er hob den Arm und zeigte auf die leere Wand.

Ein Granatsplitter der Tommies. Hab's überlebt.

Ich strich über die lange, mäandernde Narbe, die ich nie berühren durfte. *Alamein? Keine Ahnung, wovon du sprichst.*

Von der Schlacht um Alam Halfa. Eine Verwundung war es, kein Schulunfall. Mit Rommel. In Ägypten. Im Krieg.

Er holte Atem, sagte aber nichts. Ich war geplättet, wollte säuerlich ***Warum?*** fragen, kam aber nur bis zu einem *Na und? … Nun ja, du hast es verschwiegen. Ist jetzt egal, ok?*

Er versuchte zu sprechen, doch er brauchte, bis es kam: *Bin durch die Wüste. Verstehst du nicht.*

Hadschi Halef, ich weiß. Na und? Wusste Mutter davon?

Hüstelndes Lachen. *Sie wusste es.* Er schluckte.

Mutter war lange tot, es gab niemanden, den ich fragen konnte. Eigentlich hatte ich nach seinem Umzug ins Altersheim und der Wohnungsauflösung vor zwei Jahren abgeschlossen. Eigentlich. Das war der Moment, wenn aus Familie Familiengeschichte wird, hatte ich damals gedacht. Von wegen. *Der Familie entkommst du nie,* hatte Sabine-*Ex* da gesagt. Den Hintersinn des Satzes hatte ich nicht begriffen.

Ich bin schon überrascht, sagte ich, neugierig geworden.

Vater wendete den Kopf ab.

Plötzlich, als hätte ihn was gestochen, kam er hoch, stützte sich ab und fragte: *Wie spät ist es?*

Zwölf plus. Erzähl doch mal. Was war da passiert?

Es sank zurück. Ich wusste, dass wir nicht mehr viel Zeit hatten, um etwas Licht ins Dunkel zu bringen. Was auch immer gewesen war.

Ja doch. Im Deutschen Afrikakorps. Ich. ***War.*** *Rommels.*

Er hielt inne. Dann: ***Fotograf.*** *Das bin ich … gewesen.*

Er presste. Seine Wangenknochen hoben sich ein wenig. Sein Versuch zu schlucken, erzeugte ein Würgen, als müsse er erbrechen, was unverdaut eingeschlossen war. Als würde die Caldera den Vulkanpfropfen nach oben drücken. Oder war es dieses *Wandre mutig fort, Bruder, nun ade! Scheiden tut zwar weh?* Was wir gesungen hatten.

Er fasste sich: *Ich war es, der seine Leica führte. Die, die er von* ***Goebbels*** *persönlich bekommen hatte.* ***Persönlich.*** *Damit er seine Heldentaten zeigen konnte. Wochenschau. Für die Presse. Für den Führer.*

Ich musste lachen, unterließ es aber gleich wieder.

Was für Heldentaten? Rommel war kein Held. Eher feige.

Feige?

Es war mir rausgerutscht. Er versank tiefer in den Laken.

'N Scheiß redest du immer. Nach der Verwundung hat er mich aus der Schusslinie genommen. Der Rommel. Ich mochte ihn nicht. Er machte, was er wollte, egal, wie viele draufgingen. Du kannst das nicht verstehen.

Das Erinnern kostete ihn Kraft. Stockend fuhr er fort: *Zu viele starben. Aber er hat meinen Tod verschoben. Der Rommel. Das habe ich ihm nicht vergessen. Soldaten, wie wir alle sind … waren.*

Er lachte hustend. *Und dich gäb's auch nicht. Die Filme …*

Pause. Als suchte er nach einem verlorenen Schlüssel.

… sind in ***S i w a.*** *Dort landete ich und tauchte ich unter. Kameraden krepierten.* ***I c h n i c h t.***

Er wartete wieder eine Weile und fuhr dann fort: *Die Leica. Vielleicht findest du sie noch. Filme. Ich musste alles zurücklassen. Und noch* ***viel mehr.***

Du denkst, dass es das alles noch gibt, hakte ich nach.

Ja, ich bin sicher. Ja … (flüsternd) *… in der Oase Siwa.* ***Durch die Wüste.*** *Hol die Tagebücher. Sie liegen im Haus.*

Welches Haus? Das alte hier im Havelland?

Ich entfernte die Schreibmaschine und legte Vaters kaputten Arm auf die Decke. Ich fühlte seinen Puls. Er war schwach. Ich bückte mich, um ihn zu verstehen.

Ja. Hinter der Schleuse. Havel … ländisches … Haupt.

Ratatata. In der Ferne klopfte ein Specht in einer märkischen Kiefer. Maschinengewehrfeuer.

Ratata. Die Adern waren hervorgetreten, wie ich bemerkte. Unter der ledrigen Haut mäanderten winzige Äderchen, umflossen die skeletthaften Ausbuchtungen seiner Extremitäten und seines Brustkorbs.

Rata. Es roch streng im Raum, nach Urin, Sagrotan und verwesenden Veilchen. Tod, riechst du so? Ich legte meinen Kopf an sein Ohr. Er sagte: *Die Bücher sind in der Kommode. Ich bin … Abgehauen.*

Ra-. Die Augen hielt er geschlossen, als er mich verließ.

Alle Spannung wich aus seinem Körper. Die Falten in seinem Gesicht waren nicht mehr so tief. Er entfurchte.

Der Schatten um die Augen wurde licht, als ich das Laken hochzog über sein Gesicht. *Leicht ist er, eine Feder im Wind, ein Strahl zieht sich zurück ins Licht,* in das ich schaute, tränenlos, da Vater starb.

Landmühlen/Weisack, 9. Januar 2011

Die Todesbotschaft mit feinem schwarzem Rand auf weißem Karton der Stärke 180 Gramm war überschrieben mit einem in geschwungenen Lettern gesetzten Standardspruch, den ein überforderter Leichenbestatter namens Braun aus Senecas gesammelten Weisheiten herausgefischt hatte.

Unerwähnt blieb, dass der Fotograf zum Mythos Rommel beigetragen hatte. Dass er ein Soldat gewesen war, und dass ihn seine Narben zeitlebens gepiesackt hatten.

Der Entnazifizierungs-Richterskala der Amerikaner zufolge sei er *Mitläufer* gewesen, hatte er im einzigen Interview seines Lebens mit einem katholischen Wochenmagazin eingeräumt, mehr aber auch nicht. Vom Holocaust hätte er, wie er zu Protokoll gegeben hatte, nichts mitbekommen, er sei ja auch an der Front gewesen und erst kurz vor Kriegsende zurückgekehrt. Ja, doch er hatte was von gehört, entfernt. Einer, der nicht durchgeblickt habe, sei er gewesen, ein Verführter, wie so viele, die meisten, eigentlich ja alle. Und so sei er ja auch nach dem Krieg mit einem Fulbright-Stipendium in der Tasche in die Staaten verschickt worden, wo er gelehrt und schließlich Mutter kennengelernt hatte, die einer jiddischen Familie entstammte, die nicht aus Polen vertrieben oder vergast worden war, da sie schon in den Zwanzigerjahren den Sprung über den großen Teich geschafft hatten. *Gewesen war er kein Mitläufer, doch a Gannev,* hatte mir Bube gesagt.

Vaters finale Gewissensentlastung wurde zur Endlosschleife. Tagebücher waren mir bis dato generell belanglos erschienen, voller Lug und Trug. Selbstbetrug. Ich hatte keins. Was mir alles durch den Kopf ging, keine Ahnung.

Dieser deutsche Größenwahn, einfach weggesteckt, und was er sonst mit ins Grab nehmen wollte. Was stand in diesen ominösen Tagebüchern? Wieso hatte er die Flasche versiegelt, bis der Druck den Pfropfen sprengte? Nun war sie halb leer, die Flasche. *Abgehauen*, sein letztes Wort: Surrogat seines Lebens?

Trostlos. Warum musste er *abhauen*? Und warum in eine ägyptische Oase namens Siwa? Oder hatte ich etwas falsch verstanden? Ich kam mir schon vor wie *Hadschi Halef Omar* und machte mich auf die Suche nach seinem Herrn. Tagebücher könnten da weiterhelfen, dachte ich.

Kapitel 5
Tagebücher

Weisack, 18. Januar 2011

Einquartiert hatte ich mich im *Berliner Hof* in Weisack im Havelland, einem früheren Gutshaus, wie es sie in bald jedem Dorf gibt. Dieses war vom *Treuhand-Fond mit Europageld zur Förderung des Heimatgaststättengewerbes* befeuert worden, erklärte mir der Wirt bei der Schlüsselübergabe, als sei ich sein Geschäftspartner. Ich nickte.

Das Zimmer war geräumig und günstig, doch laut bis zur *Polizeistunde,* die ich den Wirt um elf mit dem Betätigen einer Fahrradklingel und lautem *Die letzte Runde* einläuten hörte. Da konnte ich mich gleich reinsetzen.

Über mangelnden Besuch seiner Gaststätte konnte er sich nicht beklagen, stellte ich fest. Auch über ein zu geringes Eigengewicht nicht. Ein fulminanter Raucherhusten prophezeite ihm kein allzu langes Leben. Er hatte erwogen, die Gaststätte mit Wurstküche und Goldbroiler in *Harzer Hof* umzubenennen, wie er mir gleich am ersten Abend beim *Bierchen und Korn* gestand, um die Quelle seiner Hartz-Vier-generierten Umsätze zu würdigen. Wer den Hof weiterführen sollte, wusste er nicht. Mein Problem?

Morgens flüchtete ich aus dem Flakon aus Mottenkugel, kaltem Zigarettenrauch und Ata-Zitrone, der sich unter meiner Zimmerdecke breit gemacht hatte, in den abgedunkelten Frühstückraum. Dabei passierte ich großformatige Fotos mit vom Nabel an aufwärts entblößten Havelländerinnen, ein alter Brauch, mutmaßte ich. Eine der Abgelichteten erkannte ich: Es war die Tochter des Wirts. Natürliche Farben und satte Rundungen vor neutralem Hintergrund. Trauriger Blick statt kokettem Gepose. Versuchte hier sich jemand in Kunst, fragte ich mich beim lauwarmen Filterkaffee.

Wie würde Brandenburg auf meine Dreifachkrise wirken – vaterloser Geselle auf Erbschaftssuche, gehörnter Exgatte und akut tochtersuchender Vater? Doch alles der Reihe nach. Ich hatte Kairos Kardamom-Kultur zwar anvisiert, doch an einem Kanal, der irgendwo im Havelland verlandet, bei in Plastik eingeschweißtem Erdbeergelee gelandet. Ich wechselte zu Schmelzstreichkäse in Minicontainern und betätigte angetan den Tischmülleimer.

Ansonsten war nicht viel los am Großen Havelländischen Hauptkanal. Eine Imbissbude hatte in einer Baulücke eine Nische gefunden. Die Vollplastik-Sitzgruppen waren gut besucht, *der* Treff für Alt und was es noch gab an Jung. Sollte ich mich dazusetzen, um hier anzudocken?

In der Bäckerei nahebei würde ich mich jedenfalls mit Backmischfertigbauernbrot versorgen können. Gegenüber gab es in einem Büdchen Frischmilch und die Märkische Allgemeine, kurz: MAZ, die ein scheißfreundlicher Opa namens Alexander Gauland managte, zudem ein überschaubares Tabaksortiment, Zwei-Groschen-Romane, allerlei Fertigpackungen und Süßkram, frische Bauerneier, gekühlte Softdrinks, Bier, Präservative, Hochprozentiges sowie Kopfschmerztabletten, alles günstig. Was man so brauchte. Eine Schneiderei mit abgedunkelten Schaufenstern hatte an der kopfsteingepflasterten Hauptstraße nahe der graffitibeschmierten Haltestelle überlebt und ein Anglergeschäft, warum auch immer, aber die Fleischerei nicht. Es gab einen hohen Storchenschornstein an der abgewickelten Ziegelei, die zum Verkauf stand. *Hakenkreuz*-Graffitis zierten eine LPG-Garage, an denen sich niemand zu reiben schien. *Heil* war geblieben, der *Sieg* war abgebröckelt im Gauland zu Brandenburg.

Weisack, 19. Januar 2011

Die neuesten Nachrichten vom *Arabischen Frühling* flackerten über den Flatscreen in der Brandenburger Kaschemme. Bilder zeigten jubelnde Menschenmassen, von Kamelen prügelnde Polizisten und von Schüssen getroffene, blutende Demonstranten auf dem Tahrirplatz und in Tunesiens brodelnden Vorstädten. Vielleicht würde Nordafrika und der Nahe Osten revolutionär entflammt, sinnierte ein allzu optimistischer Kommentator. Die Prognosen standen in einem seltsamen Kontrast zum Hier und Jetzt. Brach gerade eine Wendezeit an, ähnlich wie Perestroika und Wiedervereinigung? Schade, dachte ich, dass Rommels Mannen diese Bilder nicht mehr sehen konnten. Ich rieb mir die Augen. Nach Kairo würde es bald gehen.

Ich bestellte mir einen Cognac aufs Zimmer, hörte Jim Morrison und schritt in Takt. *Singt! Schreit! Weint!* Da war er, der Urschrei. Das irrlichtern tanzende Klageweib meiner Generation. Ich heulte rum. Wahrscheinlich ging's besser mit Musik. Ohne nach Krieg zu fragen. Danach fühlte ich mich stärker. Immerhin. Allerdings nicht für lange.

Das – im Übrigen – war der Moment, als ich begann, selbst Tagebuch zu schreiben. So eine Idee, geklaut von Vater. Einige Kladden hatte ich bei einem Ausflug in Berlin erstanden. Im Café *Marx und Moritz* hatte ich einen Capu zu mir genommen und sie beschriftet. Ich erinnere mich schlecht und sowieso kann niemand seinem Gedächtnis trauen. Dass es auf treffliche Beobachtungsworte ankommt. Dass ich besser hinhören sollte, doch – wie ich als erstes notierte – *in letzter Zeit ein wenig einfältig und fahrlässig durchs Leben gegangen war*. Mutig? Na, wenigstens halbwegs ehrlich. Doch wo beginnen? 1980? Klar. *Hau immer druf,* hätte Vattern gesagt.

Ok. Heutzutage auch kein Ding, so. Man steht zu seinen Krisen. Ich blätterte durch das Netz und stieß auf

Trailer von Horrorfilmen am Jahrzehntewechsel in die Achtziger. Horror, mochte ich sowieso, außerdem eilt sie den Chronisten voraus. Wieder was für die Kladde. Ich schrieb:

Ken Russels schrulliger *Höllentrip* wäre ein passender Untertitel zum Zeitgeschehen, doch langweilt er mich. Peter Madecks *Das Grauen* war schon besser, weil es – passend zu meinen Suizidgedanken – tief in Vergangenheiten wühlt und nüchterner ist als *Halloween*, der zwei Jahre zuvor die Leinwände jener Welt erobert hatte: Kreischende Mädchen entkommen dem Serienkiller nie, was vorher klar war, aber zwölf Folgen braucht, bis der letzte Kiffer es begreift. Stanley Kubricks Thriller *Shining*, auch 1980, passte fast noch besser, Stichwort Identitätskrise in einem riesigen Irrgarten, fast so gut wie *Alice in Wonderland* oder Oliver Stone's *Die Hand*. Wessen und welches Trauma? Je trivialer die Frage, desto Kladde, notierte ich. Und: Der gesammelte Horror passt zu meinen dunklen Wolken am Horizont, damals. Eine Tochter und keine Ahnung, wo es langgeht.

Ich merkte, wie ich dabei war, mich einzukreisen. Für eine solide Rückblende war das nur etwas dünn. Ich sollte in Büchern schmökern, die einen sein Leben lang begleiten wie ausrangierte Schuhe. Nahm ich mir vor. Ich erinnerte mich an Sloterdijks *Kritik der zynischen Vernunft* von 1979 mit hunderten von Unterstreichungen, als wollte ich mich an seinen Wortgebirgen festhalten. Ende der Siebziger hielt gar nichts sehr lange. Selbstmord zu versuchen, umzingelt von Zynismus? Klappte denn auch nicht.

Also: *Selbstmorde Achtzigerjahre*? 1979 gab es 623 Drogenselbstmorde, las ich, die meisten bis heute. Gut viertausend Drücker gab es in Hamburg. Ich hatte die Szene erlebt und einiges dazu gelesen. Ich füllt die Kladde mit:

1980 jobbte ich als Museumsführer in Köln: Sechshunderttausend junge Menschen besuchten die Ausstellung *Rausch und Realität*. Warum wohl? Den Katalogband habe ich noch –

reichlich ausgefranst. Das Buch *Weltmacht Droge* erreichte viele und bewirkte nichts. Ich wollte Tanzen lernen und mir kein Mikroskop, sondern ein Fernrohr kaufen. Machte ich auch. Warum in die Ferne schweifen? Alles nur Flucht. Ich kombiniere: Realität ist beileibe kein Rausch. Das zeigen nicht zuletzt Tagebücher.

1980 hatte ich verpfuscht. Was folgte? Kompensation, wie man sagt. Klar. Hätte ich nur geahnt, was im Busch war. In der Kladde war Platz. Die Todesnachricht klebte ich rein.

Landmühlen, 21. Januar 2011

Ich holte mir eine MAZ und nahm den ersten Bus, der alle zwei Stunden fuhr. Mit sechs weiteren Fahrgästen passierten wir die Second-Hand-Artikel-Scheune am Ortseingang mit US-Südstaatenflagge neben Schwarz-Rot-Gold mit Hammer und Sichel, sowie einen *Aldi*, der klarstellte, dass die DDR doch schon untergegangen war. Die Ecke hat etwas Mezzogiornoartiges, dachte ich, obschon ich nie im Mezzogiorno gewesen war. So erreichte ich Vaters Haus.

Ich traute meinen Augen nicht. Das Landhaus meiner Vorfahren in dem dreihundert-Seelen-Dorf Landmühlen am Großen Havelländischen Hauptkanal, diesem vermüllten, biologisch toten landwirtschaftlichen Vorfluter, kam mir vor, als sei es geschrumpft. Ich war Kind, als ich es zum letzten Mal gesehen hatte. Wo einst graukörniger Nachkriegsputz geklebt hatte, kamen nun Ziegelbacksteine zum Vorschein. Ein Holztor versperrte den Zugang zum Hof.

Louise kam mir mit zwei belgischen Schäferhunden entgegen.

Sie müssen der Winkel-Junior sein. Mein Beileid. Wir haben uns ja eine Ewigkeit nicht gesehen.

So ist es. Vielen Dank, dass Sie sich für mich Zeit nehmen, antwortete ich.

Ich war schon lange nicht mehr auf dem Dachboden, erklärte sie. Sie war Ende siebzig, doch gut bei Kräften. Mit ihrem leicht gebückten Gang und einem Gesicht wie ein Faltengebirge sah sie älter aus. Sie trug eine bläulich karierte Schürze über einem verblichenen, doch gebügelten Blümchenkleid, das ihr bis an die Waden reichte. Mit dem Kopftuch, das sie über ihrem Nacken verknotet hatte, war das die Standardkluft des ländlichen Raums. Als wäre die Zeit stillgestanden.

Aber kommen Sie doch herein. Käffchen?

Louise plauderte los. Sie verwaltete leerstehende Häuser, hielt sie von Spinnen und Mäusen frei und meldete, wenn das Dach brüchig oder ein Fenster kaputt gegangen war. Es gab einige solcher Häuser, die auf bessere Zeiten warteten. Von der Rente allein könne sie nicht leben, erklärte sie, doch käme sie mit dem *kleinen Mehrwert* (Marx?) über die Runden.

Louise wusste, dass Vater nicht alles mitgenommen hatte. Sie erinnerte sich gut an ihn, versicherte sie, an seine stets kurzen Besuche zu DDR-Zeiten, als das Haus selbst für wenig Geld lange nicht verkauft werden konnte. Seinen Neubeginn nach WeKaZwo hatte er in Berlin begonnen, wo sein Bruder lebte. Lange hatte es ihn aber im zerstörten, filetierten Terrain des Niedergangs, allzu optimistischer Rundfunkfanfaren und der Vorspiegelung von Zukunft per Bundeszuschuss nicht gehalten. Die übellaunigen Berliner Sprücheklopfer hatte er nicht ertragen. Er flüchtete mit Schiff und Stipendium an die Ostküste der USA, um viele Jahre später mit jüdischer Frau und Kind ins deutsche Nachkriegsreich *heimzukehren*. So wurde ich nach Köln verpflanzt.

Die Tagebücher fand ich nach kurzer Suche in einer Kommode in einem sauber abgeklebten Zwischenboden zwischen Gerümpel, Zeitungen und Porzellan, vier an der Zahl. Wespen hatten sich daneben eingenistet und summten *Hau-ab-hau-ab!* Die in Leinen eingeschlagenen Kladden waren mit einem datierten Etikett beklebt: *Deutsches Afrikakorps*.

Ich nahm sie vorsichtig in die Hand. Es war eine gleichförmige Kalligrafie, in feinen Linien gesetzt, Wort für Wort wie gemalt, als habe ein Soldat, der mein Vater war, sagen wollen: *Was so filigran exakt dasteht, ist auch wahr*.

Beim Kaffee in der guten Stube Louises, die kommentarlos in der Küche klapperte, begann ich Fakten zu markieren, die ich überprüfen wollte. Die *5. Leichte Division des Deutschen Afrikakorps* war demnach am 22. Februar 1941 in Tripolis angekommen. Wilhelm Winkel war dem Kommando irgendeiner Panzerdivision zugeteilt worden und dann zum Fotografen Rommels aufgestiegen, *Sonderaufgabe*. Er hatte notiert, dass man in Bälde losziehen werde gen Sirte. Und dass die Engländer sich einbuddelten. Die Tommies. Der Feind. Natürlich, es war Krieg, nicht abstrakt, sondern in echt und in getrockneter Tinte verewigt.

Die Tagebücher waren nüchtern gehalten, stellte ich fest. Als Fotograf war er häufig vorne mit dabei. In ihnen spiegelten sich Geschehnisse, doch schien es darauf gar nicht anzukommen. Vater beschrieb keine Gefühle oder Träume. Grausliches, Gesinnungsliches oder Ängstliches waren tabu. Typisch! Ich sah ihn vor mir, wie er bei offener Tür stehend zufrieden pinkelte und sich anschließend schnäuzte. So hatte ich gelernt, die Tür zu schließen und sitzend Wasser zu lassen. Das Gegenteil wollte ich sein, als ich von seiner *Rommel-Mission* noch nichts wusste.

Ich begann von hinten zu lesen. Wilhelm Winkel war, seinen Eintragungen zufolge, am 2. August 1942 im Rang eines Oberstleutnants nach Siwa überführt worden. Da war die Schlacht von Alam Halfa nahe al-Alamein geschlagen. Er schloss mit einer Bitte. Sollte er sterben, seien die Tagebücher seinem Bruder zu geben. Er selbst liege verwundet in einem Lazarett. Es folgten einige leere Seiten. *Open End.*

Ein Tagebuch, was sollte das sein? Sein testamentarischer Satz post mortem-*Possibilita* sollte sich als verfrüht erweisen. Ich versuchte mir vorzustellen, wie es gewesen sein mochte, nach Hause zu kommen als abgerissener Wüstenfuchs, in der Tür zu stehen und jemandem mit den Büchern unterm Arm in die Augen zu schauen. Als aus dem stolzen Aufbruch (das war es doch, oder?) ein *Was war denn nun?* geworden war. Ein Stück weit fremd im kaputten eigenen Land.

Also wie mit dem Ding Schuld umgehen? Statt es zu verstecken, ein Anti-Tagebuch schreiben oder so etwas wie eine Gebrauchsanleitung hinterlassen, oder zumindest ergründen, was er warum geschrieben haben mag, machte er sich als *Mitläufer* rar. Täter-Tagebücher weiterführen? So etwas hat vermutlich niemand getan, also warum sollte-konnte-würde er? Mir sagen, wie ich mit dem Text umgehen sollte? Oder hatte er etwas verschwiegen? Von wegen Kriegsverbrechen. Welche gesehen oder sogar beteiligt? Warum hat er niemandem die Tagebücher gezeigt, nicht einmal einem seiner Kriegsgesellen? Ich hatte Vater nie begriffen. Er hatte sich schwergetan, Fragen zuzulassen. Irgendwie wollte ich es aber endlich verstehen.

Weisack, 22. Januar 2011

Im *Berliner Hof* zu Weisack war was los. Die fotografierte Tochter des Wirts, die an den Tresen aushalf, brachte mir die Karte. Es gab sogar Gemüseeinerlei. Ich orderte es mit Sauce der Marke *Genuss ohne Reue*. Sollte wohl heißen *zünftig-leichte Kost.* Mit Pellkartoffeln gab's den Teller für neun Euro und mit Schnitzel und Pommes für vierzehnneunzig. Auf das Schnitzel verzichtete ich. Sie nahm es reglos zur Kenntnis.

Übrigens. Isch bin Schantal.

Danke. Isch bin der Vol…

Ich dachte, dass ich vielleicht falsch verstanden werden könnte, wenn ich *Volker* sagen würde, und korrigierte: *Gestatten, Winkel. Äh, Torsten Winkel.*

Sie fand's nicht ulkig. Nach vierzig lauten Minuten stellte sie den Teller etwas zu grob auf den Tisch, dazu ein weiteres Pils und ließ mich bis zum Bauchnabel schauen, den ich sowieso kannte. Dann lächelte sie doch und sagte: *Ich heiße genauer gesagt Eva-Maria. Die saure Sauce ist nicht von hier. Guten!*

Die gewisse Anspielung auf meine Sauerteigmiene bemerkte ich erst, als ich wieder im Zimmer war. Ich begann meine Kladde zu beehren, was mir im Havelland schwerfiel, oder lags an *Schantal*? Haltsuchend brachte ich zu Papier:

Gelernt habe ich, dass der Krieg die Fortsetzung der Politik sei, nur mit anderen Mitteln. Clausewitz, Lenin, oder umgekehrt. Manche mögen damit ihr Gewissen beruhigen. Doch man kann sich mit diesem Ausspruch keinen Seelenfrieden erkaufen. Es wäre nur logisch, zu erwidern: Frieden ist nichts anderes als die Fortsetzung des Kriegs mit anderen Mitteln. Was ist normal? Hat sich jemand dazu ausgelassen? Vater war einer aus der Gesamtheit aller Väter, die es traf, wenn es ans Krepieren ging.

Dann fand ich den Text zwar ehrlich, doch zu pathetisch, und legte den Stift wieder weg. Etwas auf den Punkt zu bringen, war ätzend, wenn sich der Punkt plötzlich in hundert Fragen auflöst in der Essigsäure meiner Ahnungslosigkeit. Wäre es besser, Kriegstinte mit Hilfe von Versen und Zeichnungen einem Kontrastmitteltest zu unterziehen? Daraus ein Antikriegsessay zu machen, ohne mit erhobenem Zeigefinger zu winken? Ein Register kriegerischer Worte erstellen, angereichert mit Assoziationen von *war writers* wie Erich Maria Remarque, Saint-Exupéry, Hemmingway, Malapartes *Kaputt*. Kriegsberichte gibt es wie Sand am Meer, ein zeitloses Genre. Wo beginnen? Wann aufhören? Wie-was-warum? Netter Hexameter. Wiederholt sich Geschichte?

Ich rief Viktor an, meinen Promotion-Guru mit Sinn für Eingemachtes, und gab einen aktuellen Lagebericht, ohne *Eva-Maria-Schantal* zu erwähnen. Wie er es angehen würde, wollte ich verstehen, und stellte ihm einige naive Fragen zur Kriegspropaganda und der Bedeutung von Fotografie für Gewalt-PeEr. Ich erwischte ihn auf dem falschen Fuß, der Teufelskralle. Er erwiderte: *Mach doch einfach, ja, tu was, schreib was Positives. Glas halb leer, denn die Brühe schmeckt bitter, so in die Richtung. Lies mal Jott Wee von Goethes „Italienische Reise"*.

Hä? Ich fragte mich, ob er gerade im Geschäftstermin war, um Kunden im Hintergrund mit seiner Begabung, Klassik und PeEr zu verbinden, zu beeindrucken. Weil die Kriegszeit der Väter Tabu war in der Branche? Bloß keine falschen Fragen! Also schrieb ich am folgenden Morgen bei schwarzbraunem Filterkaffee, Schmelzkäse und Leberwurst:

In der Kriegspropagandamaschine ist das Glas stets randvoll. Welchen Rommel stellte er sich vor, wenn ihn Vater ablichtete? Vielleicht eine Ruderregatta am Suezkanal? Sektempfang am Nil-Katarakt? Beduinenstämme nach Rassenmerkmalen selektieren?

Der Berg an Unklarheit wuchs in dem Maße, wie sich der Tischmülleimer füllte. Ich fand keinen Weg, um Vater zu verstehen, was er siebzig Jahre später von mir gewollt haben mochte und warum er nicht früher mit der Wahrheit herausgerückt war. Wieso juckte es mich überhaupt?

Vielleicht lag es an der Sprache. Bedeuteten die Worte das Gleiche wie heute? Er versuchte Bilder zu erzeugen, ohne selbst drin vorzukommen. Zumindest selten. Er verwendete keine einzige Metapher. Vielleicht versuchte er nur, banal festzuhalten, was zu begreifen ich außerstande sein sollte. Sein *'N Scheiß redest du immer.* Das Wort *Krieg*. Wir hatten Frieden. Aus der Mode gekommene Worte wie Leid, Schmach, Sieg und Feind, Essensration, Blutzoll, tödlicher Sandsturm. Genie Rommel. Scheiß Tempel. Deutsche ... Helden.

Worin bestand eine *Essensration*? Hatte er irgendwann erwogen, zu desertieren? Es wäre auch bescheuert gewesen, so etwas aufzuschreiben, um erschossen zu werden. Um dann aber doch *abzuhauen,* wofür sechs leere Seiten standen. *Krieg* kam bei mir nicht vor. Brauchte ich nicht.

Ich schaute hinaus und verlor mich in Gedanken. Den Papieren entstieg der Odem der Vergangenheit, modrig und schwer. Ich begann Abschriften zu machen. Sicher gab es eine geheime Chiffre, die eine Botschaft enthielt. Möglicherweise konnten Zeitgenossen helfen, die Hieroglyphen zu entziffern. Ich sah mich schon mit der Indiana-Jones-Peitsche nach Siwa tigern und Karten entschlüsseln. Ich bekam die Kurve nicht.

Bei der Tagebücherliteraturstudie war ich ständig in der Versuchung, abzuschweifen. Bizarre Assoziationen geisterten durch mein Gehirn. 1980 hatte ich auch weder Karte noch Kompass. Ich erinnerte mich, wie einsam und verloren ich mir vorgekommen war, mit dreihunderttausend anderen Friedensaposteln im Bonner Hofgarten, gegen einen NATO-Doppelbeschluss und den Dritten *Weltkrieg* anzuschreien. Doch, wir hatten oft mit Krieg zu tun.

Krieg. Nichts als ein Wort. An richtigen *Krieg* dachte aber niemand, ich jedenfalls nicht. Im April 1942 war Vater von zerfledderten Tier- und Menschenkadavern umgeben, von Fronten, die buchstäblich im Sand verliefen, wo sich teuflische Horn- und Sandvipern, Skorpione und stechende Insekten versteckt hielten, und knipste. Krieg war das.

Krieg ist ein anderes Wort für die Eroberung versus Verteidigung und Rückeroberung, versus ... das Sich-Eingraben. Das Wabern der Schlachten und Operationen, das Wenden des Glücks, der *Sieg*, dem jedes Opfer Recht ist. Jedes. Nichts anderes war das Tagebuch. Das Absurde. Das Töten und getötet werden. Natürlich, vorstellbar. Das von den Briten bis aufs Messer verteidigte Tobruk und das nachfolgende Hin und Her nahm breiten Raum ein. Er schrieb von *mörderischen Panzerschlachten* und siegreichen *Sturzbomberattacken*. An Kriegslisten wie *Panzerattrappen aus Holz und Pappe* erfreute er sich. *So what?* Meine Fantasie als Nachgeborener war am Limit. Ich starrte wie das Kaninchen auf die Sandviper, ohne zu begreifen, was ein Reptil überhaupt ist. Bist du vielleicht 'ne Panzerattrappe?

Sollte ich Mitleid empfinden? Fehlanzeige. *You better close your eyes.* Keine Chance, zu entkommen auf einem schmalen Landstreifen aus Sand und Stein, auch nicht mein Problem. Es war alles umsonst, denn wenige Monate nach der blutigen Eroberung musste Tobruk wieder aufgegeben werden. Seltsamer Stoff für Filme. Ich schrieb:

Bedarf es dieser Bilder, um zu begreifen, wie sinnlos *Krieg* ist?

Sinnlos, *SEIN KAMPF*, alles. So gesehen auch das vierte Gebot, seinen Vater über alles zu ehren, eine Blasphemie, ein geschlossenes System von Sackgassen und Katakomben, würde man sich darauf einlassen. Ich kam mir vor wie im falschen Film, fand aber den Ausschaltknopf nicht. Dummer Licht-Ingenieur, ich.

Weisack, 24. Januar 2011

Im Wechsel von Kanalspaziergängen, Kneipenbieren und der Kalligrafie-Entschlüsselung im Zimmer arbeitete ich mich bis an die Grenze des Selbstrespekts durch das Kriegsgetümmel. Dann fragte ich mich, für wen er geschrieben hatte. Würde jemand, wenn er *gefallen* wäre, im nachträglichen Durchleiden seines Wegs Trauer oder Leere anders, besser ertragen? Wieso überhaupt Kriegstagebücher schreiben? Um sie in eine Dachboden-Kommode zu tun? *Endsieg* vermasselt, ahnungslos, was passieren würde, dieses:

Ein abgekämpfter Haufen deutscher Krieger auf kaum noch fahrtüchtigen Krads, Panzern, Artillerie im Schleppverband, all das, was vom Afrikakorps übrig geblieben ist, wird in Kürze in Kairo einmarschieren.

Das war bittere Ironie, ein Abgesang, doch eher banal und nicht eines Aufhebens wert. Und dann hatte er sogar gedichtet:

Wir sind abgeschnitten
Kein auf und davon
Kein Sprit, kein Wasser, keine Munition
Die Verwundeten sterben ohne Ton
Unerbittlich brennt die Sonne
Zerdetschen wird sie bald mein Hirn
Das Aug' vom Licht geblendet, kein Schatten
Ich hasse das Licht, mir fehlt auch der Schirm.

Ich stutzte. Es ratterte kurz, dann machte es *Klick*. Sein Dämmerlichtkomplex im heimischen Köln war demnach nicht die Nachgeburt kriegserzeugter Sparsamkeit gewesen, wie ich immer gedacht hatte, sondern ein Reflex, eine psychotische Spätfolge der in sein Hirn eingebrannten Glutsonne. Sein persönliches *Nie wieder durch die Wüste!*

Bei uns war es immer duster gewesen. Ich erinnerte mich, wie selbst im Kronleuchter die meisten Glühbirnen lose oder ganz ausgeschraubt waren. So versprühten die verbliebenen drei 25-Watt-Kerzenbirnen nur ein funzliges, gelbliches Raumlicht. Diese *Gemütlichkeit* hatte System. Mehr als fünfundzwanzig Watt pro Birne gab es selbst in der Küche nicht, in der Diele aber nur fünfzehn. Licht wurde vermieden, wo es nur ging. Dabei waren wir in unserer Drei-Zimmer-Wohnung, Hinterhof-Patterre, in der Kölner Südstadt an einer baum- und lichtlosen Verbindungsstraße zwischen einer evangelischen Kirche (und das im erzkatholischen Köln) und der Gasanstalt des Südens von Licht nicht gerade verwöhnt. Dennoch blieben die Damast-Vorhänge bis auf einen Spalt in der Regel zugezogen. Wir lebten in einer Höhle, die immerhin auf der richtigen Rheinseite und nicht auf der *Schäl Sick* lag.

Vater hatte buchstäblich Scheu vor jedem Rampenlicht gehabt. Ich erinnerte mich, dass er ohne Sonnenbrille das Haus nie verlassen hatte, doch da er eine Brille trug, steckte er ein altmodisches Gestell drauf, um das dunkle Glas bei Bedarf hochzuklappen, eine unter Akademikern verbreitete Technologie, die gänzlich aus der Mode gekommen zu sein scheint, zumal sie nicht gerade sexy wirkt. Typisch. Den Sonnenschein hatte er gemieden, weil, wie er vorschob, dieser Hautkrebs auslöse. Dabei war er kein unängstlicher Mensch gewesen. Nervig hatte ich es gefunden, irrational sowieso. Ich versuchte, mich zu konzentrieren.

29. Juni 1942. Wir „erbeuten" einen englischen Brigadegeneral, der zugibt, dass keinem deutschen Gefangenen Wasser zu geben sei, bevor er nicht ausgesagt hat. Und dies bei dieser Gluthitze und diesem gleißenden Licht. Rommel befiehlt, dass die Wasserabgabe an die englischen Gefangenen sofort einzustellen ist, bis dieser Befehl widerrufen wird. Die Tommies besinnen sich rasch eines Besseren. Ich sollte nach Sonnenuntergang mein Testament machen.

Wieder dieses Lichtsyndrom. Meine Entscheidung, Licht-Ingenieur zu werden, muss ihm wie eine Fehlleitung erschienen sein, gespeist aus kindlicher Opposition und einer absurden Abwehr seiner Machwerke. Mit Zeitmaschinen und Zeitreisen, *Gullivers Reise* etwa, konnte er nichts anfangen, oder Jules Verne, Douglas Adams' *Per Anhalter durch die Galaxis* und Stanislaw Lems *Rückkehr von den Sternen*, Werke, in die ich allesamt vernarrt war. Den genialen Lichtphysiker Victor Weisskopf, mit dem ich biografisch einiges gemeinsam hatte, und den Guru für die Umwandlung von Wärme in Lichtenergie und Vater des Quantensprungs Max Planck verehrte ich. Einstein sowieso. Vattern hatte es mit Physik jedoch nie so gehabt, mit der Sternenguckerei sowieso nicht. Glaube ich jedenfalls. Wobei, vielleicht hatte er heimlich Richard P. Feynman gelesen, der bekanntlich Wissenschaft als *Sex* bezeichnete, wobei manchmal sogar etwas Sinnvolles dabei herauskäme. Im Dunkeln munkeln.

Ja, so war's! Vattern wieder. Er selbst hatte den Grundstein für mein *Abdriften*, wie er sich ausgedrückt hatte, gelegt, als er, der Kursbuch-Liebhaber, mir direkt nach dem Umzug aus Amerika nach Köln eine H-Nullspur-Märklin-Modelleisenbahn unter den Weihnachtsbaum gelegt hatte, die zunächst auf Spanholzplatten zu montieren und unter die Wohnzimmercouch zu schieben war, bis sie ins drei mal vier Meter große Kinderzimmer umziehen durfte.

Dass eine Lok mehr oder weniger schnell fünf Wagons in unterschiedlichen Reihenfolgen immer im Kreis herumziehen durfte, um auf einem Abstellgleis zu übernachten, hatte mich sehr bald gelangweilt. So wurde die Spanholzplatte zur Basis meines Anti-Dämmerlichtprojekts. Ich begann, innenbeleuchtete Siedlungen zu bauen, Straßen mit Laternen anzulegen und Faller-Hotels von innen zu illuminieren, dann auch den Speisewagen, weiter Fabrikhallen, Bahnhöfe, Villen, auch ein flutlichtbeleuchtetes Fußballfeld. Dem Schlot der Lok entwich echter, beleuchteter Rauch. Ein See aus zersprungenem Fensterglas wurde mein erstes Großprojekt. Ich malte das Glas blau, türkis und weiß an und beleuchtete es von unten. Zwei Leuchttürme wiesen den seemännisch getakelten und mit Positionslichtern korrekt ausgestatteten Frachtschiffen den Weg, die von Kränen elektromagnetisch entladen werden konnten. Es sah nicht nur toll aus, es funktionierte auch, nachdem ich mehrere Kurzschlüsse erlitten, aber deren Ursachen herausgefunden und beseitigt hatte. Der Geruch des Kurzschlusses begleitet mich seither, Fehlleitungen kann ich riechen.

Von meinem mickrigen Taschengeld perfektionierte ich – der Pubertät trotzend – riesige Lichtinstallationen. Ich montierte Tunnelbeleuchtungen, Nachtwächter und Bahnübergänge mit blinkenden, sich per Lichtschranke öffnenden und schließenden Schlagbäumen. Ich entdeckte die Ästhetik von Schalteranlagen, die ich auf Zigarrenkisten montierte, geile, silberne Kippschalter und innenbeleuchtete Haupt- und Nebenschalter, um die diversen Stromkreise nach Belieben ein- und ausknipsen zu können. In *Neuruppin* ging das Licht demnach früher aus als in *Lehnin*. Kein Schulkamerad konnte da mithalten.

Zu den mich Monate kostenden Großprojekten, an denen Vater durchaus Gefallen gefunden hatte und mit Beigaben an Geburtstagen und zu Weihnachten aufpeppte, gehörte eine aus zerschnittenen Zeichenblockpappen zusammengeklebte Autobahnbrücke, die ich mit bunten Lichtdioden bestückte, wobei ich mir jedoch versehentlich eine Stecknadel, die nur provisorisch eine Zugbrücke halten sollte, ins Knie gerammt hatte, wo sie abgebrochen war und nach eindeutiger Klärung der Umstände operativ entfernt werden musste, so dass ich in einem Krankenhaus zwei volle Wochen Zeit hatte, eine Konstruktion für eine schweizerische Gebirgslandschaft aus Gips zu entwerfen, die beleuchtete Gipfelkreuze erhalten sollte und später eine beleuchtete Seilbahn, wozu es jedoch nicht mehr kommen sollte. Um dem zunehmenden Gewirr von Kabelsträngen Herr zu werden, fertigte ich Hochspannungsmasten aus Zahnstochern, Haarspangen und Büroklammern, die ich an einen zweiten Transformator anschloss, der mit Sicherheit mehr Strom verbrauchte als Küche und Wohnzimmer zusammen. Doch Vater blickte da nicht durch. Ich zeigte ihm dafür Schaltpläne und erklärte, wie ich zur Begrenzung des Stromverbrauchs mit regulierbaren Widerständen experimentierte und kleinste, besonders energieeffiziente Leuchtstoffröhren die Glühfäden ersetzten. Er verstand – interessiert nickend – nur Bahnhof. In Wahrheit baute ich damit nur weitere Kapazitäten für sonst welche Spleens aus.

Das Illuminierte im Halbdunkel bis Ganzdunkel wurde damit zum Kontrastmittel meiner *Teens*, und Vater konnte nichts, aber auch gar nichts dagegen einwenden, was ein der Familie näher bekannter Kindertherapeut allerdings als *Ersatzbefriedigung, wenn nicht gar Ödipuskomplex*, diagnostizierte, ohne seinerseits Alternativen wie Puppenstuben oder Ritterburgen zu empfehlen, für die eh kein Geld da war. In meinem Trotz lag, wie ich mir bewusst war, in Wahrheit Kraft, Geduld und Inspiration – en Miniatur –, bis das Kinderzimmer komplett vollgestellt war. Auch die Decke wurde miteinbezogen, auf die ich hunderte reflektierende Punkte, Kometen und Gestirne klebte, das Universum nachbildend, wie ich es in einem Observatorium beobachtet hatte. So konnten, ja, mussten die Jalousien getrost geschlossen bleiben.

Natürlich war meine fantastische Bahn-Licht-Technik etwas, das mir zu gewisser Anerkennung unter meinesgleichen verhalf, was mit Sicherheit der finale Zweck der Übung war, irgendwo der Beste zu sein, was Vater nicht entgangen war, weshalb er mir hin und wieder einen kleinen Schein zusteckte. Mutter zwackte dann etwas vom mickrigen Haushaltsgeld ab, denn billig war meine Miniaturwelt nicht, zumal auch ein *trendy* Markt. Im Nachkriegsköln hatten Modelleisenbahnen Konjunktur mit Messeveranstaltungen, die ich mit meinen Freunden besuchte, um stundenlang riesige, bebahnte Traumlandschaften voller automatischer Technik und Lichtinszenierungen zu bestaunen, heile Welten in einer kaputten Stadt mit kaputten Vätern, ein Versprechen aber auch, es später vielleicht besser zu machen. So wurde ich wohl das, was ich bin, Lichtkünstler und Ingenieur, ging mir durch den Kopf. Trotz oder eher dank Vaters Lichtsyndrom, wie ich vermutete. Ich las weiter.

30. Juni 1942. Das Genie Rommel ist auch nur ein kleiner Mistkerl. Er telefoniert unentwegt, da Kairo in immer weitere Ferne rückt. Er schwankt zwischen Wut, Freudenschrei und Verzweiflung. Was spukt diesem Menschen im Kopf herum? Oder hat er am Ende nur einen Sonnenstich? Ein wohlfeiles Feld für künftige Historiker!

Wieder machte es *Klick*. Was er dann auch werden sollte. Jemand, der in den Vergangenheiten wühlte, ohne aufzublicken. Der sich darin verkroch. Der zusammenreimen und spekulieren wollte, wie der Pröll der Vergangenheit, Krieg oder Frieden, Minenfelder und Wirtschaftsmacht, Befehlsgehorsam, Desertieren und Verfassung, Verdrängen oder Schiffbruch erleiden, die geopolitische Raumverteilung, und so weiter und so weiter zusammenhängen oder einander bedingen mochten.

Vaters Spezialgebiet war der *eurasische Raum* gewesen, nicht etwa Nordafrika. Ich hatte im Erwachsenenalter seinen Aufsatz über Geschichtsverfälschungen in Malapartes Kriegsroman *Kaputt* gelesen und sein Hauptwerk über *geopolitische Ideologien und Ideengeschichte* nach dem Ersten Weltkrieg, mich aber nicht mit ihm streiten wollen. Über *Deutungshoheiten* etwa? *Raumbegriffe?* Dass ein gewisser Nolte in seinem Lieblingsstandardwerk zur neueren deutschen Geschichte mit *Am Anfang war Napoleon* begann, ohne je zum Ende zu kommen. Hitler? Ich ließ es auf sich bewenden.

Vermutlich suchte er in der Unendlichkeit historischer Thesen neuen Halt, hatte ich gemutmaßt. Auch. Was ihn bewegte, war die Frage, ob aller Unordnung und *Kaltem* Krieg aus sich heraus sein neuer *Phoenix aus der Asche* –

ein Begriff, den er häufiger verwendete – eine neue Arche-Ordnung entsteigen könnte. So etwas wie ein neu frisierter Kant'scher *Ewiger Frieden.* Eine bisher übersehene, nichtgöttliche Quelle, unseres Wohlergehens. Nicht als Aufklärung (nicht sein Bier), sondern aus blanker Einsicht in die Notwendigkeit. Klar, er hatte die Schnauze vom Chaos gestrichen voll. Ich dagegen hatte es gesucht. Wir waren uns immer fremder geworden. Erst körperlich. Dann geistig. Irgendwie im Sinne Brechts, den ich seinen Exegesen vorzog. *Erst kommt das Fressen, dann die Moral.*

Mich hatten neben Zeitreisen Handfestes fasziniert, nicht nur die von Strom gespeiste Welt der Lichttechnik, sondern auch das wahre, natürliche, geheimnisvolle Licht von Sonne und Mond, Milchstraße und Universum mit seinen Abermilliarden Lichtpunkten. Durch geschliffenes Glas gelenktes Licht wurde mein Ding: die Brechung des Lichts, die Kombination von Linsen, Brenngläsern und Okularen. Das *optische Praktikum* wurde zum Highlight meines Studiums. Vielleicht war ich ja ein Sternengucker gewesen. Ein *Hans-guck-in-die-Luft*.

Ich stand, wie mir bewusst wurde, eher auf Teleskope denn auf Mikroskope, um staunend mittels phallusartig erigierender Rohrkonstruktionen zu beobachten, dass hinter jedem Lichtpunkt im Himmel, wenn man ihn denn potent vergrößerte, wiederum Milliarden Sonnen, Nebel und ganze Galaxien zum Vorschein kamen. Dass man in den Raum zugleich immer weiter in die Zeit zurückschauen konnte, da Licht Zeit braucht, bis es mein Auge erreicht, eine Inspirationsquelle für Grenzüberschreitungen des Genres Zeitreisen, die Mitte der Achtzigerjahre richtig Fahrt aufgenommen und mich inspiriert hatte. Ob etwa Lichtgeschwindigkeit das physikalisch vermutete magische *Tempolimit* – ein urdeutsches Unwort – war, oder eben auch nicht. Die Miniatur und das große Ganze, zumal wir selbst nur Mini-Miniaturen sind. Das Menschheitstrauma, dass es vor oder hinter anderen Zeitzonenwelten schließlich ein Alpha gibt, also irgendwann logisch ein Omega folgen muss. Mithin die Frage, ob die Relativität der Zeit so weit geht, dass Zeit als eigene Dimension beim In-sich-Zusammenziehen von Raum immer schneller tickt und schließlich implodiert, kollabiert, zerplatzt, also entschwindet?

Meine Modelleisenbahn hatte ich übrigens, ob solchen spätpubertären Tiefsinns, irgendwann verscherbelt, um mich bei *Selbach-Düsseldorf* mit den neuesten Modetrends von geilen hüfttiefen Schlaghosen und karierten Stehkragen einzukleiden, nicht nur eine langjährig erwirtschaftete Anlage für eine Freundin, smarten Sex und möglicherweise sogar Liebe, sondern auch als Abkehr von Vaters Oldie-Kleidung über löchriger Unterwäsche, da er viel zu geizig war. Zog allerdings nicht. Die, die ich angelacht hatte, hatte mich ausgelacht. Ist wahrscheinlich immer so. Fehlinvestition also.

Um mich wieder auf Vaters Buchstaben zu besinnen, widmete ich mich zunächst profaneren Dingen, holte mir ein Mettbrötchen unter Spreewaldgurke an Buttermilch, lief eine Runde um den Dorfweiler und vertiefte mich eine Weile lang in das Picken, Schnattern und Baden, kurz das freudvolle Dasein einer Entenfamilie mit sieben süßen Küken in ihrer überschaubaren, für sie jedoch unermesslich großen, friedlichen Welt, bis eine Horde Jungs auftauchte, die partout ihre ferngesteuerten Wummermotorboote zu Wasser lassen mussten, womit es aus war mit dem Entenfrieden. Ich tauchte erleuchtet wieder ein in die Aufzeichnungen Vaters und fragte mich, ob er gehofft hatte, Fahnen des Afrikakorps mit dem Logo *Dattelpalme auf Hakenkreuz* besoffen (doch wohl nicht bekifft?!) über Salzseen auf gepanzerten Pionierbrückenschiffen und auf Nil-Feluken flattern zu sehen. Ich las:

Abends gibt es dann Sauerkraut mit Trockenkartoffeln oder Hülsenfrüchte, aber beim Kochen werden sie steinhart.

Träumte er davon, deutsche Mettwürste am Tahrirplatz zu grillen, statt Foul und Falafel? Genesen am deutschen Bierwesen? Die neue Macht der Ordnung ausgerechnet am Berg Sinai installieren, wo die zehn Gebote vom Himmel gefallen waren? Ich hatte zu viel gelesen und suchte dabei nur nach Hinweisen auf Erbe und Vorstellungswelt eines deutschen Soldaten in Nordafrika, der alles sein konnte, doch auch mein Vater war. Er schrieb:

Meine Kamera war schussbereit wie ein Panzerrohr ... Heute dreizehn Bilder von Siegestrophäen geschossen. Was bleibt? Niemand weiß um die Geschichte, die ein Bild erzählt. Dieses etwa: Gernot lächelt in meine Kamera. Ein Freund. Ein letztes Mal. Sekunden später liegt er im Staub, erledigt von Scharfschützen.

Abgeschmackt, dachte ich. *Blind men shooting at the world,* wie ein Antikriegslied dichtete. *Sorry, shooting human beings.* Auf der Suche nach Hinweisen auf Siwa und das, was das *Erbe* sein könnte, stolperte ich durch sein Fantasialand, so fremd, grausig und entrückt, als sei es das einer anderen Spezies Mensch. Ich machte mir klar, dass alles lediglich ein knappes Menschenalter zurücklag und dass ich in Bälde *Durch die Wüste,* durch aufgemöbelte Ruinen tippeln würde, spurensuchend.

Natürlich wusste ich: Kriege sind näher gerückt und Fernsehalltag. Ich hatte einen Freund, der im Balkankrieg Scharfschütze gewesen war zwecks *Verteidigung blutgetränkter Erde,* wie er sich ausgedrückt hatte. Ich hatte gegen böse Kriege protestiert, um gute *Volkskriege* zu postulieren. Wie konnte das sein? Nicht zu wissen, wie es ist, vom Willen, dem Müssen, vielleicht auch der List und Lust am Töten aufgesogen zu werden? Ich, der Aufgeklärte, hatte weggefiltert. Wie wir alle. Nun war ich dabei, einzukehren. Ernüchtert begann ich eine Liste offener Fragen anzulegen, um nur eines zu begreifen:

So würde ich die Tagebücher nicht entschlüsseln.

Ja, ich hatte mich total verzettelt. Ich beschloss, zunächst eine Bücherei aufzusuchen. Oder sollte ich besser in Archiven und Nachlässen, oder in Briefen eines Rommel stöbern, um zu begreifen? Das brauchte Zeit und Geld, was ich weder noch hatte. Doch gab es möglicherweise Hinweise auf Siwa in Tagebüchern seiner Kameraden, so es denn welche gab, auf die Ausheilung von Kriegsverwundeten hinter der Front. Eine Spurensuche *Durch die Wüste* wäre es. Wollte ich überhaupt?

Ein mir nicht näher bekannter Forscher, der über Friedhöfe und posthume Alltäglichkeiten fabulierte, gab mir fernmündlich eine Einführung in das deutsche Archivwesen, das sonderbaren Eingebungen folgend *geordnet* zu sein schien. Kriegsarchivalien waren in Freiburg im schönen Breisgau ausgelagert, vermutlich im Kontrast des hohen Freizeitwerts der Umgebung wegen. Dort hatte ich mit Vater meinen ersten Urlaub in Deutschland am Fuße eines kahlen Kegels namens Belchen verbracht, eintausendvierhundertvierzehn Meter hoch und voller Blaubeeren, was Zufall oder Weissagung sein mochte.

Ich rief im dortigen Militärarchiv an und erhielt eine Unterweisung im historischen Antragswesen. Nach Registrierung, Sichtung der Bestände im Internet und Antragstellung erhielt ich eine Mail, in der es hieß: *Der Lesesaalplatz wird Ihnen vom 1.-5. April 2011 zugewiesen. Vergessen Sie bitte nicht, die Aktenzeichen bereit zu halten. Hochachtungsvoll …*

Meine Zeit in Weisack lief ab. Ich musste schnellstmöglich nach Hause und dann nach Freiburg. Was sollte mit dem Kairo-Licht-Projekt geschehen? Verschieben auf Sankt Nimmerlein? Wohl kaum. Agentur fragen!

Weisack, 25. Januar 2011

Immer wenn es nach sechs im Vorhirn knackte, verspürte ich ein dringendes Verlangen nach einem eiskalten, frisch gezapften Bier in meiner vorübergehenden Stammkneipe beim dicken, hustenden Wirt. Und seiner Tochter *Schantal* alias Eva-Maria. Wenn sie denn da war.

War sie nicht. Niemand setzte sich zu mir, man blieb lieber unter seinesgleichen. Ich trank ein Pils und blätterte in meinem Terminkalender. Im Spätsommer sollte ich in Kairo sein, um an der Beleuchtung antiker Stätten und toter Berge zu werkeln, also Lichtkonzepte aus dem Turban zu zaubern, um in den Fußstapfen meines Vaters sonstwelche Vergangenheiten zu illuminieren. Eva-Maria erschien, als ich gerade auf mein Zimmer gehen wollte.

Hi. Sie winkte mit zwei Fingern und schaute aus ihren Augenwinkeln in meine Richtung. Ob ich einen *Armen Ritter* essen gehen wollte, fragte sie im Vorbeigehen. Ein Lokal in Rathenow kenne sie, schön an der Havel gelegen.

Äh, ja, nach Rathenow wollte ich immer mal, antwortete ich, ohne zu schlucken. Ich fühlte mich momentan erschöpft. Mir war eigentlich nicht nach einem Plausch über Reiher an der Havel. Meine Krise vorzuschieben, kam mir in den Sinn.

Ich entschuldigte mich mit einem Telefonat, das ich erwartete. Kaum war ich auf dem Zimmer, rief Missus Ex, meine Sabine, tatsächlich unerwartet an, als habe sie prüfen wollen, ob ich alleine schliefe. Sie erklärte weitschweifig, dass sie die Espressomaschine doch nicht haben wolle, aber vielleicht die Getreidemühle sowie eine pyramidenförmige, und zwar auf der Spitze stehende Vase, die ein Vermögen gekostet hatte, einen Designerstuhl und einen gülden verschnörkelten Bilderrahmen, den sie liebte. *Liebte?* Sie wollte alles abholen, und zwar morgen.

Eigentlich interessierte es mich nicht, außer dass sie noch einen Schlüssel hatte, was mich beunruhigte. *So,* sagte ich, als würde ich es mir gut überlegen wollen. *Eher übermorgen. Gute Nacht!*

Gute Nacht!

Im Bett ging mir, nach Schlaf ringend, durch den Kopf, dass ich Nachlässe und Möbel nicht gar zu ernst nehmen und Soldaten nicht rundweg als Mörder bezeichnen sollte. Ich erinnerte mich blass an Kurt Tucholskys Gedanken, die Vater zur Weißglut treiben konnten, zum Soldatentum, doch wusste ich nicht, ob ich ihm Recht geben würde, wenn in jedem von uns der Mörder eines anderen steckt. Wie wichtig sind Vasen? Deutsche Buchstaben verschwammen vor meinen Augen. Ich würde doch noch einige Tage bleiben.

Weisack, Rathenau, 26. Januar 2011

Den folgenden Tag über brütete ich Handgranaten aus, um mich kurz nach vier von den Schlachten um Tobruk loszureißen. Ich wollte mich Eva-Marias lustigen Löckchen widmen. Am Treffpunkt wehte mir ein eiskalter Wind ins Gesicht. Eva-Maria kam viel zu spät. Während der Fahrt hauchte sie mir Gedanken zu wie Pusteblumen in den Sommerwinden am Wegesrand.

In Rathenow, wo wir zu meiner Überraschung eine Jena Zeiss-Niederlassung passierten, in der Präzisionsokulare gefertigt wurden, die ich wohl verwendet hatte, stellte ich fest, dass ein *Armer Ritter* ein Jägerschweineschnitzel war, einklemmt zwischen in Milch und Eigelb eingeweichten, aufgebackenen Landbrotscheiben mit Spreewaldgurke, Bratkartöffelchen und Ketchup. Ich würde viel Bier benötigen. Dreiunddreißig war sie und könnte meine Tochter sein oder Nichte. Das Gespräch begann mit der Doppelfrage *Bewegung und Verdrängung*.

Reisen hat was von aus den Augen aus dem Sinn, ja? Ziemlich schlau schauste aus, steckt der Doktor drin in dir. Ich mag deine Augen. Du liest viel, grübelst, oder?

Das klang keusch. Ich spürte ein Jucken, doch war ich mir nicht sicher, worauf sie hinauswollte. Mir rutschte raus: *Zumal ich in der Scheidung bin. Das heißt, wir sind getrennt, meine, äh, Nochehefrau, na ja, und ich. Keine Oase weit und breit.*

Ich erwartete einen mitleidigen Blick auf meine ernste Krise, oder einen Anflug von Entsetzen. Stattdessen kam: *Det is och ne Oase hier, find'ste nich? Haste aba schön jesacht.*

Brandenburger Kinderstube. Lustig. Ich erinnerte mich, wie sich Vater immer mokiert hatte, wenn ich fünf Minuten zu spät zu Tisch gekommen war. Ich musste irgendwie raus aus dem Krisenmodus. Ich mochte ihre Grübchen. Auch.

Äh. Nein, stammelte ich. *Ich dachte mehr an Ägypten.*

Ach sooo, Ägypten, kenn ick, Argada und so, war isch mal schnorcheln. Palmen gibt's hier nich.

Sie prustete los. Ich versuchte, nicht an Tobruks Papppanzer zu denken. Sie schüttelte ihre Haarpracht mit einem Aufschlag ihrer dunkellila gefärbten Wimpern, sagte: *Ick wollte dir ja ooch nich gleich heiraten.*

Entgeistert stellte ich mein Glas auf den Tisch, etwas zu laut. Verräterisch. Was rauskam, war: *Nu, meine Güte. Heiraten im Havelland, das war nicht mein erster Gedanke, aber … Es ist nur … Also, was ich gedacht hatte, war …*

… Ich muss halt viel arbeiten in der Wirtschaft, wir haben ja keine Aushilfskräfte, fiel sie mir ins Wort, um weitere Peinlichkeiten zu umschiffen. *Heimat zum Heiraten kannste hier nicht genug bekommen und ziemlich geile Frauen gibt's auch. Guckste mich an. Außerdem habe ich meinem Ex gesagt, dass er ne rechte Sau ist und in den Stall gehört. Der Sascha is det. Hat Sascha aber nur gelacht und seinen Glatzkopf in Falten gelegt. Ist dann abjehaun, Cottbus oder Dresden, macht da ne Kochlehre.*

Das war lang. Es blieb ein merkwürdiges Small Talk-Geplänkel. Eine Bild-Gedanken-Kombo mit gelegentlicher Berührung von Füßen unter dem Tisch. Unausgesprochen die wilde WeGe: Wir, also eine Patchworkfamilie, mit dem fetten Vater Wirt, die Ex (nun lesbisch mit Freundin) auf Visite, die räkelnde Eva-Maria, die alles durcheinanderwirbelt. Sie sah mir in die Augen, als erriete sie meine Gedanken, und fragte: *Wat machste denn hier so Geheimnisvolles? Haste was Geiles gefunden da auf dem Dachboden? Ne alte Luger oder handkolorierte Pornos? Biste nen Professor?*

Ich dachte an das barbusige Porträt. Ihr Hemd saß eng, war aber zugeknöpft bis unter die Kehle. Sie begann an einem Knopf zu nesteln. Ihr Parfüm war veilchensüß.

Nein, Licht-Ingenieur bin ich, baue Anlagen, konstruiere. So ziemlich alles. Mein Vater ist vor einigen Wochen gestorben, in Ribbeck.

Passiert. Mein Beileid. War aber nicht mehr der Jüngste mehr, wat?

Vierundneunzig war er.

Mein Opa ist letztes Jahr gestorben. Ist ja traurig. Obwohl. Der war uralt, fünfundneunzig oder so. Du?

Sie übertrieb. Ich suchte nach einem Ausweg und dachte an Politiker, die stets keine Antwort auf unpassende Fragen finden. Ich sagte nur: *Schon alt, aber ziemlich jung.*

Ziemlich. Übergangslos ging es weiter: *Ich miste gerade aus. Sind ein paar ganz interessante Sachen dabei. Hast du mitbekommen, ob sonst jemand Dachböden absucht? Vielleicht bin ich nicht der Einzige, der nach Kriegstagebüchern sucht.*

Isch? Nein, gar nisch. Wobei aba der Sascha Kriegstagebücher sammelt.

Mir blieb ein Stück Ritter im Halse stecken. *Wie bitte? Sascha hat ein Tagebuch aus dem Krieg gefunden? Bei wem denn?*

Eva-Maria kicherte. *Na, im Computer. Kennste nich. Sascha spielt* Sniper Elite Ziwah, *wo er Kriegstagebücher in*

Kisten in – äh – Tabak finden muss. In Libyen, oder? Er findet die Scharfschützen so geil, wenn die Kugeln Köpfe zu Skeletten machen. Ich fands langweilig.

Das, was die Kids im Flieger gespielt hatten. Müsste ich checken. Ich spülte den Ritterbissen halb zerkaut mit Bier runter und bestellte zwei frisch gezapfte. Siwa wieder. Das kam unerwartet. Ich hatte ihren assoziativen *Sachverstand* unterschätzt. Was Vaters Tagebücher zum Weltkrieg in der Wüste sagten, wollte sie nicht genauer wissen. Sie musste aufs Klo. Sollte ich nicht Vaters Tagebücher als Kriegsspiel auflegen und Wahrheitspunkte vergeben, überlegte ich.

Eva-Maria kam frisch odoriert zurück, orderte ohne Rücksicht auf Kalorien den *Früchtebecher Samoatraum* und erzählte beiläufig, dass sie auf Inseln in der Südsee stand, wo sie unbedingt bald hinwollte. In die Teeplantagen am Fuße des Himalayas wollte sie auch und nach Patagonien, der Pinguine wegen. Ich berichtete von Pennsylvania, Vulkanismus auf Stromboli und Hinterfichtenich. Es war *ziemlich* absurd, doch recht genüsslich. Eva-Maria gähnte.

Ich erinnerte mich, dass man bei Damen ganz ritterlich spätestens nach fünf Minuten eine Frage stellen sollte.

Wer hat eigentlich die Fotos im Flur gemacht?

Das sei eine *Künstlerin* aus Neuruppin gewesen, meinte sie. Keine weiteren Fragen. Es hatte zu schiffen begonnen.

Wir fuhren zurück durch die Regennacht. Über den Feldern lagen feine Nebelbänder. Es roch herrlich frisch und süßlich nach Veilchen und märkischem Kieferharz. Ich spürte ihre Hand auf meinem Knie, die leise höher rückte.

Wir gingen aufs Zimmer, ohne viel zu reden. Sie kicherte, dann ging's Rapp Zapp. Das Licht blieb an. Danach zog sich Eva-Maria genüsslich windend an und ließ mich zuschauen. Als sie lächelnd durch die sich geräuschlos schwingende Tür ging, drehte sie sich kurz um.

Geil, oder? Mach dir nichts draus, wenn du zu schnell gekommen bist. Oder noch traurig bist. Vahsteh ick.

Ich hatte das Gefühl, dass mein Krisenmodus unerwartet in eine surreale Traumwelt hinüberglitt.

Weisack, 27. Januar 2011

Ich frage mich immer, was den ersten Gedanken auslöst, wenn man nach Sex ausgeträumt hat. Einen guten oder schlechten? Ich weiß es nicht. Es war jedenfalls nicht das drohende Frühstück und nicht Eva-Maria. Dann passierte ich barbusige Damenfotos und war wieder voll drin. Ich widmete mich dem Filterkaffee, weich gekochtem Ei und Schmelzkäse und begann dabei, Fragen von Feigheit und Verrat nachzuhängen. Ich merkte: Es wurde Zeit zu gehen. Oder blieb ich nur aus Feigheit vor dem drohenden Verlust von weiblicher Körperlichkeit? Ging es in Wahrheit um die stoßartige Dichteänderung der Brandenburger Luft, den Knall (verknallt sein, 'nen Knall haben …?) Verriete ich am Ende meine Mission und … mich selbst? Vattern?

Ich schwebte durch Modelle und Algorithmen, betätigte Suchfunktionen, las. Dann notierte ich in einem Anflug ungeahnter Ernsthaftigkeit einige Gedanken, nannte es großzügig *Essay – Was ist bloß ein Essay?* – und schrieb sicherheitshalber *Entwurf?* dazu.

Feigheit von Kriegsversehrten als Kriegsspiel

Es gibt sie noch, die unentdeckten Kriegstagebücher und Briefe von der Front. WeKaZwo. Ich habe sie jüngst auf einem Dachboden gefunden. Von meinem gen Himmel abberufenen Vater.

Geschrieben wurden sie beim Feldzug des Deutschen Afrika-Korps 1941 und 1942 zwischen Benghazi, Tobruk (von deren Schlachten ältere amerikanische Kriegsfilme handeln), al-Alamein und der Oase Siwa. Sie zu lesen ist, als hole einen Bestialität und Wahnsinn wieder ein. Von wegen Wüstenfuchsheldentum.

Heute ist alles nur ein Spiel, musste ich unlängst feststellen. Gut sechzig Kriegstagebücher muss der Spieler in der Spielkonsole finden, wenn er SNIPER ELITE DREI gewinnen will. Tobruk, Gaberoun, Halfaya Pass, Fort Rifugio und die Oase Siwa sind die Orte. Die Macher haben das Kriegsrevier gut studiert. Chapeau!

Da muss ich weitersuchen, denn sonst gibt es nur Punkte für einen Blattschuss. Menschen verwandeln sich in Skelette, sobald die Kugel sie trifft. Der Kampf der Sieger gegen die Deutsche Mission ist allerdings ungleich. Es kommt einem vor, als gehe es um eher skelettierte Lust am Knall oder die Unlust, im Graben zu verrecken.

In der Spielanleitung steht: *Nachdem ihr die Soldaten ausgeschaltet habt – achtet auch auf den Scharfschützen hinten auf der Mauer –, geht ihr in das mittlere Gebäude. Ihr steigt die Leiter nach oben und findet zur Belohnung ein weiteres Kriegstagebuch… Habt ihr das geschafft, reichen einige wenige gezielte Schüsse in die Lüftungsklappe des Tanks und der Panzer explodiert. Einige Scharfschützen wollen euch an der Flucht hindern. Erschießt sie, trefft euch mit Brauer und die Mission ist erledigt.*

In den echten Kriegstagebüchern lese ich vom Tod gemeiner Soldaten, die wirklich draufgingen. Das eine Leben erlischt, meins geht weiter, ich, ein Überlebenskünstler, der rechtzeitig *abgehauen* ist. Kriegsspiele aber sind *geil*. Unsere Wertmaßstäbe haben sich wohl nur teilweise verschoben. Aus dem *Wüstenfuchs* Rommel, der mordend d*urch die Wüste* gezogen ist, wurde ein Held, ein Mythos. Wir aber demonstrierten ahnungslos gegen NATO, Kissinger, die neuen Zaren und andere kalte Krieger.

Vielleicht ist das moralingesäuert, zeigefingerarrogant. Einer, der sich berufen fühlt, im Müllhaufen der Geschichte unqualifiziert herumzustochern. Wer interessiert sich für ein Tagebuch, nur weil es der Wahrheit näher zu sein vorgibt? Was kann es uns heute mehr sagen als das Spiel, da alles bereits gesagt ist, wenn auch nicht von jedem. Außerdem bin ich zu spät geboren und spiele lieber andere Kriegsspiele wie Skat oder Schach. Schwach, ich weiß. Ich bin ratlos.

Ich mailte den Essayentwurf an Viktor. Warum, weiß ich nicht. Es war wohl ein Rausmüssen mit der Sprache.

Ich bat ihn um eine Antwort auf die Frage, was den Alten dazu getrieben haben mochte, eine Kiste mit Text, Bild, Kamera und sonst was in Afrika seinem Sohn zu vermachen, statt es zu verramschen. Hatte er befürchtet, als teutscher Fotoschütze im Arsch des letzten Glieds bloßgestellt zu werden? Untergetaucht war er in einer Oase, was zumindest ungewöhnlich war.

Versehentlich drückte ich auf Bella als Empfängerin, was mir sogleich leidtat. Bella wollte ich nicht behelligen. Doch ich hatte wohl meine Assoziationen und Magnetismen.

Weisack, Hinterfichtenich, 1. Februar 2011

Am letzten Abend verließ ich das Hotel. Ich lief, lief und lief. Dann glotzte ich TV zum Nichtstun. Es waren Fortsetzungsgeschichten ohne Verheißung. Regierungen waren zerfallen, Menschen auf der Flucht ertrunken, Arten ausgestorben. Ich hatte alles und nichts kommen sehen. Ich fühlte mich leer und ausgepumpt. Ich ging zu Bett, um in einen geschützdonnernden Schlaf zu versinken, an den ich mich jedoch anderntags en detail nicht erinnern konnte, nur an welche Skelette, die ständig laut rumplapperten und gelegentlich explodierten. Die letzten Traumnebel waren verflogen, als ich im Auto saß und aus Weisack abfuhr.

Als ich die weiten, neblig-feuchten Wiesen inmitten von dunkelgrünen Wäldern voller Ginster, Beerenbüschen und Farnen verließ und auf die Autobahn einbog, kondensierte ein flüchtiger Gedanke, dass ein Tagebuch zu verstecken nicht die Verdrängung einer früheren Ungewissheit, sondern eine vage Hoffnung war, dass das Leben ungestört weitergehen möge. Dass er gar nicht an den letzten Satz geglaubt hatte. Nur dass das Vernarbte, an das ihn sein Arm immer erinnerte, wieder aufbrechen würde.

Auf dem Dachboden am Großen Havelländischen Hauptkanal hatte sechzig Jahre lang die von Wespen bewachte Wunde überdauert. Die Blutung war gestillt.

Kapitel 6
Kriegsbunker

Hinterfichtenich, 2. Februar 2011

Auf der Rückfahrt aus Weisack vertrieb ich mir die Zeit mit Denktwist, einer selten gewordenen Freizeitbetätigung, gut für einsame Autobahnfahrten. Eine Übung galt der Frage, warum Tagebücher und Kriegsromane, nach denen – keine Ahnung wie viele – Filme gedreht wurden, nicht dazu beigetragen haben, die Menschheit von der Hydra Krieg zu befreien, obschon sich Psychologen uneinig sind, was ein Albtraum sei, hatte ich gelesen, und was er sozusagen *entlarvt*. Dabei ist Krieg eine dumme Wahrscheinlichkeitsrechnung: Nie zu wissen, ob du den nächsten Moment überlebst. Doch dann überlebst du mit einer tiefen Wunde, die vernarbt. Die im Kopf aber bleibt. Für die einen ist der Albtraum ein Blitzableiter, reine Psycho. Für andere eine Ausgeburt des Bösen, wo es einen Bunker braucht. Ich vermute, dass Vater, ja, alle diese unsere Väter, ständig vom Krieg träumen. Bis dass der Tod sie scheidet. Aber dann gibt es noch das Erbe.

Ich ließ den Blick von der unendlich langen Straße gen Himmel schweifen und überließ mich meinen Träumen. Ich setzte sie bei Klängen von *Imagine* neu zusammen. Wunderbar.

Als ich das heimatliche Bergische Land erreichte, an dessen Ausfransungen ich Hinterfichtenich erahnte, kam die Meldung, dass es in einem Flecken namens Fukushima im Nordosten Japans in einem Atomkraftwerk zum *Größten Anzunehmenden Unfall* gekommen ist. Noch so ein Albtraum. Der *GAU* ist hypothetisch, existiert aber real gar nicht, behaupteten die Technikatomfreaks beim Bau ihrer Meiler. Nun, da ihre Annahmen ständig ad absurdum geführt werden, halten andere Gründe her. Allzu Menschliches. Murphy's law. Perverse Naturgewalten. Also weitermachen mit Atomstrom. Sowieso besser für ein *prima Klima.*

Ich fuhr langsamer. Mich interessierte immer das Davor und Danach, auch von Atomkraft, die Strahlung, die Hybris, der Müll. Nun starben qualvoll hunderte, tausende Menschen, zehntausende waren auf der Flucht. Es tat mir weh, physisch. Gegen Atomkraftwahn, Big Brother und ein Einsehen in die *Grenzen des Wachstums* war ich auf die Straße gegangen. War ein paar Jährchen her. *When will they ever learn?* Niemals. Weil *sie* unvernetzt in Linien von a nach b denken und geldgeil sind. Zocker. Aron und ich, wir spielen auch mit der Physik, aber greifen nur harmlos nach Wissen und neuen Ideen.

Fukushima erzeugte in mir Bilder geborstener Pipelines, Rauchsäulen, schwarze Drahtgeflechte, Baumgerippe und Kadaver. Eine apokalyptische Kriegsminiatur. Ich sah Häuser zerfließen in einem strahlenden See aus Teer und Blut. Wüsten vexierten apokalyptisch. Vielleicht ist das Grauen nur dann heilsam, wenn ich mir ein Bild mache. Jenseits von Fiktion. Im Radio lief: *It's all over now, baby blue.* Passte. Ich fuhr rechts ran, lauschte und schloss die Augen.

Zu Hause kippte ich erst mal ein paar Cognac. Ich versuchte mich auf das zu besinnen, was vor mir lag: ägyptische Illuminationen. Die Ergüsse des Havellands waren dem Oasenerbe eher abträglich gewesen, eigendiplomatisch gesagt. Ich wollte mir ja nicht zu nahetreten.

Die Anspannung spürte ich physisch, doch hatte ich keinen Bock auf Muckibudenmaschinen. Später, dachte ich. Stattdessen sinnierte ich beim Hinausschauen in das abendliche Blaugrau des Bergischen Landes, um Pläne zu schmieden. Die Stille und mein Fukushima-Syndrom halfen, den Abgang aus Hinterfichtenich anzugehen, wo ich meine Ehe vergeigt hatte. Ich brauchte eine Wohnung.

In den Folgetagen telefonierte ich mit Hausagenten, Lichtdesignern und Beleuchtern mit einem Spruch wie von einer tibetanischen Gebetsmühle. Wohnraum war knapp, wie sich herausstellte. Ich begann mich zu bewegen, examinierte Lichtanlagen von Theaterbühnen, flutlichtilluminierte Stadien und Galerien mit exotischer Raumausleuchtung. Volles Programm. Es half aus dem Loch.

Ich buchte eine Tour unter dem Dom durch die geheimnisvoll inszenierten Katakomben. Ich inspizierte die Lichtanlage in einer hippen Ehrenfelder Lagerhalle, die zur Disco umgezimmert worden war. Wo Lichtexzesse zu wummernden Bässen zelebriert wurden, in denen sich Leiber schüttelten und wanden. Plötzlich fand ich mich auf dem Boden wieder. Es lag wohl an der Energieintensität von Licht und Schall, rein physikalisch betrachtet. Doch niemand scherte sich drum. Lotete ich sehenden Auges oder gehörtechnisch die Grenzen meiner Belastbarkeit aus?

Ich kramte mal wieder durch die Briefesammlung auf der Suche nach weiß der Himmel was und stieß auf einen Brief, geschrieben, als ich 24 war.

Vater! Still warst du, meistens. Aber explodiert bist du, wenn dir was gegen den Strich ging. Nur noch Strenge zu riechen, ist dem Kind ein Alb. Versagen? Gilt nicht, nicht bei Mathe, schon gar nicht beim deutschen Diktat. Jede Arbeit hast du dir vorlegen lassen, außer ich versteckte sie, um dich an meiner Sauklaue und all den Flüchtigkeitsfehlern zu ergötzen. Dein hämisches Lachen war schlimmer als die Prügel, die ich bezog. Du wolltest mich zur Besinnung bringen. Aber musste es der Ledergurt sein auf dem nackten Arsch? Kein Lob. Nähe auch nicht. Erziehung ohne Zärtlichkeit. Liebe? Mutter starb verbittert. Ich hatte dir verziehen, doch es ist nicht vergessen. Autorität kommt von auctoritas patrum. Daran mangelt es dir. Von Achtsamkeit einmal abgesehen. Indianer weinen nicht, sagtest du, als ich – gerade in Deutschland angekommen – mir bei einer Schlägerei auf dem

Schulhof die Hand gebrochen und mit blutendem Schädel vor dir gestanden hatte.

Hilfe, war ich verbittert gewesen. Ich hatte mich in meinen Bunker verzogen und mit der Eisenbahn gespielt.

Raus aus dem Gefecht, dachte ich. Ein milder Winter ging. Fukushima löste den Atomausstieg aus. Sabines *Inside-out* hatte bei mir etwas ausgelöst. Mein Leben war ins Rutschen geraten. Mir blieb nichts anderes übrig, als mich wieder beruflichen Dingen zuzuwenden.

Hinterfichtenich 26. Februar 2011

Regen, Regen, Regen. Der Winter klang nervtötend aus. Alles schwamm, ich sowieso. Statt in Akten zu kramen, machte ich einen auf Socializing. Brieffreundschaften helfen, aus Endlosschleifen herauszufinden und die dreckigen Unterhosen ins Reine zu bringen, las ich in einem sich um seine Klientel mühendes TV-Magazin. Freundschaft würde unterschätzt. Es wurde Zeit, Aron zu schreiben.

Aron ist Astrophysiker und überdies der letzte Mohikaner und Freund aus Studienzeiten, er an der Uni, ich an der Technischen Hochschule. Die Sinnsuche der Seventies und das Bauchgefühl eines merkwürdigen Jüdisch-sein-Wollens hatten ihn später an die Universität Haifa verschlagen. Indianer eben. Sicher war es in Wahrheit eine Squaw. Doch unsere Brieffreundschaft war recht selektiv. Das Innenleben blieb außen vor. Komisch ist nur, dass die Art der Freundschaft direkt am Anfang gewissermaßen passiert und dann so bleibt.

Ich hatte ihn einmal im altehrwürdigen Technion in Haifa besucht. Wir hatten auf der Mensaterrasse unter duftenden Pinien Kaffee aus Automaten getrunken. Ansonsten schrieben wir uns physikalisch-philosophische Traktate, und zwar mit der Hand. Später gingen sie eingescannt durch den Äther. Das war schwer zu tracken und ausreichend stilvoll.

Aron hatte dort Karriere gemacht, wo ein gewisser Albert Einstein *in the roaring twenties* über die Relativität von Raum, Zeit und Licht doziert hatte, worauf er stolz war. Und zwar auf Hebräisch – darauf hatte dieser bestanden. Das gab den Ausschlag: Es wurde die Amtssprache Israels. Eingedenk dessen war unser Leitmotto: *Geschichte und Licht sind relativ – oder wie wir das Universum umschiffen und vermessen.*

Ich hatte inzwischen einiges gelesen, um meinem Illuminierungsauftrag besser nachzukommen, und verspürte den inneren Drang, meine Erleuchtungen mit Aron zu teilen, in der Hoffnung, von seinen Ideenfantasien zu profitieren.

Lieber Aron, Zeit mich zu melden. Im Moment umtreibt mich ein neues Lichtkonzept, noch eine Fata Morgana in der Wüste. An meinem nächsten Bestimmungsort Ägypten, das in unserer Geschichte eine große Rolle spielt, geht es um eine innovative Illumination von Gestein und Architektur abseits großer Straßen und urbaner Zentren, sozusagen an der Peripherie der Zivilisation rund achthundert Kilometer westlich von Haifa. Schon beim Auszug der Juden aus Ägypten war das Orakel von Siwa sozusagen *Kult*. Siwa liegt in einer fruchtbaren Senke zwischen Salzseen und sich aus Sümpfen erhebenden Tafelbergen, *ähnlich* grandios wie Massada. Niemand weiß wieso, doch dieser Sonnenkult gehörte zu den ersten der Menschheit. Der Tempel zu Ehren von Amun-Ra war Wallfahrtsort und Orakelinstitution. Er war auch im antiken Griechenland bekannt, einem gewissen Alexander dem Großen etwa, der hier um die Referenz bat, dass er *göttlicher Herkunft sei.* Freilich bekam er es mit Brief und Siegel und durfte es selbst verkünden. Dann aber geriet das Siwa-Orakel in Vergessenheit.

Siwas Tempelreste sollen nun also beleuchtet werden, auch der Gabel al-Mawta, der Berg des Todes, darin Grabkammern aus vorchristlicher Zeit mit Malereien des Propheten Mesu-Isis und Si-Amun. Was motivierte die Priester, statt die angebetete Sonne Sterne zu malen? Beteten sie etwa das ganze Universum an? Man sagt, hier leuchte die Milchstraße besonders klar und man sei dem Weltall *näher als anderswo. Im Tempel lassen zwei Fenster in Reihe zwei*mal im Jahr Sonnenstrahlen durch, um einen Schrein zu illuminieren, den es nicht mehr gibt, da er geklaut wurde. Kann ein Lichtstrahl wie jener unser Denken verändern? Wie sollte man die Vergangenheit illuminieren? Shalom

Ich wartete eine Woche auf seine Antwort. Lakonisch-betriebsam fiel sie aus. Profs haben null Zeit und wenig Bock. Was hatte ich auch erwartet?

Haifa, 1. März 2011

Lieber Torsten, wie gut, durch dich zu hören, dass Licht ins *ungelobte* Land unserer Väter gebracht wird, um geheimnisvolle Dinge, aber auch Menschen zu erleuchten. Von der Oase Siwa höre ich nicht das erste Mal. Wir haben selbst ja viel Wüste und kaum lichterne Oasen, zumal in diesen düsteren Zeiten. Doch stecke ich inmitten von Klausuren. Das bürokratische Monster Universität frisst meine Raumzeit auf. Die brauche ich, um einen klaren Gedanken zu fassen. Du bist immer anregend. Shalomski, Aron

PS. Ich bin kein Freund von Metaphysik und Weissagung, und gehe ihnen lieber aus dem Weg. Umkehren kann man immer. Doch gibt es rund um Siwa neben heißer Luft auch unentschärften Weltkriegsschrott von Rommels Kriegslust. Am Rommel kommt kein deutsches Lichtprojekt vorbei. Zum Paradoxon Universum später. *Grüßgott*, Aron

Aron hatte einen subtilen Riecher für versteckte Welten. Und Krisen. Meine. *Ein Anfang ist gemacht*, schrieb ich zurück und deklinierte meinen Auftrag. Da fiel mir ein, dass ich schon länger den Briefkasten nicht geleert hatte. Es waren nur zwei Briefe von Belang: ein Vorauszahlungsbescheid mit Säumnisgebühr vom Finanzamt und eine Bild-Schrift-Grafik von Mo Hennings, die ihren fünfzigsten Geburtstag *fett* in einem WeKaZwo-Bunker zu feiern gedachte, in dessen Nähe sie in etwa sechzehn Jahre nach Kriegsende das Weltlicht erblickt hatte, mit zwanzig Gimmicks bebildert.

Ich rief Viktor an.

Gehst du hin? Komisch, im Bunker.

Es ist nur Beton, also kommt es drauf an, was wir draus machen, so Viktor. *Bunker brauchen wir nicht mehr. Ich gehe. Ehrengarde.*

Köln-Mülheim, 2. März 2011

Das Gehirn ist schon ein seltsamer Bunker. Was wollte ich hier eigentlich? Musik kann ja manchmal tröstlich sein. Also gut, rein dann. *Neunundneunzig Luftballons* stiegen auf, als ich die erste Schleuse hinter mich gelassen hatte. Nenas Stimme klang hohl und blechern. Zwei Meter dicker Beton ist kein guter Resonanzkörper. Ich konnte das Liedchen nicht ab, da es wie ein Hohn auf die Zeit war, als tonnenweise Bomben fielen und Mütter nicht wussten, ob sie ihre Kochtöpfe am nächsten Morgen aus dem Schutt ausgraben müssten, während Väter im Dreck in irgendeinem Drecksloch krepierten, wenn sie nicht gerade das Hirn eines anderen Vaters perforierten. Nenamakaber.

In einem dunklen Raum schauten sich gerade Kinder, auf Matratzen lümmelnd, kolorierte Wochenschauberichte vom angeblichen Endsieg an. Vaters Fotos waren bestimmt dabei. An den Wänden hingen Gasmasken. Eben, Frieden ist nur Abwesenheit von Krieg. Irgendwann werden sie doch noch gebraucht, die Bunker. Halten eine Ewigkeit. Ich kam aus dem Kriegstumormodus nicht heraus. Hier eh nicht.

Ich war schon im Begriff umzudrehen, als ich die Erwachsenenparty im unterirdischen Schutzkeller hörte. Langsam ging ich die Betontreppe runter und stand in einem flimmernden, farbenspeienden Raum. Laut war's. Dem DiJay Tom, schwitzend mit weiß-grau glitzerndem Pferdeschwanz, war ich schon früher begegnet. Seine pockennarbige Clint-Eastwood-Fresse kannte ich, verlebt, zerfurcht. Ich winkte ihm zu. Er lächelte zurück, hob den kleinen Finger und wippte sich warm bei Ramones *They're going through a tight wind. The kids are losing their minds. The Blitzkrieg bop.*

Im Bunker ging es um Aufmerksamkeit. Viktor fand ich schwadronierend im Zentrum einer Männergruppe am Getränkeausschank, wie immer im schwarzen Rollkragenpulli über dem Schmerbauch, bullige Augenbrauen unter der Glatze und Designerschuhen. Sabine tanzte mit den Freundinnen unter einer Disco-Spiegelkugel aus den Fifties. Bella war dabei, die in irgendeiner Budike jobbte. Maria erkannte ich, eine Mathelehrerin, die in einer Anthroposophenpenne Schüler quälte. Mo wippte sich mit Burger-King-Krone warm. Die anderen kannte ich nicht. Sabine wand sich am sexiesten, ganz die Yogifrau. Ex, dachte ich, und Hopp!

Solo-Leute belauerten sich, nach Geschlechtsorganen getrennt. Mir nicht näher bekannte Pärchen schwoften in der Nähe eines wohlgeordneten, noch nicht eröffneten Buffets oder hielten Smalltalk in Kleingruppen, wohl froh, ihre Kinder für einige Stunden los zu sein. Ihr Outfit hatte sich seit Jahrzehnten nicht geändert. Die Beats erzeugten keine Zuckungen. Die Party nahm man mit wie Lieferpizza, schien mir. Ihre Welt war die Meine nicht. Nicht mehr jedenfalls. Vielleicht blickte ich aber einfach nicht durch. Menschenoutfits eben – es kommt drauf an, was drin ist.

Sabine hatte ich seit ihrem Abgang nicht gesehen. Sie hatte sich die Haare rötlich färben lassen. Ihre Flamme Maria war einen Kopf größer, nicht gerade eine Schönheit und trug Billigschmuck, eine kurze Motorrad-Lederjacke und labbrige Jeans. Sabine fixierte mich, um zu sagen: *Hau ab, Arschgesicht,* und tanzte ab dann mit geschlossenen Augen.

Ich fühlte mich hin- und hergerissen, irgendwie traurig. Das *Aus* war endgültig, doch zu Ende war die Chose nicht. Das sagte mir mein Gefühl – ein Schlag in die Magengrube. Interessierte mich Bella? Wie zieht man den Pfropfen, wenn die alten Gefühle mitnichten verflogen, durchkreuzt, kaputt sind? Ich verstand mich selbst nicht. Bella betätigte locker ihr schlankes Becken, ihr schöner Körper herausgearbeitet mit schwarzen, engen Knitterjeans und einer bauchfreien Busenbluse. Ihren brünetten Ponyschopf versteckte sie unter einer Kurzhaarperücke in violetter Leuchtfarbe. Irgendwie die *Eighties*. Ich liebte sie … die *Eighties*. Sie machte einen auf *sweety* und winkte. Ich nickte kurz und schaute weg. Und schaute wieder hin.

Tom legte *War,* U2, auf. *And the battles just begun, there's many lost, but tell me who has won.* Wummernde Bunkerbässe. Ich erkannte die Sex-Pistols. *Nationalities are fighting with each other.* Und Black Sabbath, *War Pigs.* Eine der besten Leadguitarrenstücke. Wie reichhaltig die Auswahl an Kriegspoesie war, von Ehekriegslyrik einmal abgesehen. Egal, Hauptsache man bekam Rhythmus. Den hatte ich.

Tom sprang plötzlich hoch. Dramatische Pause. Stille. *The Green Berets,* rief er, *Nineteen-sixty-six. Bary Sadlers. The Vietnam war, guys. Some gave a little, some gave all.* Er war Amerikaner durch und durch. Wie ich auch irgendwie. Trommelwirbel. Summend setzte der Chor ein. Die klare Stimme: *Put silver wings on my son's chest / Make him one of America's best / He'll be a man they'll test one day / Have*

him win the Green Beret. Ich spürte meine Gänsehaut. *My son's chest?*
Dann streckte Tom seine schwarze Handschuhfaust hoch und senkte den Kopf. Es hatte was von Tommie Smith und John Carlos während der Siegerehrung zum Zweihundert-Meter-Lauf 1968. Ein Trauma, das nie verging. Alles kommt hoch und killt den Pfropfen, immer. Ich heulte. *America's best?* Ein zweiter Punch traf mich voll in die Magengrube. Ich hatte am Tag, als ich achtzehn geworden war, meinen amerikanischen Pass an der Pforte zur Botschaft in Bonn abgegeben und war *abgehauen,* bevor mich US-Feldjäger in den Vietnamkrieg ziehen konnten. Shit, aber super! Die Tränen waren mir peinlich. Ich ging raus.

Mo wollte feiern und so wurde *Happy Birthday* von Jimmi Hendrix aufgelegt. Unsere zerrissene Welt. Anschließend sang Marilyn Monroe *Happy Birthday* aus einer Zeit, als die Welt noch in Ordnung war und man swingend aus doppelter Moral seinen Saft sog. Sooo schön. Alles grölte. Das Leben ging weiter. Mir reichte es schon wieder. Ich wusste, was sich gehört, und ging pinkeln. Dann tänzelte ich zum Kölschfass, wo Viktor weiterhin das Wort führte.

Genau. In Ehrenfeld wurde übrigens jetzt erst ein Kriegsbunker entdeckt.

Sprechblasen im Staccato. Im Lärm von Kriegs-Rock 'n' Roll verstand ich: *Genau. Coole Atmo. Genau. Perfekter Raum. Partys. Tussi. Genau. Geiles Kunstprogramm. Genau.*

Viktor kam auf mich zu und umarmte kurz meinen Bizeps. *Darf ich vorstellen, Torsten Weeeh, bekannt als der Licht-Winkel, der beste Licht-Ingenieur weit und auch breit. Geht jetzt beleuchtungstechnisch in 'nen Oasentempel. Zum Jupiter! Ägypten, gell? Nee, jetzt ernsthaft, der hat's drauf mit Lichtideen. Oder heißt es Ideenlichter? Na, jedenfalls, Torsten ist da!*

Verhaltenes Gelächter. Jemand meinte: *'Ne Jupiter-Oase, wat dat denn?*

Es durchzuckte mich. Ich fand es immer lästig, mich selbst ins Licht zu rücken. Vattern hat mir das vererbt. Wie locker Viktor aber den Scheinwerfer anschalten konnte. Er hat die PeEr im Blut. Er schob ein sarkastisches *Solange man nicht nur langweilige Stillleben in Goldrahmen erleuchtet … doch dem Ingenieur ist bekanntlich nichts zu schwör …* hinterher. Lacher. Und ich war wieder ausgeknipst. Ich sollte dran arbeiten und mischte mich ein.

Genau – Ammonium Jupiter wurde in der Oase Siwa angebetet. Quasi der Sonnengott. Immerhin. Äh. In Bunkern braucht es sicher auch ein geiles Lichtkonzept, vielleicht, also …

Mein Problem. Einer nickte. Viktor raunte mir zu: *Wann spielen wir mal wieder Schach?* und drehte sich weg.

Ich spürte Bella hinter mir, oder besser: Ich roch sie. Sie zog mich in Richtung Tanzfläche.

Scheiß aus allen Rohren, oder, fragte sie. Ich verstand nur Bahnhof, vorerst jedenfalls.

Ohne eine Antwort abzuwarten, begann sie zu tanzen. Ich fühlte nichts, kam mir stocksteif vor und blieb auf Distanz. Sie aber wollte mich spüren. Ich erkannte Billy Joel und summte mit. *Cold War kids were hard to kill – Under their desks in an air raid drill – Haven't they heard we won the war – What do they keep on fighting for?* Sabine und Maria gingen. Das war es wohl, was Tom bezweckte. Allzu lyrisch? Schräger Text? Sabine mochte Joel nicht, erinnerte ich mich.

We never knew what friends we had. Until we came to Leningrad. 2015. Dann legte er *Painted Black* auf. *No colors anywhere, I wanted to turn black.* Gut, dass es Bunker gab, in denen man mit Bella etwas Schwere abschütteln konnte. Also begann ich etwas zwanghaft zu wollen. Mir wurde wurscht, dass ich in einem verschalten Nazibunker hopste.

Viktor zog Sabine flirtend von Maria weg. Sie war willig. Ich spürte einen Stich und schaute weg, als sie zu mir schaute. Später kamen sie zurück zum Rocken. Metallica lief, *Johnny got his gun, the world is gone, I'm just one. Oh,*

God, help me hold my breath as I wish for death. Sabines Mitte wippte wie bei einer geschlechtlichen Vereinigung. Ich sah, wie sie Arm in Arm mit ihm hochging. Ich vermutete, um zu kiffen. Oder warum sonst? So hoppelte die Party dahin. Nie ankommen, immer hoffen. Ich wollte mich am liebsten richtig volllaufen lassen, doch selbst davor drückte ich mich. Was sollten die Leute im Bunker von mir denken? Die Vatternfrage. Bei *I got the Blues* verdrückte ich mich still und fuhr nüchtern ins Bergische Land.

Ich hopste und zappelte jedenfalls weiter in meinem Netz, dachte ich, umgeben von Tagebüchern und Perücken, als ich auf den Zubringer gen Hinterfichtenich einmündete. Es hatte zu regnen begonnen. Alles machte mich traurig und ich war diffus sauer auf mich selbst. Warum, wusste ich selbst nicht, und ich hatte Kopfweh. Zu Hause checkte ich die Mails, um zu sehen, ob sich Aron vielleicht gemeldet hatte.

Hinterfichtenich, 3. März 2011

Shit. Nicht Aron, sondern Viktor hatte geschrieben, fünf Wochen nach meiner Zusendung und unmittelbar vor der Bunkerparty. Er hatte sich seine Replik auf mein *Essay* im Kulturbunker nicht anmerken lassen, kein Wort.

1. Krieg ist scheiße. Da sind wir uns mal wieder total einig. Dennoch lieben wir scharfe Frauen, die Ramones und Kriegstänze. Du bist ein schwarz-weiß-Maler.
2. Kriegsspiele gibt es so lange, wie es Kultur gibt, Olympiaden und Ritterspiele, wo es nicht ritterlich zuging. Boxen? Autorennen? Willst du Schach verbieten? Curling darf bleiben, ist auch sterbenslangweilig.
3. Ein Mensch an der Konsole ist noch lange kein Mörder, aber vielleicht süchtig und hilfsbedürftig.

4. Was ich nicht darf, macht mich gerade scharf. Hunderte Kriegsspiele im @-Zeitalter zu untersagen, führt nicht zum Frieden. Nur Beten hilft noch weniger.
5. Psychologen sagen, dass Kriegsspiele noch nie einen Krieger geschaffen hätten, doch Aggressionen abbauen helfen, die sonst anders ausgetobt werden, unkontrolliert.
6. Wenn du aufklären willst, dann lass den Zeigefinger unten und ball nicht die Faust in der Hosentasche. Das führt zu Krebs oder Alkoholismus. Oder du wirst aalglatt, Zyniker.
7. Essays zu schreiben, ist nicht dein Ding. Lass es lieber. Die Verlage wollen/müssen Geld verdienen.
8. Entspann dich mal wieder und schau, wie du dein Leben auf die Reihe bekommst.
9. Brandenburg hat dir sicher gutgetan, aber Cölle ist da, wo *dat Häzz schlägt.* Wo gehen wir mal wat drinke?
10. Hast du dich in Sibirien verliebt? Kann ja nich woar sin.

Mein Freund Viktor nahm mich nie ernst. Polemisieren kommt aus dem Griechischen. *Pólemos* gleich Krieg. Arschloch. Er kannte weder die Tagebücher noch *Siwa drei* noch mich. Was ihn interessierte, war nur kölsche Breitseite.
Ich konnte nicht einschlafen. Da kam noch ein *Tütitüt.* Bella. Ein Bulletin wie aus einem Guss, sicher angeregt durch das Schäkern und Umschmeicheln im Bunkerkeller.

Hi! Du warst aber schnell weg. Schade eigentlich. Du bist also unter die Literaten gegangen. Glückwunsch, schöner Tänzer! Das ist wie bei uns Büttenrednern. Ich sage immer: üben, üben, üben. Und gut auch, dass du Sex hattest, oder hab ich dich da falsch verstanden? Ausgerechnet im Havelland. Liebe kommt eh immer später, wenn's denn sein soll. Oder? Wann hat Sabine dir gesagt, dass sie lesbisch ist? Ich denke aber, sie ist bi. Sie hat Schwierigkeiten mit ihrem Outcoming, hat man heute wieder gesehen. Zum Rest kann ich nicht viel beitragen. Ich hab die Hacke voll zu tun. Nur so viel: Panzerrohre sind Phallussymbole. Warst du je in Srebrenica? Meine Heimat. Dort haben Soldaten, überwiegend Mörder, wenn du mich fragst, granatenfickende Panzerrohre vor geöffneten Beinen an die Wand gemalt und bosnische Frauen zum Hurenfreiwild erklärt. Eine mordende Soldateska lebt von solchen Fantasien. Würde man das zum Pflichtlehrstoff an Schulen machen, würden die überwiegend männlichen Kriegsspielsüchtigen auf andere Gedanken kommen. Oder sind die Defekte genetisch vorprogrammiert? Hab dich lieb, B.

Ich musste sofort an Vater denken. Ich las die Mails noch einmal und ein drittes Mal. Mich interessierten die Botschaften. Ich war *geil* abgebogen ins Havelland. Was mochte Bella daran? Oder eher nicht? Natürlich ahnte ich es. So gleitete ich uferlos ins Totenreich des Schlafs, das vor allem Angst kennt, Flucht, Abhauen, Hinterherrennen. Auch Phallus, Flirts und Anmache. Und den Coitus Interruptus.

Hinterfichtenich, 18. März 2011

Ich befand, es wäre unfair, Aron vorzuenthalten, wer Vater war und wonach ich suchte. Ich hatte Gewissensbisse. Ich war außerstande, das Leichentuch über sein Gesicht zu ziehen und Aron zu schreiben, die Sache mit Vattern sei abgeschlossen. Es war das erste Mal, dass ich meinen Vater ihm gegenüber erwähnte. Wir haben beide jüdisch-amerikanische Wurzeln, gemäß Talmud mütterlicherseits. Abstammung ist jedoch bekanntlich doppelseitig.

Ich rechnete damit, dass er mir *Masel Tov* bei der Schatzsuche wünschen und die Freundschaft kündigen würde. Oder, wie heute üblich, beredt auslaufen zu lassen mit *Habe Stress. Sieht nicht gut aus für die kommende Zeit … Wir telefonieren zumindest mal? Bonne nuit!* Nicht aber Aron.

Lieber Torsten, Rommel war 1942 auch in Siwa. Wusstest du nicht? Wie du dir denken kannst, hat Rommels Feldzug in Richtung gelobtes Land mich als Juden in Israel beschäftigt. Ägypten ist nicht fern. Danke, dass du mir reinen väterlichen Wein einschenkst. Nun bekommst du die Bescherung. L'chaim.

Wenn du nach Siwa gehst, wenn du die Tagebücher entschlüsselst, denke dran: Licht ist vielschichtig. Rommel wurde schon zu Lebzeiten angestrahlt. In Germania ist man sich bis heute nicht zu schade, einen fanatischen Selbstmörder wie ihn zu hofieren. Für seinen Fotografen muss dies im Nachhinein ein Alptraum sein – es sei denn, er hat den Nazi-Glauben nicht verloren. Schämte sich dein Vater nicht? Er hatte wohl kaum Chuzpe, oder?

Ich rede Tacheles: Beim Rommel handelt es sich um einen unterirdischen Geniekult nach dem Muster antiker Mythen, befördert von abgehalfterten Militaristen und Altnazis. Vos ir lernt do. Findest du in den Tagebüchern dienliche Hinweise zum Rommelmythos: tapfer, listig, treu? Der teutsche Recke, der stets sein kantiges Kinn hochhält, den Blick an den Horizont geheftet? Es sind Fotos von deinem Vater dabei, oder? Das vom Rommel, der in seinem gepanzerten Mammut voranfährt, die Hand nach zehn Uhr gereckt? Um ihn pfeifen die Granaten, und er schreit: *Der Platz des Führers ist vorn!* Nie wird er getroffen, da er für die richtige Sache steht. Er liebt das Bild. Es inspiriert den Großkotz, sich mit apokalyptischen Reitern gleichzusetzen. Des Feldherrn Fotograf.

Während die Briten arabische Kriegsfürsten und Beduinenclans abzockten, um Kies zu ergattern und strategische Käffer zu errichten, pumpt er Maschinengewehre, Minen, Mörser und Männer in die Wüste. Hitler war stolz auf seinen Rommel und ernannte ihn nach dem Schlamassel von Tobruk zum Generalfeldmarschall. Hitler träumte bekanntermaßen davon, ins Heilige Land vorzustoßen, um sich feiern zu lassen wie einst Cäsar. Meschugge. Was hatten wir für Masel tov, dass es dazu nicht kam.

Von Kulturschätzen oder Warenströmen wollte Rommel nichts wissen. Der Fotograf hatte anderes aufs Zelluloid zu bannen. Nicht mal die Nutten und die Isches interessierten ihn. Seiner Frau schrieb er täglich pathetische Briefe und holte sich einen runter. Im Kielwasser seiner Ergüsse hinterließ er Konservendosen und Ölkanister, Panzerwracks, Millionen Minen, Hirngespinste, Schmerz und menschliche Knochen, die zu Staub zerfallen. Das war ein Tabu für den Fotografen. Oder hat er dazu spannende Fotos hinterlassen?

Fakt ist: Feld Herr Rommel exekutierte das imperiale Zielraster der Nazis, durch Nordafrika den Briten den Landweg nach Mittelost freizukämpfen. Es ging um Hegemonie, arabisches Öl, Kolonien und Handelsrouten. Kein Thema für die Propaganda natürlich. Eher für Schreiberlinge – Motto: Okzident *küsst* Orient.

Die Shoah und der koloniale Afrikafeldzug waren zwei Seiten ein und derselben Medaille. Rommel interessierte aber nicht, dass in Benghazi, das er en passant einnahm, dreitausend sephardische Juden lebten, die auf eine tausendjährige Geschichte zurückblickten, mit einem eigenen Beit din, Synagogen, Geschäften, Friedhöfen. Er seifte alle ein. Doch bei al-Alamein blieben die ausgelaugten Reste des Korps im Sperrfeuer der Briten stecken und traten den Rückzug an – wohl ohne deinen Vater. Wann genau wurde er verletzt? Zehntausend deutsche Soldaten sind jedenfalls in Afrika gefallen. 150.000 gingen in die Gefangenschaft. Rommel war bankrott. Dein Vater hatte Masel tov, zu überleben. Siwa war immerhin ein Ort, wo man das Geseire und seinen Schmerz auskurieren kann.

Weswegen hat er die Tagebücher versteckt? Halbherzig war's, bedenkt man, dass Kasernen nach Rommel benannt sind, wo Tafeln an seine teutsche Tapferkeit erinnern. Einen Besseren hatten wir nicht in der Wehrmacht, sagen sie bis heute. Vatertrauma? Einen heimkehrenden Propagandisten kann das – summa summarum – in den Wahnsinn treiben. Besser, er schweigt und verdrängt. Stand das zwischen Euch? Dein Vater muss es gewusst haben.

Ich wünsche mir auf deinem Feldzug, dass du beiträgst zum Teeren und Federn des treuteutschen Erwin K. Rommel. Sei dagegen nachsichtig mit deinem Alten. Hazloche und broche beim Blick hinter die Kulisse und bei der Illumination, die dir bevorsteht. Shalom, Aron

PS.: Mehr zum Thema Likhtele und Universum in Bälde.

Ich war baff. Mein jüdischer Freund hatte sich redlich Mühe gegeben. Nun, an Einsicht mangelte es mir weniger, an Nachsicht aber schon. Doch schien mir sein Brief in einem Zwiespalt zu stecken, um mich wie ein Stück unkoscheres Fleisch zwischen Mythos und Erbe einzuklemmen. Ein armer Ritter im Bunker. Mit seiner Sicht des Auftrags haderte ich ein wenig. Zu viel Buhei. Doch es bestärkte mich, die Reise nach Freiburg auszubaldowern. Am Folgetag machte ich mit dem Militärarchiv alles klar. Ich erhielt Systemzugang, ein Organigramm und die teutsche Hausordnung zwecks Unterschrift. Und ich buchte ein Bahnticket, um den Rommel-Buhei zu entzaubern.

Freiburg, 1. April 2011

In Begleitung von Vaters Tagebüchern machte ich mich auf die Schienen in den Breisgau. Arons Traktate reisten in Gedanken mit. Ich musste zurückdenken, als ich mit Vater auf den kahlen Belchenkegel gestiegen war, welcher nach dem Feldberg leider nur der zweithöchste Schwarzwaldgipfel ist. Ihm reichte das immer, mir nie. Vatertrauma halt. Ich empfand es wie eine Ironie des Schicksals, seinem Erbe hier nachzuspüren. Die schöne *Wacht am Rhein* zog vorbei, nicht zuletzt der Deckname für die *Ardennenoffensive*, als Hitlers *tausendjähriges Reich* endgültig und blutigst kollabiert war.

Ich hatte mir dem historischen Ernst der Lage zuliebe eine grüne Krawatte umgebunden, auf der Obststückchen gemalt waren, filigran wie eine Arabeske. Eher kein Déjà-vu, befand Bella, die mich nach einer anstrengenden Nacht zum Haupteingang am Dom neben dem *Alten Wartesaal* begleitet hatte. Sie bevorzugt zwar Präservative und Kölner Fastelovend, doch weder lustige Schlipse noch Kriegsarchive.

Ein Bibliothekar ohne Brille, salopp in Rollkragen und Jeans gekleidet, begleitete mich in einen bunkerhaften Raum unterhalb des Bürgersteigs, vollgestellt mit Stahlregalen, wo mich ein Stapel Bücher erwartete. Es gab viel geduldiges Papier zum Afrikafeldzug, auch ein Bildband war dabei und ein Buch zu den *psychosozialen Funktionen von Krieg und Identitätskrisen*. Das immerhin überraschte mich. Ich sollte mein Bild vom verpeilten Archivar überprüfen, schoss es mir durchs Vorderhirn. Er stellte sich mit Doktor Timor Buber vor und nickte in Richtung Bücherweisheit.

Vamik Volkan kann zum Verständnis beitragen. Liegt dabei.

Volkan? Nie gehört.

Ein amerikanischer Psychologe, der sich mit den väterlichen Traumata von Kriegen beschäftigt. Er ist ein guter Ratgeber zum Verstehen des sogenannten persönlichen Schrifttums. *Immerhin haben wir es mit Menschen zu tun, die uns etwas hinterlassen* **wollten**. *Prima. Und damit beginnt schon das Problem.*

Nicht mein Problem.

Ich will ihnen ja nur helfen, den Indiana-Jones-Effekt zu vermeiden, der Tagebücher einer rätselhaften Geheimsekte zuschreibt, der man mit Peitschenhieben auf den Pelz rücken muss. Eher sind sie so etwas wie ein Bindeglied zwischen disparaten Welten, wenn Gegenwart und Vergangenheit sozusagen auf Kriegsfuß stehen. Für mich sind sie eine Quelle, die ich durchleuchten muss, bevor ich zu zitieren beginne.

Wieder überraschte er mich. Buber, ein jüdischer Name.

Ich wartete einen Moment, blätterte durch *Volkan* und sagte: *Für mich kam Vaters Geständnis überraschend. Er verlor nie ein Wort zu seiner Vergangenheit – bis zu seinem Totenbett. Es platzte raus. Dann fand ich diese ominösen Tagebücher. Ich müsste vergleichen, um zu verstehen. Auch hat er etwas in der Oase Siwa hinterlassen.*

Wir verstehen Erbe *oft allzu materiell. Kriegstagebücher sind ein Fluchtpunkt aus Todesangst und Einsamkeit. Ein Zeitprotokoll samt letztem Willen und einem Auftrag. Hätte für mich was Spirituelles.*

Ich sollte dem Hüter des Freiburgia-Bunkers etwas anbieten, überlegte ich, und erwiderte vorsichtig: *Wie und vor allem wo finde ich den Oasen-Schatz? Möglicherweise springt für die Wissenschaft dabei etwas raus, vielleicht neue Funde.*

Buber begann im letzten Tagebuch zu blättern, bis er eine Stelle fand, auf die es ihm anzukommen schien. Er las eine Minute, blätterte weiter und sagte *ex Cathedra*: *Die Tagebücher bieten vermutlich wenig Neues. Er war Fotograf, also sind sie ein Pendant, ein fassbarer Gegenstand. Zelluloid mit der Ästhetik der Schrift.* Linked Objects *nennt Volkan das.*

Mit Psychologie stehe ich etwas auf Kriegsfuß.

Er schaute mich überrascht an.

So? In der Trauerarbeit spielen Erbstücke und Geschriebenes eine wichtige Rolle. Tagebücher haben häufig eher symbolische als materielle Bedeutung. Der Fetisch sitzt tief drin in uns. Ich nenne es den Kuscheltierersatz. Die Suche nach einem intimen Familienschatz fasziniert die Erben, ist es nicht so?

Ich bin auf der Suche nach der Wahrheit, die sich in der Oase Siwa versteckt hält, versuchte ich umständlich zu erklären, fragte mich im nächsten Moment aber selbst, wie das gehen sollte. Was erwartete ich? Buber schüttelte den Kopf.

Gut! Sie haben auf die Inhalte geschaut. Das liegt nahe. Doch um sie geht es erst in zweiter Linie, glaube ich. Hier geht es um die ideelle Bedeutung einer handgeschriebenen Hinterlas-

senschaft. Form follows function. *Oder besser:* Content follows function.

Ich versuchte, irgendwie witzig zu sein. *Sorry, aber die Nase wurde nicht erschaffen, um die Brille zu halten …*

Buber schien leicht verärgert, oder ratlos.

Der Verstorbene legt eine Spur, hat etwas in Siwa versteckt, was er gerne mochte. Eine Taschenuhr, Kunst oder Tinnef, einen Diamanten. Linked objects *lassen Spielraum für Verschlüsselungen.*

Ich war nicht sonderlich überzeugt oder verstand nicht.

Man schreibt doch keine Tagebücher, um diese den ungeborenen Kindern zu vererben, die ich über meine wahre Vergangenheit Zeit meines Lebens zu täuschen gedenke. Was mich in Siwa erwartet, wollte er mir nicht sagen.

Buber zuckte mit den Achseln. *Wir können ihn nicht fragen. Ob sie aber gerade* ***hier*** *den Schlüssel zum Tresor finden? Eher nicht!*

Er schaute mich an, als wolle er mich verscheuchen. Dann fiel ihm noch etwas ein.

Ein Anhaltspunkt könnte sein, dass er die Tagebücher im Haus seiner Väter versteckte. Er hätte Briefe schreiben können. Hat er nicht …

Daran hatte ich auch gedacht, unterbrach ich.

Er hob die Hand und grinste. Es hatte was Oberlehrerhaftes. Er dozierte: *Tagebücher können im Verlauf ihres Entstehens ihre Funktion verändern, etwa wenn der Autor eine Dummheit begehen will, oder sich verzweifelt fragt, wie es so weit kommen konnte. Entscheidungen können besser vorbereitet werden. Er ist Investigator, Anwalt und Richter in einer Person. War Ihr Erzeuger vielleicht etwas steif?*

Ich musste an Sabine denken, die immer ähnlich fragte, sophistisch, doppeldeutig. Wie Buber stellte sie gerne Fragen, deren Antwort sie bereits zu kennen glaubte.

Schon steif, bedauerlich. Vater – Entscheidungen? Ich lachte kurz auf. *Wie bitte sollten Tagebücher Entscheidungen befördern?*

Buber lief leicht rötlich an, als wolle er explodieren, besann sich aber eines Besseren und entgegnete ruhig: *Der Soldat steht an der Front mit einem Bein im Grab. Der Tod kann in der nächsten Sekunde kommen. Er schreibt für den Fall des Gefallen-seins. Diese Vorstellung tröstet ihn, während er im Dreck liegt. Eine zukünftige Vergangenheit. Eine Art präposthume Identität.*

So was in die Richtung habe ich vermutet. Mission impossible, doch er überlebt. Die Tagebücher haben ihre ursprüngliche Funktion eingebüßt.

Verändern, nicht verlieren, unterbrach Buber. *Der Krieg war verloren, alles sinnlos. Also versteckt er sie. Entsorgung des Traumas.*

Ich blätterte in meinem Zettelwust. *Ich würde gerne wissen, was mich in Siwa erwartet. Allerdings kenne ich den Kriegsverlauf nicht.*

Buber strich sich über den Bart, nicht zum ersten Mal, sagte: *Er war Fotograf, kein SS-Scherge und kein Whistleblower. Ein Rädchen in der Propagandamaschinerie. Der Rommelmythos machte ihm erst Spaß, dann alles schwer. Er bricht den Treueschwur. Daher …*

Bubers Handy klingelte. *Buber hier, mit wem habe ich das Vergnügen,* fragte er augenzwinkernd. Er nahm entgegen, unterbrach mit: *Wenn Sie meinen … Glauben Sie? … Danke für die Belehrung, oder soll das eine Drohung sein? … Entscheiden tun das leider andere.* Er legte auf mit: *Das Gespräch ist hiermit beendet.* Er schien andere Sorgen zu haben. Dann fuhr er ungerührt fort: *Entschuldigung! Ich sprach vom Wahnbild des glorreichen Endsiegs. Vielleicht ist in Siwa etwas, das ihm unangenehme Nachfragen eingebracht hätte. Er hatte Angst vor Bloßstellung. Es gibt auch diese Burgwagenmentalität: Nur wer dabei war, kann mitreden.*

Vermutlich haben Sie Recht. Der Graben war bei uns zu Hause mit den Händen greifbar.

Buber schwieg, blätterte in einem der Bücher, schien ein wenig enttäuscht zu sein.

Sie müssen sich nicht rechtfertigen. Ich werfe Ihnen nichts vor. Grabe, wo du stehst! Auch ich bin ja nicht … nicht neutral. Für uns Juden, für Israel, gibt es kein Verzeihen. Die Shoah bleibt, für immer.

Ich fragte mich, wie weit ich mich einem Bibliothekar öffnen sollte. Schließlich gab ich mich zu erkennen: *Auch ich bin jüdisch, mütterlicherseits. Ich war der Meinung, dass er eine Chance hat verstreichen lassen. Seine letzten Worte waren: „Ich bin abgehauen".*

Immerhin. Kaum jemand war ehrlich. Schuld und Treueeid blieben.

Mehr fiel mir nicht ein. Er nickte und schwieg.

Für den Moment reicht es, sagte ich, *danke!* Ich wurde das Gefühl nicht los, noch weniger zu verstehen, und machte mich an die Arbeit.

Freiburg, 2. April 2011

Archive waren – ehrlich gesagt – noch nie mein Ding. In einer Bunkerkammer vor müffelnden Papierbergen zu sitzen und nicht zu wissen, wo anzufangen und warum, kann ziemlich ermüdend sein. Zeitweilig hielt mich der Geruch der Verwesung halbwegs wach, befördert von der Idee, dass auch Bunker aus Verwahrungswut und Zufälligkeit sich irgendwann in Staub auflösen. Wie die Befehle selbst.

Ich höre im Funk, wie Senfft zu Mildebrath sagt: *Angriff? Das ist doch Wahnsinn,* darauf Mildebrath: *Stimmt, aber Befehl ist Befehl!* Plötzlich kommt Senfft in größter Aufregung und alarmiert! Als wir die Höhe bei der Moschee überschreiten, sehen wir den Salat. Nach Süden zu, so weit man sehen kann, eine Staub- und Rauchwolke, überall brennt es. Von Osten her stoßen feindliche Panzer in Massen vor. Aber was können wir noch machen? Zusammen sind wir noch 30 Kampfpanzer, uns gegenüber aber gut 300. Wir erhalten Befehl zum Gegenangriff. Und dies auf einer tischebenen Strecke, vor uns der Tommy nicht nur an Zahl, sondern auch an Panzerung und Bewaffnung weit überlegen.

Ich verfiel in einen tranceartigen *Siwa-drei*-Kurzschlaf, in dem ballernde Wehrmachtspanzer zu fickenden Monstern mutierten, um sich mit Sabine vor Gericht aufzulösen, wobei die Ex von meiner Sucht zur *Mission Impossible* faselte, weswegen ein Richter uns trennte. Ich schreckte auf. Vaters Storys taten meiner Psyche nicht gut.

Ich wühlte mich weiter durch die Bestände einiger Panzerdivisionen, beschriftet mit *RH 19 VIII Oberkommando der Heeresgruppe Afrika* und der *Historical Division der US-Army* sowie zugeordneter Nachlässe, als mich ein penetranter Klingelton – zum Unwillen pensionierter Hobbyhistoriker – und zwar meiner Agentur, ereilte, um zu drängeln. Dass ich meine *nachgerade unmögliche Mission gewissenhaft vorbereite,* erklärte ich auf dem Weg vor die Tür und zum Klo. Und außerdem käme man mit überpünktlicher deutscher Gewissenhaftigkeit in Ägypten nicht zum Ziel. Ich sah das Foto mit der ins Universum weisenden Grußhand Rommels. Ich räusperte mich gewichtig, legte auf und kehrte zurück. Mein Archivnachbar nuschelte: *Geht's noch?* Gute Frage!

Derart peinlich wachgerüttelt, las ich in dem Frontbericht vom Juni 1942 in al-Alamein weiter:

Nach knapp 100 Metern fallen die ersten Panzer aus, wir bleiben hängen. Mildebrath wird verwundet, Senfft übernimmt das Regiment, d. h. was noch von ihm vorhanden ist. So viel ich noch weiß, waren es etwa 20 Panzer. Auch Stabsarzt Stockenberg wird durch Bombentreffer schwer verwundet. Nachts setzten wir uns ab. Von der deutschen Luftwaffe sehen wir nicht mehr viel. Einmal griffen Stukas drüben an, bekamen aber ein solches Abwehrfeuer, dass sie, ohne genau zu zielen, ihre Eier legten und schleunigst verdufteten. Zwei mussten bei uns notlanden. Die Schlacht um al-Alamein ist verloren, der Rückzug beginnt.

In jenen Tagen muss es Vater erwischt haben. Ich blätterte und fand Befehlsnotizen, auch ernüchterte Berichte vom Ende des deutschen Vormarschs. Andere Orte, gleiche Zeit, doch auch Erschütterndes.

Ich kann wieder schreiben, Gott sei Dank. Ein Volltreffer einer englischen Pak durchschlug die Panzerung. Ich fühlte einen beißenden Schmerz am rechten Arm. Joachim, unser Kommandeur rief runter: *Was ist passiert?* Unser treuer Fahrer Manfred machte keinen Mucks. Er war sofort tot. Joachim sprang sofort aus der Turmluke, um mich aus dem Panzer zu bergen und zu verbinden. Dass ich überlebt habe, war ein Wink Gottes.

Eine Bildsequenz ohne Foto. Viele Eintragungen waren dem Bestand *B 469 Verband Deutsches Afrikakorps e. V.* zugeordnet. Auch in den Akten herrschte Ordnung, Tote mit Nummer, alle in Reih an Glied. Draußen machte ein böiger Sturmwind einer Espe zu schaffen, als Trommelwirbel vor dem dramatischen Höhepunkt, um meinen unendlichen Forschergeist zu entfachen. So fand ich Vater.

Beim Auftrag, den unerschütterlichen Geist unserer Soldaten zu zeigen und den Generalfeldmarschall auf seinem gepanzerten „Mammut" zu begleiten, wurde Fotograf Wilhelm Winkel außer Gefecht gesetzt und durch einen Granatsplitter am linken Arm verwundet. Er wurde in einem nahen Lazarett versorgt. Sein Arm konnte vor einer Amputation bewahrt werden.

Datiert war das Testat allerdings am 13. August 1942. Winkel war auf persönlichen Befehl Rommels in die Oase Siwa verlegt worden, um später in dem Haus einer als zuverlässig eingestuften *Beduinenfamilie* zwecks vollständiger Genesung untergebracht zu werden. Welches Haus, wurde nicht gesagt, sicher wusste man es zu dem

Zeitpunkt nicht. Ihm war gestattet worden, Filme, die Kamera und einige Dokumente mitzunehmen, um sie später weiter zu nutzen. (Ob es Rommel in erster Linie um die Sicherung des Materials gegangen war oder um einen Toten weniger?)

Ich atmete tief durch. Immerhin ein Hinweis, doch anders als Vater behauptet hatte, war er nicht in al-Alamein gewesen. Buber, den ich informierte, wusste keinen Rat. Weder hatte sich jemand mit der Unterbringung von genesenden Deutschen hinter oder vor Frontlinien befasst noch gab es Berichte zu Lazaretten, geschweige denn ob die Beduinen und Berber Akten anlegten (wohl kaum), die Toten besangen, die Verletzten trösteten, die toten Deutschen ehrten oder verachteten. Was interessierte, waren militärischer Erfolg. Sieg ... oder Niederlage ... und warum.

Freiburg, 6. April 2011

TAGE.BUCH.EIN.TRAG Blogger damals. Hallo Vater!

Es macht alles keinen Sinn, was du mir da hinterlässt. Bei der Magazinlektüre in einem auf lustig getrimmten Arztwartezimmer stolpere ich über den Satz: *Damit Journalisten ihre gesellschaftliche Funktion ausüben können, brauchen sie möglichst viele Leser. Sonst können sie auch Tagebuch schreiben.* Umkehrschluss: Ein Tagebuch will keine Leser? Du bist nicht gemeint. Wobei es Tagebücher gibt, die ein Millionenpublikum erreichen, in der Regel posthum. Was sind millionenfach gelikte Medienposts anderes? Ich habe den Eindruck, dass Tagebücher durchaus *in* sind. Heute hättest du einen World-Foto-Blog mit Millionen Followern. Dachböden gibt es auch im Internet. Darknet werden sie geheißen. *Vater.*

Hinterfichtenich, 12. April 2011

In Hinterfichtenich stieg ich in die Welten ägyptischer Politbarometer hinab. Es war das reinste Chaos. Es lief nicht gut für den Arabischen Frühling, entnahm ich der Presse von taz bis FAZ. Al Kaida hatte kurz zuvor in Kairo mit Sprengsätzen und Tränengaskanistern elf Menschen in ihren Terrorhimmel befördert und fünfzig weitere zum Krüppel gemacht. Terror statt Brot und Freiheit – der Strudel drehte sich immer schneller. Vor den Pyramiden verhungerten derweil Kamele und Araberhengste. Ich hatte plötzlich das Gefühl, keine Zeit mehr verlieren zu dürfen.

Doch ging mein Leben mit anderen Fragen weiter:

Wo verdammt warst du plötzlich abgeblieben? Haust immer ab.

Das schon wieder. Bella war sauer. Ihre Anrufe und Mails hatte ich nicht beantwortet. Sie erwischte mich am Handy im Zug, den ich an einem Montag früh bestiegen hatte, um mir Lichtneuheiten auf einer Photonikmesse in Berlin vorführen zu lassen. Viktor hatte die Mission *Akquisetrip* geheißen und mir den Mund wässrig gemacht.

Nun drängte mich Bella zum Abendessen im *Alten Wartesaal*, wenn ich nach der Zugfahrt zurück in Köln *an der Laterne stehen* würde, wie sie mir mit rauchiger Stimme am Telefon vorsang, da ich spätabends keinen Anschluss von Köln nach Hinterfichtenich bekommen würde. Was stimmte, denn am Nahverkehr hatte sich seit Kriegsende im Rheinland nichts verbessert, wenn was fuhr. Aber sonst?

Bella war gerade verstärkt in die Zwanziger abgetaucht, die hip waren und die Fifties abgelöst hatten. Mir wären die Seventies rechter gewesen. Ich sollte entspannt einen *Confierter Rinderrücken Stroganoff in Rotweinjus* oder *Wolfsbarsch an Aprikosen-Koriander-Chutney* genießen – das konnte ich nicht ausschlagen. Besser als Graubrot in Hinterfichtenich.

In Gütersloh schaute ich in den Kalender und hörte den AaBe ab, als könne der mein Glück befördern. Sabine hatte um Rückruf gebeten. Es fiel mir leichter, sie anzurufen, wenn ich aus dem Rheinland wegführe, statt heimzukehren ins Hinterfichtenicher Reich. Doch Sabine hob nicht ab, oder es ertönte ein Besetztzeichen, einerlei, ob ich es aus Bielefeld oder Spandau versuchte. Als ich sie schließlich erreichte, hatte sie keine Zeit. Ohne Haben auch kein Sein.

In Köln suchte ich mir eine Laterne, wo mich Bella mit einstündiger Verspätung abholte. Wir gingen in den *Alten Wartesaal* im Bahnhof, der holzgetäfelt, mit Kellner in Livree und einer gelblichen Lichtperformance im Stil der Belle Époque matt glänzte. Es hätte keinen besseren Ort für ihre katzengleichen, schimmernden Augen geben können, dachte ich, und bestellte russisches Kotelett, auf dem der Koch ein Spiegelei *sunny side down* platziert hatte, dessen ockergelbes Dotter ich schleimig untermischte. Es half mir, aus dem Verlieren heraus- und in den Orient hineinzukommen.

Nichts schien Bella zu erschüttern. Sarajewo, wo sie aufgewachsen war, sei der Brennpunkt zwischen Orient und Okzident gewesen, immer schon, meinte sie. Den *Orient* halte sie ohnehin für einen Kampfbegriff des schleimigen christlichen Abendlandes. *Braucht Ägypten Licht für eine Inwertstellung güldener Vergangenheit? Na schön!* Alles war eine Frage des Geschmacks. Oder eine Frage des Überlebens.

Welche Vergangenheit, fragte sie. *Welcher Bunker darf's denn sein, gnädiger Herr?* Gute Frage!

Was folgte, schien mehr in der Zukunft zu liegen. Beziehungsweise mitten im Jetzt. Wir leerten die Karaffe eines verkorkten Weins als Akt ausgleichender Gerechtigkeit, wofür ich keinen besseren Trost fand als Bella. Ich küsste sie. Doch dann, einer unwiderstehlichen Eingebung folgend, verabschiedete ich mich und ließ sie verdutzt und säuerlich protestierend zurück.

Zufälle bahnen den Geschlechtern den Weg, um sich zu paaren. Und irren ist menschlich. Welche Sackgasse darf's denn sein, in die ich schon wieder hineinrannte? Was suchte sie bei mir, was sie bei jemand anderes nicht fand? Wie sollte ich sie das fragen? Jedenfalls erzählte sie mir von *fickenden Panzerrohren* aus einem Krieg, der nicht weniger pervers war als andere, nur wieso? Um mir Recht zu geben? Um mich zu stimulieren? Weil sie mich *geil* fand, ausgerechnet mich? Um sich selbst aus dem eisernen Ring ihrer Kindheit oder ihrer jetzigen Einsamkeit zu befreien, die sie umgab, weil sie annahm, dass mich die gleiche Einsamkeit quälte? Was vielleicht sogar stimmte. Du, ich, wir jetzt?

Hinterfichtenich, 23. April 2011

TAGE.BUCH.EIN.TRAG Loser. Hallo Vater!

Du liebtest Marlene Dietrich wie keine andere, das weiß ich. Ich fragte mich beim Passieren einer Laterne, ob ich nicht zu unvorsichtig und entflammbar bin, reif für den nächsten Absturz. Wer sich nicht in Gefahr begibt ... Ist es deswegen? Weiche gestellt! Ich denke, dass ich nach Siwa gehen werde, was du wusstest. Ein Loser auf Schatzsuche. Stell dir vor, man soll erben und niemand geht hin. Ich beginne zu verstehen, wieso das nicht witzig ist. *Ach, Vattern.*

Kapitel 7
Matura

Berlin, 7. September 1992

Jae war früh dran, früh genug, um pünktlich in der *Heese* zu sein, die *Penne*, die sich Gymnasium Steglitz nannte. Sie lief die Lepsiusstraße entlang, keine Schminke, die Kleidung *casual*. Vor der mit griechischem Säulengraffiti gezierten Schmitt-Ott-Grundschule stauten sich wie jeden Morgen Väter und Mütter, die ihre Kinder dem Schulpersonal auslieferten. Ein herbstlicher Nieselregen hatte eingesetzt. Ein silbergrauer Mercedes scherte aus, fuhr einige hundert Meter weiter und parkte ein. Jae passierte den Rentnerboliden, in dem zwei Männer gelangweilt rauchten und betont wegschauten.

In den Steglitzer Mietshausanlagen nahm das Leben hinter raschelnden Vorhängen Anlauf. Sie zog den Kragen höher, beschleunigte ihren Schritt und erreichte die Heesestraße vierzig Sekunden vor Unterrichtsbeginn. Die Blätter der riesigen Kastanien im Schotterschulhof begannen sich braun zu färben, fiel ihr auf. Schüler spurteten durch das marmorne Eingangsportal. Jae passierte das Kriegermahnmal im ersten Stock und nahm im Wandervogelzimmer an einer Säule Platz, einem kleinen Raum mit Turnvater-Jahn-Handbibliothek, den man – aus allen Nähten platzend – zu Unterrichtszwecken missbrauchte. In einem halben Jahr war Abitur. Oder *Matura*, wie es hier noch immer hieß.

Nach der siebten Stunde – vierzehn Uhr zwanzig zeigte die Schulhofuhr – verließ sie die Anstalt in Richtung Einkaufsader des Südens. Vor den geschmacksbildenden Auslagen von Feinkost Nöthling in der Schloßstraße achtundzwanzig blieb sie stehen. Sie schaute einem

Fasan in die Augen, der zwischen Rebhuhn und Wildschweinschinken ausharrte, drapiert mit Trüffel, Trauben und Tatar aus russischem Kaviar. Die Beschatter auf der Straßengegenseite spiegelten sich im Schaufenster. Sie mischte sich unter einige Damen in Pelzkrägen und Topfhüten mit Schleife und entschied sich für fünfzig Gramm Leberwildpastete in Wachholdergelee. Im Salamander Ecke-Zimmermann probierte sie Schuhe aus und trank eine Chai-Latte im neu eröffneten Bistro gegenüber. Dann schlenderte sie durch die Deko-Warenwelt vom Kaufhaus Wertheim, bückte sich plötzlich, rauschte im Slalom durch die Garderobe und entschwand in knallbunter Regenjacke und Pudelmütze durch den Personalausgang zum Parkplatz, wo sie eine Mauernische zum Treitschkepark kannte. Es machte ihr Spaß, ihre Beschatter abzuschütteln. Sie bestieg den Achtundvierziger in Richtung Potsdamer Platz, setzte sich in die Dachebene und ließ Steglitz hinter sich. Jae hasste Steglitz. Von der Lehrerkonferenz, die zeitgleich über ihr Schicksal zu entscheiden hatte, wusste sie bereits.

Ich war, ich bin's, doch wird was draus? Ich hoch ich als Tabelle, gebogen jedes Wort. Nie ist eine Matura-Curriculum-Vitae wahr, hatte Jae anstelle eines tabellarischen Lebenslaufs eingereicht. *Ich hoch ich. Bin ich reif?* I am who I am, *Herr Direktor Friedrich-Wilhelm von und zu Biebel, bis in alle Ewigkeit, Amen.*

Jae stellte sich vor, wie Biebel in der Lehrerkonferenz aus ihrem Lebenslauf vorlas. Turn- und Reli-Lehrer Blinzelmann, den es versehentlich an die *Heese* verschlagen hatte und der Jae mochte, hatte es ihr gesteckt. Biebel, fromm wie sein Name sagte, war ein Relikt aus der Kaiserzeit mit dem Adjektiv *Althumanist diabolico,* der den Gallischen Krieg verinnerlicht und bei ihrer Einschulung gedroht hatte, dass man Zeitungen auf Latein werde lesen müssen. Nur gab es so wenige. Ein cholerischer Triezer, wie sie erfahren durfte, Backpfeifen hinter schalldichter Tür inklusive. Sollte er ihren Lebenslauf ruhig zum Exempel statuieren. So hatte sie ihn geschrieben.

Wollt ihr wissen, wer ich bin, nach neun Jahren Lektion? Ich wurde im Beisein einer Hebamme geboren, die ich zuvor nie gesehen hatte. Mein Aszendent: Wassermann/frau. Daher weiß ich, was in *ist und was* out. *Meistens. Über das, was Tod ist, redet man in dieser Lehranstalt nicht. Oder über guten Sex. Hat der Mensch Seele? Diese Schule ist ein Minenfeld von Tabus. Nun denn. Mutter starb an Krebs. Vater wurde im Flieger über dem Meer abgeschossen. Ich erwarte nicht, dass das geschätzte Lehrpersonal versteht, was es bedeutet, so aufzuwachsen. Darf ich fragen, warum? Dass ich entführt wurde mit vierzehn. Vergewaltigt. Ich kenne den Typen. Ihr habt nie danach gefragt. Wie ich lebe, überlebe.*

Nun soll ich mich also ausbreiten. Womit denn? Wurde jemals darüber gesprochen? Damit ihr mich vorführen könnt? Beispiel. Ich mag es regenbogenmäßig wie im Prisma. Was ist denn Reife? Was nicht? Wer hat die Lizenz, das zu beurteilen?

Ich sag's so: Feuer und Luft sind zwei Elemente, doch Wasser ist stärker. Wasser ist zentral. Finde im Fluss heraus, was du nicht willst. Der Goldschatz ist dort nicht. Wo aber dann?

Meine Noten sind voll okay und Lehrer tun auch nur ihren Job. Hier lerne ich für die Schule und nicht fürs Leben (geklaut von Seneca). Lehrer kehren den Satz meistens um, weil sie Seneca nicht verstehen oder nicht gelesen haben oder beides.

PS. GRUFT. Ein Haiku

Hauptstadt. Berliner Seifenblasen, die holden Engel, sie platzen.
Vedi Napoli e poi muori – grausam von Wanzen gebissen.
In Matera steigen die Toten aus der Gruft noch immer.

Wie Blinzelmann Jae später berichtete, war es ein Schuss ins Kontor, Punkt für Punkt. Das Gemurmel im Kollegium sei verstummt, als wären die Worte in ihren Kehlen geronnen. Biebels *Bulldoggenfresse* sei von feinen Äderchen durchzogen gewesen, was seinen Hängewangen einen Stich ins Lilane versetzt hätte. Sein Stellvertreter, ein Goebbels-Typ namens Professor Hiersche, ein sanfter Bekenner der – wie er humorfrei zu bekennen pflegte – *humanistisch-kapitalistischen-Grundordnung*, hätte mit verschränkten Armen die Aufnahme eines Verfahrens zwecks Schulverweis verkündet. Da Biebel geschwiegen hätte, sei allen klar gewesen: Widerspruch war zwecklos.

Dieser frühreifen Rotznase, hätte Biebel beim Herausgehen vor sich hingemurmelt, *werde ich es zeigen. Und wenn ich sie in Moabit über die Klinge springen lasse.* Blinzelmann hätte es so geklungen, als sei das biblische Urteil *Unrein* ergangen, und so solle sie *abgesondert werden, außerhalb des Lagers sich aufzuhalten.*

Der Vorgang hätte etwas Archaisches gehabt. Doch sei allen klar gewesen, dass es bei dem *Bellum Berlinicum* weniger um sie, als um das große Ganze ging, eine Zuspitzung der seit geraumer Zeit währenden Polemik zwischen Reformern und althumanistischen Hardlinern, ausgelöst durch einen Schülerselbstmord. Es ging ums Prinzip. Ohne tabellarischen Lebenslauf keine Matura. Punktum.

Als Jae nach Mitternacht heimkehrte, erfuhr sie vom Urteil durch Sophia, schluchzend. Sie ging wortlos schlafen.

Am Folgetag, es war ein Freitag, erhielt Jae eine mit roter Tinte korrigierte Lateinarbeit zurück mit einer Vier minus und der Randnotiz *Auch fehlt ein Löschblatt!* Im Heft steckte ein unadressierter, anonymer Brief, der – Blinzelmann war es nicht – um Verständnis bat. Es herrsche ein Klima der Angst. Man sei betroffen, bewundere ihren Mut und ihre Offenheit, wolle das Verfahren umlenken, bitte um Vertrauen und müsse sich schulintern outen, denn so ginge es nicht. Und so weiter.

Jae wunderte sich nicht. Ein bisschen Faschismus war unter jeder Wandervogeldecke. In den Augen der Reformer war sie ein Brandbeschleuniger. Sie brauchte deren verklemmtes Mitgefühl aber nicht. Nur war es gut zu wissen, dass die Schule kein Bunker war, sondern ein Raum, in dem es brannte, aber die Feuerlöscher nicht funktionierten, wie sie beim Frühstück meinte. Sophia schaute weg.

Jae dachte an Il Gatto, die Katze, ihren Mentor. An Neapels Achselhaarauszupfer. Es gab noch eine Chance.

Berlin, 8. September 1992

Hilfe! So überschrieb Jae einen Brief auf Italienisch an Sergio Clato, den man die Katze nannte. *Betreff: Matura vergeigt?*

Sergio, mein lieber Freund! Ich lebe in Gefangenschaft eines Lehrerclubs, der wie ein Bündel Zweige umschnürt ist. Die Enden hält ein gewisser *Friedrich-Wilhelm von und zu Biebel,* der bibelfeste Direktor des Steglitzer Gymnasiums, fest in der Hand. Er will mich nicht zur *Matura* zulassen, da ich ihm mein *Matera* vor die Füße zu legen wagte. *Mein Leben.* Anbei eine Kopie, lass es übersetzen.

Ich sollte mich ja outen. Klarstellen, was meinem Leben die Richtung gab. Dass ich viele Male missbraucht wurde. Lehrer sind ahnungslos, kindisch. Zombies, wie in diesen bescheuerten Filmen, wo Unmengen von Statisten spastisch und blutlüstern auf unschuldige, gesunde Artgenossen losgehen.

Vor sechs Jahren ging es ans Sterben. Dies war ein sehr merkwürdiger Zustand, den ich dir einmal mehr schildern möchte, als ich begriff, dass das Leben doch weitergehen könnte. Ich habe von japanischen Harakiri-Kämpfern gelesen, die auf ihren Einsatz als Piloten warteten, deren letzte Bestimmung es war, als lebende Bombe in ein feindliches Ziel zu steuern. Jeden Morgen waren sie mit dem Ruf geweckt worden: Tot bist du! Wer nach der Kapitulation Japans nicht mehr zum Einsatz kam, dem fiel es schwer, zu leben. So ähnlich fühlte ich mich.

Wie der Todeskandidat, der überraschend entlassen wird. Damals, als wir uns das erste Mal begegnet sind – in Neapel am kleinen Brunnen.

Es war bizarr. Wenn man sterben wird, fällt es einem schwer, einzuschlafen. In der sechsten Nacht kletterte ich auf einen Stuhl und versuchte, das Gitter über der Tür herauszulösen. Ich wollte fliegen. Frei sein. Mich in die Tiefe stürzen. Flüchten ins schöne Nirwana. Wie von Sinnen rüttelte ich am Gitter, um zu sagen: Bitte-schön, ich bin schon tot. Oder wenigstens: Ich hätte fliehen können, doch hab ich es nicht getan.

Ich erinnere mich an dumpf schlagende Geräusche, das fahle Licht. Ich rüttelte wie von Sinnen und schaute hinab zur Gravina. In die Schlucht. Ich sah tausende Fledermäuse wie entfesselt fliegen, artistisch, ohne zusammenzustoßen. Es war gespenstig. Ich weiß nicht, ob ich zu träumen angefangen hatte, ob ich im Delirium war, zumal ich unter Zuckerentzug litt, auch unter Durchfall. Plötzlich waren es Menschenleiber, die flogen und merkwürdig wisperten. Sie schauten mich an mit verzerrten Mienen. Ganz nah kamen sie, als wollten sie mich anflehen, sie aus ihren Höhlen zu befreien, wo sie hingen und ein Teufel sie von den Decken pflückte. Es waren die Toten von Ustica, die tanzten und mich anschrien.

Da fiel die Angst von mir ab wie ein Schuppenkleid, als wäre ich gereinigt. Ich war ihre Königin. Der Amerikaner wäre nicht fähig, mich zu töten, solange ich furchtlos blieb. Irgendetwas war, was er nicht unter Kontrolle bekam. Was ihm Angst machte, ihm, der behauptete, niemals Angst zu empfinden und mich zu besitzen. Ich, das kleine Mädchen, das ich noch war, zog mich zurück in den hintersten Winkel meiner Höhle, zündete eine Kerze an und spürte, wie ich ruhig wurde, in einem seltsamen Medium voll flackerndem Nichts. Ich wartete. Als ich ihn am nächsten Morgen sah, wurde es zur Gewissheit. Am siebten Tag hörte der Kreisel des Chanukka nicht auf, sich zu drehen. Ich lachte, als er kam. Er hatte mich mehrfach vergewaltigt. Doch ich hatte gewonnen.

Seitdem treibt mich eine Sucht, zu leben. Damit zur Sache. Wir lernen tonnenweise totes Zeug auswendig. altgriechische und lateinische Männerkriegsberichte. Jahreszahlen und Formeln, aber nicht das *Wie*? des Lebens. ἄνδρα μοι ἔννεπε, μοῦσα, πολύτροπον, ὃς μάλα πολλὰ. Der Wanderer erzählt. *Polytropon*. Man soll lernen, ohne bestimmen zu dürfen, was wichtig ist. Mein Leben kommt nicht vor und auch nicht, wie anderes Leben unter der Gewalt zerrinnt, täglich. Oder was meinte Seneca?

Kinder sind wie Schiffbrüchige, manche mehr, manche weniger. Das verkennen Lehrer. Mich konnte niemand schützen, also musste ich mich selbst schützen. Niemand übernahm Verantwortung, also bin ich selbst für mich verantwortlich. Ich nehme mir die Wärme, die ich brauche. Auch wenn ich das alles nicht ausdrücken konnte. Wie auch?

Ich wusste es immer, aber es braucht Zeit, Worte zu finden. Das alles ist ausgedrückt in dem Satz: *Meine Seele liegt in Matera begraben*. Du weißt, was es bedeutet. Nun bin ich das unreife, böse Mädchen, das der Matura unwürdig ist. Ich werde nicht klein beigeben. Ich werde mich ihren bürokratischen Hirngespinsten vom Lauf des Lebens nicht unterwerfen. Sag du es ihnen, bitte. Dieses eine Mal. Denn du hast es immer gewusst, nicht wahr?

Es dauerte nicht lange, bis Direx Bieber einen Brief aus Neapel erhielt. Eine Kopie erhielt der Staatssekretär des Schulsenators, der einem Polizeicommissario eine Gefälligkeit schuldete für einen Tipp zu einem lukrativen Grunderwerb auf Capri, und zwar genau dort, wo er allabendlich die Sonne im Meer versinken zu sehen gedachte. Wozu anzubahnende Städtepartnerschaften nicht alles gut sind.

Der *Casus Belli* hatte ein Nachspiel für einen Berliner Schuldirektor, da er nach Ansicht des Schulsenators zu weit gegangen war, zumal ein Vierfachmord von iranischen *Verschwörern* die blitzblanke politische Landschaft

Berlins trübte, honorige Bürger, die auf Einladung der SPD der Sozialistischen Internationale beigewohnt und in der Prager Straße im Restaurant Mykonos ahnungslos gespeist hatten. Den Terroranschlag galt es aufzuklären. Es war am gleichen Tag geschehen, als Bieber Jae erst nach Moabit und dann ganz zum Teufel jagen wollte. Presseanfragen hatte Bieber unbeantwortet gelassen, doch es hatte ihm den Rest gegeben.

Der in geheimdienstlichen Angelegenheiten unbeleckte Althumanist strich – auf Anraten seiner Finanzministerin und Frau, die um seine Pensionsansprüche fürchtete – die Segel. Jae aber absolvierte die Matura. Und zwar gar nicht einmal so schlecht.

Die naheliegende Frage, warum sie Joe beschatten ließ, was er im Sinn hatte, was er erledigen musste mit oder ohne ihr Zutun und was genau er **wollte**, ging ihr durch den Kopf, als der stellvertretende Direktor Hiersche ihr feierlich, also ohne jegliche Regung, – sie meinte, ein leichtes Zucken im Auge wahrgenommen zu haben – das fein geprägte Papier mit der Aufschrift *Matura* überreichte. Am darauffolgenden Tag gründete Jae die Firma *Gesundes Wasser, Import-Export, Abfüllung.* Einige Jahre später, als ihr vorfinanziertes Start-up Fahrt aufgenommen hatte, fügte sie ein *Mysterien* hinzu.

Kapitel 8
Vaterschaft

Hinterfichtenich, 12. Mai 2011

Ach ja, Ägypten.

Ich griff zum Telefon, das gottlob funktionierte, und erreichte Frau Mathilde Weizzen von der Agentur, die meine orientalische Lichtmission administrierte.

Ich bräuchte mal den Vertrag, buchstabierte ich.

Sie würde mir baldmöglichst einen Termin *freischaufeln,* versprach sie. *Hier ist gerade der Deibel los.*

Ich musste, Ägypten abwartend, den Kopf frei bekommen, Körper betätigen und ging – was sonst? – in die Muckibude. Das war der Moment, als ich Olaf traf.

Ach waaas. Der Herr Doktor in Lederhosen, der Torsten Weeh. Der kleine Spießer mit der Eierbahn. So war's doch, oder?

Ich drehte mich überrascht um. So redete nur einer: Olaf, mein Sitzbanknachbar aus Schulzeiten. Auf der Straße wäre ich an ihm wohl vorbeigegangen.

Falóóóh, sagte ich. Faló wie Olaf, nur rückwärts, eben andersherum, unkriegerisch, aber nicht unbedingt weichlich. Der schwule Olaf, der stets einen bissig-lakonischen Humor versprüht hatte. Eine andere Geschichte. Er erkannte mich schwitzend wieder. Sofort. Er band sich von der Maschine los und umarmte mich.

Wir setzten uns ins Bistro. Er tat so, als wären wir dicke Freunde und hätten uns vorgestern das letzte Mal gesehen, und sowieso nie aus den Augen verloren. Es gibt solche Menschen. Und außerdem war er zufällig Fotograf (wie Vater), Koch, Tänzer, Türsteher und weiß der Himmel was alles. Soweit die ersten Minuten unserer Wiederbegegnung.

Womit Jae realiter in meinem Leben auftauchte. Was ich Faló zu verdanken habe. Womit ich ein neues Problem hatte. Hätten wir uns besser nicht für den Abend verabredet, bei dem Faló weder Punkt noch Kommata kannte. Hätte ich nur nicht über Gott und die Scheißwelt gejammert. Welche Weichenstellungen ich seit der Schule verpasst hatte. *Hätte.*

Interessant war immerhin seine Deutung von Vaters Fotografenkomplex. Dass Amtsfotografen zwar nahe dran wären an den Eliten, aber doch nicht dazugehörten, und dass sie in den Genen hätten, was aus welchem Blickwinkel besser nicht aufzunehmen wäre. *Die ganze gefakte Welt.* Dass sie die absoluten Filterexperten seien, nicht nur für gelb-orange-grün-rot-polaroid-Filter, sondern auch umfassend-geistig. Schere im Kopf und das richtige *Timing* am *Drücker*, wobei Faló sein Becken drastisch nach vorne schob. Besonders Auftragsfotografen blendeten ständig die Realität aus, und zum Ausgleich drehten sie Pornos, sagte er. Da spiegelte sich etwas, was ich nicht zuzuordnen wusste. Faló hatte feste Überzeugungen mit einem Touch *fidelio*. Und mit einem deftigen Schuss *Doktor Frank N. Furters* vom Planeten Transsexual. Mir gefiel's.

Was sich in meines Vaters *Gedankengalaxie* widerspiegeln würde, hätte ihn interessiert. Ob ihm die *Perversion* seiner Lage angesichts der *Schöpfung Rommel* bewusst gewesen sei. Und dann die Verwundung und seine *Auszeit* – ein schönes Wort! – in einer Saharaoase. *Hey, was für ein Filmriss!*

Wobei ein guter Fotograf andererseits die Fähigkeit hätte, sich rasch in andere Milieus hineinzuversetzen, *in Kulturen einzutauchen*, oder sich hineinziehen zu lassen. Er fand's spannend. Schon wieder ein neuer Blickwinkel. Seltsam, wie unterschiedlich Menschen mit diesem *Überbleibsel von Vaaata*, wie er sich ausdrückte, umgingen.

Wahnsinn, fasste Faló zusammen. *Er war doch wohl ein guter Fotograf, oder*, fragte er.

Ich zuckte mit den Achseln, aber das war nun nichts Neues. Ich hatte darüber nicht einmal nachgedacht, doch woher sollte ich es wissen? Zu meinen Lebzeiten hatte Vater nie eine Kamera in die Hand genommen. Auch wieder schräg.

Um das Thema *Vaaata sunny side down* zu drehen, kam ich auf Jae zu sprechen und dass ich wissen wollte, was aus ihr geworden sei. Dass ich sie suchen würde. Dass ich mich erinnerte, dass ihre Mutter, also ihre stiefe Quasimutter, in Berlin lebte.

Sophia heißt sie, wenn ich mich recht erinnere.

Sophia Uhl vielleicht? Ich kenne Hinz und Kunz, weißt du!

Was, du kennst sie? Woher? Was hat sie gemacht?

Sophia kellnerte mit mir beim Italiener am Savignyplatz, kümmerte sich um Abwasch, Einkauf und die lieben Gäste. Nette Kollegin, aber sehr emotionsbeladen, die Kunstform der Emanze. Immer am Rande eines Nervenzusammenbruchs, alleinerziehend. Ihre Tochter hieß Jae. Ja, ich erinnere mich, sie brachte sie einige Male mit. Jae. Ein süßes Kindchen. Und diese furchtbare Story, wie bei den Kronzuckers, als sie irgendwo in Süditalien entführt wurde. Schrecklich. Ging wohl glimpflich aus. Daher weiß ich es so genau.

Bingo. Es gibt keine Zufälle, dachte ich. Faló war aus irgendeinem schwulen Himmel mir vor die Füße gefallen und dann das. Ich schwieg verdutzt. Er fuhr fort: *Das war in den Achtzigerjahren. Immerhin ein Name.*

Yeap!

Hinterfichtenich, 13. Mai 2011

Kaum zu Hause, saß ich am Rechner. Eine Jae Seidele, so Fraukes Nachname, gab es nicht. Jae-Fotos gab es einige, auch Männlein, aber niemand in ihrem Alter. Ich ermittelte, einer spontanen Eingebung folgend, den Namen des 1980 vor einer Insel namens Ustica abgestürzten Piloten, Francesco Ruti, ihren kurzzeitigen Ziehvater. Der Pilot wurde in zahlreichen Artikeln erwähnt, die Sache hatte hohe Wellen geschlagen: Die Maschine hatte man abgeschossen, Prozesse liefen. Ruti war für mich eher ein No-Name, ein *Brand*, das man gerne verdrängt. Ein verschollenes Etwas, das am anderen Ende des Lebensgletschers wieder auftaucht wie ein Ötzi.

Ich erwog, eine Detektei zu beauftragen, da man es wohl so macht, wenn man nicht weiterkommt, was allerdings teuer wäre. Geld hatte ich nicht und so ging ich weiter anhalternd durchs Internet. Erstaunlicherweise war es kein Problem, Jae Ruti zu finden. Sie war präsent. Sehr präsent sogar. In der Nacht hatte ich ihre Telefonnummer und Mailadresse. *Jae Ruti, Unternehmerin, Berlin,* wie ihr Webauftritt verriet. *Gesundes Wasser, Import-Export, Abfüllung, Mysterien.*

Ich sah ihr Foto. Sie war eine Schönheit. Sie strahlte etwas aus, was mich berührte. Doch auch erschreckte: Etwas Biestiges, Hartes, möglicherweise Starrköpfiges ging von einigen Falten aus, die ihre Mundwinkel einrahmten. Ihre Augen funkelten dunkel. Es waren die von Frauke. Es war meine Tochter.

Hinterfichtenich, 19. Mai 2011

Über manche Momente mag man nicht länger sinnieren. Mysterien – oder wie soll ich es ausdrücken? Sie sorgen zwischen den Lenden für Zugkräfte. Ich musste an den Marianengraben denken. Der hatte mich immer interessiert: der tiefste Punkt der Welt, wo sogar Magma fließen soll. Mein persönlicher Marianengraben meldete sich und zog mich runter. Es war das fünfte Mal, dass ich versuchte, Jae zu erreichen. Es war bereits nach neun abends, als sie mir schließlich *Empfang* gewährte. Eine Stimme in Alt meldete sich mit einem hochgezogenen: *Hallooo?*

Ich hatte mich auf verschiedene Szenarien eingestellt und reagierte mit der Bond-Replique, sonorige Töne, flüssig gesprochen, möglichst tiefe, warme Stimmlage, sachlich: *Auch hallo! Hm. Mein Name ist Winkel. Torsten Winkel.*

Ich hatte keine Ahnung, in welchen Netzwerken sie zu verkehren pflegte, es waren jedenfalls eher die kurzangebundenen, schlichten Ballwechsel, die sie bevorzugte.

Jaa?!

Äh, 'tschuldige die Störung. Wollte mich melden. Also. Jae, richtig? Ich bin … dein … dein leiblicher Vater.

Ich hatte es mir zurechtgelegt und vorgestellt, wie sie das Phone vom Ohr nehmen und irritiert auf das Gerät schauen würde, als würde es sich gleich transformern. Sie war wohl eher beschäftigt oder fühlte sich belästigt, entnahm ich ihrem Räuspern. Sie ließ sich mit der Antwort Zeit. Dann sagte sie: *Wie bitte? Sie haben sich verwählt, gnädiger Herr. Ich heiße Ruti. Herr Win-kel, ja? Aha! Mein Vater ist tot.*

Ich musste schnell sein und hakte ein: *Stop! Nicht auflegen! Bitte! Ich habe mich nicht verwählt. Ich bin genauer gesagt, dein biologischer Vater, äh, Erzeuger. Frauke, deine Mutter, trennte sich noch vor deiner Geburt von mir. Ich war nie in, also, auf deiner … Spur.*

Spur? Was für eine Spur? Wohl neben der Spur, hä?

Spur halt. Oder Weg, Schiene. Wahrnehmungsfeld. Ich würde mich gerne halt mal treffen, also dass wir einander kennenlernen. Kurz.

Ob ich nicht besser mit einem witzigen Spruch aus dem Nirwana aufgetaucht wäre, mit Mozartsonatinen im Hintergrund, schoss es mir durch den Kopf. Ach nein, mein Name war schon witzig genug. Ich hatte erwogen, mit *Dies ist kein affiger Trick* zu eröffnen. Damit wäre ich wohl als dummer Stalker direkt auf dem Bauch gelandet. Oder würde ein Angebot zu einem tollen Dinner mit anschließendem Abhängen in einer schicken Bar verfangen? Was sich die Leute heute alles ausdachten, um ein schönes Biest anzubaggern. Aber Vaterschaft? So dreist konnte doch niemand sein?!

Vielleicht gab es einen Grund, irgendetwas, was sie davon abhielt, sofort aufzulegen, dachte ich in dem Moment. Sie ließ mich reden. Ich meinte, dass ich nichts erwarte, lediglich Bekanntschaft machen wollte. Als ob Bekanntschaft ein Nichts wäre. Dass Frauke mich nur kurz geliebt hätte. Und so weiter. Dass ich keine Chance gehabt hatte, Vater zu sein.

Und Beweise, wollte sie wissen, und es klang gewollt.

Ich kann es beweisen. Briefe von Frauke. Aus Nicaragua. Wir können gerne einen Vaterschaftstest machen, wenn du das möchtest.

Wenn es ein Rauschen in der Leitung gegeben hätte, man hätte es gehört. Schwingungen eines Nichts. Ich hatte ihre Frage nicht beantwortet. Sie sprach schließlich mit tiefer Stimme – jedes einzelne Wort betonend: *Warum hast du, verehrter Herr Vattern, Mister Torsten Winkel, dich bis heute nie gemeldet? Warum hast du dich all die Jahre nicht zu erkennen gegeben? Und warum jetzt, Mis-ter … Daddy?*

Wieso *Daddy*? Ich wusste, dass ich in der nächsten Sekunde verlieren könnte. Würde. Für immer. Ich sagte: *Es … Es geht mir nicht darum. Ich will mich nicht billig herausreden. Es hat Gründe, dass ich mich nicht gemeldet habe. Da geht es schnell ans … an die Substanz. Wenn der Vater stirbt, und du anfängst, dein Leben auszumisten, dann eben ist so ein Moment. Ich fand den Abschiedsbrief von Frauke, auch.*

Ich verstehe. Das klingt aber nicht sehr überzeugend.

Na ja. Mehr fiel mir nicht ein, und ich wusste plötzlich nicht einmal, warum ich sie angerufen hatte. Weil ich Ordnung in mein Leben bringen wollte und einen Ankerplatz suchte? Ich legte den Hebel um in Richtung Orient.

In einigen Wochen muss ich nach Ägypten, wo ich ein Lichtprojekt beginne. Ich bin Ingenieur. Geht's vorher? Vielleicht?

Jae lachte.

Würde es dich überraschen, wenn ich sage, dass ich deinen Anruf erwartet habe? Ich bin gerade aus Ägypten zurück. Ich muss jetzt leider weg, hab zu tun. Ich ruf dich nächste Woche an.

Wie bitte?

Mehr brachte ich nicht heraus. Sie hatte ohnehin bereits aufgelegt. Und wieder musste ich an Sabine denken und meine Ahnungslosigkeit. Ein Schattenreich schien mich fest umschlossen zu halten. Doch danach war erst mal Funkstille. Sie rief die ganze Woche nicht zurück.

Hinterfichtenich, 1. Juni 2011

Knefs *Von nun an ging's bergab* wurde zum Dauerohrwurm im kühlen Sommermonat Juni, in dem ich mir in den schadstoffgeschädigten Laubmischwäldern des Spessart, wovon ich gelesen, wo ich jedoch seit Kindertagen nicht gewesen war, eine Auszeit genehmigte und von Wirtshaus zu Wirtshaus pilgerte, um ganz ohne Freud und Freund Spechten zu lauschen, die *Pedalwelt* in Heimbuchenthal, ein reizendes Fahrradmuseum, heimzusuchen und mithilfe von Schauermärchen auf andere Gedanken zu kommen, ohne mich zu überanstrengen. *Wie schön ist's auf den Höhen, oh, wie herrlich drunt im Tal*, das Vattern und ich gesungen hatten, löste die Knef ab.

Ein ganz anderes Schauermärchen erwartete mich nach meiner Rückkehr. Mit sperrigen Sätzen forderte der Direktor meiner Bank eine Vorfälligkeitsentschädigung in fünfstelliger Höhe für abzulösende Kreditzahlungen, sollte ich das Haus verkaufen wollen. *Oh, wie wohl ist mir am A-A-bend, mir am A-A.* Einer der Vaterreime. Ich stand

zwar vor dem Ruin, doch belebte es eher meinen Trotz und Humor.
Um mich vom Galgen des Finanzkapitalismus wieder loszubinden, besann ich mich endlich auf Ägypten und bekam sogar einen Termin.

Bergisch-Gladbach, 18. Juni 2011

Im braunen Businessanzug an roter Krawatte und blauen Schuhen kam ich vor einem eternitgefliesten Neubau in Deutschlands hässlichster Fußgängerzone zum Stehen. Bergisch-Gladbach. Im Eingangsbereich präsentierte sich mein vermutlich neuer Arbeitgeber mit fetzigen WarHohl-Kopien, das Stück sicher zwanzigtausend plus, wenn sie denn echt waren. Eine Empfangsdame residierte im Schutz eines latexweißen Tresens in schattenlosem Licht. Hinter ihr prangte in rostroten Lettern filigran: *Imagine to make this place a better world –* ***:IZ.2go!***

Wie wahr, dachte ich. IZ stand vielleicht für *Irrlichternde Zukunft* oder *Idiotischer Zeitplan.* Oder *Ich bin Zahlemann. Generation Z wie Zorn, Zarathustra, Zwiebelkuchen, Zote, Zottelbär.* Ich liebe Letraset.
Als sich nichts tat, erhob sich meine Stimme zu einem verhaltenen *Hallo? Hallo? Jemand zu Hause?* Die dann lächelnde Dame verwies mich daraufhin an die *dritte Tür links,* die nur angelehnt war.

Mit *So nehmen sie doch bitte Platz* eröffnete Frau Mathilde *Weizzen – wie Gerste, uns sticht der Hafer* (kicher) – routiniert das Vertragsgespräch, eine kleinwüchsige, korpulente Dame in verkniffener Strenge. Sie schien den Anschluss an den Aufstieg verfehlt zu haben und residierte unter Kulturkalenderbildern. Klarsichtordner stapelten sich neben Laptop mit Inventarnummer, Smiley, Flachbildschirm und ergonomischer Tastatur. Sie eröffnete mit:

Seien sie gegrüßt, Herr Winkel. Glückwunsch zur Einstellung im Lichtprojekt Ägypten.

Wie bitte? Ich habe noch keinen Vertrag unterschrieben, gab ich zu bedenken. Die Kochanleitung kam mir irgendwie bekannt vor. *Packe Butterkeks in Gefrierbeutel und pulverisiere ihn mit dem Nudelholz.* Madame Mathilde zauberte linksseitig ein Lächeln hervor. Wie Viktor. Ach ja, wie Vattern.

Was Ihnen :IZ.2go! im Rahmen unserer – wie der Name schon sagt – Internationalen Zusammenarbeit anbieten kann, ist ein – äh, sachgrundlos – öh, befristeter Arbeitsvertrag gemäß MTV Artikel 17 des TzBBhÄV. Wie viel Projekterfahrung haben wir denn?

Ende Fünfzig bin ich. Angefangen zu arbeiten habe ich in der TUSMA, also Telefoniere Und Studenten Machen Alles, und zwar als Weihnachtsmann. Andere Signale verkniff ich mir. Ich hatte Vaters Lektion gelernt. *Halt die Klappe, sonst fängste dir eine.* Vattern schwebte mit und schaute mir von oben zu.

Sie wusste wohl, was sie wissen musste, und verschwendete keine Silbe zu viel. Ahnungslose Licht-Ingenieure einzuwickeln war ihr Job, und es lag ihr. Das *:IZ.2go!* Leitbild sollte ich lesen und mich sonst welchen Grundsätzen unterwerfen, bevor es nach Kairo ginge. Sie griente feierlich und meinte: *Können Sie sich bitte Ende kommender Woche frei machen, bis dahin machen wir alles fertig. :IZ.2go! braucht Sie dann* ***hier.***

Kein Thema.

Haben Sie körperliche Leiden oder charakterliche?

Das war dann doch überflüssig. Sie hüstelte feucht: *Äh, war nur ein, öh, Scherz. Auch fehlt ein ärztliches Attest, aber.*

Wie hätte Faló reagiert? Ich stellte mir vor, wie sie Sex mit dem Briefträger hätte, lächelte zurück und sagte: *Nächste Woche. Reicht das?*

Ihr Nicken kostete sie viel Kraft. Lieber hätte sie mich gebissen. In meiner Bio fehlte der Hinweis, dass sie den

Filius von Rommels Leibfotografen auf Spurensuche in Oasen vor sich hatte. Ihr Wunschkandidat war ich dennoch nicht. Solche Frauen würden mich nie begreifen, dachte ich. Kein Wunder, ich verstand mich selbst gelegentlich nicht.

Reden ist Silber …

Den Vertrag bekomme ich dann …

… in einer Woche, ganz gewiss. Auf Wiedersehen!

… Gold?

Ich schwieg, erhob mich und reichte ihr die Hand. Ich dachte lichtblitzkurz an mein ausgeräumtes Bankkonto, griff nach dem neuen blauen Regenmantel und verließ die *mehrmals* holde Lächelnde im verkunsteten Atrium, um mich wieder dem *eigentlichen* Leben zuzuwenden.

TAGE.BUCH.EIN.TRAG Mehrfach-mehrmals. Hallo Vater!

Ich finde immer, dass dieses Wortejonglierern aus den Patschenlöchern hilft. Irgendwie ist mir, als hätte ich das geerbt. Ich bin *mehrfach* erschöpft. Das Wort *mehrfach* bezeichnet – wie ich auf dem Nachhauseweg lese – das zeitgleiche Geschehen des Vorgangs, und nicht das aufeinanderfolgende. Anders das Wort *mehrmals:* Es macht einen Unterschied, ob ich mir den Hals mehrfach oder mehrmals breche. Einmal denken wir an Zeit, einmal an Raum, das ist der Unterschied. Na und? In beiden Fällen bin ich tot.

Mir ist, als wäre ich ausgepumpt. Wie bei Blutarmut, als ich Kind war. Erinnerst du dich? Merkwürdig, was im Moment alles hochkommt. Die Sache mit Jae. *Das Leben ist ne Hühnerleiter, man kommt vor lauter Dreck nicht …* O-Ton Vattern.

Aber eigentlich es ist dein Testament, das für die Verklumpung hinter dem Zwerchfell sorgt. Jae aber auch. Komisch, oder? Drei Generationen, verstrickt. Sie schickte mir *mehrmals* Sachen zu über Francesco Ruti und dem Massaker von Ustica, ein *mehrfacher* Capolla-Film, oder Stanley Kubrick, einer fällt immer aus dem Kuckucksnest. Ich weiß nicht, ob ich Angst habe und wenn ja wovor. Das finde ich tröstlich.

Ich brauche das Jucken. Whiskey? Mein aktueller Lebertran. Immer nur *mehrfach.*

Abhauen muss ich aus Hinterfichtenich, aus Europa, und zwar rasch. Flucht ist keine Lösung, aber momentan löst es was. Ich entkomme mir nicht, nirgends. Das wusstest du. *Ach, Vattern!*

Hinterfichtenich, Juli, August 2011

Was mich in den Sommerwochen, die abwechselnd kühl und heiß waren, bewegte, war Bella. Ich mochte sie, ohne sie wirklich zu lieben. Es war eher purer *Genuss ohne Reue,* ohne mich wabernden Gefühlen auszuliefern. Da sie es nicht näher wissen wollte, fragte ich sie, wie es mal wieder mit einer Laterne wäre.

Wat soll der Quaaaatsch, baffte sie. *Du musst mir Zigg geben.* Was eigentlich Zeit bedeutet. Einmal meinte sie: *Denne! Lass uns mal wat drinke jon!* Was nicht in Besäufnisse ausarten musste, aber häufiger im Bettgestöber endete.

Es war ein Hin und Her. Sie blieb gewöhnlicherweise zwei Tage, vielleicht auch nur einen, dann wollte sie ihre Ruhe, und so kam Tom an die Reihe. Bäumchen wechsele dich. Wieso macht eine Frau das? War es die Flucht in Permanence? Vor den jeweils anderen? Vor sich selbst? Zumindest das könnte ich halbwegs verstehen, mir ging es nicht viel anders. Ich wurde das Gefühl nicht los, dass *Zigg* nur ein anderes Wort war für *zicken.* Ruhe fand ich auch gut, Trockenbau und Regeneration, why not? An den Gedanken, dass Tom sie bei Rock 'n' Roll vögelte, konnte ich mich derweil nicht gewöhnen. Und Eva-Maria war weit weg. Was empfand ich für sie? Ich wurde aus mir nicht schlau.

Viktor rief eines Tages an und wollte Schach spielen. *Damentausch,* vielleicht auch Eröffnungsvariationen. *Schach ist Krieg, nur mit anderen Mitteln,* meinte er unironisch. Besser als nichts. Konnte von mir sein. Ich vertröstete ihn mit einem: *Ich komm klar, ok? Okaaay?! Experten gibt's ja genug …*

Er nervte, insistierte aber nicht weiter. Womit ich nicht klarkam, hatte mit Viktor nichts zu tun. Dass ich *vaterverpeilt* sei, moserte er in einer Mail, was er selten tat. Mails mochte er nicht. Also rief ich zurück. *Ok, Schach!* Und dann wartete ich mal wieder auf Bella.

Hinterfichtenich, 12. August 2011

TAGE.BUCH.EIN.TRAG. 1980. Hallo, Vater!

Was hättest du denn getan? Klar, 1980 hätte ich Kontakt zum Lover von Frauke suchen können, um den Faden zu Jae zu knüpfen, ihn zu verzwirbeln mit meinem Leben. Wieso hatte ich ihn zerschnitten? Dieses beschissene Jahr 1980. Warum interessierte mich Italien nicht, der ganze Terror dort, das Attentat im Bahnhof von Bologna. Ich wollte mir nur Antike reinziehen oder flanieren.

Im Fernsehen läuft ein Rückblick in die Achtzigerjahre, der mich erschauern lässt. Du, Vatter, mal wieder. Es geht um den Nahen Osten, um das Öl und einen Krieg, den man schon längst vergessen hat, diese Schlachtbank zwischen dem Iran und dem Irak in den Achtzigerjahren, bei dem geschätzt zwei Millionen Menschen für Zwecke, die nie geklärt werden konnten, draufgegangen waren, an Giftgas, im mörderischen Artilleriefeuer, verdurstet in Wüsten, als hätte es nie einen Wüstenfeldzug vorher gegeben und keinen Morgen. Ich sehe Bilder von Ayatollah Chomeini, wie er im Februar 1980 aus seinem Exil lässig winkend von der Treppe einer Air France hinabsteigt. In den Straßen jubelt ihm das Schlachtvieh zu. Das muss dich doch getroffen haben. Gesagt hast du nichts. Weil ich dagegen war? Weil Wüsteneien und Kriege tabu waren?

Ich hatte mich damals gefreut, den Schah samt seiner mittelalterlichen Prunksucht *abhauen* zu sehen. Benno Ohnesorgs Tod auf einer Anti-Schah-Demo in Berlin war der politische Weckruf meiner Generation. Was ein Ayatollah im Schilde führte, wusste niemand, und was Schiiten sind, sowieso nicht. Revolutionen in der Dritten Welt fand ich toll, ein Ätsch an die Adresse der Supermächte. 1980 war die große Unübersichtlichkeit, wie ein deutscher Denker sinniert hatte. Ein Vater-Trauma? Ja, doch wohl nur sehr selektiv.

Ich kann mich dagegen nicht erinnern, dass in Deutschland über das *Massaker von Ustica* groß gesprochen worden wäre. Du? Weder hatte ich von einer parallelen Geheimarmee der NATO für die verdeckte Kriegsführung gegen den Kommunismus namens *Gladio* noch von fünfzehntausend Terrortoten gehört, wie mir Jae weismachen will. Faló kann sich erinnern, aber der hat andere Antennen. Du hattest wohl abgeschaltet. Ach, Vattern!

Jaes Augen brannten sich ein. Immer wieder schaute ich auf das Foto. Ich fand andere Bilder von ihr im Netz, die zumeist leicht schrill wirkten, je nach Blickwinkel, Maske, Lichteinfall, Gesichtsausdruck – wie verschiedene Menschen in einem Körper. Das Tochter-Treffen war in trockenen Tüchern.

Ich erinnerte mich an einem blauen Tisch am weiß glitzernden Meer, Fraukes und meine *Reise nach Kythera*. Gezeugt hatte ich Jae vermutlich an unserem letzten gemeinsamen Abend bei den Klängen des Rembetiko. Was für ein Kitschbild, aber so war es gewesen. Ich wusste es aber nur, weil Frauke anderntags abgefahren war, ohne sich zu verabschieden. Es war wie ein Absturz aus heiterem Himmel. 1976 war es gewesen. Verliebt hatte sie sich auf irgendeiner Berufsreise kurz darauf nach Italien in einen *stolzen Römer, die Liebe meines Lebens,* wie sie sich mir schrieb. *Latinos sind meine große Schwäche.* Weil sie etwas bei ihm suchte, was sie bei mir nicht fand? Ich hatte mich festbeißen wollen.

Da wusste sie bereits, dass sie schwanger war. Sie zog nach Prato. Ich hatte mit dem Gedanken gespielt, ihr nachzureisen, um mich um unser Kind zu kümmern. Ich war Vater, aber frei. Auf Jae hatte ich keinen Einfluss. Wir haben nichts gemein, sind Fremde. Blutsabstammung?

Wer aber ist Jae?

Kapitel 9
Prozesse

Neapel und anderswo – die Neunzigerjahre

Einen Vater hätte Jae gerne gehabt. Nicht irgendeinen, auch keinen Versager. Als sie vierundzwanzig war, hatte sie Neapel wieder aufgesucht. Sergio war inzwischen außer Dienst, wurde bekocht und hatte zugenommen. Die Katze von Neapel fing keine Mäuse mehr, doch hatte sie immerhin überlebt. Sie ließ sich in einem geräumigen, gepflegten Haus kraulen, streckte die Krallen in den Himmel und schnurrte.

In Puzzuoli flanierten Touristen. Sie waren spazieren gewesen, an Höhlenportalen vorbei, die sie kannte, wo Besucher nun Eintritt zahlten. Die Pension hatte sich zum *Wellnesshotel* mit matten Lackfarben gewandelt. Sie hatten im Restaurant von damals gespeist, das mit Hochglanzkacheln die marode Bausubstanz übertüncht hatte. Die *Cucina* war schnell und die Kellner kurz angebunden, auch hatte der Pizzabelag fettige Pfützen. Ihr schien, die lebensfrohe Leichtigkeit sei eingedampft. Nur die Solfatara brodelte und rauchte eher stärker. Vielleicht beförderte das ja den Prozess.

Jae hatte Sergios Gleichmut genossen und den Erzählungen gelauscht, etwa von einer skurrilen Heiligenverehrung in Neapel, die sich gut verkaufte, und einem berühmten Theater, das pleite gegangen war. Vom *Camorragedröns*. Was er von Ustica wusste. Und er wusste viel. *Wir stehen unter der Schutzherrschaft spezieller Mächte,* hatte er gesagt.

Mehr Herrschaft als Schutz. Dagegen war er nicht angekommen. Was sie so mache, wollte er wissen.

In Berlin sei sie eine schwirrende Fledermaus, hatte sie gescherzt. *Versuche mal mit den Händen eine Fledermaus zu grapschen?! Sie ist nicht zu fangen! Aber trampele kräftig auf und werfe die Mütze. Dann wird sie sich festkrallen. Sonst …*

Sergio hatte gelächelt. *So wie wir Jungs früher in Matera.* Nun habe er endlich Zeit, ihre Briefe zu beantworten, hatte er versprochen. Und dass er sie immer bewundert habe. Ein Vater war er. Einer musste es doch sein.

Seiner Einladung nach Matera hatte Jae nicht folgen wollen. *Ich kann das nicht,* hatte sie erwidert. Alles schien mit ihrem Brief zur Matura gesagt. Dies war nicht der Moment, alles wieder aufzurollen und zwecklos ohnehin. Il Gatto hatte auch nicht mehr nach ihrer Beziehung zu Joe gefragt.

Kein Vater hätte eine kleine Meerjungfrau nach Neapel reisen lassen, hatte Jae schließlich gemeint, und an väterliche Beschützerrituale gedacht, die es überall gab und nirgends funktionierten.

Das hätte niemals geschehen dürfen, sagte die Katze knapp. *Sophia hätte es wissen müssen. Wegen ein paar Salmonellen Dämonen wachküssen?* Er hatte gelacht. *Klar?*

Nichts war klar. Nicht eine Anklage hatte es gegeben, keinen Prozess gegen Typen wie Joe, die den Job von *Gladio* erledigten in einem Krieg, den man fälschlicherweise den *Kalten* nannte. Auf Begriffe und Namen wäre es nicht angekommen. Als Eingreiftruppe der CIA hätte *Gladio* ungehindert weiter agiert. Deckmäntel passte man an. Die Blutspur war immer länger geworden, um zu versanden.

Ein verflucht harter Typ, der Joe. Dabei hatte Sergio sie eher erheitert als traurig angeschaut. Hinter den *Operationen der verdeckten Kriegsführung* hätten die *Green Berets Special Forces* gestanden, hatte ihm ein *Gladio*-Offizier gesteckt. *Irgendwer muss ja den Dreck wegräumen,* hatte der sich gerechtfertigt. Ganz *logisch* sei die Chose.

Jae war nach einigen Tagen nach Berlin zurückgefahren. Einen Brief von der Katze hatte sie nie erhalten. Vielleicht hatten ihn Viren oder Salmonellen entführt und hingerichtet.

Von Joe hörte sie lange Zeit wenig. Ein paar Telefonate, das war's. Schweigsam war er und immer auf Achse. 1994 sahen sie sich in Davos, einen Nachmittag lang, bei dem er ihres Bohrens überdrüssig war: *I'll tell ya, but – sorry – I just have to kill ya afterwards.* Sie hätte ihn am liebsten ausgepeitscht, damit er aufhörte zu grinsen. In den entspannten Stunden nach dem Fick jedoch plauderte er, um ihr ein Lob oder wenigstens ein anerkennendes Lächeln zu entlocken. Dass er in der *Security Force Assistance,* der Kerntruppe der *Green Berets* ausgebildet worden war. Dass ihn Politik nicht interessiere. Dass Operationen ihm am besten gefielen, wenn es brenzlig wurde. Dass der Kalte Krieg lange nicht vorbei sei. Dass er weder den Abschuss der *Itavia 870* befohlen habe noch beteiligt gewesen sei. Dass sie lebe, sei der Beweis. Dabei lachte er nicht einmal.

Beim Frühstück versuchte Joe ihr klarzumachen, was es bedeutete, Rücken an Rücken in einem Gefecht zu kämpfen, was Soldaten ein Leben lang aneinanderketten würde. Was ihm die zwei Pfeile an seiner Uniform bedeuteten, die sich kreuzten: *America's best.* Dass es Opfer forderte, wenn *Gladio* den Kommunistensumpf Italiens austrocknete. Dass es ohne die *unkonventionelle Kriegsführung* nicht funktionieren würde, wenn man sich die Russen näher anschaue. Dass sie keine andere Sprache verstünden.

Wie oft hatte Jae dieses Mantra gehört. Und es war nicht so, dass ihr Verstand nicht ausreichte, Joe zu verstehen. Sie hielt einen speziellen Speicher bereit, für alle Fälle. Ihre Meinung behielt sie für sich.

Stolz pochte er auf sein Netzwerk, und sie gehörte dazu. Sie gehörte ihm, auch wenn er es so nie aussprach, da sie ihn nur ausgelacht hätte. Sie stände unter seinem Schutz, so drückte er sich aus, *seit Matera.* Und: *Du musst auf allen Tasten spielen.* Oder: *Ich gebe dir das Gefühl, gebraucht zu werden.*

Ende der Neunziger benutzte er Jae einige Male für *Special Orders*. Einem römischen Reserveoffizier den Verrat eines *Gladiators* entlocken. Einen deutschen Generalkonsul anbaggern und ihm die Codewörter klauen. Das Zelt des libyschen Beduinenpiloten aufstöbern, der in ägyptischen Wüsteneien abgetaucht war. Zuträgerdienste tätigen, etwa ein Dossier nach Kairo schmuggeln. Er quälte sie in ihren Alpträumen. Matera war stets einen Anruf wert. Eine Turbine, die aufheulte, wenn sie es nicht erwartete. *Auftrag. Mach. Subito!* Joe pflegte dann in die Klaviertasten zu hämmern. Bach und Boogie. Das war das höchste seiner Gefühle. Die Toccata. Die Todesfuge. Er zog alle Register. *Even the demons go to church to listen to this song, babe.*

Als sie sich das letzte Mal in Davos getroffen hatten, hatte Joe gesagt: *Jae, du gehörst – musikalisch – zum Satz der verminderten Septakkorde, die zur Auflösung drängen*. So viel Poesie hatte sie ihm gar nicht zugetraut. Kaum weniger vieldeutig war sein *I need you* – dissonant, komplex, wie die Toccata Stimmen hatte.

Er würde sie brauchen, weniger als umgekehrt, dachte Jae dann. Sie nahm das schmutzige Geld. Sehr viel Geld. Ohne zu bereuen. Reue? Es war für einen guten Zweck. *Einer muss der Bluthund sein*, pflegte Joe dann zu sagen, der sich in deutscher Geschichte gut auskannte. Er habe gelernt, für die Ideale Kopf und Herz unter Kontrolle zu bekommen. So würde man trainiert. Jae wusste also, dass er wusste, was er tat. Er war Herr seiner Klaviatur. Herrscher.

Bei jedem ihrer Treffen hatte er in einer gottverdammten Kirche eine Orgel aufgetan. In der kleinen, alten Glaris-Kirche in Davos liebte er es besonders, die Fuge in d-Moll von Johann Sebastian Bach zu zelebrieren. Dann bebten ihre Eingeweide. Sie schloss die Augen, hörte die hämmernden Harmonien der Toccata und zerfloss im raumfüllenden Klang. Sogar die Toten hörte sie die Treppen hinaufsteigen auf die Empore, wo sie ihn erwartete.

Dort waren sie ungestört. Sie wusste, was er wollte. Was sie wollte. *To be stored in my vessels,* sang der Desperado. Er nahm sie dort, wo sie war, mit *Genuss ohne Reue.*

Die Story ging weiter, immer weiter. Durch die Übungen der hohlen Hand kam sie klar. Sie wurde meisterlich. Die Katze war immer sprungbereit. Immer anpassungsfähig. Hart im Nehmen. Karaté und il Gatto. Spannung und Entspannung. Licht und Schatten. Sein Geld, ihr Wasser. Bis es zu bröckeln begann.

Bologna, 22. Mai 1995

Der Schatten eines Verfolgers löste sich erst, als Jae und Sophia den Justizpalast Bolognas erreicht hatten. Es waren zwei gewesen, schätzte Jae, wahrscheinlich mehr. Sophia schien es nicht zu bemerken. Jae wusste, warum. Sie lebte damit, und es war ihr egal. Heute sowieso, da sie einer Einladung folgten, bei der es darum ging, ein neues Kapitel in der *Causa Massacre di Ustica* aufzuschlagen.

Mein Name ist Richardo Prosati, begann ein unauffällig gekleideter älterer Herr, und schlug mit einem Löffel gegen etwas Metallenes. *Ich habe Sie eingeladen, um Sie über den letzten Stand der Untersuchung des Abschusses der Itavia 870 am 27. Juni 1980 vor Ustica zu informieren. Wir bedauern, dass die Wahrheitssuche nach dem* – er wechselte kurz die Stimmlage – Massacre di Ustica *erst 1984 begonnen wurde und nunmehr weitere zehn Jahre andauert. Sie als Angehörige der Opfer haben Anspruch auf diese Wahrheit – und eine angemessene Entschädigung! Ich sitze der Untersuchungskommission vor. Das ist eine hohe Verpflichtung.*

Der Richter hielt inne und ließ die Augen über den bis auf den letzten Platz besetzten *Sala di Udienca* des *Palazzo di Giustizia di Bologna* schweifen. Mehr als zweihundert Menschen waren gekommen. Man konnte die anaerobe Luft in Scheiben schneiden. Seine betont sonore Stimme wirkte beruhigend.

Als niemand Einwände erhob, fuhr er fort: *Im Jahr 1989 hat die Parlamentarische Kommission gegen den Terrorismus, die vom verstorbenen Senator Giovanni Pellegrino geleitet wurde, offiziell verlauten lassen, dass die Täter des Verbrechens nicht zu identifizieren gewesen seien und das Verfahren einzustellen sei.*

Gute Einstimmung, dachte Jae. Wie ein Pappschild, das ein Souffleur hochhielt, um die Wirkung von Worten abzuschätzen. Kontrolle erlangen und bewahren. Doch was sollten ältere Frauen machen, die sich nur versammelten, wenn sie beten wollten, nie ein Theater besucht hatten, ein Kino kaum von innen kannten? Sie murmelten. Sie sprachen ein Gebet, sprachen wie hinter vorgehaltener Hand, ermahnten ihre erwachsenen Kinder, ruhig zu sein. Sie murmelten, um sich zu vergewissern, dass sie das Gesagte verstanden hatten, wiederkäuend, was sie zu hören glaubten. Prosati blickte auf eine murmelnde Gemeinde hinab.

Jae dagegen gehörte zum anderen, kleineren Teil des Auditoriums, das sprachlos war, hilflos und leer. Doch ebenso verzweifelt. Deren Wunden wieder und wieder aufgerissen wurden. Nie kamen sie zur Ruhe.

Prosati fuhr mit erhobener Stimme fort.

Mit anderen Worten: Die Verschwörung hatte zunächst Erfolg. Er flüsterte fast, als er wiederholte: *Ja, eine Verschwörung war es! Denn die militärische Führung unserer Luftstreitkräfte hat den Ermittlungsbehörden und der Justiz Informationen über die massive Präsenz militärischer Einsatzkräfte am Abend des 27. Juni über dem Tyrrhenischen Meer vorenthalten. Mehr noch, sie hat versucht, uns Geschichten aufzutischen, um uns systematisch in die Irre zu leiten, etwa die Hypothese einer Bombenexplosion in der Bordtoilette. Die wenigen Radaraufzeichnungen wurden desinterpretiert. Tonbänder verschwanden oder wurden gelöscht. Wir haben daher entschieden, dreizehn hohe Offiziere der italienischen Luftwaffe wegen Urkundenfälschung, Meineid, Amtsmissbrauch und Beihilfe, kurz: wegen Hochverrats anzuklagen. Darunter befinden sich die höchsten Generäle Italiens, Corrado Melillo, Zeno Tascio, Lamberto Bartolucci und Franco Ferri.*

Ein Raunen ging durch den ehrwürdigen Saal.

Und ich möchte betonen: Auch wenn der Druck auf uns noch so groß sein sollte, in diesen Tagen immer mit Verweis darauf, dass die italienische Luftwaffe sich gerade heldenhaft – ein Mann lachte laut auf, dann ein zweiter – *an den Bombardements des Irak nach dessen Überfall auf Kuweit beteiligt, wir bleiben der Suche nach Wahrheit und dem Recht verpflichtet – und unbeeinflussbar!*

Das Stimmengewirr schwoll an. Eine ältere Frau begann zu schluchzen, ein Aufschrei folgte, dann ein *Madonna*-Stoßgebet. Einige in den hinteren Reihen erhoben sich, Stühle scharrten. Jae verstand *Massaker!* Irgendwas wie: *Unsere Geduld ist am Ende!* Sie spürte Wut, hörte *Gerechtigkeit!*

Prosati hob die Hand, senkte den Blick, um durch eine schmale Kladde zu blättern, und berührte fast nebenbei eine Teekanne mit seinem silber-schwarzen Füller. Zwei Mal. Der Glockenlaut ließ die Gespräche verstummen. Jeder verstand.

Jae, die im Saal vorne auf einem Gangplatz saß, spürte, wie ihr Blut schneller zirkulierte. Prosati war nicht irgendwer. Er hatte in Italien den Ruf, einer der besten seiner Zunft zu sein, ein unbestechlicher Vertreter der Justitia. Ein Hochamt. Er hatte sie zusammengerufen, um von ihnen angenommen zu werden, sie, die mit dem Tod ihrer Väter, Mütter, Geschwister oder Kinder aneinandergekettet waren, um in dem stickigen, schweißtreibenden Odem von Schuld, Sühne und Regress zu kleben. Aus ganz Italien waren sie herbeigeströmt. In Bologna war die DC-neun gestartet.

Die Kommission meines ehrenwerten Kollegen Blassini konnte sich letztlich nicht auf die Absturzursache verständigen. Sie löste sich, wie sie wissen, mit einem zweigeteilten Bericht auf. Das darf so nicht stehenbleiben. Daher schlägt Italiens Gerichtsbarkeit ein neues Kapitel der Untersuchung auf. Kommen wir zur Sache!

Ein staubgesättigter Lichtstrahl warf einen Schleier über den erhöhten Friedensrichter und die Justizangestellte neben ihm. Man könnte eine Stecknadel fallen hören.

Gott, welcher Pathos, welche Inszenierung, flüstere Jae zu Sophia.

Prosati streckte seinen wie vom Druck gebeugten Rücken durch und deutete auf den Aktenwagen, als reiche er der göttlichen Wahrheit seinen Finger. Er fuhr fort: *Nachdem wir erfahren hatten, dass die Bergungsfirma 1986 im Auftrag des französischen Geheimdienstes arbeitet, die in den Abschuss verstrickt ist, ahnten wir, weswegen sie kaum Trümmer finden konnte. So wurde eine zweite Spezialfirma beauftragt, um die auf dem dreitausendsiebenhundert Meter tiefen Meeresgrund die auf einem Areal von einhundertfünfzig Quadratkilometern verteilten Trümmer zu bergen. Diese Aktion konnte vergangenes Jahr abgeschlossen werden.*

Das war also wohl die gute Nachricht. Jae dachte zurück an Neapel, als die Bergung begonnen hatte, die der Amerikaner und die, die hinter ihm standen, verhindern wollten. Sergio hatte ihr zwei oder drei Mal Zeitungsartikel geschickt und eine Kopie eines internen Berichts. Sie kannte die Story. Richardo Prosati hob die Stimme weiter an.

Meine Damen und Herren. Wir hatten daraufhin die britische Air Accidents Investigation Branch *mit einer neuen Analyse beauftragt. Zwar laufen die Analysen noch, meine Kommission macht aus ihrer Einschätzung jedoch keinen Hehl. Eine Zeitzünder-Bombe in den Toiletten konnte allein schon auf Grund der zweistündigen Verspätung, die die Maschine hatte, nicht die Ursache sein. Sonst wäre die Bombe bereits in*

Bologna explodiert. Eine Fernzündung von Land aus ist selbst für den versiertesten Geheimdienst technisch nicht machbar, es sei denn, er hätte sich mit dem Teufel verschworen. Was uns in dieser Gewissheit bestärkt, ist die Tatsache, dass der geborgene Rumpf keine Beschädigungen aufweist, die von einer Explosion im Bord-WC herrühren würden. Es wurden dagegen Metallstücke in Sitzen gefunden. Außenhautteile weisen Löcher auf, mit dem Metall nach innen gewölbt, die von einer Explosion außerhalb des Flugzeugkörpers herrühren. Die Absturzursache war demnach eine radargesteuerte Luft-Luft-Rakete, wie sie nur NATO-Flugzeuge mit sich führen. Oder russische. Doch Russen waren nicht zugegen, nur zwei libysche MIGs.

Wieder ging ein Raunen durch den Saal. Prosati bemühte sich nicht, beruhigend zu wirken. Vielmehr ließ er die tödliche Druckwelle nachhallen, als sei es gestern gewesen. Vielleicht schürte Prosati die Empörung, weil er die Öffentlichkeit brauchte, überlegte Jae, weil er überleben wollte. Politisch. Vor allem aber physisch.

Sophia hielt sich an Jae fest, schlug die Augen nieder und presste sie. Jae spürte, wie sie mit den Tränen kämpfte. Ihr selbst gab es Rückhalt. Sie zog sie sanft an sich. Beide schauten sich den Bruchteil einer Ewigkeit lang an. Erneut ließ Prosati die Teekanne erklingen.

Per Favore. Per Fa vo re!

Prosati stand auf und hob besänftigend seine Hände. Als sich die Unruhe gelegt hatte, fuhr er fort.

Die unabhängige Untersuchungskommission, der ich vorstehe, hat einen erweiterten Auftrag zur Identifizierung von verwertbaren Dokumenten. Dies bezieht andere NATO-Staaten ein. Wir lassen die Trümmer millimeterweise analysieren. Wir haben mit der erneuten Zeugenbefragung begonnen, die leider unter keinem guten Stern steht.

Wofür das alles? rief ein Mann aus der zweiten Reihe, sichtlich aufgewühlt. *Was soll das bringen?*

Unser Ziel ist es, Anklage zu erheben, um die Verantwortlichen zur Rechenschaft zu ziehen. Ferner geht es um Ihre An-

sprüche auf eine Wiedergutmachung, die freilich erlittenes Leid nicht auslöschen kann. Daher diese Veranstaltung. Professor Leppies, Kommissionsmitglied, möchte etwas dazu sagen. Bitte fahren Sie fort, Jonathan.

Der Professor, ein Mittfünfziger in einem zerbeulten grauen Streifenanzug und wuscheliger Haarpracht, erhob sich in der ersten Reihe, ging vor und nahm neben Prosati Platz. Das Drehbuch funktionierte.

Verehrte Angehörige. Was Sie erlitten haben und noch immer erleiden, ist das größte Unglück, das jemandem zuteil werden kann. Meine Aufgabe ist die Ermittlung von Beweisstücken. Wir sind interessiert, alle Flugbewegungen über dem Tyrrhenischen Meer am Abend des 27. Juni 1980 zu analysieren, um der Klärung der Schuldfrage näher zu kommen. Die Radarstation Poggio Ballone bei Grosseto, von der es zunächst hieß, sie sei abgeschaltet gewesen, spielt eine zentrale Rolle. Jedoch scheinen alle Protokolle spurlos verschwunden zu sein. Von den Akteuren lebt niemand mehr, alle kamen unter obskuren Umständen ums Leben, sieben Zeugen.

Was für eine Verschwörung! rief ein Anwesender von hinten.

Was für eine Rolle spielen die italienischen Geheimdienste SISMI? fragte eine jüngere Frau in der Mitte des Saals.

Unbeirrt las Leppies weiter ab: *Es gibt ernst zu nehmende Hinweise, dass am Abend des 27. Juni 1980 über dem Tyrrhenischen Meer ein regelrechter Luftkampf tobte, an der amerikanische Phantomjäger und französische Mirage maßgeblich beteiligt waren. Was wir sicher wissen, ist, dass von Grosseto zwei italienische Abfangjäger aufgestiegen sind. Das erklärte Giovanni Battista Finetti, Bürgermeister von Grosseto. Finetti kam 1983 allerdings kurz nach dem Verhör durch einen mysteriösen Autounfall ums Leben …*

Ein Sturm der Entrüstung brach los. *Eine Schande!* schrie ein älterer Teilnehmer, der sich einige Male bereits zu Wort gemeldet hatte.

Richter Prosati erhob sich erneut und rief: *Wir werden die Wahrheit herausfinden, vertrauen Sie uns! Wir machen uns freilich größte Sorge um Leib und Leben Dritter. Daher muss klar sein, dass wir in Zukunft nicht mehr öffentlich machen werden, wen auch immer wir wann und wo vorladen.*

Der Friedensrichter wedelte mit den Armen, als könne er dem Aufbrausen durch das Strecken seines gedrungenen Körpers entgegenwirken – ohne Ergebnis. Er schaute zur Seite und ließ einen Justizbeamten eine Klingel betätigen. Der Uniformierte schrie: *Dreißig Minuten Unterbrechung!*

Justizangestellte strömten in den Saal, gaben knappe Anweisungen, griffen älteren Teilnehmern unter die Arme und kreisten einen erregten Teilnehmer ein. Sophia musste dringend und lief an Jae vorbei in Richtung Ausgang. Ein Uniformierter steckte Jae unauffällig einen Umschlag zu und verschwand sofort wieder im Gedränge. Es ging zu schnell, so dass sie sein Gesicht nicht erkennen konnte. Sie öffnete ihn und fand einen schlichten Computerausdruck:

Wie möchtest du gerne sterben? Komm um vier ins America Graffiti Diner Restaurant. Ich erwarte dich. Joe.

Sie sah sich um, entdeckte ihn aber nicht. Ihre Vorahnung hatte gestimmt. Joe würde da sein. Sie hatten eine Abmachung, aber eine andere. Die Angst kehrte zurück. Was wollte er? Sie schaute auf die Uhr. Sie hatte eine Stunde.

Menschentrauben drängten sich an Jae vorbei, um ins Freie zu gelangen. Jae überlegte, wie sie sich Deckung besorgen könnte. Sollte sie sich dem Richter öffnen? Polizeibeamte informieren? Niemandem konnte sie vertrauen. Von Ordnungshütern dieses zerrissenen Staates hatte man keinen Schutz zu erwarten. Wieder kam das Gefühl hoch, wie damals. Das Gefühl der Caldera, der alles verschlingenden Glut, der man ausgeliefert war. Im Moment würde sie am besten abwarten. Sie musste unter Menschen bleiben, ihren Instinkten vertrauen. Ihr Ding durchziehen.

Nach einiger Zeit sickerte das Volk wieder herein.

Was sind Ihre Helden der Wirklichkeit? Für mich sind dies Ivo Nutarelli und Mario Naldini, die Piloten, rief Richter Richardo Prosati. Es machte den Eindruck, als wolle er nun – wieder zu Kräften gekommen – mit erhobenem Schild in die Offensive gehen. Tacheles reden. *Bitte, Gustav, Sie haben das Wort.*

Ein weiterer Sprecher stand auf, der sich als Gustav Peterson, schwedisches Mitglied der Prosati-Kommission vorstellte, einer der Ermittler im Mordfall Olof Palme. Acht Jahre nach Ustica wollten zwei der wichtigsten Zeugen vor der Blasi-Kommission aussagen – erklärte er –, die beiden am Luftkampf beteiligten italienischen Piloten Nutarelli und Naldini. Was für Befehle hatten sie und von wem? Wussten sie vom Anschlagsplan zum Abschuss der Maschine, in der Muammar el-Ghaddafi vermutet wurde oder besser: hätte sitzen sollen. Wer hatte den Plan an den libyschen Geheimdienst verraten? Wer wusste von dem Verrat? Welche Rolle spielte *Gladio*? Warum wurde der Angriff nicht abgeblasen, wo doch zu sehen war, dass es sich um eine zivile Maschine handelte? So einige der offenen Fragen, betonte Peterson. Trotz seiner umständlichen Erzählweise blieb der Saal in gespannter Ruhe.

Als er bemerkte, dass ihm nicht mehr viel Zeit blieb, ratterte er weiter: *Zugegeben, das ist alles etwas verwirrend und nebelig. Genau das sollte es sein. Kurz – Staatsanwalt Blassini wollte endlich an die Wahrheit, doch nicht alle waren davon begeistert. Die Vernehmung Nutarellis war schließlich für den 5. September 1988 angesetzt. Doch dazu sollte es nicht kommen. Nutarelli und Naldini starben eine Woche zuvor, und zwar am 28. August 1988 über den Feldern von Ramstein vor den Augen von dreihundertfünfzigtausend Menschen. Sie zogen fast einhundert Menschen in den Tod! Gut dreihundert mit Verbrennungen verletzte, traumatisierte Opfer waren zu beklagen. Es gab wilde Spekulationen. Beteiligte hielten es für eine Hinrichtung durch eine mutwillige Manipulation der*

Maschinen. Doch man konnte keine klaren Beweise finden. Also Strich drunter: menschliches Versagen. Das sogenannte Flugunglück von Ramstein bleibt ein Mysterium, doch – ich darf das frei aussprechen, ohne dass man mich gleich zitieren muss – die Sache stinkt zum Himmel. Leider sind uns die Hände gebunden. Ramstein ist US-Hoheitsterrain.

Sofort erhoben sich einige Hände. Ein schriller Schrei ertönte, unklar ob von einer Frau oder einem Mann. Jemand rief: *Verbrecher! Mörder!*

Eine jugendliche Stimme übertönte den Lärm: *Welche Geheimdienste meinen Sie?*

Eine Frau schrie: *Gladio! Wer ist Gladio? W E R?*

Prosati sah ein Desaster auf sich zurollen und ließ keine weiteren Fragen zu. Eine Glocke schrillte. Mehrere Justizbeamte standen auf. Die Stimme von Richter Richardo Prosati überschlug sich, als er rief: *Die Untersuchungen haben erst begonnen. Ich bitte um Ruhe! Für Schlussfolgerungen ist es noch zu früh. Bleiben Sie bitte sitzen. Ich vergewissere Ihnen: Es gibt zu viele Zeugen, als dass man sich aller entledigen könnte, sollte eine Verschwörung gegen den italienischen Staat im Gange sein, von wem auch immer diese ausgelöst sein mag.*

Prosati hob die Hände, um einen Tumult zu umgehen. *Wir haben noch Pfeile in unserem Köcher. Die französischen und amerikanischen Piloten sind zum Beispiel noch nicht verhört, auch die Kommandanten der beteiligten Flugzeugträger nicht. Einer der beiden libyschen Piloten starb beim Absturz über Kalabrien, wie Sie wissen. Der Pilot der zweiten MIG konnte wohl entkommen – möglicherweise ein letzter direkter Zeuge des Abschusses. Wir suchen nach ihm. Meine Damen, meine Herren! Seien Sie gewiss. Ich. Werde. Dafür. Sorgen.*

Die Katharsis. Jae schauderte. Sie wusste vom letzten Zeugen. Dass Ramstein eine amerikanische Luftbasis war. Es wäre ein Leichtes für den CIA gewesen, sich der Piloten zu entledigen. Für Joe. Es war Zeit zu gehen. Sie stand auf. Sophia wollte ihre Hand fassen. Sie entzog sich, kalt.

Ich habe etwas zu erledigen. Wir sehen uns im Hotel. In spätestens zwei Stunden. Ich habe die Nummer.

Sophia schaute sie ratlos an, doch Jae interessierte sich nicht für sie oder sonst was im *Palazzo die Giustizia di Bologna*.

Bologna, 22. Mai 1995

Atemlos erreichte Jae das *America Graffiti Diner Restaurant*, Typ Casual Western. Eine Platzeinweiserin in adretter Uniform und zu tief ausgeschnittener Bluse begleitete sie zu einer freien Tisch-Bank-Sitzecke. Sie lag nahe genug an einem Notausgang, auf dem ein kindsgroßes Skelett aufgemalt war. Wenigstens Sinn für Humor hatte Joe.

Das Restaurant war eine der angesagten Adressen der Innenstadt. Das Interieur ging haarscharf am Kitsch vorbei. Lange, gebogene Theke, knallrote Lederpolster, rundum hell-dunkle Kontraste, viel Chrom, alles wie geleckt. US-Poster der *Fifties*, Elvis, Dean, the Lonely Hearts. In Plastik eingeschweißte Karten verkündeten beste Burgerküche. Das Durchschnittsalter lag bei zwanzig. Jae orderte Gin-Tonic on the Rocks und Mineralwasser. Sie schloss die Augen.

Joe ließ auf sich warten. Wie immer. Er checkte wohl die Umgebung. Als sie gerade gehen wollte, stand er in der Tür. Sein schlanker Körper steckte in einem dunkel schimmernden Maßanzug, grünlich-eierschalenfarbenen Hemd und hellbraunen Lederschuhen, handgenäht. Den Bart hatte er abrasiert. Oberhalb der Gürtellinie war kein Platz für den Colt. Mit langen Schritten kam er auf sie zu.

Sie wusste, was ihn anmachte. Sie tat das Gegenteil. Lächelte, den Kopf leicht zurückgebeugt, zugeknöpft. Als er ihr gegenüber saß schlug sie die Beine ein zweites

Mal übereinander. *My Basic Instinct*. Der Film lief gerade überall. Italien mieden sie gewöhnlich, also stand Dringendes an. Sie nippte am Drink und sagte mit monotoner Stimme: *Lange nicht gesehen, Joe. Und wie stirbst du gerne?*

Die Eingangsfrage stand zu erwarten. Nicht in deinem Bett und nicht beim Sex, wenn du auf einen gewissen Film anspielst. Du weißt ja, ich ertrage so schlecht Schmerzen, Hämorrhoiden, Traumata …

Er musterte ihre türkise Seidenbluse, als würde er zu ihrem muskulösen Körper durchsehen wollen. Er schaute vergnügt zu ihren anthrazitfarbenen Jeans runter. Sein Blick blieb an ihrem Kurzhaarschnitt kleben, der ihr Profil schärfte. *Schöne Perle im Ohr, die du da hast. Könnte von mir sein.*

Sie schaute runter und ihm dann in die Augen. Das war der Moment. Mit einer Stimme dunkel, wie ihr Haar, sagte sie: *Was immer du willst, Joe, es kostet jetzt das Doppelte.*

Natürlich. Er grinste mit einem Mundwinkel. *Wieviel?*

Hundert Riesen. Sie verzog keine Miene.

Das ist viel. Und wofür, wenn ich fragen darf?

Startkapital. Ich will 80 Prozent als Darlehen, unverzinst. Mein Start-up für Luxuswasser an Esoteriker, Lehrer und andere, hm, Spinner. Deine Edelnutten und Generäle. Feine Restaurants, nicht wie dieser Saftladen hier. 70 Prozent Werbekosten, schätze ich.

Wasser und Werbung, dein Ding. Nicht meins. Aber Millionen verdienen, hä? Überflüssige Frage, ich weiß, aber ich stelle sie.

Eco-Spirit-Water. Brand – hm – Seneca. *Das kommt. Erinnerst du dich an die Heilquellen von Pozzuoli? Das Logo habe ich: Ich werde vorneweg sein. Das Geld habe ich in fünf Jahren im Kasten.*

Was bekomme ich neben einem Fick? Prozente?

Du kriegst keinen Fick, außer ich will es. Geh zu deinen Nutten.

Hm. Feine Bluse, die du da anhast. Meine Lieblingsfarbe. Er beugte sich rüber. Die Bedienung schaute weg. Sie drehte sich ab, ohne ihn aus den Augen zu lassen.

Sind Blutspritzer dran, Honey. Warum hast du mich herbestellt?

Ich will an den Libyer ran. Irgendwo in Nordafrika. Den letzten Zeugen. Dort kannst du meinetwegen Wasserlöcher bohren, soll's reichlich pures Wasser geben, wie ich höre. Finde ihn. In Siwa.

Warst du das? Ramstein?

Ich habe auf der US-Basis in Ramstein gedient. Oder was?

Ach, nur so eine Frage. Wie ich gerne sterben würde? Nicht in deiner Badewanne.

Jae knöpfte die Bluse etwas weiter auf, stützte sich auf und ließ ihn einen Moment ihre Brustwarzen betrachten. *Ich muss fahren. Wir sehen uns nächstes Mal in …*

Er legte seine Hand auf ihre. Sie zog sie heraus, sagte: *Davos. Schick mir das Ticket, wenn du die Penunze zusammen hast,* und verließ den Tisch, ohne sich umzuschauen.

Kapitel 10
Bluot zu Bluoda

Merseburg, 30. August 2011

Die Bahnfahrt nach Sachsen war ein Desaster: verspätete Anschlüsse, versaute Klos, das Bistro geschlossen. Eine Blamage mit Blick auf das väterliche Bahnfahren-Erbe nach *Kursbuch in der guten alten Zeit*, sagte ich dem Schaffner, der mich verständnislos anschaute.

Genießen Väter zu wenig Respekt? Der Gedanke liegt nicht nur bei der Bahn, sondern auch sonst nahe. Jae hatte mich im Unklaren gelassen. Schließlich hatte sie angerufen und kurz angebunden ein erstes Treffen in einem *Vorort* von Berlin angeboten, und zwar im Merseburger Dom. Ich wagte sie nicht zu fragen, was mich erwartete, was sie von mir wusste oder warum sie in Ägypten gewesen war. Ich sagte mir, sie würde es schon ausplaudern, wenn die Zeit gekommen sei.

Das Treffen stand unter dem Motto Wiedervereinigung, *Was zusammengehört* und so weiter. Mit *Bluot zu Bloada,* meiner eigenen Version der Merseburger Zaubersprüche. Nach Lyrik war mir nicht zumute, als wir uns im tausendjährigen Kreuzgang gegenüberstanden, einem Kleinod deutscher Kirchenbaukunst, das die Zeit eines einstmals *real existierenden Sozialismus* – eine hinterfotzige, deutsch-deutsche Tautologie – unbeschadet überstanden hatte. *Sogar ein besonderer Ort,* begann Jae. *Der einzige Mutterdom in Deutschland, der Wand an Wand mit dem Vaterschloss steht. Sacerdotium et Imperium, sagte der Baumeister. Ich dachte, das würde passen. Jedenfalls ist der Ort abhörsicher.*

Ich versuchte es mit einem Grinsen. Ich mochte Kreuzgänge, Klöster und alte Friedhöfe, ein Relikt aus meiner Jugend, da Vater in jeder Stadt, die wir besucht hatten, den

Baedeker zur Hand, stets Relikte abgeklappert hatte, als sammelte er Briefmarken. Dieser Kreuzgang war besonders, vielleicht der Symmetrie oder des Odems des Vergangenen wegen, der Investitur per Stab und Ring. Ich hasste Zeremonien. Wollte sie meinen Gang nach Canossa?

Mich fröstelte ein wenig im Kreuzgang meiner Gefühle. *Bluot zu Bloada?* Abgehakt. Die Jahre des Schweigens ließen sich nicht ungeschehen machen. Ein Sonnenstrahl brach sich in einem Kirchenfenster und fiel auf ihr Gesicht. Ich hätte es berühren wollen. Ich riss mich zusammen und fragte: *Wieso warst du in Siwa? Warst du doch, oder?*

Was meine Kunden interessiert, ist, dort zu finden, wo archaisches, kristallines Wasser aus der Tiefe empordrückt. Siwa ist Hauptexporteur für mineralisches Wasser in halb Ostafrika, falls du es nicht wusstest.

Ich muss wohl eine Braue zu hochgezogen haben. Sie lächelte zum ersten Mal, irgendwie sybillinisch. Es war, wenn überhaupt, die halbe Wahrheit. Die Frage, wieso sie meinen Anruf erwartet hatte, ließ ihr Lächeln ersterben.

Ich weiß von Mutter, wer mein Erzeuger ist. Sie hinterließ mir Briefe, Dokumente und einige ihrer Bilder. Also warum sollte es mich nicht interessieren? Haste lange gebraucht, dich erkennen zu geben. Großvaters Tod, deine Trennung, deine ganze Scheiße – ich erwartete deinen Anruf nun schon länger. Ach ja, Generation Vaterversager.

Da war keine Frage. Ich war mal wieder umstellt. Ich redete drauflos, schlängelte mich durch mein Leben in Paralleluniversen, stoppte kurz bei Vaters Erbe und fragte: *Wieso erwartetest du aber JETZT meinen Anruf?*

Sie zuckte die Achseln, lächelte. Nichts schien sie zu beeindrucken. Sie sagte: *Kommt Zeit, kommt Rat*. Kein Wunder, sie wusste einiges mehr von mir, als sie zugab, von wem auch immer. Ich ahnte nicht, wie viel.

Sie fragte: *Sollten sich die Väter bei den Töchtern melden oder umgekehrt?*

Ich hatte aber keine Lust, mich schon wieder zu rechtfertigen und starrte durch den Kreuzgang.

Steht nichts von drin in den zehn Geboten. Hab's ja schon erklärt.

Ich bemerkte, wie sie auf ihre Uhr schaute. Irgendwann sagte sie: *Stay in touch,* rief ein Taxi, verabschiedete sich, ohne mich zu berühren, und bat den Fahrer, sie nach Leipzig zu fahren. Es hatte Ähnlichkeit mit Fraukes Abgang, nur dass es ein Neuanfang sein sollte. Hätten wir mal besser gebetet.

Dass ich beschattet wurde, bemerkte ich im Speisewagen, kurz bevor ich Köln erreichte. Ein Pärchen schaute mich mit einer so unauffälligen Intensität an, dass ich keine andere Erklärung fand, zumal ich das Gefühl hatte, dass es kein Pärchen war. Ich konnte mich freilich irren.

Köln, 1. September 2011

Aron schien noch immer in Klausuren gefangen zu sein. Oder vielleicht beschäftigte ihn die vergessene Geschichte Haifas mehr als eine vergessene Oase im ägyptisch-libyschen Niemandsland. Ich hatte davon gehört und von der tabuisierten Vertreibung der arabischen Bevölkerung aus hunderten von Dörfern rund um Haifa und in Galiläa im Rahmen der Staatsgründung gelesen. Unter uns Juden ein Thema. Relikte der Zeit, doch immer noch sehr präsent.

Mein lieber Freund! Nächstes Jahr muss ich also nach Siwa, wo vermutlich sehr früh Licht angebetet wurde. Der Sonnengott hatte in der Vorstellung der Pharaonengesellschaft <u>ewig</u> zu sein. Darunter machen es Götter nicht. Mathematisch gleich unendlich. Nach heutigem Verständnis ist das eine Hilfskonstruktion oder Vernebelung unseres Nichtwissens, was dahinter oder davor war. Ist. Die Frage nach A und O, Anfang und Ende von Raum und Zeit.

Denn beim Licht geht es darum. Zumal sich die Sonne in hochgerechnet fünf Milliarden Jahren nach Verbrauch ihres Wasserstoffs zu einem roten Wolkenmonster aufbläht, alle Planeten verschluckt und sich dann lichtweise verabschiedet (Supernova, Prost). Vielleicht kommt der Jupiter noch davon und vereinigt sich mit Uranus. Das war's jedenfalls mit dem Sonnengott. Doch nur, falls unsere Galaxie nicht vorher anderweitig geschluckt wird. Was prophezeit uns Sonnengott Amun-Ra in Siwa? Sein eigenes Ende?

Gemessen an unserer Lebenszeit mag man daran nicht denken, auch wenn der Uhrzeiger dann durchdreht. Immer diese Vernebelung von Geschichte, die es auch bei Euch gibt. Selbst der Urknall ist keine Ewigkeit her, vielleicht dreizehn Komma sieben oder acht Milliarden Jahre. Kurz: Die Pharaonen haben Bauwerke für eine begrenzte Ewigkeit geschaffen. Was war damals *Zeit*?

Köln, 2. September 2011

Ja, immer die Zeit. Sabine erreichte mich abends spät. Ihre Stimme klang glasig. Umwunden kam sie zu ihrer Sache: *Ich weiß gar nicht, ob ich es überhaupt erwähnt habe. Ich wollte dir noch sagen, dass es mir leidtut. Wirklich.*

Ich war verwirrt. *Was ist denn passiert? Bist du wieder hetero?*

Nei-ein, das nicht. Es ist wegen Vater. Beileid!

Ach so. Ist schon eine Weile her. Ja, irgendwann ist Sense.

Bewältigung des Vergangenen – dazu war ich gerade nicht in der Stimmung. Was hatte sie mit Viktor? Abwürgen!

Du, ich bin grade am Ordnen und Ausmisten. Geht's später?

Sie fiel mir ins Wort. *Stopp. Ich bin nicht fertig. Gehen wir essen? Wäre mir wichtig. Geht's morgen Abend?*

Ziemlich forsch, entfuhr es mir. Was wollte sie? Ich ließ es bei einem *Nei-ei-ein!* bewenden. *Morgen eher nicht.*

Also, dann bis Donnerstag. Um sieben im Cosimino.

Das *Cosi,* wie ich es immer nannte, war zu unseren Zeiten das Stammrestaurant, ein alteingesessener Italiener, der aus Neapel eingewandert war. Wo es aus der Korbgeflechtdecke bröselte und eine wandfüllende, perspektivisch missratene Buchtansicht auf den Vesuv Soßenflecke aufwies. Wo es die angeblich beste neapolitanische Holzofenpizza nördlich der Alpen gab und einen doppelten Grappa hinterher, umsonst. Wieso die Trattoria *Don Cosimino* hieß, wusste niemand. Ich schon. Eine Figur bei Carlo Levi, *Christus kam …,* hatte mir der Chef verraten. Den Rest konnte ich mir denken.

Okay. O… Bis dann. Doch sie hatte bereits aufgelegt.

Köln, 3. September 2011

Ach, Torsten, Bester, immer diese tiefschürfenden Ergüsse, das Kratzen an den Wunden, die Spekulation des Unvorstellbaren. Ich sattele eins drauf. Kurz gesagt: Stell dir vor, die Pharaonen hätten Kenntnis gehabt von Veitstänzen kollidierender Galaxien mit Abermilliarden Sonnen, auf dass ein Feuerwerk an Supernovas die Karten neu mischt, während der Rest im schwarzen Loch, dem größten Recyclinghof der Weltzeit, entschwindet. Wie sich solche Ideen wohl auf Glauben, Architektur und Kunstmalerei ausgewirkt hätten? Mach eine Tafel dazu am Eingang einer Pharaonen-Tombe.

Nur ein Gedanke zum Thema Unendlichkeit. Sie ist meiner Meinung nach keine Hilfskonstruktion, und auch kein Zeugnis der Begrenztheit menschlicher Vorstellungskraft, der du am liebsten ständig ein Bein wegziehen möchtest. Es sagt nur: Immer, wenn ich das Ende zu erreichen meine, geht's weiter, wenngleich um eine Kommastelle weniger. Da niemand dazu ewig Zeit hat, setzte man irgendwann eine horizontale Acht, x = etc. & egal. Denn ohne Zeit auch kein Raum und keine Grenze. Ein Davor gibt es, also ein Danach. Der Jurist sagt kurzum *verjährt*. Ich sage: Es ist die (Um)Welt zerstört. Ist das Unvorstellbare nur durch einen Begriff ersetzt, Gott? Oh je, jetzt wird es kompliziert. Shalom, Aron-ski

Köln, 4. September 2011

Ich war in lichternen Gedanken von endlicher Liebe, als ich zum *Cosi* aufbrach. Meinen Anwalt hatte ich zuvor angerufen. Er suchte mich zu beruhigen. Man brüte über Beweisketten und Kalkulationen. Ein Treffen sei immer gut, vor allem, wenn es von einer Frau ausgehe. Ich sollte mir die Pizza Neapolitana nicht verderben lassen. *Merde*!

Was mich zunächst überraschte, war ihre Veränderung. Eine Bluse, an die ich mich nicht erinnern konnte, die matt leuchtende Perle im Ohr, ein feiner Lidstrich und das Rouge unter ihren Wangenknochen, das sie so nie aufgetragen hatte. Sie verduftete ein neues Parfüm, leicht und luftig, ein wenig Traube, herb, provozierend. Ihr Haar war kürzer, wölbte sich höher. Als würde sie von innen heraus strahlen.

Sabine war dabei, sich neu zu erfinden. Sie erinnerte mich daran, dass ich meiner äußeren Erscheinung in letzter Zeit wenig Aufmerksamkeit hatte angedeihen lassen. Ich brauchte ein neues Sakko. Die Strümpfe hatten Löcher. Die Mokassins liefen aus dem Ruder. Mein Rasierwasser war alle.

Als die kleinen Pizzen kamen, hatten wir die erste Karaffe Wein geleert. Ich spürte es oben und unten. Es war ein wenig wie früher. Die Unterhaltung rollte auf einen Abhang zu. Was dann kam, sah ich nicht. Abgründe vielleicht. Es war ein Schlagabtausch zwischen Enttäuschten.

Ich sagte: *Ich zieh in die Stadt.*
Sie: *Deine Entscheidung.*
Ich: *Natürlich.*
Sie: *Wo ist das Problem?*
Ich: *Bekommen wir einen Deal hin, ich meine mit dem Haus?*
Sie: *Was willst du?*
Ich: *Ich möchte mir eine Wohnung leisten.*

Es hätte endlos so weitergehen können. Sie lächelte und setzte den Schlussstein. *Mit Bella. Oder dieser Eva-Maria?*

Viktor hatte geplaudert. Beim Einschenken aus der zweiten Karaffe Rotem zog sie ein Schreiben aus ihrer Tasche. Sie schob es bedächtig über den Tisch und schaute mich regungslos an, als wolle sie jede Sekunde auskosten. Aber ihre Wangen waren gerötet, was mehr verriet, als sie zugab.

Der Schriftsatz war aus solidem hundert-Gramm-Papier mit Wasserzeichen, achtzehn Seiten stark in gestelztem Juradeutsch von einer Anwältin, deren Name mir bekannt vorkam. Eine linke Politikerin, die ihre Kontrahenten erst umgarnte, dann nach allen Regeln der Kunst aufmischte und nun Bürgermeister mit Stern-*In* werden wollte. Rehe wie Sabine waren für sie Futter, um den Napf zu füllen. Darum also war es gegangen. Ich hatte sie wiederum unterschätzt.

Passend dazu begann der Boden zu zittern. Ein kleines Erdbeben. Es gibt keine Zufälle. Ich hatte verstanden: Nun konnte das Magma fließen. Sie würde mich verschlingen, juristisch oder physikalisch. Finanziell war's eh ein Fiasko. Sabines Anwältin wollte mir die Eier kochen.

Ich suchte nach einer Möglichkeit, die Verschiebung der tektonischen Platten, die sich verhakt hatten, zu verhindern. Was ich rausbrachte, war aber nur weinerliches Herumreden mit Schnäuzer. Ich hasse mich dann immer. Ich stand auf.

Bin schon weg. Ägypten kommt. Mach, was du willst.

Sie fasste meinen Arm und zog mich wieder runter. Einen Moment lang schwieg sie. Dann sprach sie leise.

Das war ihre Art, das Ruder zu übernehmen. Ich kannte es.

Du willst also weg. Puzzleteile von Vater in einer gottverlassenen Sahara-Oase suchen. Dann zieh dich mal warm an.

Ich musste in diesem Moment verdammt blöd geschaut haben. Sabine schloss jedenfalls die Augen. Ich bemerkte, wie ihr rechter Arm, auf den Tisch gestützt, mit ihrem leicht nach vorne gebeugtem Oberkörper ein Dreieck bildete, mit der Perle in ihrem Ohr als Achse, wie eine Aufhängung, die sie in einem schwebenden Zustand zu halten schien. Himmlisch.

Sie öffnete die Augen und flüsterte: *Du willst an das Erbe ran. Ich weiß. Das wollte ich dir sagen.*

Ich spürte, wie mir die Spucke wegblieb. *Nein?! Du weißt, dass er in Nordafrika verwundet worden war?*

Sie nahm sich Zeit, zu antworten. *Er hatte mich nicht in alles eingeweiht. Von einem Erbe hat er mir erzählt. Einiges, ja.*

Und was bitte?

Siwa hatte er erwähnt, nachdem er verwundet worden war.

Wie ahnungslos ich gewesen war. Sie war mir zehn Schritte voraus. Ich spürte, wie mir das Blut aus dem Schädel wich, doch schien sie es nicht zu bemerken. Sie fuhr nach einer kurzen Unterbrechung fort: *Einiges findest du im AWIS-Ordner – kein Automietvertrag, sondern Siwa – nur rückwärts buchstabiert.*

Ich war perplex. Ich bestellte eine Zabaione und einen doppelten Espresso. Ich wollte alles wissen. Irgendwas enthielt sie mir vor. Dass es nicht die Altnazis waren, zu denen Vater Vertrauen hatte, sondern zu ihr, das sei befreiend gewesen. Es hätte mit seiner Scham zu tun, nicht mit dem, was er getan, vielmehr, was er nicht getan hatte. Er habe Deutschland ja *nur* verteidigen wollen, *unsere Werte.*

Wie mich das ankotzte. Ich ließ es mir nicht anmerken und schob die Scheidungspapiere ans andere Tischende, um meinen Ellbogen Platz zu machen. Sabine sagte: *Da* *lebten Menschen! Mehr hatte er nicht gesagt. Es war mehr, **wie** er es gesagt hat. Bis dahin waren es wohl nur Fabelwesen.*

Sie hatte es hingenommen. Egal, wer der Führer war: *Ich war kein Nazi!* Ja, so dachten wohl viele. Sabine machte mich schon wieder wahnsinnig.

Er war verstrickt in einem Netz aus Schuld und Scham, schloss sie. Ich kam nicht vor.

Wieso du? fragte ich.

***Dir** das zu sagen, kam nicht in Frage, du linke Socke.*

Ich wüsste ja immer alles besser, und es stimmte. Das Steifftier war mir egal gewesen. Sie wollte ihm vergeben, weil sie ihn zu verstehen meinte. Sie wollte von ihm geliebt werden. Und sie hatte ihn auf ihre Weise *zurückgeliebt*. Von den Tagebüchern hätte er ihr nichts erzählt, behauptete sie.

Sabine sprach mit einem gewissen Stolz. Seltsam. Wir waren umringt von Kellnern mit schwarzen Sakkos, steifen, weißen Schürzen und Fliege, die zu Eros-Ramazotti-Klängen singend herumwuselten, um schwatzende Gäste in einem dampfenden Chaos von Pizzen oder Pasta in zu großen Schüsseln mit übertriebener Geste zu bedienen. Eine Schüssel ging krachend zu Bruch.

Kannst du die Scheidung mit mir ausmachen, ohne Kriegsgeheul von Anwälten und Machtgebaren verpeilter Richter, bitte? Was mir dann rausrutschte, war: *Oder wollen wir den totalen Krieg?*

Verpeilt, oder, gab sie zurück. Sie würde aber nach Auswegen suchen, versprach sie, und zeigte mir ein Amulett eines winzigen Elefanten mit vier Armen, Schlangengürtel und Schmerbauch. *Ganesha,* sagte sie, schenkte es mir und ging. Sie spielte mit mir, wie sie wollte. Wie immer. Sie glitt in Richtung Ausgang und winkte, ohne sich umzuschauen. Es war filmreif. Doch dann kehrte sie noch einmal zurück, beugte sich herab und sagte mir ins Ohr: *Übrigens. Viktor hat mich gevögelt. Er wollte es. Ich fand's geil. Das wollte ich dir nicht vorenthalten. Bevor du es von ihm erfährst.*

Das Einzige, was mir danach einfiel, war, Mathilde Weizzen in Bergisch-Gladbachs Fußgängerzonesien aufzusuchen, um mich von diesem ganzen Shit zu befreien. Abzuhauen. Eher gestern als heute. Ich riss schon mal einige Tapeten runter, um den Standortwechsel von Hinterfichtenich nach Köln und Kairo einzuläuten. Und mich abzureagieren. Siwa rückte merklich näher.

Kapitel 11
Aufträge

Berlin, 12. Dezember 2011

Es war schon seit Wochen kalt und nass in Berlin. Wolken hüllten die Kugel des Fernsehturms am Alex ein, der zu einem abgebrochenen Torso mutierte, wie ein drohender Zeigefinger, in dessen Nähe Jae mit Georgio fein dinieren wollte. Georgio schien das nicht zu kümmern, als er Jae an der Weltuhr am Alex umarmte. Jae lächelte bezaubernd, kess. Sie stand auf muskulösen Männern ab eins neunzig, wie Georgio.

Er hatte im *Al Pappa Cucchina* einen Tisch reserviert. Die Venusmuscheln an Trüffel-Thunfisch-Tatar wurden gerade gereicht, eine Art erotisches Vorspiel. Da machte es in ihrer Tasche *DiDumDum*.

Nicht allzu viele hatten Jaes private Handynummer. Sie entschuldigte sich, ging hinaus und öffnete die Es-Em-Es.

H.d.y.d.? Got some news. Call me on the safe line. A.s.a.p. TC, Joe

Das ist leider wichtig, sagte Jae, als sie zurück war. Georgio schaute kauend weg, von ihrer tieferen Stimme irritiert. Es war klar, dass diese Nachricht den Gaumen- und anderen Freuden den Garaus bescheren würde. Jae ließ sich die Vorspeise munden, bestellte den Hauptgang jedoch ab, machte eine Kopfbewegung zur Tür und ging, ohne sich umzuschauen.

Er bezahlte rasch, holte sie ein, begleitete sie in ihren Loft am Prenzelberg und tat, was Männer in solchen Situationen zu tun pflegen. Er holte sich ein Bier aus dem Kühlschrank.

Jae bewahrte das honigfarbene Phone in einer Zigarrenkiste auf, die sie mit *Ustica* beschriftet hatte, verstaut zwischen Zeichnungen, Postkarten, dem Neapel-Poesiealbum und Fotos. Sie schloss es an und tippte die Nummer ein.

Joe nahm sofort ab. Sie ließ ihn sprechen und stellte keine Fragen. Es ging um Ustica, natürlich. Der Libyer hätte versucht, mit der Anklage am Kassationsgerichtshof in Rom Kontakt aufzunehmen, erklärte Joe. Der Anruf sei aus der Oase Siwa im Großen Sandmeer nahe Libyen gekommen, fern von US-Secret Services. Der Libyer sei in der Westlichen Wüste am Schmuggel beteiligt, wurde gemutmaßt.

Wieder Siwa. Sie meinte, in seiner Stimme Unruhe zu spüren, fast Panik, so schnell und abgehackt, wie er sprach. Als bedrohten ihn Schlangen und Giftpfeile. Er brauchte sie. Der Tochter des Piloten Ruti würde der Libyer eher vertrauen, meinte Joe. Sie sollte den Lockvogel mimen und den Zeugen ans Messer liefern. *Easy. Just do it!*

Zwei Mal war sie schon nach Siwa gereist. Libyer gab es in Siwa einige, doch den sie suchten, wollte niemand gesehen haben. Es war das altbekannte Verweisspiel: Frag Ahmed! Achselzuckend war Mohamed anzusprechen. Welcher Mohamed? Ach, Khaled. Sackgassen, wohin sie schaute.

Mit Tuk-Tuk und Jeep war sie jeden verdammten Holperweg gefahren. Der perforierte *Berg der Toten* hatte sie an Matera erinnert. Im Zweiten Weltkrieg, hatte man ihr erzählt, waren Familien vor marodierenden italienischen, dann deutschen Soldaten dorthin geflohen und hatten sich mit Hühnern und Ziegen in pharaonischen Grabkammern und Katakomben versteckt. Jae dachte an Torsten. Sie hatte Wellblechhütten und Haziendas abgeklappert. Unter den Palmen, die sie oben wogen sah, war man nicht gesprächig.

Es war die greifbare Vergänglichkeit und die Tiefe der Brunnen, die sie berührt hatten. Das archaische Wasser.

Die Energie, die die limonitfarbenen Mauern des *Amun-Ra*-Tempels ausstrahlten. Jae musste nicht lange nachdenken. Was aber sollte nun anders sein, fragte sie nur.

Joe parierte: *Die Zeiten ändern sich. Der ägyptische Geheimdienst kooperiert jetzt, wo ihnen die Felle davonschwimmen. Uns vielleicht auch.*

Irgendwas Präziseres?

Ich habe Kontakt zum Gouverneur. Spitzelmänner würden Verdacht erregen, meint er. Man würde lieber eine Geschäftsfrau sehen.

Joes Lügengespinste waren leicht zu durchschauen. Er musste sich nicht hinter kunstvollen Tarnnetzen verstecken. Worauf es ankam, war, dass sie mitmachte – als Option. Es gab Befehlsketten, die sie nicht kennen musste. Oder durfte.

Soll ich vielleicht eine Ökolodge aufmachen?

Dreh lieber am Wasserhahn, sagen meine Ökonomen. Siwa hat einträgliche Brunnen. Passt! Mach was draus, wir bezahlen Start-ups.

Joe wusste zum richtigen Zeitpunkt mit einer guten Message aufzuwarten. Er kannte wohl ihre Na-Ja-Kassenlage. Er spielte auf ihrer Tastatur – auch ohne Ton. Ohne Orgel. Die Toccata lief im Off immer mit. Sie sagte: *Gib mir zwei Stunden Bedenkzeit. Ich melde mich. Warte …*

Jae drehte sich um und zuckte die Achseln. *Es gibt immer ein zweites Mal, Honey. Sorry,* sagte sie. Georgio schluckte den Rest Bier runter und schloss die Tür hinter sich.

Jae versuchte, ihre Erregung sich nicht anmerken zu lassen. Sie merkte, wie ihre Stimme abgehackt klang und sagte: *Ich mache es. Ein letztes Mal, Joe. Dann lässt du mich in Frieden. Ich steige aus. Hast du kapiert? Meine Konditionen bekommst du noch.*

Jae wartete seine Antwort nicht ab und legte auf. Sie schloss die Augen. Irgendwann kochte sie sich einen Tee und schniefte ein verdammtes Pülverchen, das sie für stressige Situationen in petto hatte. Warum hatte sie zugestimmt? Was meinte er damit, dass sich die Bezugspunkte verschoben hätten? Weil der letzte Zeuge nun aussagen wollte? Die Achsen der Aktion begannen sich in ihrem Kopf zu drehen. Andere Akteure? Ein Abschuss, der nicht sein durfte? *Showdown in Siwa.* Sie spürte, wie ihr Puls schneller ging.

Sie hatte einiges zu regeln. Die Geschäfte. Die Liste ratterte durch ihren Kopf. Zweihunderttausend, war das unverschämt genug? Sie brauchte zehn Mille, sofort. Sie tippte und funkte ihre Konditionen durch den Äther der Vorstädte. *Siwa Mineralquellen* – was war das für ein Unternehmen? Durfte sie Löcher in den Wüstenboden bohren, um eine nach Erlösung dürstende Klientel in Europa zu bedienen?

Der Gedanke, dass sich dieses feuchte Geschäft am Ende auszahlte, gefiel ihr. Doch gegen das Militär war in Ägypten ein Import-Export-Geschäft nicht zu tätigen. Die hingen überall mit drin und hielten die Hand auf. Joe würde zuschlagen, wenn etwas schieflaufen sollte. Die Toccata.

Torsten, der Blutabstammungsprinzipvater, wollte in Kairo am Projekt arbeiten und später nach Siwa fahren, dafür hatte sie gesorgt. Das mit dem Erbe kam hinzu, ein glücklicher Zufall. Wann wollte er da sein? Hatte er gesagt, in sechs bis acht Wochen? Musste sie dafür an ihren Schräubchen drehen? Die Wirkung des Pülverchens setzte abrupt ein und beschleunigte ihre Blutzirkulation.

Es gab keine Alternative. Konnte sie dem Zeugen zur Flucht verhelfen? Sie musste es versuchen. Seine Aussage in Rom würde ganz Italien bewegen und Staub aufwirbeln. Saharastaub. Doch gegen die CIA und den ägyptischen Geheimdienst konspirieren? Was für ein Witz, doch kein guter. Ihn warnen konnte sie. Der Rest würde sich finden.

Das Leben ist *fucked-up,* endlich. Sagte schon der alte Seneca. Bleiben wir mal heiter. Sie nahm sich vor, sich an den Gedanken zu gewöhnen.

Kapitel 12
Ägyptische Sonnensysteme

Kairo, 16. bis 21. September 2011

Ich müsse Wohnungen in Kairo und Siwa anschauen und die Gesamtlage checken, machte ich Mathilde Weizzen weiß. Ich hätte mich schnellstmöglich um den Stand der Beleuchtungstechnik in Ägypten zu kümmern, und einen Leuchtmittelproduzenten würde ich treffen wollen, der auch Mangos und Datteln in Oasen anbaute. Mathilde schaute starr in Richtung Bildschirm. Das war ihr klar zu hoch, doch wollte sie es sich nicht anmerken lassen.

Eine Woche zuvor hatten in Assuan Kopten für den Rücktritt von Armeechef Tantawi skandiert, nachdem Islamisten ihre Kirche zerstört hatten. Militärs hatten sie zusammengeschossen. Ob sie davon wüsste, fragte ich. Das *Massaker von Maspiro,* benannt nach dem Fernsehgebäude, vor dem das Sit-in stattgefunden hatte, war auf Befehl von ganz oben verübt worden. Fünfundzwanzig Männer und Frauen waren im Kugelhagel krepiert, zweihundert hatten Schussverletzungen erlitten. Wie würden die Islamisten und die koptische Kirche reagieren, fragte ich Mathilde. Sie hätte nichts mitbekommen, erklärte sie. Wie peinlich. Ihr nicht.

Ich hatte in Videos und Blogs gesehen, wie Militärs und Polizei im Januar auf das Volk losgegangen waren. Ein elfjähriges Mädchen musste auf dem Tahrir zusehen, wie Freunde von Scharfschützen erledigt wurden. Ein Trauma. Doch weitere Nachfragen bei Mathilde erübrigten sich.

Im Stil von Vater wollte ich Eindrücke protokollieren. Wem sollte ich dieses *linked object* hinterlassen? Mathilde sicher nicht. Tagebücher dürften sich entwickeln, hatte Buber gesagt.

TAGE.BUCH.EIN.TRAG – Kairo Kolumne

Ankunft Kairo. Tom holt mich ab mit seinem Fahrer Mourad. Er fährt Schlangenlinien, dass mir schwindlig wird. Ich stürze mich ins Chaos. Hier leben Abermillionen Menschen, von denen nur jeder Zweite zu lesen und schreiben gelernt hat, sagt Tom.

Wohnungssuche. Ich beginne zu telefonieren und lerne das Preislevel kennen. Für Expats dreitausend plus. Warm anziehen, heißt es da. Tom zuckt die Achseln, Mourad grinst. Man führt mich in eine Villa mit eigenem Palmengarten, einer Bibliothek, einem riesigen Eingangsportal mit bunten Bogenfenstern, wo deutsche Wissenschaftler gerade ausgezogen waren.

Kontrastprogramm. Auf dem Weg ins verbaute *New Cairo* passieren wir den Tahrirplatz, der voller Zelte, Fahnen und Transparente ist. Hier und dort diskutieren Menschen. Dazwischen Getränkestände, Obst- und Backwarenhändler, Fahnen, Bettler, eine verwaiste Bühne. Wer sind diese Menschen? Mourad sagt: Prediger, Spitzel und Träumer, um die der Straßenverkehr unablässig hupend kreist. Die Sonne sei zu schnell verglüht, sagt er und nickt.

In *New Cairo,* wo es eine deutsche Uni gibt, hat ein Prof ein Fachgespräch über Illumination organisiert. Ich referiere im Geiste Arons: Licht ist linear gebündelte Schöpfung, das durch Ätherstoffe, geschliffenes Glas und verspiegelte Flächen, durch Retina und Makula in den zuständigen Hirnregionen zwecks Illuminierung des Denkens verlandet. So habe man es nicht betrachtet, sagt Mohammed, der sich nach dem Leuchtkörperbedarf erkundigt, denn solche vertreibe er. Ein Archäologe argumentiert, es sei unmöglich, das Universum zu spiegeln, auch wenn es die Pharaonen gewollt hätten, was unerforscht sei. Ein arabischer Philosoph erwidert, das sei sehr wohl möglich, da es um eine religiöse Technik und nicht Photonikroboter gehe. Verschwitzt erreiche ich ein Restaurant auf der Nilinsel Zamalek und verzehre im Halbdunkel alexandrinische Leber und andere Köstlichkeiten. Auch Bier gibt es.

Zweiter Tag. Frühstück im Marriott-Nostalgie-Kolonialgarten inmitten von Botschaften. Hier logiert die High Society neben hemdsärmeligen Geschäftsleuten aus aller Welt. Ein afrikanischer Prinz in weißer Galabya-Tunica zieht mit beleibten Ehefrauen in bunten Gewändern vorbei wie eine Sonne mit Planeten.

Den ganzen Tag Termine, beginnend mit Nico und zwei Beratern, die sich für mein Vorhaben interessieren, in einem Geschäftsviertel namens Mohandessin. Die Expat-Community hat ihre Formate, Treffpunkte, Kreuzpunkte, erfahre ich, damit ich mich verdrahte. Ein *Schweizer Hof* spiele eine gewisse Rolle und ein niederländisches Institut. Unis auch, aber nicht wirklich. (Über mein *Fachgespräch* schweige ich lieber.)

Nico spricht nur noch von Sonnensystemen: die Botschaft mit ihren Planeten. Die Außenhandelsagentur mit hunderten Firmen-Planeten umringt von Monden. Die Wissenschaft, deren Zentrum sich nobel auf Zamalek einquartiert hat, nebst Kometen und Ufos.

Als Kairos Lebensmotto schlage ich heute *Panta rhei* vor. Es sind die Kontraste, das wuselnde Chaos drum herum, aber auch die Lebensfreude, begleitet von Hupen, Schreien, Lachen. Improvisation ist Managementprinzip, auch in meinem Projekt.

Dritter Tag. Ob ich mir des Ernstes der Lage bewusst sei, fragt mich der Referent in seiner hinter Stacheldraht und doppelter Mauer bewehrten Deutschen Botschaft, ein Tag und Nacht hell erleuchtetes Raumschiff auf Zamalek. Er erzählt die Story der Ermordung friedlich demonstrierender koptischer Christen. Ich weiß, sage ich. Und was wird nun aus dem Arabischen Frühling, frage ich. Der sei nur eine Art Polarlicht gewesen, so seine Antwort. Diskutiert würde nicht über Wege zur Demokratie, sondern ob Touristinnen Bikinis tragen dürften. Zur Illumination von Kulturdenkmälern in Siwa sagt er lakonisch: *Kenn ich nicht. Na, dann machen S'e mal.*

Ich treffe Tom in seinem Büro in einem der tausend und eine Souqs. Souq gleich Veedel. Es geht um mein neues Sonnensystem, in dem ein ägyptischer Licht- und Lampenhersteller eine Rolle spielen soll, was er aber noch mit der Botschaft abstimmen muss. Draußen verteilt sich der Müll achtlos. Die Büdchen sind zumeist neonhell erleuchtet. Überall wuselt es, Hunde, Katzen, Mulis, Ratten. Kaum Grün. Kein Vogel verirrt sich hierher.

Nachmittags brechen wir zu den Pyramiden auf. Ganz aus der Nähe betrachtet, sind sie nur ein aufgeschichteter hässlicher Haufen aus Gesteinsquadern. Erst hinter der Sphinx oder in noch größerer Ferne entfalten sie ihre gewaltige Pracht. Sie sind steiler als die Prismen-Linsen, die ich benutze. Wie kam man drauf, die Dreiecksschenkel so zu konstruieren, dass sie diese magische Schönheit entfalten?

Vierter Tag. Ein deutscher Wissenschaftler, den ich in einem Wüstenvorort besuche, weiß es auch nicht, warnt aber davor, fremden Sonnen zu nah zu kommen. Die Lichtanziehung sei am schwarzen Loch nämlich größer als die Fluchtgeschwindigkeit des Lichtes. Ein ernüchterndes Bild. Beim Lustwandeln in einem riesigen Einkaufszentrum inmitten der Wüste meint er: Keine Alleingänge, immer auf der Kreisbahn bleiben. Jungs rufen mir freudestrahlend *Hitler gut* zu. In Schlangenlinien fährt mich Mourad zum Flughafen.

So fliege ich durch einen Himmel zurück, unter dem sich die Erde unklar und irgendwie auch abweisend zu drehen scheint.

Hinterfichtenich, 15. Oktober 2011

Immer wieder lese ich die Zeilen, als ob ich mich vergewissern müsste, dass ich tatsächlich dort gewesen bin. Neue Details fallen mir ein. Fragen kommen hinzu, Zweifel, etwa warum ich mich selbst kaum einbezogen hatte. Meine Wirkung. Dass ich in der vaterländischen

Botschaft nicht gefragt hatte, ob man den Rommelkult goutiert und ob es Quellen zu zurückgebliebenen Soldaten gibt. Die Traktate von Mourad bei seinen Schlangenfahrten durch Kairos Staubschluchten fielen mir ein. Dass sich seine Mutter verhülle, seine Frau jedoch nicht. Dass ich irgendwann aufgegeben hatte, Fragen zu stellen. Ich begriff, wie willkürlich Tagebücher doch sind.

Vater hatte mir *etwas und noch viel mehr* in einer gottverdammten Oase vererbt. Ich war jedoch zu beschäftigt gewesen, um mich um diese Chose zu kümmern. Dabei hatte mich Siwa an jeder Ecke in Form von Wasserflaschen angelächelt. Es hatte gestimmt, was Jae gesagt hatte. Es gäbe dort sogar heiße Brunnen, erzählte Tom, der immer schon nach Siwa wollte, aber nie Zeit hatte. Das Erbe lag weit ab vom Schuss. Das war das Problem. Oder die Chance?

Ich könnte entweder mit einem Übernachtbus nach Siwa kommen oder mit dem Taxi in acht Stunden, vorbei an al-Alamein, einer der größten Baustellen des Nahen Ostens zwecks Errichtung einer Monsterstadt für die lesekundigen, besser betuchten Bürger samt Yachthafen. Die Vergangenheit möge ruhen. Die Zeit fegt drüber hinweg.

Hinterfichtenich, 1. bis 11. November 2011

Es war Allerheiligen und sachgrundlos Winter geworden, als ich Deutschland betrat. Zu früh für die Jahreszeit. In Köln würde die fünfte Jahreszeit ausbrechen, weshalb Bella nicht ansprechbar war und wenn, dann übellaunig. Atemlos absolvierte ich Arztbesuche, tätigte Agenturangelegenheiten und besänftigte den Amtsschimmel. Es gelang mir sogar, Modalitäten der Scheidung mit einer Juristin zu klären. Diese meinte, sich von meinem Geld eine

Neapelreise finanzieren zu müssen, der vulkanisierten Götter und Bäder wegen. Ich brauchte einen Vorschuss, um sie zu bezuschussen.

Zudem verfolgten mich Bilder aus der Zeitreise Kairo. Würden freie Wahlen etwas ändern? Die Amis werden das Militär stützen, schrieb Nico. Dann können die Revoluzzer rundum einpacken. Deswegen das Säbelrasseln. Die nächsten Monate werden ungemütlich. Kommt es zum Putsch? Werden die Muslimbrüder es mit dem Aufstand ernst machen? Wie sollen wir in diesen Zeiten mit der kafkaesken Bürokratie klarkommen, der Mugamma? Wo sollte auch Demokratie herkommen? *Wieso fragst du mich das,* fragte ich. Nico stellt halt gerne Fragen.

Ich hatte sowieso nicht die leiseste Ahnung. Diese Politik war für mich zu hoch. Also: Aron zwiebeln. Eine zeitgerechte Art, sich an einem lichten Strohhalm festzuhalten. Ich schrieb:

Lieber Aron, ich war in Kairo auf der Suche nach Ideen und Techniken für die Illuminierung der Überbleibsel der Pharaonengesellschaft und ihres edlen Spenders, Sonnengott Amun-Ra. Wissenschaftler haben jüngst ermittelt, dass zur Zeit der Pharaonen künstliches Licht erzeugt werden konnte, wie mir ein Archäologe erklärte. Wahnsinn! Waren sie imstande, ohne Strom (wie nur?) Metallfäden zum Glühen zu bringen, ganz ohne Vakuum? Kunstlicht war damals dann eher kurzlebiger Natur. Eine Art Gebrauchsanweisung soll das belegen. Ich frage mich, ob die Pharaonen Fantasien hatten, etwa dass sie auf Strahlenbündeln in Tempeln, die sie nur während einiger Minuten im Jahr durch Scharten durchließen, zur Sonne oder weiter durch das Universum rasen wollten.

Heute wissen wir, dass Räume nicht fix sind, sondern ständig neu entstehen. Seit wann machen sich Menschen darüber Gedanken? Vermutlich immer schon, auch wenn die Wissenschaft erst seit hundert Jahren Fortschritte macht, etwa: Nach dem Urknall ist die anschließende Zeitraumausdehnung stärker als die Schwerkraft. Licht also wohl auch.

Götter haben immer mit der Beschränktheit und Illusion von Menschen zu kämpfen, höre ich dich einwenden. Die alten Ägypter haben mir da ein dickes Lichtei ins Projektnest gelegt. Denn unsere Milchstraße wird seit Milliarden Jahren von einer viel größeren Galaxie verfolgt, die jede Sekunde siebzigtausend Kilometer aufholt. Unvorstellbar. Wenn die Physiker richtig gerechnet haben, dann hat uns die Galaxie Andromeda in zwei bis fünf Milliarden Jahren eingeholt. Heute noch ein unschuldig schimmernder ferner Stern, eine holde Jungfrau, an den Fels des Sternenhimmels gekettet, um von Perseus (dem Stern nebenan) gerettet zu werden. Irgendwann füllt sie den Himmel über uns spiralförmig mit Millionen von sich drehenden Sonnensystemen aus, deren Licht unsere Sonne um ein Hundertfaches überstrahlt. Staunend schaue ich hoch und stehe bereits mit einem Bein im schwarzen Loch. Mein Gott! Ich muss direkt an meine Scheidung denken.

Es droht der Sonne, am Ende einer galaktischen Peitsche festgebunden und – begleitet von lautem Geknalle – durch die Weiten des Alls geschleudert zu werden. OmGott! Das stelle ich mir nicht gerade lustig vor. Zudem wird reichlich Energie ins Universum abgegeben: Eine neue Großfamilie an Sonnen, Planeten und anderem Stoff könnte entstehen. Die Frage: Ist es aller Sterne Schicksal, einst zu verstrahlen, bis schließlich ALLES LICHT verglüht ist? Wäre es theoretisch möglich, eine Lichtursuppe ohne Gestirne, ohne Schwerkraft, ohne Leben zu haben? Feierabend!?

Die Lichtfrage könnte im Tempel von Amun-Ra und im Berg der Toten den Betrachter in solche Vorstellungswelten staunend hineinziehen. Auf grundlegende Fragen gibt es nicht nur eine Antwort, wie Stephen Hawking betont. Ein Lichtstrahl lenkt unser Augenmerk auf das Unvorstellbare, die endlose Ausdehnung des Universums von unendlich null in einen unendlich großen Raum.

Übrigens stöbere ich viel durch die Literatur. Demnach malten die Pharaonen Sterne oder Galaxien wie Blumen an die Decke einer Grabkammer, die es im Berg der Toten in Siwa zu besichtigen gibt. Sie malten auch Amun-Ra, den Gott der Kraft, der Fruchtbarkeit und des Lichts. Er thronte über allen, hatte den Kopf eines Greifvogels und trug eine Sonnenscheibe drüber. Nur schön! Shalom, Torsten

Köln, 12. November 2011

Ich fand es schon immer schwierig, Zeit-Raum-Dimensionen zu verstehen, doch sollte Aron mir helfen können. *Die Zeit rinnt,* pflegte Vattern zu stöhnen. Sie mäanderte, verschärft durch meine Vergesslichkeit. Erst zwölf Tage später schickte ich den Brief kodiert nach Haifa. Ich hatte ihn liegen lassen. Halleluja, Fastelovend, *fott es fott*.

Ich war in aussichtsreicher Position, eine Bude in einer Ex-Gummifabrik in Köln zu bekommen. Ein Mietvertrag sei möglich, machbar und monetär überschaubar, sagte eine Sekretärin, die für einen Immobilienmakler arbeitete, beauftragt von einer Wohnungsbaugesellschaft, die im Begriff war, übernommen, um dann möglicherweise weiterverkauft zu werden, sofern das Kartellamt zustimmte. Kölscher Sternenhimmel. Am Ende muss die Kasse stimmen. Nicht nur Knöllchen, einfach alles brauchte seine Zeit in dieser Stadt voller Vergesslichkeit. Nichts ging schneller, nur weil ich etwas brauchte oder befürchtete.

Bella probte Karneval in der Stunksitzung im Ex-Elektrizitätswerk im angesagtesten Teil Mülheims. Sie wollte meine Wohnungsstory aufgepeppt als *Luftnummer* einarbeiten. Der *Buchbinder Vaninger hätte daran seine wahre Freude gehabt, meinte sie, und wenn er nicht gestorben ist, lebt er in Köln weiter, nur sei man noch abgekochter, mit raffinierten Rufumleitungen: Wenn Sie noch darauf bestehen möchten, einen Mitarbeiter sprechen zu wollen, dann drücken Sie bitte auf eigene Gefahr die Sieben. JETZT!* ***Peng*** *– Supernova.* Kölscher Karneval, derb.

Hinterfichtenich, 20. November 2011

TAGE.BUCH.EIN.TRAG ciao. Hallo, Vater!

Du kennst doch dieses *Ciao-Heimat-Gefühl.* Hinterfichtenich kann mich mal. Hart, aber wahr. Bald geht es nach Kairo. Warst du jemals in Kairo eigentlich? Musst du mir unbedingt sagen, als ob du nach Siwa wolltest und vorher abgebogen bist in die Weiße Wüste.

Mathilde ist nicht zu sprechen, da sie länger erkrankt sei, erklärt die Sekretärin. Ich brauch eine Machete, um mir einen Weg durch den Dschungel zu bahnen. Und Kohle. Kann ich das Erbe vergolden? Wenigstens das hättest du mir verraten sollen. Ach, Vattern!

Hinterfichtenich, 22. November 2011

Viktor hatte sich gemeldet und mich schlechten Gewissens instruiert, die Ausstellung *Halbmond und Hakenkreuz* anzuschauen. Ich hatte nichts gegen eine Ablenkung. Zu sehen gab es allerlei *linked objects* wie Medaillen, Pistolen und anderes rostige Zeug nebst Kollagen und Zeitungsartikeln. Endlosvideostreifen liefen in abgedunkelten Räumen, die was Bunkerhaftes versprühten. Es ging um die Frage, wie es zur Kollaboration zwischen Nazis und Arabern gekommen und wie weit sie gegangen war. Nazideutschland, der Feind ihrer Feinde, also Freund? Ich hörte in Gedanken den Jungen in Kairo *Hitler gut* rufen.

Im Eingangsbereich fiel mir ein Mann auf, dem ich das historische Interesse nicht ganz abnahm. Er bewegte sich unauffällig wie ein Kaufhausdetektiv. Vermutlich patrouillierte ein Undercover-Wachmann aus Angst, die Ausstellung könnte von Terroristen attackiert werden.

Vater hatte zum Historiengemälde beigesteuert mit Fotos von Rommel. Zwei zeigten ihn mit Scheikhs im September 1942 in Siwa. Bingo! Es gab eine Landkarte, wo Siwa eingezeichnet war. Ich verweilte an der Bildserie des Mufti von Jerusalem, von dem ich noch nie gehört hatte, dessen raubfischhaftes Gesicht in einen weißen Turban überging. Er mimte den Pharao und geriet neben Hitler zur Karnevalsfigur.

Der *Undercovermann* passierte mich, jeden Blickkontakt meidend. Er schlenderte in einiger Entfernung durch die Vitrinen. Er trug einen Baseball-Cappy und einen anthrazitfarbenen Steppanorak und blieb vor einer sich spiegelnden Vitrine stehen. Ich sah in seine verschwommenen Augen. Galt sein Interesse etwa mir?

Ich drehte noch eine Runde auf Spurensuche. Zeitdokumente von *Berber-Gunfightern* waren zu sehen, über die sich die Tagebücher ausgeschwiegen hatten. Den Fotografen war nicht eine Zeile gewidmet. Dabei wäre es spannend gewesen, zu fragen, wer auf den Auslöser gedrückt hatte, hätte Buber gesagt. Der Spion aber war verschwunden.

Köln, 2. Dezember 2011

Man trifft sich gern zum *Kölschen Klüngel,* zum Beispiel im Päffgen, besonders in der fünften Saison. Die Sterne leuchteten klar, als ich aufbrach, um mit Viktor ein Wörtchen zu reden. Wir hatten uns länger nicht gesehen, wollten eine Partie Schach und später eine harmonische Runde Billard spielen, bei dem man die Bälle bekanntlich flach halten muss.

Wir fanden ein Plätzchen nahe dem Hinterausgang, wo es zum Urinieren ging. Viktor flachste, war mies drauf und unkonzentriert. Es lief schlecht für ihn. Er konnte zwar nie verlieren, doch war ich an diesem Abend nicht zu schlagen.

Ein Wort gab das andere.

Er: *Ball flach halten, ja?! Nu reff mal die Segel!*

Ich: *Du hast mich immer verarscht. Was ist mit Sabine?*

Er: *Lass mich in Ruhe mit deinem Weiberschmerz.*

Ich: *Das nennst du Freundschaft?*

Er: *Loser.*

Ich: *Bin nicht zuständig.*

Er: *Soll ich dich bemuttern? Rette dich selbst.*

Ich: *Du bist respektlos.*

Er: *Du aber auch.*

Ich: *Du hast gewonnen, zu blöd.*

Er naseweis und überheblich, ich trotzig und bitter. Ja, er vögelte meine *Ex*, was ihm vorzuwerfen ich mir verkniff, zumal ich nicht wusste, ob es nicht andersherum war.

An allem war etwas dran. Niemand hatte Recht. Jeder war schuld. Keiner hatte Bock auf den anderen. Nachzugeben war keine Option. Schach ist eben Krieg und der Sieger empfindet Genugtuung. Der Gedanke an Bücherverbrennung liegt nah.

Ich legte einen Schein auf den Tisch und verließ wortlos den Ort am Pissoir. Es war etwas undramatisch zu Ende gegangen, was mein Leben verändern würde. So wie ein Stern einfach erlischt, dachte ich, als ich die kühle Nachtluft spürte und um Nüchternheit rang. Brauchte ich *diesen Freund*?

Ich nahm noch ein Bier in einem Büdchen. Dann lief ich eine Stunde durch leere Straßen im Ex-Rotlichtbezirk Eigelstein, um den Kopf für die Fahrt nach Hinterfichtenich freizubekommen, wo ich am Wochenende klar Schiff machen wollte. Auch. Es begann zu nieseln. Ich musste los.

Ich hatte wohl an den tropfenden Wasserhahn im Klo gedacht, als es knallte. Ich war von der Autobahn runter und hatte die Straße nach Immekeppel genommen, ohne Schlangenlinie zu fahren. Von dort aus wand sich die Nebenstraße nach Hinterfichtenich über Bergkuppen, durch

Talgründe. Hinter einem parkenden Kleintransporter fiel ein Schatten von der Seite ins Blech. Ich stieg in die Klötze, als es zu spät war. Viel zu spät.

Es passierte einfach. Wie wenn ein Komet aus heiterem Himmel auf einen herunterfällt und birst. Den Moment zur Reaktion hatte ich verpasst, müde, frustriert und unter Alkoholeinfluss. Es knackte zunächst, als wäre der Körper unter das linke Vorderrad geraten, doch konnte es auch ein Rucksack gewesen sein, ein Stock. Eine halbe Tonne Blech, Glas und Kunststoff prallen auf achtzig Kilo Haut, Fleisch und Knochen. Ein ziemliches Missverhältnis von Bewegung und Energie. Sozusagen: *Worst Case.*

Ich würde die Geräusche nie vergessen. Dieses dumpfe *Bum-Krach-Loóong.* Wie im Zeitraffer. Ich stieg aus. Der Mann rührte sich nicht. Niemand war zu sehen. Ich schaute in ein verlebtes Gesicht mit Drei-Tage-Stoppelbart, borstiges Haar. Er mochte um die Vierzig sein. Ein später Heimkehrer, voll mit Alk oder sonst was. Nichts rührte ich an.

Ich wusste nicht, ob ich schnell oder langsam gefahren war. Ich wusste nichts. Ich stieg wieder ein, fuhr, so leise es ging, los und bog an der nächsten Kreuzung nicht ab. Ich machte einen Umweg mit *Warum, warum, warum tata, they're coming to take you away. ha ha. Hi hi, ha ha, to the funny place …*

Als ich in Hinterfichtenich ankam, atmete ich tief durch. Vielleicht würde ich unentdeckt bleiben. Kein Prozess, keine Strafe. In einer Pressemeldung würde man fragen, ob jemand etwas gesehen hätte. Ich hätte gerne einen Rat gehört, Faló oder Bella. Oder Vater. *Hallo, Vatter!* Oder eher nicht.

Hinterfichtenich, 3. Dezember 2011

TAGE.BUCH.EIN.TRAG SCHULD. Hallo, Vater!

Ich muss dir was Schlimmes mitteilen. Es war egal, ob ich eine Chance gehabt hatte, zu stoppen, oder nicht. Dass ich nicht Schlangenlinie gefahren war. Dass es keinen Richter interessieren würde oder den Staatsanwalt, dass mich keine Schuld traf. Und doch. Ich hatte Schuld. Wie sagt man? Eine Mitschuld. Bedeutet: Der Typ war vor allem selbst schuld. Kommt dir vielleicht bekannt vor.

In diesem Moment war für mich jedoch nur eine Frage wichtig: Würde mich etwas verraten? Niemand hatte es beobachtet. Es gab keine Spuren. Keinen Schrei. Kein Reifenabrieb würde auf mein Auto deuten. Ich strich mit der Hand über einige Kratzer und eine kleine Beule. Ich würde eine diskrete Reparatur brauchen. Alpha y Omega einer Verstrickung. Der Gefahr aus dem Weg gehen, bis man gebissen wird. Bis zum bitteren Ende, und wenn es das Totenbett ist. Das kennst du. Ach, Vattern!

Köln, 7. Dezember 2011

Dabei blieb es. Ich zündete zwei Kerzen an, warum auch immer. Die Entscheidung war gefallen, just in dem Moment, als ich realisiert hatte, was geschehen war. *Gras drüber wachsen lassen, wenn du es schon nicht rückgängig machen kannst.* Genauso funktionierten wohl Menschen im Moment der Tat. Wir lügen, organisieren die Verschwörung, schrecken vor weiteren Verbrechen nicht zurück und verwenden unsere Kreativität auf komplizierteste Manöver, um die Narben umzudefinieren. Würde ich ertappt, wäre alles viel schlimmer. Im Tagebuch festgehalten. Wie der Vater, so der Sohn. Auch das noch.

Als hätte Aron meine Konfusion erahnt, sprühte er vor Witz, indem er Kollisionen eine höhere Weihe verlieh.

Lieber Torsten, danke für deine Zeilen und den Entwurf. Finde ihn absolut lesenswert, hat Facetten, Dimensionalität und Potential. Ich fühle mich geehrt, dem großen Lichtkunstkonzeptionator ein wenig zur Hand gehen zu dürfen. (Haben die in Siwa denn nicht Besseres zu tun, als lebendige Berge zu versetzen und tote zu illuminieren?) Er schlage den akademischen Weg ein, voll korrekt. Mach doch ein Symposium zu dem Amun-Ra-Monotheismus und – Allah sei Dank – den Illuminata im Religionsvergleich. Kein Scherz.

Das Licht Gottes ist definiert als seine Rechtleitung, also einer von ihm geschaffenen Ordnung im Himmel wie auf Erden, wie **An-Nür** es im Koran in Anlehnung an die Bibel ausdrückt. Doch hast du nur einige Wochen Zeit und auch das Leben ist bekanntlich kurz.

Inhaltlich kann ich nicht alles nachvollziehen, denn ich bin in Amun-Ra-Fragen nicht sattelfest. Doch es zeichnet sich im Entwurfsstadium eine eigene Stringenz ab.

Was kein Problem gewesen ist, da die Pharaonen (seit der 11. Dynastie?) glaubten, die Sonne sei der Gott, der sich selbst erschuf. Die Autogottgenese kommt völlig ohne Zeit und Raum aus. Problem elegant gelöst. Alle Materie wird sich in Strahlung aufgelöst haben, so es denn keine Gravitationskraft mehr gibt, kein Leben. Also keinen Gott? *) So wie ein Feuerwerk, das erlischt. Kurzum: Deine Thesen von Andromeda und dem Verglühen der Sonnen **) und dass Gott damit ein Problem hätte, die teile ich nicht. Noch nicht.

<u>Nebenbei bemerkt:</u> Man muss heute verdammt gut aufpassen, dass man den Gläubigen mit derartiger Blasphemie nicht zu nahetritt, schließlich sind das fünfundneunzig Prozent deiner Kunden. Denk dir am besten was anderes aus, etwas, das sich beim Sonnenuntergang über dem Salzsee genießen lässt. ***)

*) Manchmal hakt es bei dir. Dass es unendlich viele Sonnen gibt, tut nichts zur Sache. Du sollst nicht andere Götter haben neben mir, das erste Gebot. Das war eine sehr steile These zu jener Zeit.

**) Wie willst du den Bogen schlagen von Universen zur Illumination von Katakomben? Mit Illuminati?

***) Es gibt in Siwa Salzlampen, die mildes Licht für bestimmte Räume spenden, um am Ende gute Stimmung zu erzeugen, höre ich.

Ich schrieb sofort zurück.

Lieber Aron! Die Fragen nach der Geburt Gottes und der Geburt unseres Universums lassen sich wohl nicht verkoppeln. Nur wenn das Kamel durch das Nadelöhr kommt. Die Frage, ob es Gott gibt, wenn niemand da ist, ihn anzubeten, lässt sich blasphemisch stellen, doch nicht beantworten, da man wiederum nur dran glauben oder es sein lassen kann. Ableitungen über Ableitungen, pure Ideologie. Da gebe ich dir Recht. Salzlampen find ich gut.

Alles ziemlich banal. Da fiel mir Vaters Satz ein: *Ich musste alles zurücklassen. Und noch* ***viel mehr.*** Was genau hatte er damit gemeint? Welches Nadelöhr darf's denn sein?

Kapitel 13
450 PS

Berlin, 22. Dezember 2011

In der Pfanne brutzelten Zucker und Butter. Sirupsüßes Karamell umschloss die Mandeln zäh und klebrig. Nelke, Zimt, Muskat, Anis, Vanille, Chili, Bourbon: Es roch weihnachtlich in Jaes Küche am Prenzlauer Berg. Und eine Nachricht von Joe lag vor. *Eilt. Rückmeldung sofort*! Jae verteilte die triefende Masse auf teurem Porzellan, läutete und sagte: *Hi!*

Merry Christmas! Wie sehr ich mich freue, mit dir wieder an einem Strang zu ziehen, eröffnete Joe.

You're gonna find out who's naughty or nice. Santa Claus is coming to town. Du lässt mich zappeln, nicht wahr, Joe? Noch fünf oder sechs Wochen bis Abflug, gab sie zurück.

Wha-de-ye-want, honey? I'm calling-ye. So come-on, tell-ma'.

Sie forderte Ticket mit Sondergepäck und einen fahrbaren Untersatz. Sonderanfertigung. *Die Fledermaus ist nicht leicht zu fangen, wenn sie aus der Höhle entwischt ist,* hauchte sie. *Du weißt doch immer, was mich hochbringt.*

Yeap.

A jeep, honey, Type Iron Man.

A what?

Kannte er nicht. Doch er würde ihn kennenlernen. 450 Pferdestärken, Sechsganggetriebe, zwei Rückwärtsgänge.

Jae: *Four fifty, that's enough. Mit innenverspiegelten Scheiben, Extrareifen, Kompressor, Winde, Flugsand-Anker und einer extra starken Ersatzbatterie*. Flüsternd: *Alles, was die Frau für einen ordentlichen Ritt braucht, Sweetheart. Crossing the Sahara.*

God damn, fu… Got it. Anything else?

Nachtsichtgerät, Fernglas und Navigationsbesteck: Peilsender zum Tracken, das volle Programm. Sonnencreme und Pflaster hab ich selbst. Libyer sollen Wüstenfüchse sein, überleben zwei Wochen in der Gluthitze der Sahara und verschwinden.

Joe schwieg. In der Leitung knisterte es. Sie schloss: *Gone with the wind, der Libyer, hm? Hast du mitgeschrieben?*

Jae sah es vor sich: *Die Schöne und der Jeep.* Ihr Auftritt würde sich wie ein Lauffeuer herumsprechen. *Die Geheimnisvolle und das Geld.* Gab es einen besseren Schutz? Wenn ihr Jeep locker von einer Düne hinabglitt, würden ihre Verfolger sich überschlagen. Sie hatte es gesehen. Die Berber fuhren wie die Deibel. Wie würde sie an eine Waffe herankommen, ohne aufzufliegen?

Ich hole den Jeep am Zollhafen in Alexandria selbst ab, sagte sie. Niemanden wollte sie dabeihaben.

Dass es selbst bei der US-Army kein besseres Geländefahrzeug gab, hatte sie geklärt. Die Frist war kurz. Darum ging es im Krieg. Jäger abschütteln, Pläne durchkreuzen, waffentechnisch einen Schritt voraus sein.

Dass der Feind mitliefert, das passiert. Plus Intuition. Das Timing von Abwehr und Angriff. Verdecktes Ermitteln und Umschmeicheln, das sie von *il Gatto,* der Katze, gelernt hatte in einem früheren Leben.

Joe sagte, er wolle sehen, was sich machen ließe. Etwas anderes als einzuwilligen, blieb ihm nicht übrig.

Er meldete sich am folgenden Abend. Das Päckchen sei auf dem Weg. Die vierhundertfünfzig PeEs kämen per Expressfracht nach Alex. Die Kreditkarte sei gedeckt bis zehntausend, bereits auf ihrem Konto. Dollar. Er war gut in Form: *Standesmäßige Unterbringung in der Gafar Eko Lodge, die Nummer eins am Ort, heiße Quelle vor der Tür, bester Service, Butler und Arbeitsplatz. Der CEO des Wasserbrunnens* Aqua Siwa *wird sich sicher auf deinen Anruf freuen.*

Jae gab sich heiter. Der Krieg begann nachgerade luxuriös. Man würde das Domizil überwachen und abhören, so viel war klar. Er hatte Leute, den ägyptischen Geheimdienst hinter sich und eine respektable Waffenmacht, um jederzeit zuzuschlagen, um den Zeugen zu beseitigen. Traute er ihr? Es war wie immer ein Versteckspiel mit Joe.

Logistik konnte Jae. Sie hatte sich über Ahmed, einem Bekannten in der Rapperszene in Berlin, Kontakte geben lassen und für den Notfall eine zweite Unterkunft organisiert. Dessen Familie leistete sich vier Datschas in Siwa. Eines lag abseits und war von außen nicht einsehbar. Um sie zu finden, müsste man schon eine Million Quadratmeter Palmendschungel durchkämmen. Dann wäre die Fledermaus längst ausgeflogen. Einen zweiten fahrbaren Untersatz brauchte sie. Motorräder seien in der Oase unschlagbar, sagte Ahmed.

Den Mutigen gehört die Welt. Ihre Firma würde den Zweck *Errichtung und Betreibung von Brunnen und der dazugehörigen Anlagen in Siwa im Umfang der von Ägypten eingeräumten Rechte* verfolgen. Das hatte ihr ein windiger Import-Export-Berater vertraulich empfohlen und eine Machbarkeitsstudie vorgeschlagen. *Kostet keine Million!*

Doch all die unbekannten Faktoren? Einer war Torsten.

Es war spät. Das Lied der langen Nacht ging ihr nicht aus dem Kopf. Passte irgendwie. Eine Melodie blieb und rotierte im Kopf.

Old Papa Noah set up the rules, built the schools:
Love your mother, father, eeh
Don't abuse a friend or hurt one another
Then you'll go to heaven that day!

Es dämmerte, als sie einschlief.

Kapitel 14
Goldener Schnitt

Köln, 23. Dezember 2011

Am Vorabend aller Weihnachtsfestivitäten, einem Erguss der Eigenliebe, war die Kölner Innenstadt leergefegt. *Seibarts Classic Bar & Liquid Kitchen,* die Bar, zu der mich Jae beordert hatte, lag im Friesenwall, einer der Edelmeilen Kölns, wo früher Nutten defiliert hatten. Ich hatte keine Ahnung, was das Spielchen sollte. Ich fragte, wie sie mir aufgetragen hatte, nach Xaver.

Der schwule Barkeeper sang: *Dat bin woll isch. Juten! Du bist d'r Tar, Tirst, Torsten, denne.*

Er griff unter den Tresen und schob mir mit einem *Geht aufs Haus* einen Martini Dry zu, den ich nicht bestellt hatte. Unter dem Bierdeckel klebte ein Kuvert.

Es war nicht viel los im *Seibarts.* Ein Pärchen liebäugelte ineinander vertieft, ein anderes lag sich offensichtlich schweigend in den Haaren. Ich setzte mich abseits mit dem Rücken zur Wand und las.

Lieber Herr Vater, jeder läuft in seine Sackgasse, so gut er kann. Das war eine Lachnummer, dass du jetzt entdecktest, eine Tochter zu haben. Doch wer wird gleich schwarzsehen? Jetzt wollen wir das Leben genießen, einen Martini trinken und in tiefes, blaues Wasser eintauchen. Bis wir uns in Siwa sehen, ist es nicht lange hin. *Yes, by the hair of my Chinny Chin-Chin.*

Um in die Vergangenheit zu schauen, braucht's keinen Rechenschieber. Antikes Wasser einzukaufen, um es zu vertreiben, das ist der eine Auftrag meiner Reise nach Ägypten. Zum anderen geht es um de*n letzten Zeugen* im Ustica-Prozess gegen einige korrupte Generäle wegen Hochverrats in Rom. Es geht um viel Geld, hohe Politik und die Suche nach den wahrhaftig Schuldigen am *Massacre di Ustica.* Um *Gladio* und ihren eiskalten Krieg geht es. Um den Abschuss eines Flugzeugs. Mein Vater Francesco war machtlos. 81 Tote. Unschuldig. Geopfert für ein Kalkül, eine Vermutung. Die Hinterbliebenen schreien nach Entschädigung und Vergeltung.

Erst war es ein sogenannter *Kollateralschaden.* Sie wollten ja *nur* Ghaddafi und zwei seiner MIGs vom Himmel holen. Was auch immer schiefging. Wie die NATO-Oberbefehlshaber getobt haben mögen. Man befürchtete, dass Moskau den Abschuss der *Itavia 870* in dem eurokommunistisch verseuchten Italien ausnutzen würde, so kurz nach Aldo Moros Ermordung. *Shit happens, but never go backward*. Es galt, das Massaker zu vertuschen und die Täter zu schützen. Der militärische Geheimdienst der NATO in Italien, *Gladio,* den die Green Berets steuerten, agierte mit unerbittlicher Härte, doch stümperhaft. Und zwar mit Billigung von ganz oben, Henry Kissinger höchstpersönlich, wie man vermutet. Kein Dementi war zu dreist, keine Story zu absurd und kein Mensch zu schade.

Zehn oder mehr Zeugen starben – einer nach dem anderen. Ich will dich nicht mit Details langweilen. Wobei, es gab mysteriöse, ja, spektakuläre Todesfälle. Der Luftwaffengeneral Licio Giorgerin etwa, ein hochrangiger Beamter im Verteidigungsministerium, umkreiste in der Abschussnacht in einer Piaggio PD-808 das Tyrrhenische Meer, um die Flugbewegungen der Kampfjets zu koordinieren. Er wusste also bestens Bescheid. 1987 wurde er von einem Terrorkommando namens *Unione Combattenti Comunisti* erschossen, unmittelbar, bevor er aussagen wollte. Niemand kannte diesen Haufen. Wie ein Journalist, den ich kenne, herausfand, handelte es sich um ein Killerkommando, das Spezialkräfte des Innenministeriums rekrutiert hatten. Näheres wurde nie ermittelt.

In der Wohnung des pensionierten Geheimdienst-Generals Demetrio Cogliandro fanden Ermittler allerdings Notizen zum Luftkampf. Ziel der NATO-Operation war demnach *die Provokation eines Putsches,* so das Ergebnis. Interessant waren vor allem die versehentlich liegengebliebenen Radaraufzeichnungen in seinem Tresor, mit denen der Hergang rekonstruiert werden konnte.

Eine der beiden MIG-23 wurde über dem Sila-Gebirge in Kalabrien abgeschossen. Die zweite MIG-23 konnte entkommen. *Gladio* fand heraus, dass sich der Pilot nach Afrika absetzen konnte. In Ägypten, nahe der libyschen Grenze, sei er wahrscheinlich untergetaucht, möglicherweise in Siwa. Er ist der letzte Zeuge. Nächstes Jahr startet der Prozess gegen fünf Generäle. Der fabelhafte Richter Richardo Prosati will sie wegen Hochverrat hinter Gitter bringen. Ich werde ihm den letzten Zeugen aus Siwa zustellen. Das wird nicht einfach. In Siwa scheiden sich Geister, Jae.

PS. Danke schon mal für dein Verständnis. Vernichte den Brief. Kein Wort darüber zu niemandem!

Mir war eisekalt. *Provokation eines Putsches* und ihr *buchstäblich über Leichen gehen.* Also bestellte ich mir noch einen doppelten Martini *on the rocks,* auf dem die Gedanken Pirouetten zu drehen begannen. Unwillkürlich musste ich an das Spiel *Siwa drei* denken, dessen Wahnsinn darin bestand, ein immer höheres *Vergnügungslevel* beim Töten zu erklimmen, und Körper explodieren zu lassen. Um einen Bonus zu ergattern, indem man den Feind aus ungeschützter Position tötet. Schafft man es nicht, kann man in einen Brunnen oder Wassertank hopsen, wo ein Schatz verborgen liegt, und dreihundert Punkte kassieren. Der Held trägt einen extrem langen Mantel mit Kapuze, hat Bogen, Schwert und Schießeisen. Kopfschüsse mit einem Bogen bringen am meisten. Tagebücher weisen den Weg. Wie bitte?

Ich dagegen hatte eine Amazone als Tochter und saß mitten auf dem Präsentierteller, überwacht. Demnächst war ich mein Haus los, hatte vermutlich jemanden totgefahren und war abgehauen. Ziemlicher Film gerade.

Ich ging Fertigpizza, Wein und Schnaps einkaufen, fuhr eine Weile durch entlaubte bergische Alleen und kam etwas runter. Zwei Katzen kreuzten meinen Weg, eine von rechts, eine von links, welche mehr Glück brachte, durfte ich mir aussuchen. Telefonanrufe ließ ich unbeantwortet verklingen.

Zu Hause nahm ich mir noch einmal die Karte aus der Kladde *AWIS* vor. Mir fiel auf, dass sie undatiert war. Vom Papier her zu schließen, konnte sie kaum älter als fünfzehn Jahre sein. Vater musste also viele Jahre nach Siwa Kontakt gehalten haben. Zu wem? Und warum, fragte ich mich, als es *Pling* machte. Es war Aron. Er hatte einen Riecher für meine geistigen Metastasen.

Oh, Torsten, du Bezwinger des Lichts! Keine Ahnung, ob dir meine Überlegungen bei deiner Unternehmung hilfreich sind. Die Frage des Lichts und seines Ursprungs legt Zeugnis ab über die Geheimnisse der Vergangenheit. Des Menschen ewiges Erbe. Wenn es denn einen Urknall gab, was war der Auslöser? Niemand drückte einen Knopf. Doch die Wissenschaft schweigt sich hierzu aus. Um keinen Deut besser schaut es mit dem Orakel über das Ende des Universums aus. Welche Blasphemie! Denn vielleicht gab es diesen *einen* Urknall gar nicht, sondern viele, ja unendlich viele. Eine Gedankenspielerei, gewiss, aber wenn wir weiterdenken und die Unwahrscheinlichkeit bedenken, dass *alles* aus N*ichts* entstanden ist, dann folgt daraus logisch, dass sich ein neues Universum aus dem bildet, was aus dem Letzten übriggeblieben ist. Ich finde, das ist eine trostreiche Vorstellung, wenn von allen Seiten Gefahr droht. Eine unendliche Ziehharmonika von Materie, Raum und Zeit ohne Anfang und Ende. So denken Geheimdienste jedenfalls nicht.

Andersherum wird klar: Hätte es jemals einen echten Anfang gegeben, jenen Urknall, dann müsste es zwangsläufig auch ein Ende geben. Doch wieso? Gegenthese: Nehmen wir an, dass es Zeiten gab, in denen es vor lauter Urknallen nur so gescheppert hat, während der letzte nur schlappe 13,7 Milliarden Jahre zurückliegt. Frage: Gibt es ein erstes und letztes Universum? Einen Anfang und Ende allen Seins? Weiter gedacht: Leben wir in der Jugendzeit der Universen, oder dämmert das Ende bereits? Das Gute ist: Es kann uns im Prinzip auch egal sein. Die Wissenschaft lehnt die Frage ab. Also zerbricht sich niemand den Kopf oder zerschmettert einem ungläubigen Zeugen den Schädel. Ich stelle mir einfach vor, dass Urknalle Feuerwerke verschiedenster Raumzeiten sind, vielleicht ein winzigster Partikelklumpen, man sagt: unendlich verdichtete Masse, der ohne Selbstentzündungsmechanismus auf ein anderes trifft und dann explodiert. Das geht, denn die Teile sind unendlich heiß. Da stößt unser Denkvermögen allerdings an Grenzen und wir bedienen uns einer programmierten Spielkonsole. Das kennst du ja.

Ich könnte mir vorstellen, dass die Zeit im Kreis im Kreis im Kreis zirkuliert. X-te Dimension. Unergründlich, wie die Frage, was eine Seele ist, außer einem Stück Salzgebäck aus dem Badischen.

Was genau willst du in dieser schönen Oase? Vergiss nicht, dass du am Ende Glühbirnen brauchst und Kabel verlegen musst. Wie willst du heilige Berge beleuchten? Am besten, indem du die Logik der Pyramidenkonstruktion in deinem Lichtkonzept berücksichtigst. Denn die Mathematik von Prismen führt geradewegs zur Umlenkungstechnik von Licht. Die Erbauer der Pyramidenprismen haben sich vor fünftausend Jahren bereits an die Divina-Proportionale gehalten, Toleranz: ein Prozent. Unfassbar. Es sind zwei Linien. A und B zusammen verhalten sich zu A wie A zu B. Der goldene Schnitt.

$$\frac{a+b}{a} = \frac{a}{b} = \varphi \qquad \varphi = \frac{1+\sqrt{5}}{2} = 1{,}6180339887$$

Hast du dich mit der altägyptischen Geometrie beschäftigt? Tatsächlich kreuzen sich die Linien der hundert übriggebliebenen Pyramiden des Landes auf markant ähnliche Weise. Ein riesiges pharaonisches Rätselwerk entblätterte sich mit Hilfe der Geometrie von zerlegtem Licht, die Raum lässt für Spekulation und Fantasie. Du kannst vielleicht deinen Urknall mit einem Eröffnungsfeuerwerk und einer Rede zum goldenen Schnitt gestern und heute küren.

Köln, den 24. bis 31. Dezember 2011

Mit der Unendlichkeit und seinen Urknall-Feuerwerken hatte ich es nicht so. Wir drehten uns mal wieder im Kreis. Und diese Spielkonsolen mochte ich nicht. Dass die Divina-Proportional bereits in der Frühgeschichte für sakrale Bauwerke genutzt wurde, war mir aber neu. Es brachte mich ein ganzes Stück weiter. Ich erinnerte mich, dass gebrochenes Licht weicher ist und die Schatten diffuser macht. Ich könnte – sinnierte ich – pyramidenförmige Prismen, Okulare, Filter und Dioden in das Beleuchtungssystem von Tempeln und Tomben einbauen und miteinander vernetzen.

Ich begann Zeichnungen anzufertigen, fotografierte eine Versuchsanordnung und aß wenig. Besser, als bei Gans und Rotkohl oder Karpfen blau mit Knödeln die Hormone hochzufahren zum Christfest aller Verschwörungen und familiärer Kämpfe-Krämpfe.

Ich konnte nur nicht verhindern, dass der nahende Jahreswechsel wieder einmal so vieles hochdrückte. Wenn es etwas gab, das mein geistiges Erbrechen ausgelöst hatte, dann war es dieser Anruf gewesen, der den Tod Vaters ankündigte mit seinem Schweif an Vorsätzen und mysteriösen Ereignissen. Die siwaeske Lichtmission. Dass ich eine Tochter hatte, die mich sogar erwartet hatte. Ein verschollenes Erbe suchen. Irgendwie hing alles mit Siwa zusammen, nur wie? Die Spuren des Vergangenen kamen mir vor wie – als ich auf der Bettkante saß und grübelte – dieses Gemälde bräunlich geränderter Schweißabdrücke auf der Bettmatratze – wie eine Landkarte ohne Kompass.

Man lebt immer nur zwei Mal, heißt es. Einmal in der Realität. Und einmal in der Erinnerung, umso mehr, desto älter man wird. *Du musst nur richtig wollen*, hatte Vater gepredigt. Mutter hatte dann nichts gesagt oder: Tu das nicht, lass jenes sein. Sie saßen am Tresen der *lonly hearts*. Sabine und ich pflegten in einer durchgelegenen, beigen Leinen-Ikea-Couch herumzulümmeln, durch die Glotze zu zappen und Chips zu knabbern. Auch keine Lösung, das Leben spröde pendelnd zwischen wolkig und heiter. Ich dehnte mich und entspannte, spürte meine Sehnen und Muskeln, machte einige Liegestütze und Sit-ups und kippte mir noch einen schönen Schluck vom rauchigen Whiskey hinter die Binde. Arons *Jugendzeit der Universen*, was für ein Unsinn, aber 'ne geile These, würde ich ihm antworten.

Ich machte Musik an. Eric Burdon mit Udo Lindenberg zum Mitsingen. *Got to get outta this place.* Es brachte mich ins Jahr 1980 zurück, als die *Jugendzeit* der Nachkriegszeit so in etwa passé war und ich abhauen wollte. Heute sind es nur Spuren einer dieser vielen Geschichten. Ich hasste diese Melancholie und sang laut mit, bis sie entschwunden war.

Die Whiskeyflasche war halb leer. Oder halb voll, hätte Viktor gemeint. Das galt es zu verhindern. Freilich hatte Jae recht: *Jeder läuft in seine Sackgasse, so gut er kann.* Nur welche Sackgasse? Wenn ich vorher abbiege, lande ich in einer anderen. Ich möchte heute sowieso nicht enden als das Wesen, das ich 1980 hatte sein wollen. Jae lag mit ihrer obskuren *Philosophica Esse Absolutum* knapp daneben.

Ich erinnerte mich an eine Story, als ich dreizehn gewesen war. In einem Kaufhaus hatte ich einen Märklin-Triebwagen in einem Moment gedankenloser Gier mitgehen lassen und war prompt erwischt worden. Der Kaufhausdetektiv hatte mich mit finsterem Blick zu Hause abgeliefert. Vater war erst erschrocken, dann einem Schub an Nachsichtigkeit erlegen und hatte mir milde und ein wenig traurig in die verweinten Augen geschaut. Ich hatte wie immer eine schallende Ohrfeige erwartet, doch nichts dergleichen geschah. Er hatte sich vor mich gestellt und dem uniformierten Detektiv nur *Schon gut! Es wird nicht wieder vorkommen* gesagt. Nicht einmal Stubenarrest hatte ich bekommen. Vater gerierte sogar erheitert, erhöhte das mickrige Taschengeld und verschwand hinter seinem Schreibtisch, als sei nichts gewesen. Nie hatten wir später darüber gesprochen. Straffrei und bedröppelt, hatte ich lange dagelegen. Vermutlich war dies der Moment, als ich erwachsen geworden bin. Dieses Begehren, beschützt und nicht beherrscht werden zu wollen, hatte mich nie mehr losgelassen. Mein Aufbegehren gegen alles falsche *Väterliche,* das ich zu erdulden hatte.

Vater war alsbald zum unnahbaren Befehlsgeberton zurückgekehrt. Doch dieser merkwürdige Moment war die Wiege meiner Rebellion. Zu viel hatte sich angestaut. Ich warf Steine, schrie mich heiser. Einen Revolver zu nehmen, kam in Frage, doch dazu war ich zu feige. Ich erinnerte mich aber, mit dem Gedanken gespielt zu haben. Doch ich war kein Vatermörder und kein RAF-Konspirateur. Welche Sackgasse darf's denn heute sein?

TAGE.BUCH.EIN.TRAG Uniform. Hallo, Vater!

Du bist immer der verhinderte Historikus gewesen. Hinterher aber ist's zu spät. Die Vergangenheit ist ein pharaonisches Rätselwerk widersprüchlicher Linien. Die Sprachlosigkeit meines Aufbegehrens gegen dich ist erstarrt: Das Standbild des Jungen, der einen Stein aufhebt. Ich weiß nicht wieso, aber dieses Bild meiner Liebe zu Frauke, ihr Kuss auf der mythischen Insel Kythera im kitschigen Licht einer aufgehenden Sonne, hatte mich immer an dich erinnert. Das war 1975. Vielleicht, weil das Meer der unvergessenen Bilder nur eines belegte: unserer beider Ohnmacht. Und die beredte, permanente Sprachlosigkeit. Müßig, ob es einen Ausweg aus der Sackgasse gegeben hätte. Ich war zurückgewichen. Ich hatte Schuld. Mitschuld.

1980. Das chaotische Jahr des Welttheaters hatte dich nie interessiert. Ich erinnere mich an einen Hollywood-Cowboy Ronald, der Jimmy the Kid 1980 einen Arschtritt versetzt hatte. An den bühnenreifen Einmarsch der Russen am Hindukusch. An den operettenhaft ganz in Weiß wehenden Papst. An die fantastischen Galauniformen des Aufschneiders Ghaddafi, türkische Putschisten, des bruderabschleckenden Breschnew.

Nach und nach beginne ich zu begreifen, aus welchen obskuren Quellen sich unsere Verbindung speist. Mit einem *Na und?* hielt ich gegen dich. *Schieb es ins Unterbewusstsein!* Es kommt eh hoch, wenn du nicht damit rechnest. Schreib es in Kladden, die sich geduldig füllen, ohne schwerer zu werden. Ach, Vattern!

Ich hatte eine Woche lang viel getrunken, wenig geschlafen und war erschöpft. Am Neujahrstag zog ich im Geiste um. Bella wimmelte ich ab, dann war sie verstört. *Immer deine Schleimscheißerei, aber Prost Neujahr!* moserte sie. Dabei wollte ich nur mit ihr ins Bett und Angsthase spielen.

Ich hatte gelesen, dass der Mann in Immekeppel überlebt hatte und genesen würde. Glück gehabt? Das Verfahren lief noch. Vielleicht würde er herausfinden wollen, wer der Depp war, der ihn über den Haufen gefahren hatte. Ich erinnerte mich, einen Bruchteil einer Sekunde in seine aufgerissenen Augen geschaut zu haben. Ich hatte Angst.

Also hing ich mit dem rasenden Faló ab. Fast schon brauchte ich das jetzt. Falós Kochleidenschaft war zum Problem für seinen Bauchumfang geworden. Ich sagte ihm, Verdauungskrisen seien hilfreich, würden aber zumeist mit seelischer Not einhergehen. Ich selbst hatte abgenommen. *Und weil der Mensch ein Mensch ist, so braucht er was zum Essen bitte sehr, es macht dich ein Geschwätz nicht satt …*

Die Message macht's. Ich fragte mich zum hundertsten Mal, was Jae von mir wollte. Wer verdammt noch mal dieser Joe war mit seiner Ustica-Verschwörung, all die Gespenster. Den Rest sollte ich mir wohl denken. Ich wollte sie nicht fragen, denn es war ihr Problem. Meins war Vaters *Ich musste alles zurücklassen. Und noch* ***viel mehr.*** Ich notierte:

TAGE.BUCH.EIN.TRAG. Jugend. Hallo, Vater!

Du hast es geschafft, mich in die Enge meiner Erinnerung zu treiben. Heute kommt es mir so vor, als wäre meine gesamte Jugend ein einziger Wasserglassturm gewesen. Ich muss nach vorne schauen. Auf Vatterns Spuren mit der Tochter *Durch die Wüste! (Karl May, Band 1). Auf nach Siwa,* sagst du. *Sei Vater!* Ja, Vattern?

TEIL 2
Orakel

PROLOG (II)
Seele

Siwa, 20. April 2012

Meine Seele brennt. Meine Nafs. Kein Hauch, Leere noch immer, nach so vielen Jahren. Als hätte sich die Nafs in die Lüfte erhoben aus Trümmern, während mein Körper weiterläuft durch die Wüste in ihrer unbegreiflichen Weite. War es eine Prüfung von Allah? Sein Wille, tiefer zu bereuen?

Ich wusste, es würde eine Zeit anbrechen, da meine Seele Ruhe findet. Der Engel ist gekommen, mich zu holen. Ich habe in den Spiegel geschaut auf der Suche nach meiner *an-nafs al-muṭmaʾinna*. Sie hebt ihre Hand dem Bösen entgegen, das nicht weiß, dass es über dem Abgrund schwebt.

Siwa hat seine Geheimnisse. Der Libyer, den sie suchen, ist verwandelt. Ich stamme aus einem Dorf nahe Asuit, bin ein stiller Mensch, der verhalten an Gesprächen Anteil nimmt, der in ihre Lieder einstimmt, ohne sich hervorzutun. Auf den Verlass ist. Der ihre Sprache versteht, ohne dass sie es wissen. Nie gebe ich Anlass zu Tadel.

Ich fand Obdach und erwarb mir bescheidenen Wohlstand. Ich konnte auf meinen Reisen verborgen Zeit verbringen mit Dalia, die Mandeläugige. Und mit Aischa, meinem Stern, und Mehmet, meinem großen Falken. Nie wieder betrat ich unser Haus. Dalia trifft das härteste Los, denn sie muss schweigen von dem, den sie liebt. Den Totenschein hängten sie mir um den Hals. Doch ich lebe. *Al-ḥamdu lil-lāh.*

Ein Engel kam und hat Freunde gewonnen, die ihr vertrauen. Es sind die Sheikhs der Stämme, die ich zu meinen Freunden zähle. Dort beobachte ich sie. Ihre geheimnisvolle Liebe, die vor nichts Halt macht.

Eine Meisterin der Ablenkung ist sie. Der Moment ist nicht fern, da wir uns treffen werden.

Kapitel 15
Fastelovend und Curry

Aus Jaes Tagebuch, Köln, 18. Februar 2012

Es ist zehn vor elf, als ich Sabine anrufe. Natürlich ist das keine Zeit für Anrufe an Weiber-Fastelovend. Doch Sabine wird abheben. Sabine reagiert immer auf mich.

Wir kennen uns eine halbe Ewigkeit. *Ick bin die jecke Jae, die Tochter deines Typs,* hatte ich mich seinerzeit vorgestellt. Bestimmt fünfzehn Jahre ist das her. Knaller. Kann mich noch an jedes Wort erinnern. *Bin in Köln uf 'na Party, rein zufällisch. Ick würd mia jerne ma treffn mit dia.*

Bärlinern kann ick. Sie war sprachlos.

Hat er dir nie von mia erzählt, ick meene, dette er ne Tochta hat, überhaupt nüscht?

Moment mal, hatte sie gesagt. *Nein.*

Dann war sie närrisch entsetzt: *Ist das ein blöder Trick jetzt? Weiberfastelovend oder was? April, April um elf Uhr elf? Wer sind Sie denn überhaupt?*

Ich blieb ganz cool. *Bin die jecke Jae. Frauke Ruti und Torsten Winkel sind meine leiblichen Eltern.*

Da wird sie richtig sauer, weil sie so ahnungslos war, im Stich gelassen vor der Wahrheit, vor der er sich gedrückt hatte. Oder *abgehauen,* wie sie meinte. Schließlich wurde sie sarkastisch. Doch legte sie nicht auf.

Und so nahm das Versteckspiel seinen Lauf. Es machte richtig Spaß. Einen richtigen Grund, anzurufen hatte ich nicht, außer Neugierde vielleicht, und ein sich-nicht-abfinden-wollen mit meines Bio-Vaters Flucht und Verdrängung. Zwischendrängen lag mir fern. Ich bin nur provokant, war es schon immer. Ich umzingele gern und schlage zu, wenn es am wenigsten erwartet wird. Es war richtig so. Hat sich aber erst später herausgestellt. Denn

Sabine war – was mich angeht – das Gegenteil von Berechenbarkeit.

Sabine leitete irgendein Reisebüro für Abenteuerreisen in Köln und hatte einen Klienten in Neuruppin, wo früher ein Irrenhaus residierte, und im Russenviertel in Potsdam einen anderen. Berlin lag da auf dem Weg. Ihre fette Kohle aber verdiente sie mit dem Aufstöbern und Vermitteln von Luxusimmobilien an irgendwelche dubiosen Geschäftsleute im Ausland, nachdem sie verstanden hatte, dass alternde Globetrotter nicht an ihren Häusern kleben, sondern am Leben. Es war ein klassisches Dreiecksgeschäft. *Das Outgoing braucht ein Incoming, aber bitte steuerfrei vermittelt,* sagte sie stets. So habe ich einiges von ihr gelernt. Von alledem musste Torsten ja nichts mitbekommen.

Irgendwann habe ich sogar meinen Großvater kennengelernt. Ein Süßer, wenn er einen mag, aber ziemlich verkorkst. Ist auch kein Wunder, bei dem, was er durchgemacht hat. Begreifen kann ich es nicht, wie man sich für den Wahnsinn begeistert und an die Front marschiert. Todessehnsucht vielleicht, Größenwahnsinn, Manipulation, großkotziges *Wir sind wieder wer,* die dunkle Seite des Mondes in uns. Ich hatte ihn gefragt, was in ihm vorgegangen war, als er das Heldensterben abgelichtet hatte. Oder als er heimkehrte ins zerstörte Reich. Opa zuckte dann die Achseln und verkroch sich in seiner Bücherei. Er verstand sich selbst nicht, glaube ich. Den Siwa-Exodus hat er nie verwunden, denn die Verwundung war weniger sein Arm als vielmehr etwas in seinen Eingeweiden. Diese Verknotung von Stolz und Scham hat ihn immer verfolgt. Ich glaube, er hat sich geschämt, auch vor mir. Torsten tat mir nur leid.

Dass Torsten mein Vater ist, wusste ich von früh an. Frauke hatte es so gewollt. Dass ihre Tochter im falschen Glauben aufwächst, war für sie nicht vorstellbar gewesen. Sie wollte nicht mit einer Lüge gehen. So war sie.

Als ich zehn war, gab mir Sophia ihren Koffer mit Zeichnungen, Skizzen, Aquarellen, und dazwischen ihre Informationen, alles, was ich wissen sollte, wie ich mutig sein sollte, um zu überleben, und wer mein leiblicher Vater ist. Meine Mutter wusste nicht, wie sehr ich es brauchen würde. Frauke, ach. Mutter.

Biologie ist eine Sache. Vaterschaft eine andere. Dieser Typ? Er ist kein Sergio und kein Francesco. Ich hatte meinen Spaß dabei, ihn zu scannen. Mal rief ich einen Auftraggeber an. Auch mit einer seiner grün-bunten Freundinnen hatte ich mich unter Vorwänden getroffen. Ich erinnere mich gerne an eins meiner Treffen mit Sabine in Sanssouci, wo wir an Meißner Porzellan über Boden und Wasser schwadronierten, bis wir uns lachend in den Armen lagen, während Torsten grummelnd im Park und zwischen Gewächshäusern seine Runden drehte wie einst Voltaire.

Wir hätten uns outen können, doch wozu? Ich verstand einfach nicht, wie sie es mit ihm aushielt im Bett und am Küchentisch. Ihre Ehe würde sang- und klanglos zu Ende gehen, prophezeite ich ihr, was sie dann auch tat. In meinem Leben auf des Messers Schneide war für ihn kein Platz. Bis Siwa akut wurde. Als Ustica mich rief. In Merseburg habe ich ihn einfach stehen lassen. Sein Problem.

Dass ich Sabine am Karnevalsweiberfastelovend anrufe, gehört zu unseren Traditionen. Sie erwartet quasi modo den Anruf ihrer *Berliner Jöhre,* wie sie mich gerne nennt, neugierig, wie sie ist. Sie hebt immer gleich ab.

Bitte, Jae, ich muss gleich weg. In fünfzehn Minuten beginnt Karneval. Das ist bitterernst. Wann geht's los?

Ja, Siwa. In vier, fünf Wochen. Jetzt **wird** *es wahr. Ich wollte kommen, doch ich schaffe es nicht. Habe zu viel Zeit verloren.*

Unsere erste Begegnung blitzte auf. Ich wäre gerne wie damals als Hexe verkleidet an den Kölner Eigelstein gegangen, wo Menschenleiber rund um das mittelalterliche Tor aus allen Kneipen quillen, um mit Sabinschen in einer geräumigen Saufanstalt wie der ehemaligen Feuerwache zu landen und bis um vier rumzuzicken bei Sambatrommeln und kölschem Gegröle, was jeder Jeck extra geprobt zu haben scheint. *Alaf – hicks.* Glückseliggeile Karnevalskrieger interessieren mich nicht. Sie interessiert mich.

Dass hinter einer Maske ein amerikanischer Spion oder ein Torsten steckt, hatte ich befürchtet, das weiß ich noch. Dann hatte ich von Torstens Versuchung erfahren, sich aus dem Leben zu stehlen. Und zwar an exakt diesem Tag im Juni 1980, als Francesco starb. So hätte ich an einem Tag zwei Väter verlieren können. Was für ein bizarres Karma. Der Mann hat so was von keine Ahnung. Auch nicht so anders als sein Vater, nur andersherum. Irgendwie.

Zuckersüß, mein Schulaufsatz, an ihn, oder nicht, frage ich.

Sabine bringt ein neckisches *Hmmm* heraus, und ein *Sowieso!* Dann fügt sie hinzu: *Na ja. Er gibt sich redlich Mühe, nichts zu sagen. Und nun hast du ein Problem, oder?*

Yeap, honey! Aber nicht nur. Kannst du ihn bitte anbaggern, noch mal? Ich hab ihn reingeholt, aber ich weiß nicht, wie wir lebend aus Siwa rauskommen. Er muss verdeckt einreisen und lernen, sich diskreter zu bewegen. Kann ja nicht so schwer sein. Lass dir erzählen, was er vorhat.

Berlin, 22. Februar 2012

Joe ruft an. Joe weiß Bescheid. Das ist sein Job. *Torsten Winkel, the Corner-Guy, going to Egypt, hm. So what the fuck …*

Er hat ihn wohl länger auf dem Kieker, aber keine Ahnung. Seit Merseburg. Soll Joe von ihm denken, was er will. *That's my Dad, hello,* sage ich mit Kloß im Hals.

Ich wundere mich selbst, *wie* das rauskommt. Hochkommt. *My Dad.* Sehr witzig. Joe ist hartnäckig. Klar, dass er vermutet, dass ich Torsten nach Siwa lotse. In einen Unfall verwickelt sei er, sagt er. Dass er in homosexuell angefärbten Restaurants und Bars verkehre. Dass er sich gegen *Würmerattacken, Zecken- und Spinnenbisse, Cholerabakterien, Hepatitis A bis C, Gelbfieber, Tigermücken, Typhus, Tollwut und Wundstarrkrampf* hat impfen lassen. Dass …

… *Bingo. Probably not going to Kongo – Joe,* sage ich.

Ich werde leise, nie laut in solchen Situationen. Mache lieber super Vorschläge. Influence. Also sage ich: *Der hat einen Job, ok? Europe Aid zahlt! Ja, kennst du nicht. So was wie US Aid oder schlimmer. Vielleicht hältst du dich ausnahmsweise mal raus.*

Nicht doch. Er ist nicht fertig. *The Corner-Guy* sei leider abgetaucht. *Carnival? The only place in this damn fucking city where no one ever finds anyone for a week. That's probably the idea of a whole city going crazy. Confusing for spies, but nice for fucking hid'n.*

Und das, obwohl er die Zahl der Überwacher aufgestockt und sie mit Nasen aus rotem Schaumstoff ausgestattet hätte. Joe hasst es, an roten Nasen herumgeführt zu werden. Jeder Jeck ist halt anders.

Das Gespräch zeichne ich auf. Er vermutlich auch. Wer weiß, wie er mich trackt und scannt. Nun arbeite ich an der Beweissicherung. Macht nur Sinn.

DIGITALE TONAUFZEICHNUNG (Auto.01)

22.2.2012, 17 Uhr 20. Gespräch mit Joe. Diese Ur-shit-amerikanische Paranoia. Ich ahne, was auf mich zukommt. Ob das umgekehrt gilt, bezweifele ich. Es ist mir klar, dass es schiefgehen kann. Ich gebe zu, Joe macht mir zu schaffen. Ich lasse es mir nicht anmerken. Ich lass ihn nicht mehr ran. Das fuchst ihn, macht ihn geil und wild. Mit niemandem kann ich darüber sprechen. Mit Ben? Der große Benjamin, mein Coach, mein Masseur und Yogi. Hin und wieder ein Guter zum Ficken. Er ist ein Multitalent, ein Wärmetauscher, ein Triezer auch. Ich will den Kopf freibekommen.

Berlin, 26. Februar 2012

Ich mache mir einen Ingwersud, als Ben kommt, mich mit seinen Augen umschmeichelt. Ein waschechter Florentiner. Er trägt einen eng geschnittenen, hellblauen Anzug, weißen Seidenschal und weiße Turnschuhe. Er riecht gut. Er reicht mir neun hellrote Rosen mit langen Stielen.

Oh, sage ich. *Mit Stil heute. Kommt da was?*

Ich warte seine Antwort nicht ab, laboriere weiter an der Kochinsel. Der Ingwer in einem Honig-Pfefferminz-Apfelsaft-Sud mit einer Prise Chili muss exakt elf Minuten köcheln. *Für Stimmbänder und Sexualkräfte,* sage ich.

Ben stellt eine kleine Nussbaum-Kiste auf den Tisch mit Gewürzen, Essenzen und Substanzen für einen Abend mit vielen kleinen Gängen. Wir sind verabredet, um Sri Lankanischen Curry zu kochen. Ben hat einige Jahre in Trincomalee gelebt, wo er Yoga gelehrt hat. Und mich kennengelernt. Er tritt hinter mich und massiert mir Hals und Rücken. Ich drücke meine Schultern zurück, lockere mich in einer aufrechten Körperposition und sage leise *Ja.*

Ben ist behutsam. Schweigsam.

Ich denke gerne an Trincomalee zurück, sage ich. *An die Gerüche. Zimt und Nelken. Das Kreischen des Holzrads am Brunnen. Der süßliche Rauch der Feuerstellen, wenn sie Fladenbrot backen.*

Durchaus, antwortet er. *Aber Krieg ist im Paradies, immer nur Krieg. Vor allem die Todesfallen, the cage. Du weißt es. Wir lassen uns unser Leben nicht zerstören, haben wir gesagt. Aber vorbereitet müssen wir sein. Geht's dir gut?*

Ja! Du weißt doch, sage ich. *Ich bereite mich vor.*

Ich schließe die Augen. *Ich muss mit dir reden, Ben, später.*

Kommt Zeit, Jae. Die habe ich mitgebracht. Ich denke, wir sollten erst mal den Curry ansetzen. Dann etwas Körper.

Wir tun es einfach. Während Ben sein Garam Masala vorbereitet und sich die Gerüche von Cumin, Koriander, Kardamom, Fenchel, Zimt und Nelken im Atelier ausbreiten, ziehe ich mich um. Ich stehe im *Ki*. Ich mache einige Dehnübungen, dann Spagat. Ich stehe im *Shizentai* im Fadenkreuz des Raums. Der Punkt, um Energie zu sammeln. Um anzukommen wie im Leben: der ewige Kreislauf.

Ben setzt sich. Wartet im Schneidersitz.

Niju shi ho, sage ich nicht laut. Ich atme durch. Ben mag diese Kata, in der er das Rauschen von Wasser hört und Wellenbewegungen fühlt, oder sich vorstellt, einer werfe einen Stein ins Wasser, um dessen Ringe verebben zu sehen. *Das ist es nicht*, erkläre ich, *was auch immer du siehst.*

Er sagt: *Ich will es fühlen.*

Dem langsam pressenden Block im Rückwärtsgang, dem *osae uke*, folgt der *deai*, ein schneller Gegenstoß mit der Faust. Ich drücke mich vorwärts hinauf mit einem Stoß mit dem Ellenbogen. Zeitlupenfluss. *Eine Welle bricht sich am Felsen.* Kata ist Symbolik. Eine tödliche Form des Kraftflusses, Jahrhunderte fortentwickelt von den Meistern der hohlen Hand. *Karaté.* Fels in der Brandung sein. Kopffreimachend. So habe ich eine Chance gegen Joe.

Ich reiße das Knie explosionsartig hoch, und drücke die Felsen mit meinen Ellbogen auseinander. Meine Kraft fließt aus dem Bauch heraus. Ich strecke den seitlichen Fußstoß *kekomi* ansatzlos bis auf Brusthöhe, rechts, links, steigere das Tempo zum Kampfschrei. *Kiai!* Rhythmus, vielleicht nicht ganz gelungen. *Kiai* kommt aus dem Zwerchfell, nicht der Kehle. Doch ich bin zu hektisch.

Schatten vibrieren. Sinken zu Boden. Luft teilt sich. Den Kopf drehe ich wie eine Eule, sichernd, suchend, zweifelnd. Wem gilt er, der nach unten getretene Fußstoß *mae geri*? Bin ich eine Kampfmaschine? Die letzte Konsequenz fehlt.

Durch gläserne Reihen laufe ich auf diagonalen Achsen, Ellbogenkinnladen zerschmetternd, Schwertarm schwingend, Genitalien zertrennend. Katzenhaft ist meine Bewegung, stolz senkrecht die Körperhaltung, von dem

Rumpf hüftabwärts entkoppelt. Der Kämpfer beherrscht den Raum und macht sich die Zeit untertan. Vierundzwanzig Schritte nur, wie der Name sagt: *niju shi ho.*

Ich ende mit *awase zuki,* dem Doppelschlag zu Kopf und Solarplexus. Dem letzten Gegner gilt der zweite *kiai.* Alle Energie presse ich heraus. *Ich drücke dich weg in deinen eigenen Abgrund.* Der *teisho irimi awase zuki* – isometrische Energie. Die Haltung des Samurai beim Sieg. Das kann Joe sein. Aber auch ich selbst. Irgendetwas aber fehlt. Waren die Schultern zu angespannt, die Drehung nicht entschlossen genug, der Druck gehemmt? Oder war es die Dynamik der Technik, die allzu übergangslos war und entkräftet? Ich bin nicht eins mit mir selbst, das spüre ich.

Dann ist Atmung. Ich habe losgelassen, etwas zu früh für den Prozess der Wiedergeburt. Nach vielen Sekunden komme ich zu mir und lächele nicht.

Ben fragt: *Was stimmte denn nicht? Wenn ich dich sehe, bekomme ich eine Gänsehaut.*

Ich habe ein verdammt beschissenes Gefühl mit Siwa. Ich brauche noch, merke ich, sage ich.

Betrachte es als offen, entgegnet er. *Du bist auf dem Weg.*

Ich schweige.

Willst du wissen, was ich denke, fragt er.

Sag es mir, Ben, bitte.

Arbeite noch etwas dran, aber vergiss nicht: Du bist im Vorteil. Wenn sich die Energien von zwei Wellen wie in der Kreuzsee addieren, wie in der niju shi ho, bist du stark. Stärker. Joe unterschätzt Siwa. Und er weiß nicht, wer du *bist und welche Energie in* dir *steckt.*

Es ist ein Auftrag für ihn, nicht mehr. Er ist ein eiskalter Profi. Amun-Ra sagt, wann die Stunde der Wahrheit gekommen ist.

Ich lächele. Ich kenne Bens Hang für mystische Voraussagen und Orakel. *Natürlich. Er ist im Krieg, immer. Das nutzt sich ab. Darum geht es aber nicht,* entgegne ich.

Ben schweigt. Ich sehe, wie seine Augen sich füllen. Ben kennt meine Geschichte. Matera. Ich sehe, was er denkt.

Ja, Matera. Dies ist mein letzter Auftrag. Er will mich töten.

Er wiegt mit dem Kopf. *Niemand kann dich aufhalten. Brauchst du das, Rache?*

Das ist wohl auch ein Punkt, meine Achillesferse vielleicht. *Ich denke an das Ende der niju shi ho,* antworte ich.

Sei kein Vollstrecker, das ist alles, was ich sage. Wer nichts, gar nichts will, ist unbesiegbar. Bring den Zeugen raus.

Ich lächele. *Ziel, nicht Weg. Ja? Erlösung oder Gnade?*

Nein, kontert er, *werde zum Weg. Danach kannst du nie zurück. Man wird dich suchen bis ans Ende der Welt.*

Ich kann nichts mehr erwidern. Ich weiß, dass er Recht hat. Männer haben immer Recht, doch nie ganz. Stilfragen auch.

Dann ist es doch die Frage: er oder ich, werfe ich vorsichtshalber ein. Was ich aber denke ist: Die Knete reicht für eine Weile. Und Gesundheitswasser wird überall gekauft.

Wir genießen sein Curry. Ich frage nebenbei: *Chinesische Klöster? Ein Fischerhäuschen jenseits von Afrika? Oder ein Schweizer Bergdorf?*

So nett, wie er lächelt, klar, warum. Er zieht seinen Anzug aus, langsam. Ein schöner Mann und ein aufrechter Speer kommen zum Vorschein.

DIGITALE TONAUFZEICHNUNG (Auto.02)

26.2.2012, 23 Uhr 32. Nach Siwa geht es in voraussichtlich vier Wochen. Ich spreche mit Sabine drüber. Sie wird immer offener, direkter. Supporten will sie mich. Mit Torsten kann sie mir nicht helfen. Du musst ihn machen lassen, *sagt sie.*

Ich muss nach Bologna. Meinen Piloten treffen, ein Gespenst in einem fluoreszierenden Stahltorso, abgeschossenen, perforiert und untergegangen. Ein kunstvoll beleuchteter Sarg ohne Nagel, auferstanden, ohne Sinn. Ein Vatergespenst.

Bologna, 28. Februar 2012

Von Berlin fliege ich nonstop nach Bologna, um mich mit Andrej zu treffen, mich über neuere Ermittlungen und den Prozess von Richter Richardo Prosati zu informieren. Fliege ich nach Bologna, wo die *Itavia 870* gestartet war, wird mir bewusst, dass jeder Flug der letzte sein kann. Nie vergeht das Vergangene. Ich *fühle* meinen Vater abstürzen, angeschnallt, erstarrt, hilflos. Ich sehe seinen Tod in Sekundenschnelle näherkommen, wie eine Hinrichtung. Wenn du verstehst, dass du verloren hast. Diese Einsamkeit in deinen letzten Sekunden von gnadenloser Endgültigkeit. Ich stelle mir vor, sein letzter Gedanke bin ich. *Er* war mein Vater. Er liebte meine Mutter. Und mich.

Niemand weiß mehr über das *Massaker von Ustica* als Andrej, außer vielleicht Joe und seine *Gladio*-CIA Truppe. Und Prosati. Ich nehme mir einen Tag Zeit, spaziere stundenlang durch die ehrwürdigen Universitätshallen und -arkaden, bleibe hängen in der Bibliothek, schwelge an den Marktständen in der Via Pescherie Vecchie, schalte alle Handys ab, kaufe hippe Klamotten in einer Boutique in der Galleria Cavour, entfleuche durch einen Wäschekeller und bin sicher, nicht getrackt zu sein. Bologna ist der vielleicht herrlichste Ort der Welt, um gediegen unterzutauchen.

Ich treffe Andrej in einer unscheinbaren, überblickbaren Trattoria an der Ausfallstraße nach Mailand. Er arbeitet an einer Doku über Ustica, sagt er, während ich mit einer sizilianischen Carponata eröffne und er ein Vitello Tonnato mit fetten Lipparischen Kapern verkostet. Man lebt hier auf einer anderen Entwicklungsstufe der Menschwerdung als in Deutschland mit seinen Mettbrötchen, Frikadellschen und in Milchsauce schwimmenden Salatblättergebirgen.

Der knallharte Journalist ist *not so bad*. Irgendwann sei er auf *Gladio* gestoßen, den italienischen *Deep State,* wie er sagt. Es hat ihn nie mehr losgelassen.

Gladio ist wie ein verhärteter Pickel, dessen Eiter immer pulsiert, erloschen wie die Solfatara, über der eine Caldera kocht, wo es dampft und zischt, sagt er, als wisse er von meiner Geschichte.

Bitte nicht anbohren, steht in den Warnhinweisen am Kraterrand. Dazu hat er Filme gedreht und Bücher geschrieben. Ein weicher Typ, wissend, etwas zu hoch die Nase, aber sensibel. Ich verstehe, warum Frauke sich in einen Mann aus Florenz verlieben konnte. Er hätte mich gerne gehabt, ons-mäßig. Ich will nicht. Nicht jetzt.

Ein Whistleblower hat ihm die CIA-Operationsplanung für den hypothetischen Fall eines russischen Einmarsches zugespielt. *Schwachsinn,* sagt er, *diese sogenannte* Stand Behind Strategie, *mit Pistolen, Granaten und Sprengstoff gegen sowjetische Panzer, Haubitzen und Atomraketen anzurennen. Es ging um was anderes, darum, den inneren Feind in Schach zu halten. Um Unruhestiftung. Um die Kontrolle des* eigenen *Raums, insbesondere in Italien, das in den Kommunismus abzurutschen drohte. So denkt ein Kissinger. Die Drecksarbeit erledigen andere.*

Andrej gibt mir die Kopie eines Pamphlets mit dem Titel *Klima der Angst*. Es enthält eine geheimdienstliche Handreichung zur Durchführung von Sabotageakten und könnte Joes Handgepäck sein. Er erwähnt das Geständnis Andreottis, *Gladio* habe in ganz Italien einhundertdreißig geheime Waffenlager angelegt. Er zeigt mir die Karte.

Ich sehe, wie es in ihm rumort. Mein Ultraschallorgan. Er berührt meinen Unterarm und lässt seine Hand hinauf zu meiner Schulter wandern, als bräuchte ich gerade seinen Schutz. Oder er meinen. Andrej hat keine Ahnung, wer ich bin. Er denkt selbst in Dimensionen von Verführung, Logen und Geheimdiensten. Ein neuer Anlandeversuch, gehemmt ein wenig. Ich lasse ihn machen und entwische in letzter Sekunde. Die Fledermaus.

DIGITALE TONAUFZEICHNUNG (Auto.03)

28.2.2012, 7 Uhr 17. Ich besuche wie immer das Museum, in dem die Überbleibsel der Itavia 870 *wie ein monströses, unvollständiges Puzzle des Grauens zusammengesetzt, ja aufgebahrt sind. Das Wrack wurde in jenen Tagen gehoben, als Joe mich, ein Kind noch, verdächtigte, entführte und vergewaltigte. Fragmente, die einer Überlebenden die Richtung weisen.*

Ich bin allein in den dezent beleuchteten Hallen, fast wie ein Krematorium, aufgestiegen aus den Tiefen des Tyrrhenischen Meeres. Ich lasse meinen Gefühlen freien Lauf. Es ist merkwürdig, dass mir geborstenes, durchlöchertes, vom Wasser gezeichnetes Metall neue Kraft verleiht. Vielleicht, damit ich nie vergesse? Ein Warnhinweis? Menetekel?

Am Abend erreicht mich die Nachricht von Tod der neapolitanischen Katze. *Il Gatto* lebt in mir weiter. Zur Beerdigung werde ich nicht fahren. Ich sende keine Signale.

Kapitel 16
Ewige Jagdgründe

Hinterfichtenich, Februar 2012

Ja, so warn's. Ja, so warn's Ja, so warn's, die alten Rittersleut. Ich summte das alte Lied beim Einräumen von Umzugskisten vor mich hin, so wie seinerzeit, als die Platten von Karl Valentin zu Hause Dauerhochkonjunktur hatten, um zum Ohrwurm zu mutieren. Ich nahm das wildromantische, inzwischen verblasste Foto von Bergwipfeln und gesunden Wäldern, das ich einst in einem Anflug von Selbstironie auf einem Trödelmarkt erstanden und das mich zeitlebens begleitet hatte, von der Wohnzimmerwand und überlegte, ob ich vor dem Umzug einige Tage in der winterlichen Alpenluft verbringen könnte. Etwa an *Eiger, Mönch und Jungfrau,* ein Dreiklang, von dem Vater stets beim Thema Bergluft geschwärmt hatte, wohin wir jedoch nie gefahren waren. Unerreichbar fern hatte er sich in meinem Kopf eingenistet. Einer der *Thousand places to go before you die.* Ich verdrängte pflichtgemäß den Gedanken, als der Möbelwagenvermieter sich meldete und genervt fragte, wann er denn schlussendlich vor der Tür stehen dürfe. Gute Frage.

Ich hatte mich überhaupt nur zögerlich der Tatsache gestellt, dass das Haus auszuräumen und zu sanieren war. Berge von Pröll, ein Sammelsurium aus Erinnerungen, waren zu entsorgen. Das Gäste-WC war verwahrlost und irreparabel. Die Fensterrahmen waren zerfressen vom Bergischen Nebel. Die Baustelle saugte mich auf.

Ich koch für dich! Warum rufst du nicht an, schimpfte Bella zwischen zwei Stunksitzungen. Doch wollte ich mir nicht in die Karten schauen lassen.

Wie lieb von dir, ich muss da aber alleine durch, antwortete ich, und dachte: *Fastlovend? Geschenkt!*

Doch schwoll der See von Sorgen an. Entfernte ich eine Tapete, begann das Mauerwerk zu bröckeln. Entfernte ich Leisten, stieß ich auf Zeitungsschnipsel, Spinnengewebe, De-Em-Münzen, ein Mäuseskelett und – oh Wunder – meinen seit der Hochzeit verloren geglaubten, angelaufenen Ehering, ein Omen, gar ein böses? Entfernte ich Steckdosen, stieß ich auf bröselige Öffnungen, in denen uralte Leitungen verschwanden, die zum verblichenen Dasein von Vorbesitzern eine Verbindung herzustellen schienen. Zum Vorschein kam nur Melancholie. *Verlorene Zeit, Suche abgebrochen,* dachte ich. Ich musste dringend das komplette *linked object* verkaufen, um mein Jammerelend loszuwerden.

Ich schaute konsterniert in den Nebel über den Hügeln des Bergischen Landes, als das Handy klingelte. Es war Olaf. *Ich polier dir gerne die Fußleisten,* meinte er. Ich wehrte seine Befindlichkeit wehmütig ab. Er ließ nicht locker. *Du musst sie weiß streichen, sonst haste 'ne Badewanne.* Für die Schlapphüte, die mich sicher schon im Tape hatten, würde sich das wie ein Geheimcode anhören, die Planung eines Anschlags oder einer Fluchtroute. Ich sollte also am besten alles gleich weiß streichen. Und schließlich verabredete ich mich mit Faló in einer Schwulenbar, um Farbpaletten aufzufächern.

Faló betrachtete dies als Einladung, sich weiter in meine Un-Ordo aus Staub, Schutt und Skeletten einzumischen. Es wurde mir zu viel.

Geht schon, betonte ich schließlich, und beklagte, dass ich schon von Farbmischungen träumte. Auch von *umkippenden Stapeln* babylonisch sich auftürmender Kartons voller *Lacke, Lösemittel und Lappen*. Von *Trödel, Tinnef und dem Exitus Interruptus*. Sagte ich wirklich. Und dann fand ich meinen Schlüssel nicht mehr.

Besser, du lässt mich die Farben mischen. Deine Farbmixe sind schrecklich. Ich streich dir die Treppe mit Geländer, bot auch Sabine an, obwohl sie gerade zu einer Gletschertour aufbrechen wollte. Ich lehnte dankend ab, da nun alles weißlich würde. Es hatte ein *Gottogott* zur Folge. Die Nichteinmischung in die Farbpalette des anderen war ihr fremd. Obschon sie ja Geschmack hatte. Wollte sie Streit oder Sex? Was wollen Frauen?

Danke, läuft schon, reüssierte ich, doch interessierte sie mein Schicksal eh nicht.

Frauen haben fast immer eine zweite, geheime Agenda, belehrte mich Bella. Wusste sie mehr als ich? Was spielte sich ab hinter meinem Rücken? Ersatzweise blätterte ich in Vatterns *linked objects*. Wo war der Link zu meinem Erbe, verdammt!?

Ich war überrascht, da mir vieles vorkam, als hätte ich es nie gelesen. Ziemlich zu Beginn hatte sich Vater gefragt, wieso sich Rommel immer in der gleichen Siegerpose ablichten lassen wollte. Waren Siegerposen damals nicht eh stets ähnlich? Im Gegensatz zu heute, da Sieger wahlweise die Pfeil-schießen-Pose einnehmen, Herzchen formen, auf den Knien über den Rasen schliddern, V-Finger, Fäuste oder Daumen recken, sich an die geschwellte Brust schlagen, mit einem Finger grienend ins Publikum zeigen oder sonstige Slapsticks vorführen, die sich Promotoren ausdenken, um die Klientel zu erwärmen. Viktor mit dem PeEr-Gen konnte ich nicht mehr fragen. Vattern ließ die Frage dann stehen.

Ich sah ihn vor mir. Überhaupt sein steifes Gepose. Ich hatte ihn nie weinen sehen, selbst bei Mutters Beerdigung nicht. Er war nie geflogen. Hatte nie in Fahrtrichtung gesessen. Nie Knoblauch gegessen. Draußen nur Schiebermütze, Hosenträger, Schlips und Sonnenbrille getragen. Dreifache Sicherheitsschlösser in eine marode Wohnungstür einbauen lassen. Das Wort *Krieg* nie in den Mund genommen. Das volle Programm. Warum hatte er beispielsweise nie mehr fotografiert?

Vielleicht war es eine verkappte Selbstquälerei, dieses zwanghafte Fragen stellen zu müssen. Zwar verlor ich mich gerne in den ewigen Jagdgründen meiner Erinnerungen, nur brachte mich das in der Causa *Suche nach dem Erbe* nicht weiter. Es brauchte Bilder. Ich stöberte in Schuhkästen und fand ein Foto, auf dem ich Vater unbemerkt abgelichtet hatte, als er auf der Toilette beim großen Geschäft Zeitung gelesen hatte. Es war ihm nicht mal peinlich gewesen, vielleicht aus Trotz, ein Adieu an die Rommelssiegerposen, eine Persiflage des Denkers von Rodin? Immerhin fand ich noch zwei suchtaugliche Ablichtungen für die Oase und begann motiviert, das Klo in Hinterfichtenich zu restaurieren.

Dann ging's Schlag auf Schlag. Ich gab den Möbelpackern Anweisungen und lud schließlich doch Bella zum Kistenpacken ein, die lauthals lachte, sich aber gerade nicht für mich interessierte. *Krieg, auch der Geschlechter, ist das größte Tabu,* insistierte ich genervt.

Entweder du schreibst Traktate drüber oder hältst die Schnauze, antwortete sie. Immerhin antwortete sie.

Von Hinterfichtenich auf dem Weg nach Köln, 18. März 2012

Am letzten Abend meines Daseins in Hinterfichtenich fühlte ich einen stechenden Schmerz vom Nacken aufsteigen und sich Ungemach in den Gedärmen ausbreiten. Ich tippte auf eine psychosomatische Störung. Anderntags würde ich in einer Etagenwohnung im neunten Stock eines Stadthauses logieren, das den Charme eines Parkhauses versprühte. Wie um mich vor der einsetzenden Erschöpfung in meiner entleerten Wohnung zu entkoppeln, dieser Umklammerung des Nichts, setzte ich mich mit gekreuzten Beinen auf den Boden neben einem Wachstuch mit Ziegenkäseresten, Brotscheiben und einem Mayonnaiseglas vor meinen Lappy, dem letzten Möbelstück im Haus, und ging anhalternd durch das virtuelle Universum auf der Suche nach Lebensform-alternativen wie mobile Chalets, umgebaute bunte Bauwagen, Pfahlbauten und Baumhäuser, als es *Pling* machte. Aron sendete mir einen inspirierenden Impuls, oder irrlichtern.

Mein lieber Held des Lichtes! Check mal die *light-emitting diodes* in lichtbündelnden Gehäusen. Photonik macht gerade eine Revolution durch. Während wir eben noch über den Urknall als solchen und das Lichtquantum als anderen philosophierten, macht die LED-Technik einen Quantensprung. Richte dein Augenmerk bitte auf den Dreiklang aus winzig kleinen Dioden, gesteuert mit raffinierter Software, gehostet in Supercomputern. Sagt man es so?

In einem Filmstudio, das ich auf meiner Reise nach Jerusalem besichtigte, sah ich riesige Kunstlandschaften, die von der Wirklichkeit kaum zu unterscheiden sind, flimmerfrei entstehen, in Echtzeit und ohne das berüchtigte Grundrauschen, das der Urknall noch immer in Fernsehern erzeugt. Fotos werden zur Bildvorlage degradiert. Es ist, als würde man das Posthume zu neuem Leben erwecken. Nicht nur gut. Ich musste an Rommel denken. Ein LED-Cinedom wäre in den antiken Stätten der Pharaonen gewiss ein Publikumsmagnet und würde sogar Filmemacher aus aller Welt anziehen wie ein nächtliches Lichtfeuer die Mücken.

(Apropos: Weißt du, wie die Pharaonen die Vergangenheit „bewältigten“? Statt abgedankte Diktatoren und Bösewichter vom Sockel zu stoßen, ließen sie die Statuen stehen und schlugen ihnen nur Augen, Nase und Fresse raus. So blieb die schöne Hülle ohne Eigenschaften erhalten und jeder wusste Bescheid. Macht aus Menschen Schaufensterpuppen quasi. Tolle Idee! Warum haben wir solcherart sichtbare Nichterinnerungskultur nicht fortgeführt?)

Mittlerweile erreicht die Strahlkraft der LEDs 300 Lumen pro Watt und übertrifft damit jedes andere Kunstlicht. Du kannst Paket-LEDs programmieren, die jede Farbe annehmen und zu epischen Bildern in Pixeln zusammengesetzt werden, so dass unser Gehirn hinters Licht geführt wird. Check mal

POF-gekoppelte LED-Module in RGB für Seiten- und Endlichtbeleuchtung. Ich möchte es so ausdrücken: Die Realität selbst bleibt zwar bestehen, doch dem Gehirn kann's egal sein. Siwas Genesis erscheint auf Leuchttafeln, etwa die Prozession von Alexander dem Großen zum Orakel von Siwa nach alten Quellen. Eine Wärmeabfuhr ist überflüssig. Vielleicht deine Chance? Amun-Ra zum Gruße, Amon.

PS. Wir wollen immer etwas beleuchten, also künstlich, bunt und originell herausstellen. Kurz: real existierende Promotion betreiben: ein Kunstwerk, ein Gesicht, ein Akt. Ein Teil des Problems ist, dass man das ja machen soll, aber nur im Bewusstsein, dass es vom Kern ablenkt, nämlich letztlich wie klein und unbedeutend ein Kunstwerk, ein Gesicht, ein sexueller Akt ist. Eine Eizelle rauscht durch das Universum – eine Lichtinstallation? Die alten Ägypter mussten mit dem Sonnenstrahl auskommen: diese hintereinander geschalteten Fenster in einer unendlich weiten Wüste. Wobei Vergleiche immer hinken. Egal. Trotzdem.

Eine Eizelle fliegt durch das Universum, ging mir durch den Kopf. Was für ein Albtraum. Da hatte Aron einen wunden Punkt getroffen. Das schlug auf das Gemüt. Es war genauso furchtbar, wie in seinem leeren Haus zu sitzen, wo früher Leben war. Spätabends ließ ich es Sabine wissen:

Spotlight an! Ich komm mir vor wie auf einer Beerdigung. Haus und Hof haben Augen, Nase und Fresse, ja, ihr ganzes Gesicht verloren. Ich lasse zurück, was uns verband. Du?

Sabine war noch wach und schalt mich:

Watt soll der Quatsch? Schau lieber **deiner** Zukunft ins Auge! Du bist blind. Die Nase tropft. Und Deine Fresse ist durchgeistigt. Kurz: Du bist entwurzelt. Kauf dir mal wieder vernünftige Klamotten, damit dich jemand in der Oase anschauen mag.

Entwurzelt in der Oase! Das immerhin drohte gerade. Wurzeln konnten aber auch hinderlich sein. Sabines mütterlich leuchtender Kosmos, ihr paranoides Sorgfaltsgehabe, ihr strenger Blick vom hohen Ross, ich hasste sie inzwischen. Andererseits fehlte sie mir. Ich gestehe, dass sie stets einen wunden Punkt trifft. Gretchenfrage, Gegengretchenfrage, bis Antworten sich erübrigen. So lief es immer schon. Ich notierte im Tagebuch:

Universen drehen sich um sich selbst. Nur habe ich kein Foucault'sches Pendel, um meines zu vermessen. Doch ein Loch im Schritt der Hose, sagt Sabine. Schachmatt.

Eine Antwort bleib ich ihr schuldig. Meinem Heiligen Geist war es egal, wie er auf andere wirkte. Ich bin ein astreiner … Jawoll! *Narzisst*. Notiert.

Ich bettete mich zur letzten Nacht in Hinterfichtenich auf der harten, schmalen Matratze, doch konnte ich nicht einschlafen. Ich erhob mich wieder, schenkte mir kochendes Wasser ein, in das ich den letzten Teebeutel versenkte, und begann in der Kiste zu kramen, in der sich meine ad-hoc-Unterlagen stapelten, der letzte Steuerordner, Bücher, die ich noch zu lesen gedachte, Reiseunterlagen, Briefe, Fotos. Eben diese verfluchten Dinge, die unaufschiebbar und nervtötend ihrer Erledigung entgegensahen.

Die AWIS-Akte lag zuunterst. Ich nahm sie mir einmal mehr vor und wühlte mich durch Zeitungsartikel, Skizzen und Prospekte. Eine alte Siwa-Karte war dabei, die ich zuvor ignoriert hatte. Als sie auseinanderfaltete, fiel ein Zettel heraus, vergilbt und an einer Stelle eingerissen.

Ich bückte mich. Mir war, als bremse mich etwas. Wieder ein verlorener Brief, dachte ich: Frauke? Ich hob den Zettel mit spitzen Fingern auf und entfaltete ihn vorsichtig. Es war unverkennbar Vaters Handschrift. Hatte Sabine ihn vielleicht platziert? Mich fröstelte. Ich las ab, las mir laut vor:

Lieber Torsten! Ich sehe den Moment kommen, wenn du meine Tagebücher vor dir hast und ich nicht mehr bin. Wenn du dich fragst, warum ich die Wahrheit dir vorenthielt. Und warum du jetzt ein Geheimnis lüften sollst, das einer Vergangenheit entstammt, die wir glücklich überwunden glaubten. Nun, es tut mir in keiner Weise leid. Denn ich denke nicht, dass gerade du mir etwas schuldest. Eher umgekehrt, als ob ich dir etwas geben oder gestehen müsste von einer Zeit, lange bevor du warst, in einer Zeit, in der sich alles wie in einer anderen Welt zutrug, was keine Entschuldigung dafür ist, was wir taten oder zu tun unterließen. Heute sehe ich die Schmach, die entzweit. Ändern kann ich es nicht. Die Historie ist ein dreckiger Kitt. Sie ist mehr noch eine Mauer, die man nicht überwinden kann. Nun, ich denke, du wirst sie überwinden. Fahr nach Siwa und finde heraus, was geblieben ist. Nicht für mich, sondern für dich selbst. Ich schreibe dir in Liebe. Vater, 22.2.1980, Wilhelm Winkel.

Hammer. Mir kam es vor wie ein surrealer Disput, ein Winken vom Himmel herab. *Mauern überwinden,* jetzt noch, oder jetzt wieder? *Was geblieben ist.* Ein Erbe also, das die Zeit überdauert, das gehalten hat. Mehr wollte er nicht verraten. Ich war so klug als wie zuvor.

Somit hatte er sein Testament geschrieben, schoss es mir durch den Kopf. Verfasst war es am Tag, als Mutter gestorben war. Wahnsinn. Wenige Wochen, bevor Frauke verschied. Vater hatte seitdem sein Schweigegelübde befolgt. Verrückt. Was ihn dazu bewogen hatte, konnte nur er selbst verstehen. Mit mir hatte es nichts zu tun, *obwohl* … wie Sabine in den Raum gestellt hatte. Runtergefallen. Shit.

Ich schloss die Akte AWIS, drehte die LEDs ab und verschlief den folgenden Morgen ohne schlechtes Gewissen.

Köln, 1. April 2012

Das war's. Ich packte das Sammelsurium aus und ordnete Bücher und Gläser in die Regale meiner neuen Wohnung, die nur die Hälfte der Fläche meines Hauses hatte.

Vielleicht war Jae stärker in Gefahr, als sie es ahnte, ging mir durch den Kopf. Ich ließ den letzten, teuren Cognacschwenker, in dem noch der Sud des Vorabends klebte, versehentlich fallen, als ob ein Überbleibsel nicht anders zu entsorgen wäre. Sicher schwamm Sabine da drin.

Jae konnte ich nicht fragen, ohne sie in Gefahr zu bringen. Ich hatte Ustica einmal in einer Mail erwähnt, um ihr zu imponieren. Ustica und Siwa seien wie Codewörter, ein Weckruf an Nachrichtendienste, hatte sie geantwortet. *Du hast eine Spur an deine Haustür gelegt, kapiert?!* Na gut, kapiert!

Ich fegte die Scherben zusammen. Und nun hatten sie mich auf dem Kieker. Es war nicht das Unfallopfer, das mir nachstellte. Der hätte längst zugeschlagen. Die, die mir durch die Stadt folgten, waren Profis. Es hing mit Jae zusammen. Mit Siwa. Und mit Ustica.

Das Buch über *Gladio*, das ich mir über ein Internet-Antiquariat organisiert hatte, lag ungelesen obenauf in einer Auspackkiste. Wieso sollte ich es genauer wissen? Klar, dass die neuzeitlichen *Gladiatoren* die Vertuscher waren. Die Brutalos. Die Arschlöcher mit der Lizenz zum Töten. Ein militärischer Geheimdienst, von dem ich in meinem verdammten Leben nichts gehört hatte. Ich wurde den Gedanken nicht los, dass ich Angst haben sollte. Ich schob das billig zusammengeklebte Papier verkehrt herum ins Regal.

Sollte ich Siwa wegen der *Gladio*-Paranoia abblasen? Aufgeben? Ging nicht. Oder ging, aber kam in keiner Weise in Frage. Faló meinte, dass man heutzutage ja froh und entspannt sein dürfe, wenn es nur eine zweite Agenda gäbe und keine dritte, vierte, fünfte. Ich sollte das mal sportlich sehen. Meditieren, die Sinne neu justieren. Brauchte ich 'ne Brille? Antidurchfallmittel? Fernglas? Boots für die Safari? Faló hatte etwas für die praktischen Seiten des Lebens übrig.

Ich haderte, also erteilte mir jedermann Ratschläge. Unter dem Strich konnte es daran liegen, dass ich im Allgemeinen unterschätzt werde, dräute es mich. Egal. Ich kann zwar kein Pokerface, doch meinen Skatbrüdern kann ich zeigen, was 'ne Harke ist, denen jedenfalls, die noch nicht in dem Hospiz gelandet sind und die ich an jedem dritten Monatsmontag in einer versifften Südstadtkneipe Kölns zum Zocken treffe. Mit dem letzten Stich lächele ich, krache die Karte auf den Holztisch und zähle laut mit. Eine verklemmte Siegerpose. Eine Stehlampe fiel krachend um und erlosch.

Bis Siwa waren es sechs Wochen.

Köln, 6. April 2012

Ich begab mich um fünf Uhr dreißig auf eine Tour de Cologne, die hoch-inkognito zu sein hatte. Ich musste endlich an die Orga ran. Geheimdienst konnte ich auch. Ich frühstückte im Vorbeigehen, durchquerte überfüllte Metrostationen, stieg in Busse um, trank Filterkaffee in einer bayerischen Schank- und Brauereigaststätte im Fress*paradies* unter den gentrifizierten Bahngleisen des Kölner Hauptbahnhofs. Fuhr mit der EsBahn bis an eine gottverlassene Endhaltestelle unweit meines Auftraggebers. Trank noch einen Kaffee ohne Teilchen. Und fuhr zurück an eine Haltestelle, die sich *Holweide* nannte. Durch diese *hohle Weide* musst du gehen, vielleicht.

Ich schlenderte durch verkorkste Vorstadtsiedlungen, vorbei an Gartenzwergvorgärten – sicher, alle Verfolger zur Weißglut gebracht und abgeschüttelt zu haben. So gelangte ich schließlich per pedes in den kurdischen Stadtteil zu Mülheim, ein Staat im Staat quasi, um herrlich aufgeräumt das Reisebüro *PORT* zu betreten, dessen ausgeblichenes Schild im Schaufenster *Personal Organized Revival Tours* in vier Sprachen anbot. Dann musste es ja stimmen. Damals war ich der einzige deutsche Kunde in dieser Parallelgeschäftswelt. Wie geschaffen für jemanden, der mit verinnerlichter Kursbücherkunst *abhauen muss*.

Die Besitzerin erkannte mich gleich und freute sich. Sie brachte mir sogar einen Tee. Meinen Namen musste ich nicht nennen. Eine Vorabrecherche im Internet hatte ich vermieden, um keine Spuren zu legen. *Ich lerne!* Sie suchte. Niemand schaute.

Ich entschied mich gegen ihren leicht irrwitzigen Vorschlag, nach Kairo über Nürnberg-Nizza-Nairobi zu fliegen. Zwar hatte ihr zweiter Vorschlag, die Route über Marseille-Madrid-Marrakesch, seine Reize, doch war mir die Route zu teuer. Spannender fand ich die Strecke Lyon-Lissabon, die keinen Verdacht erregen würde. Der beste Weg ist jedoch nichts ohne das Ziel. Ein Flug Lissabon-Kairo existierte nicht.

Ich erkundigte mich nach Schiffsverbindungen. Doch waren die letzten von Europa nach Ägypten vor Jahren eingestellt worden – hatte sich nicht mehr gelohnt. Die Mitfahrt auf einem Frachter, etwa von Genua aus, wurde zwar angeboten, doch was einst billig war, wurde nun als exotische Rarität verkauft und kostete das Zehnfache eines Flugs. Ich hätte es dennoch auf mich genommen, doch dann fand sie heraus, dass ich in Jaffa hätte ausklarieren und von dort weiterfliegen müssen, da Ägypten in Folge des Arabischen Frühlings die Einreise auf Frachtdampfern untersagte, wohl weil Muslimbrüder diese zur Infiltration von *Gefahrgut* nutzen könnten. Reiserouten hatten viel mit Paranoia zu tun. Vattern wäre von meinen Erwägungen begeistert mit a*de zur guten Nacht* zu Bett gegangen.

Schließlich buchte ich den ukrainischen Billigflieger von Brüssel nach Kiew. Von dort würde ich zwei Tage später nach Kairo weiterfliegen. Die Flugachse West-Ost-Süd war obskur genug. Im rechten Winkel, wie Winkel. Man musste keine russischen Kriegsgebiete überfliegen.

Anderes Thema. Am Maijdan waren Geheimdienste anderweitig absorbiert.

Da war ich mir einigermaßen, wenngleich nicht ganz sicher. Kontrollen am Gateway unterbanden die Mitnahme von Waffen, aber ich hatte eh keine Ahnung, wie eine Pistole funktioniert. Komisch. Ich würde mein Handy in der Wohnung lassen und in Kairo einen angebissenen Apfel erstehen, der angeblich schwerer zu tracken war. Ich lächelte in mich hinein: dieses Überraschungsmoment für Jae, wenn ich in Siwa auftauchte wie Phoenix aus der Asche. Rehabilitation!

Kapitel 17
Mangosaft, frisch gepresst

Aus Jaes Tagebuch, Berlin, 21. März 2012

Das war's, Berlin. Auf dem Weg zum Flughafen plagt mich das gewisse Etwas. All die dummen Gepflogenheiten meines Vaters. Dieses Tollpatschige. Was, wenn ein Revolver knallt? Wenn sein Erbe sich in Luft auflöst? Wenn ihm jemand kurzerhand die Fresse poliert? Wenn …

Die Kräfte beim Abheben vom Kontinent drücken mich in die Polster. Meine Vatertraumblasen zerplatzen. Was soll's. Von Ustica flog ich nach Siwa wie Ikarus, träumte ich letzte Nacht. *Als ich dich abstürzen sah, Francesco, richteten sich meine Haare auf.*

Ahnt Vater, dass der Illuminierungsauftrag ihm nicht ganz zufällig zugeflogen war? Dass Sabine-Ex ihre Finger im Spiel hatte und Kontakte in die Agenturwelt spielen ließ? Dass sie Mathilde bei der Personalsuche unter die Arme gegriffen hatte. Es gibt keine Zufälle, nur Blindheit.

Kairo, 22. März 2012

Die Straßenschluchten Kairos sind staubig und laut. Überall in Hauseingängen und schattigen Nischen hocken Männer. Gierige Augen verfolgen mich. Schafskadaver hängen an Haken. Hunde riechen das Blut, ihr Gesabber tropft. *Komm runter, komm runter,* denke ich. Da quietschen Reifen, eine Frau mit einem Baby in einem Tragetuch wird touchiert, der Fahrer fährt einfach weiter. Eine Katze liegt tot im Rinnstein. Ich stülpe mir Kopfhörer über und zaubere die Geräuschflut weg. Gestank und Staub bleiben.

Wann wird mein Jeep in Alexandria ausgeschifft? Der Zoll ist eine Sphinx. Immerhin ist mein Vorschuss angekommen. Ich denke nach über einen Ausritt um die Pyramiden auf einem Araberhengst, wie die Explorer vor hundert Jahren. Ich könnte mir vornehmen, im Ägyptischen Museum am Tahrirplatz zwischen Artefakten zu streunern, wo Putzfrauen vor einigen Tagen Tutanchamuns Goldbüste aus einer verglasten Sperrholzkiste nahmen, um ihn vom pharaonischen Staub zu befreien, fallenließen, gerade noch auffingen und anschließend die abgebrochene Nase mit Pattex wieder anklebten. Goldbüste? Kann noch nicht weg hier. Hatte ich gelesen. Nichts wie hin.

Kairo, 23. März 2012

Ich treffe Magded, einen hünengroßen, unförmigen Zeitgenossen, der in der Arabischen Liga in seinem winzigen Kabuff im siebten Stockwerk auf den Tahrirplatz hinunterschaut und mich unbedingt an seinem Weltbild teilhaben lassen möchte – auf Empfehlung von Ahmed in Berlin. Er sei nützlich, wie jener behauptete, und hat Connections. Wir schlendern quer über den Tahrirplatz, wo die bekannten Ereignisse ihren Lauf genommen haben.

Ein Amphitheater des Zeitgeschehens, sagt er. *Die Revolution entlässt ihre Kinder. Der Letzte knipst dann das Licht aus.* Kennt man.

Wo gibt es Mangosaft, frage ich, *frisch gepresst. Nicht aus der Tüte.*

Erst mal nehme ich ganz prosaisch wahr, wie viel Dreck herumliegt. Ich höre Reden aus quäkenden Megafonen und sehe Fahnen, die geschwenkt werden zwischen Wasserverkäufern, Müll und fliegenden Händlern. Megafone sind Artefakte der Hilflosigkeit derer, die große Auftritte lieben. Wir passieren Graffitis, die die Märtyrer ehren, an der Mauer der amerikanischen Universität, bewacht von einer scherzend herumlungernden Polizeisondereinheit in weißer Galauniform. Eingänge der Metrostation *Sadat*, wie der Tahrirplatz unterirdisch heißt, sind verrammelt. Ansonsten pulsiert der Menschenstrom im Rhythmus der Bahnen, jeder in seine Richtung, Menschen wie von Geisterhand gesteuert.

Ein Mann rempelt mich an, böse und absichtlich. Ich bin einen Moment lang benommen, drehe mich um, reflexhaft. Ich spüre, wie steif ich war. Mein Körper unvorbereitet, verletzlich.

Schau dahinten. Am Nil: Mubaraks riesige Parteizentrale rußgeschwärzt und verlassen seit dem Tag der ohnmächtigen Wut, meint Magded, ohne mich zu beschützen.

Dieses vor-den-Kopf-gestoßen-zu-werden. Wie blöd bin ich, hier einzutauchen? Ich hake mich spontan bei Magded unter, der mich überrascht anschaut, aber seine welche-auch-immer-Vater-sein-wollen-Frage runterschluckt.

Wir laufen weiter. Ich tänzele einen Moment. Körper. Er lässt den Blick in die Runde schweifen, sagt: *Das Museum des Alten Ägypten durfte seinen Platz in der Nordkurve behalten, wo Plünderungen stattgefunden hatten, ungeachtet grollender Mumien.*

Ein einsamer Panzerspähwagen steht pro Forma am Eingang.

Ich lasse Magded los und stehe. Er läuft einige Schritte, dreht sich. Ich salutiere. Die Fassade der Moggama schaut mir kalt entgegen. Ich kenne das. Ich winke ab, als er gerade loslegen will: *Die Administration ist vollintakt und kafkaesk …*

Magded schaut hoch und an mir vorbei. Es ist ihm anscheinend peinlich, nur was? Vielleicht, weil ich gemerkt habe, dass er gar keine Connections hat, eingelocht in einem Kabuff in einem uralten Verwaltungsgebäude.

Schau, dahinten ist das Four Seasons, wo Scharen von Sicherheitsleuten Bettler schikanieren. Er zuckt die Achseln, vermutlich wegen mir.

Amüsant, bemerke ich.

Ich muss hier weg. Worauf will er hinaus? Dass sich am Nil niemals nichts ändert? Dass ich keinen Kompass habe und keinen Patron? Dass ich ihn bräuchte? Ich bin hellwach.

Ich laufe voran. Hinein in die charmanten, bröckelnden Häuserschluchten der Belle Époque.

Magded sagt: *Das ist der Osten des Tahrirplatzes, aber das ist nicht politisch gemeint.*

Wir wühlen uns durch das darbende, bourgeoise Kairo samt seinem Ramsch. Ich schmiege mich an. Sehe die Unterschiede anders. Was die Gebäude verraten, eine verlassene, riesige Villa mittendrin. Die ganz verschleierten und dagegen die nur leicht beschalten Frauen mit eckigen Sonnenbrillen. So viele verschiedene Zeitmenschen auf einem Fleck. So viel Schwarz. Die Dichte dieser Stadt. Dort der Banker im knittrigen Anzug, ein anderer total geschniegelt. Das Geschrei an den Ständen mit Elektronikschrott, Billigtextilien, Plastikspielzeug. Die Parkraumbettler-Bewirtschafter, die einem devot die Tür aufhalten und dafür eine Münze einstecken.

Magded kann nicht anders als zu dozieren … *da, die Zentralbank umringt von Wechselstuben, die den Verfall des Geldwertes auf Leuchttafeln kundtun.* Ein philosophischer Aphorismus folgt: *Der ganze Kosmos des niedergehenden Arabischen Frühlings im Umkreis von nur fünfhundert Metern.* Und so weiter.

Ich ignoriere ihn nickend. Man kann dieses Land nur erahnen, denke ich. Begreifen? Was tue ich hier eigentlich? Mir ist klar, dass Siwa auf einem anderen Planeten liegt, doch in diesem Moment beginne ich in dieses Land einzutauchen. Menschen mitten ins Gesicht zu schauen. Das Zwiegespräch mit meinem Mix aus einem rudimentärem arabischem Wortgesülze und Pidgeon-English zu suchen. Lächelnd geschmeidig zu sein. Wachsam, als käme Joe gleich um die Ecke. Münzen bereitzuhalten. Quasi zu verschmelzen und ganz im Gegenteil – selbst zu sein. Siwa sein. Ein ziemlicher Rempler war das. Gut so!

Ich entscheide mich für einen Ramschladen im bourgeoisen Kairo und kaufe mir einige schlichte, alles verhüllende Kleider und Tücher. Wir laufen weiter, bis wir die Belle Époque hinter uns lassen, wo die Stadt in einem Souqgewirr verebbt. Irgendwann hängen wir im weltberühmten Café Groppi ab, das schon bessere Zeiten gesehen hat, als sich hier noch die Intelligenzija traf. *How to win friends, influence people and succeed in a changing world,* lese ich in einem der ausgelegten Magazine für Betuchte und Allmächtigtuende. Joe kommt näher. Alles ändert sich.

Kairo, 24. März 2012

Ich lasse mich treiben, fahre durch Elendsviertel und bewohnte Friedhöfe, vorbei an Mauern, Moscheen und Märkten des Elends, verlassenen Palästen und nicht zu Ende gebauten Wohnvierteln. Passiere Soldaten mit MPs im Anschlag. Sie bevölkern Lädchen und Stände, wo ich einen eiskalten Mangosaft trinke. Frisch gepresst. Herrlich. Überall hängt das Plakat mit einem Soldaten, der ein kleines Kind behütet und küsst. Ich muss mich wappnen. Der Todeskuss.

Kairo, 26. März 2012

In Heliopolis erstehe ich ein intelligentes Telefon, untrackbar. Den Begriff Handy vermeide ich. Chapter one: Starting to Communicate. Der Laden grell beleuchtet. Es gibt heiße Drähte zwischen Zentren und Wüstenoasen, höre ich.

Diese Telefone funktionieren sogar auf Fluchtrouten, flüstert mir Mohamed, ein Händler, zu.

Ich notiere es im Logtagebuch. In Heliopolis, wo die vielleicht ersten Paläste der Menschheit standen, wimmelt es von Panzern. Es liegt am monströsen Präsidentenpalast, wo auch die Muslimbrüder rein wollen, sagt man. Ich setze mich in eine Teestube, ignoriere die Männerblicke und spiele im Rauch der Shishas ein Telefonat mit Joe durch. Was er sagt, wenn er begreift, dass sich der Gesuchte nicht unter seine Fittiche begibt. *The kiss of the death* – vergebens. Wenn Joe sich durchschaut fühlt vom Libyer, dem letzten Zeugen.

Kairo, 28. März 2012

In Maadi im Süden Kairos an einer hippen Einkaufsmeile namens *Road Nine* komme ich auf Umwegen mit einem Muskelmann namens David, einem Ex-Gangster aus L. A., ins Gespräch, der seit einer Dekade ein Café namens El Gréco betreibt. Es ist wie die Suche nach einem Ameisenschiss in der Wüste. Muskelmänner sind aber immer spannend. Er gibt an, gute Kontakte zum CIA zu haben. Er begegnet einigen regelmäßig im amerikanischen Club, wo ihre Frauen nach Aerobic beim Smoothie tratschen. Das trifft sich. In all dem Zwirbeln und Wirbeln ruht David in sich.

Du könntest die Ruhe im Zentrum eines Zyklons sein, oder, David? Vielleicht brauche ich dich, zwinkere ich ihm zu, damit er seine Blicke von meinen Titten löst. Joe kennt er nicht, aber er will es checken. Ein Ansatzpunkt.

Du kennst meine Geschichte mit Goliath, erwidert er biblisch und lacht.

Kairo, 29. März 2012

DIGITALE TONAUFZEICHNUNG (Auto.04)

Ägypten ist ein Geschenk des Nils, hatte Herodot gedichtet.

Auf dem Balkon laufe ich vor Sonnenaufgang Kata mit Blick auf den großen, trägen Fluss. Eine Kata im Sonnenlicht ist wie eine Ode. Meine Augen sind an das silberne Wasserband geheftet. Welches immer mein Weg sein wird, ich gehe ihn aufrecht und mit Stil. So what are you going to do, Joe?

Männern gehe ich aus dem Weg. Stattdessen bringe ich meinen Körper in der mickrigen Muckibude des Hotels zum Schwitzen. Wichtig ist es, physisch zu funktionieren und locker zu bleiben. Meine Anspannung spüre ich in den Gelenken und im Nacken. Wie komme ich an eine Waffe und Munition? Wie locke ich den, den sie den Libyer nennen, aus seinem Versteck, ohne ihn ans Messer zu liefern? Ich habe einen geilen Requisitenkoffer und einen interessanten Gang, der in dieser Gesellschaft super ankommt.

Als ich vom Hotel zum Schein gedankenversunken nach Zamalek reinlaufe, um ein Café am Nil aufzusuchen, folgen mir zwei Typen. Ich soll's merken. Joe hat seine Gaffer in Stellung gebracht. Joe traut mir nicht. Er kommuniziert auf seine Weise. *Hámdu lilláah,* sollte ich sagen, mich bedanken, beschützt zu sein. Nie konnte ich weniger wissen, wogegen, und bestelle mir einen Mangosaft, aber bitte frisch gepresst.

Sie liefern mich am Hotel ab, ganz ohne Trinkgeld. Da will es jemand wissen. *Communication is built on trusting relationships,* behauptete irgendjemand irgendwann.

DIGITALE TONAUFZEICHNUNG (Auto.05)

Ich habe Nachricht, meine Ladung sei gelöscht. Endlich. Weitere sieben Tage wird es dauern, bis alle Formalitäten erledigt seien, sagt der Zoll. Ich möge mich für die Begleichung von Gebühren und Fragen bereithalten. Es ist Zeit, Sabine zu schreiben.

Kairo. Liebe Sabine. Es gibt Zeiten, in denen die Abfolgen so dicht sind und die Wege so beengt, dass ich sie nicht mehr geistig eingefangen bekomme. Sie verwandeln sich in eine Hungarian Rhapsody, die vierte, kann auch die siebte sein. Die Augen jagen den Bilderfolgen hinterher, wie das Ohr dem Meer von Tönen, ohne dass sich eine einzige Note fixieren ließe, wie eine unendlich lange Welle. Übrig bleibt nur ein pixeliges Gesamtbild.

Ich wohne feudal im Marriott, siebte Etage, kann im Flair eines britischen Kolonialmuseums frühstücken und schaue abends auf den Nil, der hier etwa so breit ist wie der Rhein bei Zons. Zukunft? Das fragt mich Kairo. Hier bin ich wie auf dem Präsentierteller. Das Pflaster ist zerfurcht und der Asphalt verbraucht. Ich gehe mal runter und schau mich um.

Codes. Eine Art Lyrik, mit der Joe, der stets mitliest, nichts anfangen kann. Sabine ist weit weg, doch näher als er denkt. *Communication is built on trusting relationships.* Eben.

Abends nippe ich in der geräumigen Lounge-Bar an einer alkoholfreien Früchtekreation in Klavierbegleitung, als mich ein britischer Geschäftsmensch anspricht, der ganz gut gebaut ist und bei dem das Outfit perfekt stimmt bis auf das Tuch im Sakko, das sich mit dem Hemdmuster im Kriegszustand befindet.

Absichtlich, frage ich ihn. Ich bin mir nicht sicher, ob der null-null-neun auf mich angesetzt ist.

Phil, wie er sich nennt, ist amüsiert, erzählt von seiner Frau, dass sie zu viel rede, er also gerne auf Geschäftsreise gehe. Er selbst redet unentwegt. Ist er ein Spitzel oder lenkt er ab? Dass er Brettspiele liebt, erklärt er ungefragt, Billard, sehr die Belletristik und auch Cricket – *filigran, nicht wahr, erhaben, nicht so wie dieses Footballgeprügel* – und mal einen Joint raucht – wiewohl nicht jeden Tag. Seine Brust hebt sich, als er einatmet. Er checkt, mit welchem Hobby er landen könnte. Er mimt den harten Leader vor dem Luder.

Ich habe Hunger, ignoriere seine Fragezeichenaugen und schwebe davon über blankgewienerten Kunststein, in dem sich mein helles Kostüm knapp überm Arsch neckisch wippend spiegelt. Jeder schaut, doch niemand beschattet mich, soweit ich sehen kann. Was ist los mit Joe?

Ich schlendere zu *Sequia* an der Spitze der Nilinsel, eine Location mit Panoramablick für die Bessergestellten beim Abhängen an Shisha oder fettsäuregesättigten Sauereien, gereicht von livrierten Kellnern unter weißen Schirmen und schmunzele über Torstens Ahnungslosigkeit. Der phlegmatischen Hutschachtel Madame Weizzen einen ach so genialen Lichtkünstler schmackhaft zu machen, war einfach. Joe wird ihm die Achselhaare einzeln herauszupfen.

Kairo, 31. März 2012

Fünfundvierzig Tage gebe ich mir, um den libyschen MIG-Piloten ausfindig zu machen und gen Rom zu eskortieren. Für jedes Jahr meines Lebens einen Tag. Ich bestelle frisch gepressten Mangosaft. Dickflüssige Ursuppe der Natur. Eine Botschaft von Sabine wartet schon in meinem virtuellen Briefkasten, als ich wieder im Hotel bin.

Kann immer noch nicht glauben, dass du weg bist – auf jeden Fall mehr weg als sonst. Rapsodien kenne ich nicht, gib

Bescheid, welche genau. Schön, dass wir vorausschauen. Fast ein Orakel. Ich kann natürlich mit so viel Exotik im Zeitraffer nicht mithalten. Im Vergleich dazu ist hier Zeitlupe. Ich stand heute zwei Stunden im Stau. Es wird schlimmer. Jetzt haben sie den Zubringertunnel ausgeknipst, Generalsanierung. Fertig? Na, ich schätze mal, in fünf bis zehn Jahren. Der Katze geht's gut. Sie schnurrt, will aber immerzu fressen. Ich umarme dich, dat Sabin'sche.

Das ist warmwarmherzig und unverdächtig. Die *Key Messages* sind: *Alles paletti. Ich bin in Habachtstellung. Stay in touch. Wie geht es weiter?* Das *Backstopping* funktioniert.

Get into the other person's boots, antworte ich und schicke drei Smileys mit einem Auto, da der Jeep angekündigt ist.

Kapitel 18
Joe in Rage

Rekonstrukt, Rom im März 2012

Who get killed before they reached Bombay, pfiff Joe vor sich hin und schaute über die Dächer der ewigen Stadt. Er machte einige Sit-ups und Liegestütze, boxte eine Runde im Cassius Clay Modus, machte Hocksprünge, bis er außer Puste war, und dehnte alle Sehnen, an denen seine schmerzenden Gelenke hingen. Angesagt war Rock 'n' Roll.

Seit Monaten schon war Rom sein Dreh- und Angelpunkt. Wenn er es im Hotel nicht mehr aushielt, ging er hinüber zur Hosteria Al Monumento, wo römische Witwer und deutsche Künstler aus Massimos Villa speisten, wo die Tagliatelle noch handgemacht und die Trüffel an Porcini frisch waren. In der Via Giacomo Boni nahebei lag sein Büro, vollgestopft mit Sendetechnik, Rechnern und Miss Dean, seiner vollbusigen Sekretärin. *I'm a man of wealth and taste,* sang er. *Von Rom führen alle Wege weg,* rief er Miss Dean augenzwinkernd zu, *außer ich komme.* Kein Lächeln kam zurück.

Joe lebte in diesen Tagen mehr oder weniger aus dem Koffer und kam nur noch zum durchgedrehten Bistecca Milanese, Burger eben. In Kairos Bunker jagte ein Termin den nächsten, bis alles arrangiert war: Struktur, Ressourcen, Locations. *No sex.* In Tripolis, vor dessen Toren ein Kriegsschiff zum Diplomaten-Karussell umfunktioniert war, verwies man auf den Geldgeber in Katar, der mit der einen Hand Geld in die Taschen der Muslimbrüder stopfte und mit der anderen *uns* den schönsten aller Luftwaffenstützpunkte bescherte. Doch des Emirs Adjutant ließ sich verleugnen, als Joe bereits in Doha wartete. Der

Tipp eines Spitzels, der den libyschen MIG-Piloten in Benghazi zu kennen behauptete, entpuppte sich als Bluff, um abzusahnen. Libyen war so oder so das pure Chaos. London konnte nicht weiterhelfen. *Anastasia screamed in vain. No sex either.*

Eine Zeugenbefragung in Bologna hatte keine neuen Erkenntnisse gebracht. In Tel Aviv wohnte Joe einer Besprechung im *Merkazi leModi'in uLeTafkidim Mejuchadim* bei. Der *Mossad* gab sich leger, aber zugeknöpft. Doch war es in Ägypten nicht ratsam, ohne oder gar gegen den *Mossad* zu agieren.

Berlin sagte er ab. *Merkelcountry*. Doch ein Muss waren die Headquarters in Brüssel und das Spezialarrangement in Paris, um die zumeist gut informierten Geheimdienste anzuzapfen. Dann musste er ein zweites Mal nach Kairo in eine feindliche Heißluft. Verträge waren zu ändern. Kontaktschmieden bei der Arabischen Liga am Tahrirplatz. Die Strukturen forderten auf allen operationellen Ebenen ihren Tribut. *Check-in, hotel suite, check-out.* Flieger nicht verpassen. *Food just fast but no fun.* Außer in Paris, wo sie am Montmartre aßen. Die Begleiterin war im Service inbegriffen.

Joe hing ständig an der Strippe. Er begann langsam, aber sicher zu nomadisieren. Das passte. Von Jae hörte er nichts, was er erwartet hatte. Sie blieb rätselhaft, ein Sphinx-Orakel. *For the gods they made, I shouted out. Who killed the Kennedys?* Es reichte.

Rom, 22. März 2012

Wie immer stand Joe früh auf, um dem Tag mit verklebten Augen und soldatischer Disziplin ins Gesicht zu schauen. Wie lange noch, fragte er sich an diesem *bloody monday*? Mit knapp sechzig durfte man schließlich an ein PS-starkes Motorboot denken. Angeln. Bars. Nebengeschäfte. Es so zu sagen, kam gut an bei den Kumpels. Besonders, wenn er sich ans Piano setzte und den Boogie runterriss, dabei mit dem Stiefel aufstampfte und seitlich hochschaute *with a slightly nodding sophisticated smile. Easy com'n, easy go'n, anywhere the wind's blow'n.* Montana könnte ein feiner Ort sein, überlegte er beim Gang zum Frühstückssalon. Seattle hatte nicht, was er suchte. Doch Frauen gab's da! *I really don't know.*

Das Frühstück war wie immer römisch-dürftig, der Kaffee lauwarm. Am Nebentisch tuschelten drei asiatische Schönheiten, die einem Modejournal entsprungen zu sein schienen und kokett rüberschauten. *Keep smiling!*

Joe lächelte zurück. Die Seitenblicke verebbten. Jae war was anderes. Liebe war was anderes. Joe wusste nicht zu sagen, was genau es war. Er war nicht der Typ, der beim Auslandseinsatz nach einem finalem Rettungsschuss eines Terrorverdächtigen in seinem Reihenhaus mit Vorgarten in Detroit in die Arme der Mutter seiner Kinder sinken wollte, die in ihrer Couchlanlschaft auf ihn wartete, um zu betteln: *Let's make love now, please. Fuck me!*

Doch als Jae ihn an jenem Morgen angeschaut hatte in Matera, hatte es ihn geschauert. Wie sie ihn angelächelt hatte, welche Kraft sie ausgestrahlt hatte, diese ungeschminkte, kindliche Schönheit, die vor ihm ihre Beine kreuzte. *That little beast,* über Nacht zur Frau geworden, durch ihn. In ihrem Schauern hatte keine Scham oder Reue gelegen, eher Lust. Sie hatten sich in die Augen geschaut. Er hatte die Mission vergessen. *His worst treason.* Er hätte sie töten müssen.

Sie wollte nicht begreifen, was er in diesem Moment durchgemacht hatte und später. *Fucking surrender*. Immerhin hatte er überlebt. Mit etwas Glück. Er dachte an Ramstein zurück, das aus dem Ruder gelaufen war und wo er den Flammen knapp entkommen war. An einen Schusswechsel in einem Parkhaus in Neapel. Der Klassiker.

Als er noch in Detroit lebte, Ende der Sixties, als er in einer Band spielte und *Light my fire* herausschrie, hatte er Frauen gehabt, ohne Ende. Beim *Spanish Caravan,* der fantastischen Orgel der Doors, hatte er sie gevögelt. Es kam die Musik von Jimmy Smith und David Cortese. Und dann hatte er Fats Domino gesehen, wie der auf einem Flügel gespielt und dazu gesungen hatte. Das war's: Piano solo und dann die Orgel. Die Frauen liebten ihn dafür. Dann wurde er nach Vietnam gezogen und vorbei war's mit dem *get'n higher*. Nur noch Huren und Ons. Und dieses Mädchen. Jaes Augen hatten ihn schwindlig gemacht. Matera, immer. Dunkle, große Augen, schwarz und tief wie das Tyrrhenische Meer.

Da war etwas, wonach er sich sehnte: für Jae die Toccata zu spielen. Immer konnte er in der raumfüllenden Musik aufgehen, sich in dem eisernen Rhythmus der vielstimmigen Tonfolgen verlieren, um eigene hinzuzufügen, wenn sie unten saß im Kirchenschiff oder einer Bar, nur sie allein. Klar, ein paar Takte Boogie dazwischen und hinterher. Bach und Boogie, der Hammer, sein Hammer. Für ihr Weinen und ihr Lachen und diesen Moment danach hatte er gelebt. Jae hatte ihm die Brücke aus seinem *Undercover*-Gefängnis gebaut, um sie als reife Frau aufzufangen und zu ficken. Welche Ironie des Lebens, hatte er oft gedacht. Das Matera-Orakel.

Joe schmierte sich Gel in seinen Bürstenhaarschnitt, schrubbte an den vom vielen Rauchen gelblichen Zähnen herum und schaute in den Spiegel. Die Falten unter den Augen waren tiefer geworden. Die Schläfen traten nackig hervor. Der Bauchumfang nervte. *Shit.* Sodann machte er sich auf ins Büro, um sich für eine Vormittagskonferenz mit den Bossen in Brüssel, D.C., Rom und Kairo zu präparieren.

Das Büro war gähnend leer. Er hatte noch eine halbe Stunde Zeit, doch konnte er sich nicht auf die Papiere, die sich stapelten, konzentrieren. Immer nur Papier, Papier, Papier. Er schaute entleert aus dem Fenster, ohne die Taubenscharen wahrzunehmen, das Gemurmel der Straße zu hören. Detroit. Das Rumschippern auf dem Erie mit seinen nach Buffalo wummernden Dampfern. Eine Ewigkeit war es her, dass er da war. Wenn ein Ort Heimat war, dann dieser, auch wenn er so was von zersetzt und lädiert war, wie allenfalls Chicago oder New Orleans und wo die großen Zeiten von Ford im Museum gelandet waren. Doch ein Ort, um sich neu zu erfinden? Ist nicht dort Heimat, wo man geboren, aufgewachsen und verbunden ist? Er müsste unbedingt wieder hin, dachte Joe, mal rumschauen, den alten Ford reiten und die Bars an der Michigan Avenue abklappern.

Komisch nur, sich gerade hier, gerade jetzt diese Frage zu stellen. Freunde hatte er zwar dort keine mehr und die Eltern lagen schon lange auf irgendeinem abseits gelegenen Friedhof, das Grab gepflegt von seiner einzigen noch lebenden Tante Ann, die auch schon auf die Neunzig zuging. Doch wollte er dort begraben werden? Der Gedanke überraschte ihn. Er fügte sich nicht zu einem Bild. Er schaute immer nach vorne, bloß nicht allzu weit in die Zukunft. Es konnte ihm egal sein, für einen Platz in der Hölle würde es schon reichen. Detroit.

Ein heftiger Knall unten auf der Straße – vermutlich verursacht durch einen der vielen löchrigen Auspuffe in der Stadt oder einen Unfall oder eine Gang-Schießerei oder ein Attentat, wie er sinnierte – katapultierte ihn zurück in die Gegenwart. Siwa musste sein letzter Einsatz sein, *then the comfort zone will be scored.* Nach dreißig Jahren Umherziehen in der morbiden Finsternis von Rom, Brüssel, Paris, Afrika und dem Nahen Osten musste der Libyer aus dem Verkehr gezogen werden, bevor er im auflodernden libyschen Kampfgetümmel untertauchte. *To leave as an honored veteran.* Mit Jae würde es zu Ende gehen nach den wilden Zeiten, all diesem Herumziehen. Ob sie eine Gefahr war? War sie.

Eine andere Frage war dringender. Reichten seine Vorkehrungen für die Operation mit dem Codenamen *Orakel Amun-Ra*? Siwa war nicht die luftige Palmenwelt der Kataloge und Reiseportale, das war klar. Ein Siffloch war es, voller Indianer. Die Uhr tickte mit einer anderen Zeit und er hatte keine Ahnung, in welcher. Mit Wochen- und Tagesplänen, Berichten, Märschen und Checklisten kam man nicht weiter.

It's the sympathy for the devil. Primitive! Er hätte Straßenmusikant werden sollen. Nein, er rief nicht nach dem Radetzky-Marsch. Er war süchtig nach der Auflösung des Septakkords. Die einsame, einzige Note, die er verändern musste. Darum ging es jetzt. Was ein Septakkord überhaupt ist, wusste in der Oase niemand. *Zum Teufel!*

What the hell am I paying that gal for?

Kapitel 19
In White Linen

Aus Jaes Tagebuch, Siwa, 3. April 2012

It was once in the saddle I used to go dashing / Once in the saddle I used to go gay / First down to Rosie's and then to the card house / Got shot in the breast and I'm dying today // As I walked out in the streets of Laredo / As I walked out in Loredo one day / I spied a poor cowboy, all wrapped in white linen / All wrapped in white linen as cold as the clay.

Ich summe die Melodie vor mich hin, sehe die Barden *Burl Ives* und *Johnny Cash* über die Saiten ihrer Gitarren streichen. Töne erklingen im Saloon Paradise, die heute und hier eine improvisierte Garküche unter Palmenblättern ist. Mittendrin steht ein dicker Mann mit schmalziger Kippa, an den ich mich vom letzten Mal erinnere. Ich bestelle Foul, Fleisch und einen Dattelshake, eiskalt. Verstohlene Blicke ringsherum fixieren meine cremeweißen Linen unter dem weiten senffarbenen Hanfhut, irgendwas zwischen Diva und Cowgirl, hereingeweht aus einem Meer aus Salz, Stein, Sand und Müll. Der Kellner schluckt. Schweiß läuft über sein schönes Gesicht. Salziges Wasser. Ankommen in Siwa.

Meine Ankunft wird sich wie ein Lauffeuer verbreiten. Meinen Jeep parkte ich an der Tankstelle und orderte bei den Blaumännern voller Öl eine Wagenwäsche. Ich rieche Kaffee, Koriander, frisch Gebackenes, gemischt mit Diesel und süßlich Verwesendem. Zweirädrige Vehikel knattern vorbei mit Bergen an Baumaterial oder Grünfutter. Andere transportieren Frauen in Schwarz mit schwatzenden Kindern. Die Unkultur der Vollverschleierung bietet Schutz, den ich mir zunutze machen werde, denke ich.

Das grüne Alcatraz Siwa flimmert im gleißenden Licht. Ein Deckenventilator surrt leise vor sich hin. Hunde bellen sonstwo. Hier wird Joe meinen Tod inszenieren. Sein Orakel. Doch ich werde mit einem Zeugen davonschweben.

Ich bitte den Kellner um Limette und schaue ihm in die Augen. Er ist keine siebzehn.

Keine Ahnung, was du denkst. Dunkle Augen hast du. Und den Körper eines Seiltänzers. Ich frage ihn nach seinem Namen. Er zuckt die Achseln.

Männer werfen uns verstohlene Blicke zu. Männer sind überall. Ein Berberreiter galoppiert, einen Araberhengst peitschend, die Straße hinab. Es sind Figuren einer Staffage.

Ein monströser Caterpillar-Bagger donnert vorbei, gefolgt von mehreren Lastwagen, vollbeladen mit gelblichen Gesteinsbrocken. Am neuen Siwa wird gebaut. Ein starker Untersatz, etwa für einen Ausbruch aus Alcatraz. Den könnte nur ein Panzer stoppen. Gibt es hier Panzer?

Siwa, 4. April 2012

Für sechs bin ich mit einem gewissen Ahmed verabredet, der auch über beste Kontakte verfügen soll. Ich ordere noch einen Tee mit Mint. Ahmed erscheint, als der scharfe Odem gebratenen Fleisches die Fäulnis zu absorbieren beginnt. Ich erkenne ihn an den blütenweißen Turnschuhen mit blauen Bändern, wie wir es verabredeten. Er würdigt mich nur eines kurzen Blickes, dreht sich um und läuft zur Tankstelle.

Als er auf dem Beifahrersitz Platz nimmt, fragt er ungläubig: *This your jeep?* Er schaut an mir vorbei, sucht nach einem Fixpunkt, tastet die Umgebung nach Beschattern ab. Es murmelt bereits: *A woman in white linen is in the town.*

There, please go. To there, sagt er und deutet nach links, dann rechts. Wir fahren durch halbfertige Haussiedlungen und passieren bizarre Ruinen aus Tonsalzerde, die man ihrem Schicksal überlassen hat. Wir verlassen das Oasenzentrum Shali. Ich gebe Gas, wirbele Staub auf. Hohe Mauern von edlen Anwesen wechseln sich mit wellblechbedeckten Häuschen mit kleinen Werkstätten, Gärten, Schrotthalden ab. Wir umrunden einen Salzsee, an dessen fernem Ufer ein Tafelberg über dem Wasser flimmert.

Siwa, 5. April 2012

DIGITALE TONAUFZEICHNUNG (Auto.06)

Ich mag diesen bizarren Fleck. Ein wogendes Braun-grün im Fadenkreuz von Achsen: Delphi und Kharthum, Tripolis und Mekka. Die Straße von Marsa Matroh nach Bahariya schlägt hier einen rechtwinkligen Haken. Es sind alte Karawanenwege, halbherzig asphaltiert Es gibt Straßensperren. Man wäre Heckenschützen schutzlos ausgeliefert, Hubschrauber haben freies Schussfeld.

Die Lodge liegt abseits am Fuße des gewaltigen Tafelberges Andrere Amellal *wie ein zu klein geratener Vorposten zu Fort Knox. Von der Monatsmiete könnte ich mir einen Kleinwagen kaufen. Der Butler ist quasi vor der Tür. Vorne plätschert Salzwasser, hinten begrenzt uns ein dreihundert Meter hoher Felsen, rechts und links Sand und Geröll. Ich bin in einem Luxusgefängnis. Es ist schwierig, unbemerkt zu gehen. Doch sehe ich die Wege. Über das Wasser. Verkleidet. Aus Weiß wird Schwarz.*

An der Rezeption gibt es zur Begrüßung alkfreien Schampus. Meine Suite mit ocker-rau verputzter Decke hat drei Räume. Das Wohnzimmer schimmert grün, türkis und blau, Bausteine aus reinem Salz. Berberteppiche mit ornamentaler Verschnörkelung. Nischen. Um Tische liegen bunte Kissen, zu Sitzecken geformt. Schränke, Regale fehlen. Vasen und Lampen sind beste Handwerkskunst.

Ich könnte mich daran gewöhnen. Wo sind die Wanzen installiert?

Ich lasse mir Tee, Früchte und Gebäck bringen. Ich streife das Leinen ab und gleite ins Hot Spring, der am Rande eines Dattelpalmenhains vor sich hin blubbert. Die flüssige Hitze belebt, während der Kopf in der Luft unter dem gewaltigen Sternenzelt abkühlt. Ein Ohrwurm schweift durch den Himmel, um zu verglühen. Ich spitze die Lippen, singe.

> *I see by your outfit that you are a cowboy / These words she did say as I boldly walked by / Come sit down beside me and hear my sad story / I'm shot in the breast and I know I must die.*

Die Todesharmonie in Dur. Weich und unaufhaltsam.

Kapitel 20
Gute Geschäfte

Aus Jaes Tagebuch, Siwa, 5. April 2012

Abrahím ist schwul. Ich sehe es auf den ersten Blick. Eine Kinnbewegung und die sekundenschnell verdrehten, geschminkten Augen, als suche er eine Eingebung. So was haben frauenvögelnde Männer selten. Siwa hat Geheimnisse, sagt er. Das zumindest ist gelogen. Man muss nur hinschauen.

Und das ist gut so, hätte man in Berlin gesagt. Man kommt schneller zum Punkt und geht schneller auseinander, mit einem guten Gefühl, wenn auch möglicherweise einem neuen Problem. Siwa ist speziell, was das andere Ufer betrifft, und das ist beileibe kein Geheimnis. Es gibt die Gay Communities seit Hunderten von Jahren. Bis der ägyptische König Ahmad Fuad, der Erste Pascha zwischen den Weltkriegen, bei seinen Siwa-Untertanen vorbeischaute. Als besondere Ehre hatte man ihn zu einem großen Hochzeitsfest eingeladen, bei dem ein gesetzter, wohlhabender Herr einen frischen, strahlenden Jüngling ehelichte. Ging gar nicht. Siwa lernte zu schweigen. Das spricht für Abrahím.

Er begrüßt mich in der Vorhalle und eröffnet mit: *Salam Aleikum. Abrahím ist mein Name. A b r a … hím.*

Er nimmt in einer Kissenlandschaft Platz und schlägt die Beine über Kreuz. Ich sitze im Lotussitz gegenüber, antworte: *Aleikum Salam. Ich bin Jae Ruti. R ú … t i. Sagt dir der Name ganz zufällig etwas?*

Ru-tí? Nein, leider nicht.

Natürlich, es hat sich wenig herumgesprochen. Mein Vater wurde vor einer italienischen Insel namens Ustica abgeschos-

sen. Eine NATO-Rakete, die eigentlich Herrn Ghaddafi gegolten hatte. 1980. Achtzig starben. Mein Vater war der Pilot. Er hatte einen Freund hier. In Siwa.

Ich lasse einige Sekunden verstreichen und fahre fort: *Es ist ein guter Freund der väterlichen Familie, den ich suche.*

Seine Gesichtszüge entspannen sich, als sähe er überraschenderweise einen Menschen vor sich und kein Pinup-Girl aus einem Männermagazin. Ich habe den Punkt gemacht und setze alles auf eine Karte: *Deshalb komme ich zu dir. Du wurdest mir wärmstens empfohlen von meinem Freund Ahmed. Es ist ein Mann aus Tunesien, den ich suche.*

Aus Tunesien sagst du? Das wundert mich.

Abrahím schaut mir erstmals länger als drei Sekunden ins Gesicht, als würde er nachdenken müssen, wie alles zusammenpasste: diese weibliche Erscheinung, dieses monströse Fahrzeug, ihre Beziehungen. Diese merkwürdige Suche. Ob wer Geheimnisvolles dahintersteckte? Ich setze nach, um seine Gedankenflucht zu durchkreuzen.

Ich fürchte, es ist schon lange her, vielleicht über dreißig Jahre, dass er herkam. Er muss Mitte Fünfzig sein.

Davon sollte ich wissen.

Vielleicht ist er auch wieder gegangen. Wenn nicht … Jedenfalls möchte ich ihn treffen. Es hat nicht zuletzt auch geschäftliche Hintergründe, über die wir später sprechen können. Ein Erbe.

Abrahím hält inne. Er scheint abzuwägen zwischen dem, was er antworten könnte, was er verdienen will und wie er im Normalfall zu reagieren hat.

Ich kenne hier niemanden aus Tunesien. Doch ich werde mich umhören. Wir in Siwa kennen uns untereinander, wobei, für die östlichen Stämme kann ich nicht sprechen. Aber ich kenne auch dort sehr viele. Noch was?

Seiner Tonlage nach zu schließen, ist das Gespräch beendet. Für ihn.

Na ja, sage ich und lehne mich ein wenig zurück. Die feine Geste der Nichtbedienung hatte ich bemerkt. Ich bedanke mich, greife zur Teekanne und gieße mir seelenruhig ein. Ich schlürfe, schaue ihn erwartungsvoll an und schweige. Er lächelt überrascht.

So, ein Tunesier, sagt er. Er weiß etwas, so wie er es sagt.

Abrahím erhebt sich leicht und mühelos, um eine Kladde aus dem Regal zu nehmen. Er blättert. Von den Bildern her zu urteilen, handelt es sich um ein Kochbuch. Schließlich klappt er es zu, setzt sich und fährt fort: *Dies ist das Land vieler Berberstämme und Clans der Beduinen. Bis nach Marokko sprechen wir die gleiche Sprache. Was weiß ich, in welchem Staat welcher Stamm lebt. Manche ziehen weiter, wenn das Wasser versiegt. Wir akzeptieren, dass es Grenzen geben muss, mehr nicht. Grenzen, keine Mauern. Es hat Bedeutung und keine Bedeutung.*

Ich horche auf. Er redet nicht weiter. Ich überbrücke sein Schweigen, spreche von geschäftlichen Verbindungen, die mir wichtig seien.

Abrahím unterbricht mich: *Tunesien ist klein. Stämme sind zugleich in Libyen ansässig, manche in Mali, dem Sudan, auch im Niger. Vielleicht nicht nur aus Tunesien. Ich werde in Erfahrung bringen, was in meiner Macht steht.*

Um Diskretion zu bitten, wäre das falsche Signal. Ich lege die rechte Hand auf das Herz. *Ich danke dir schon jetzt dafür. Wir könnten das Geschäft vielleicht anders und sehr diskret bewerkstelligen.*

Sicher. Da bin ich ganz sicher sogar.

Danke. Ich erhebe mich, um zu gehen, reiche ihm aber keine Hand, sondern blinke vertraulich mit einem Auge: *Doch bitte, höre dich um, ob es einen Hinweis gibt. Vielleicht, dass er nicht ständig hier wohnt. Oder einer libyschen Verzweigung, einem Clan aus Libyen zugehörig ist. Wo leben die Stämme, sagtest du?*

Abrahím lächelt. Ich lächele.

In der Tür sage ich leise: *Marsa alam. Ich freue mich, von dir zu hören. Bye.*

Siwa, 12. April 2012

Dass die *bad guys* manchmal die *good guys* sind, liegt in der Logik des verdeckten Kriegs, wenn man von Logik sprechen will. Die Logik der Operation *Orakel Amun-Ra*. Mohamed leitet die Aktion, diesen vermaledeiten Libyer zu eliminieren, den man bei *Gladio* zur Tötung ausgeschrieben hat. Bei *Gladio* sitzen die *good guys*. Und *Gladio* existiert gar nicht mehr, was die Sache unscharf macht. Ein Schattenreich.

Ich brauche dank Ahmed nur drei Tage, um das herauszufinden. Mohamed hat seine Leute über die Oase verteilt. Eine Bande von Schmugglern und Dealern hat Joe angeheuert. Ihr Brot- und Butter-Geschäft: Hasch aus Libyen in Alexandria, Port Said und Kairo an den Mann zu bringen. Zigaretten, Kalaschnikows und Flüchtlinge lassen sich auch vergolden. Ahmed steckt mir, dass die Militärs ihren Anteil bekommen, inflationsbereinigt, und Schutz leisten. Es gab schon Tote, als Leute auf eigene Faust handelten. Die Risiken des Arabischen Frühlings treiben aktuell die Kosten stetig in die Höhe, Hasch kommt günstiger aus dem Osten. Gut, wer noch einen besonderen Auftrag in der Tasche hat. *Danke Joe!*

Doch verzeih! Wer kann ahnen, dass die Chose so kompliziert ist. Ein ergrimmtes Cowgirl in Lederstiefeln und schrillem Outfit taucht in einem geilen Jeep auf, um das zu erledigen, was dieser Gaunerhaufen seit Ewigkeiten nicht hinbekommt. Hält mich Joe für einen Trottel? Unterschätze niemals eine hippe Frau, Monsignore Mohamed.

Mein Jeep steht am Freitag zur Gebetsstunde *High Noon* noch immer unter dem Baldachin der Ecolodge. Mohameds Alarmglocken klingeln. Er lässt nachschauen und stellt fest: Meine Suite ist gähnend leer. Das Vögelchen ist wieder entwischt. Wie macht sie das? Gut, dass sie den rückwärtigen Höhlenausgang nicht kennen. Und mein Taxiboy im Eselskarren kann ein Geheimnis für sich behalten, wenn er seine verschleierte Mutter herumkutschiert.

Zum Abendgebet tauche ich wieder auf. *Sharmuta ya kafir.* Ach, Mohamed, du Versager unter den unzähligen Mohameds! Er muss mich für einen Vampir halten, *the vamp* – orakelhaft und untrackbar. All seine Leute in Tee-Kaschemmen und Speiselokalen, auf den Anhöhen der Stadt samt Nachsichtgerät und in den Bädern nützen ihm nichts.

Anderntags lasse ich mich von einem Taxi mit der Aufschrift *Amun Orakel* demonstrativ bis an den Lodgeeingang fahren. *How funny,* kommentiert Joe, der mich unterwegs erreicht. *You are my dearest Oracle,* meint er süffisant. Oder frustriert. Und das in seinem Revier mit seinem Netz an Informanten. Was nützt ihm die ganze Abhörtechnik, die er in den Fenstern und Vasen installiert hat?

Gelegentlich bin ich ein Todesengel, fahre in weißem Leinen wehend einen Jeep über die staubigen Pisten, halte vor Läden und Cafés, klettere umringt von Kindern auf Ruinen herum und in Tomben hinein, als müsse ich den letzten Flecken Siwaerde ertasten. Ich spaziere durch Palmengärten, in die ich eingeladen bin. Ich speise in Dachrestaurants und lasse erlesene Speisen auftischen, die Eierspeisen Nakli oder Elhoogy, Lentilsuppe, Dattelgerichte wie das Lebsees nazzataff, Elkahk-Kuchen mit Sirup aus der Dattelpalme. Oder die süß-herb gefüllten Enkota-Gebäcke, Schafskäse, Oliven, frische Salate und milde Joghurtsaucen mit Cumin und Tahini.

Es gibt niemanden, der mich *nicht* gerne bedient, mit dem ich nicht scherze, wenn ich ihm ein Trinkgeld unauffällig zustecke, irgendwas um das Doppelte der Rechnung. Gast zu sein, hat einen hohen Stellenwert. Ich drehe den Spieß um und zelebriere Freundschaft und Verbundensein. So bin ich vor Angriffen sicher. In Siwa ist alles verwoben, zwanzig Meter unter dem Meeresspiegel und näher an der Hölle. Und allmählich wird es immer heißer. Ich brauche *Support*.

Siwa, 13. April 2012

Irgendwann stoße ich auf Rehab. *Wer ist diese Frau wirklich?* Diese Frage stelle ich mir im Moment, als ich ihr begegne. Rehab, bezaubernd, eine grazile Schönheit. Dunkles, nach hinten gebundenes Haar, unter dem schwarze Augen blitzen, wie ich noch keine sah: Universumsschwarz und Ultramarin mit Pixeln von Grün und Anthrazit, Bergkristallen gleich. Ihre Augen, wie aus der Tiefe drückendes, uraltes Wasser, das sich in die Salzseen Siwas ergießt. Rehab, das Chamäleon. Ich muss vorsichtig sein und Geduld haben, da ich sie erreichen will. Will ich überleben.

Ich lerne sie beim Scheikh *Budallah* kennen. Den Antrittsbesuch fädelt Abrahím ein. Dem war ein Gespräch mit Wahel, dem ältesten Sohn des Sheikhs, am Marktplatz vorangegangen. Genauer, einer von zwölf Sheikhs, die die Stämme lenken und die Berbergesellschaft repräsentieren, stolz. Streit schlichten. Das Erbe der Clandynastien hüten.

Die Einladung zum Tee am Abend überbringt mir ein jugendlicher Bote, der scheu in der Ecolodge auftaucht und in der Dunkelheit wie in einer Rauchschwade entschwindet.

Das Haus liegt in einem gepflegten Wald von Dattelpalmen, Olivenbäumen, früchtetragenden Büschen und Granatapfelsträuchern, aufgebrochen in Lichtungen mit Gemüsebeeten und Zitronengras, von Kanälen durchfurcht wie ein Schachbrett. Ich erscheine in einem in grünen, braunen und rötlichen Farben schimmernden

Hosenanzug aus Seide über rötlichen Sandaletten und behängt mit dezentem Silberschmuck. Dazu ein blumiges Kopftuch, das ich in einer Berliner Boutique entdeckt hatte, um mich in die Männerwahrnehmungswelt hip einzufügen. Und die Frau?

Wohl geordnet ist die Folge der Begrüßungen: erst Sheikh *Budallah,* dann die vier Brüder, dem Alter nach, und schließlich Rehab. Sie präsentiert sich in exzellentem Englisch. In Alex und Kairo hat sie studiert, sagt sie, und war journalistisch tätig. Dass sie als Dolmetscherin gearbeitet hat. Nicht so ihre Brüder: *Sie* übersetzt an diesem Nachmittag. *Sie* führt. Den Brüdern missfällt es, Tabletts hereinzuschaffen und ansonsten Staffage zu sein. *Das ist Aufgabe der Frauen,* sagen ihre Gesichter. Doch der Scheikh gebietet.

Im Innenhof seines noblen Anwesens mit zehn oder mehr Zimmern nehmen wir an einem langen, niedrigen Tisch Platz. Alles ist perfekt arrangiert. Der Sheikh lässt Rehab gewähren. Er verehrt sie, so wie er mit ihr spricht, leise und mit zugewandtem Blick. Wie ist das in dieser strengen Tradition möglich, frage ich mich. Wer ist diese ungewöhnliche Frau?

Ihre Augen funkeln und fragen zurück: *Wer bist du?*

Solche Fragen und andere. Eine Antwort von Abrahím, wo der Mann ist, den ich suche, hatte ich derweil nicht erhalten. Ich setze alles auf eine Karte, erkläre mich zur *Unternehmerin* mit Interesse an Siwawasser und Deals mit Berbern. *Zehntausend Liter Wasser aus der Tiefe abfüllen und exportieren – jährlich, ist das machbar,* frage ich nach einem belanglosen Austausch über Befindlichkeiten. Sheikh *Budallah* rührt keine Miene. Nur Rehab hebt eine Braue und lächelt. Ich wiederhole: *Mit wem kann ich reden?*

Der Sheikh schickt Wahel mit einigen Anweisungen raus. Er kommt mit einer Liste zurück, die er auf einem hölzernen Tablett trägt und mir überreicht. Ich führe die Hand zum Herzen und danke.

Ich verstehe nicht genau, was hier läuft und versuche es mit meiner kleinen privaten Suchanzeige.

Ja, die Deutschen haben gerne mal eine Suchanfrage, erwidert er. *Das weiß man, seit Rommel hier war.* Ich stutze, schlucke und verstehe noch weniger. Ich muss an Torsten denken, aber schweige. Ich bin angekommen in Siwas High Society und verabschiede mich dankend. Hier denkt man in Epochen, soweit ich verstehe.

Hier! Auf dieser sand- und wasserumschlossenen Insel der tausend grünen, braunen und rötlichen Gewächse, sind gute Beziehungen alles. Rehab blinkt mir zu. Vielsagend. Rehab, eine schwebende Sphinx. Auf der Rückseite der Liste finde ich ihre Telefonnummer.

Siwa, 15. April 2012

Heute führe ich mich auf wie ein verdammter Tourist. Ich starte früh um sechs Uhr, wenn Männer zur Moschee schlendern, und mache den ganzen Vormittag Fotos, um sie abends zum Siwa-Mosaik zusammenzusetzen. Ich stolpere, lasse mich fallen. Ich singe *Burl Ives* laut vor mich hin, *The white linen, The fox* und anderes. Ich agiere wie jemand, der nicht ganz gescheit ist im Kopf. Vielleicht bin ich es auch nicht, wer weiß.

Besonders Shali, der Ort im Zentrum der Oase, hat es mir angetan. Er ist ein Puzzle, ein Labyrinth aus Gassen und Gärten, die eine surreale Ruinenlandschaft umgarnen, ein Ort wie in einem Horrorfilm, der Klassiker *Ruins* oder *House of the Devil.* Die zerflossene Stadt ist bestens geeignet für Treffen, tote – oder lebendige – Briefkästen und für schnelles Untertauchen. Old Shali ist Fluch und Fluchtpunkt zugleich. Hier werde ich den Libyer treffen, stelle ich mir vor.

Am frühen Nachmittag bin ich das erste Mal mit Rehab verabredet. Ich hatte sie angerufen. Etwas zögerlich hatte sie zugesagt, um Diskretion bittend. Eine Schar Kinder folgt uns. Rufe: *What's your name? Where you from? You have money?*

Als ich mich umdrehe und *Buh!* mache, entschwinden sie kreischend in einem quer abliegenden Weg. Ich folge ihnen und mache Fotos. Eine alte Frau hockt vor ihrem Haus und mustert mich. Sie mag es nicht, ruft *La-a – La-a* und dreht den Kopf weg. Die Kinder sind verschwunden. Ich setze mich, mache rasch eine Skizze und kehre um. Dies ist ein guter Ort. Ich werde Rehab bitten, mich einzuführen.

Wir laufen den festgetretenen Lehmweg zur Burg hoch, wie ich es schon einige Male getan habe. Es ist ein magischer Ort. Die hohen Festungsmauern werfen Schatten, und die Strahlen der aufsteigenden Sonne illuminieren die Ruinen in einem goldenen Ocker. Seit der großen Schlammflut ist das Leben aus der Shali-Zitadelle entwichen. Nur die Ahnen schweben durch rechteckige Öffnungen, die einst Fenster waren, und entlang der Linien geschmolzener Dachfirste wie Zinnen eines Todesreiches.

Als ich wieder auf Rehab stoße, bemerke ich in einiger Entfernung einen Mann, der im Schatten einer Mauer kauert. Niemand sonst ist zu sehen.

Ich nicke Rebab zu. Sie hat ihn bemerkt. Sie weiß, dass sich der Ring um mich in den Tagen zuvor immer enger zusammengezogen hat. Die Beschatter geben sich keine Mühe mehr, es zu verheimlichen. Sie hetzen mir ein ganzes Hunderudel auf den Hals. Steht ein Angriff bevor, Gewalt? Möglicherweise. Der Moment ist gekommen, ihnen Grenzen aufzuzeigen, bevor es noch ans Sterben geht.

Wir laufen die enge, kurvige Gasse zügig weiter, als kümmerten wir uns nicht um den Verfolger. Sie führt zu einer kahlen, pilzförmigen Erhebung im Zentrum Shalis. Dort hat man den besten Überblick über die Ruinenstadt. Hinter einer Moschee geht der Weg über einige Treppen hinauf. Hinter einer Mauer verliert er sich im Felsrund.

Wir beschleunigen unsere Schritte. Ehe der Mann zu sehen ist, ziehe ich Rehab hinter einen Mauervorsprung. Ich schiebe sie hinter mich und lege meinen Zeigefinger über die Lippen. Es fällt kein einziges Wort.

Ich schaue auf die Uhr. In dreißig Sekunden, höchstens einer Minute, würde er da sein. Es ist eine Feuerprobe, ein Vabanquespiel auch. Ich streife Jacke, Tücher und Uhr ab. Die Bluse stört nicht. Die weiche Leinenhose ist ideal. Wie wird Rehab reagieren?

Dann höre ich Schritte. Rasch kommen sie näher. Er zögert, als wittere eine Katze Gefahr. Dann ist er da.

Ich drehe mich mit einer Halbkreisbewegung aus dem Schatten der Moscheemauer ihm entgegen. Wir stehen uns gegenüber, Aug in Aug. Rehab ist hinter mich getreten und fragt in Amazigian: *Du folgst uns, zwei Frauen? Der Tochter des Sheikh Budallah und ihrem Gast? Du wagst es?*

Sein Körper ist erstarrt, sein Gesicht regungslos. Nur seine Augen zucken fast unmerklich. Er erweitert seinen Blickwinkel. Als sei ich durchsichtig, schaut er in die Ferne.

Der Mann ist um die fünfunddreißig, sein Körper hager und drahtig. Sein Gesicht, gegerbt wie Leder, ist halb von einer rot-bräunlichen Kufiya bedeckt. Er sagt nichts. Er fasst sich unter das fallende Tuch seines Umhangs, als er einatmet, Luft holt, um die Initiative zu übernehmen, um die Kontrolle zurückzuerlangen oder was immer er sich vorstellt. Ein Überraschungsmoment dauert eine Zehntelsekunde lang. Dieser Moment muss es sein.

Ich bin zwei Schritte entfernt. Ich mache einen Schritt nach vorne und hebe den linken Arm, um seine Aufmerksamkeit dorthin zu lenken, von wo ihn Allah nicht beschützen würde. Ich schnappe meinen rechten Unterschenkel blitzschnell nach vorne. Der Endpunkt meines Mae-Geri Tritts liegt einige Zentimeter hinter seinem Solarplexus. Beim Aufprall lasse ich alle Luft entweichen –

Kiai – der Moment des Schreis, der in den Mauern nachhallt. *Nur diese eine Chance hast du.* Ich spüre die Kraft aus meiner Mitte explodieren. Ich tänzele zurück und atme ein. Rehab ist erstarrt, dann folgt sie mir. Sie versteht schnell.

Der Mann hat die Augen weit aufgerissen und klappt nach vorne. Er fasst sich an den Bauch und ringt nach Luft. Mit einem seitlichen Fußfeger breche ich seinen Schwerpunkt und befördere ihn zu Boden. Meine Arme sichern im weichen Wechsel der Bewegung den Raum.

Während er sich krümmt, greife ich dort hinein, wo er seine Hand hinführen wollte, und finde eine Innentasche. Ich ziehe sie heraus, entnehme ihr ein Stilett, einen Schlüssel, Verbandszeug, ein halbvolles Magazin, Feuerzeug, Zigaretten sowie ein Bündel aus Banknoten und Papier. Ich reiche das Bündel an Rehab weiter und werfe das Übrige über die Zinnen der Moscheemauer in den Garten des Gebetes.

Ich nehme Rehab bei der Hand und ziehe sie die Treppe hinunter. Sie kennt einen Schleichweg zum alten Marktplatz. Wir erreichen die Straße, ohne jemandem zu begegnen, und springen in den Jeep. Rehab gibt – noch immer sprachlos – Zeichen, in welche Richtung wir fahren müssen. Nach einer Weile biegen wir in eine Seitenstraße ab und halten vor einem schmiedeeisernen Tor, das sich mechanisch öffnet. Ich folge ihr mit dem Jeep. Wir sind in Sicherheit.

Eine Palmenallee führt an zwei Taubentürmen vorbei zu einem kleinen Haus, an das sich Reben anschmiegen. Weiter hinten sehe ich ein rundgemauertes Becken. Palmen verteilen sich in Grüppchen verschiedener Höhe im Garten. Meine Sinne sind verändert, empfindsamer für Hunderte von Schattierungen und Farbnuancen. Katzenaugen starren mich an. Katzen schleichen um mich herum. Eidechsen huschen in Mauerritzen hinein. Wasser mäandert in einem Korsett aus Stein und Beton durch das

Gelände und verliert sich in einer Lichtung aus hellen, wehenden Halmen. Ich spüre jede Faser meines Körpers.

Rehab sagt: *Mein Haus,* und schaut mich an, als sehe sie mich das erste Mal. Sie lächelt nicht. Sie bringt ein ungläubiges *Du bist wirklich gut* heraus. Ich verstehe erst nicht, was sie damit meint und ob es ein Vorwurf sein soll. Ihre Hand zittert.

Ich habe in reiner Defensive gehandelt, flüstere ich. *Selbstverteidigung, verstehst du?*

Die Wut, die ich aufsteigen spüre, presst gegen meine Brust. *Er hatte ein Messer.*

Ja. Es ist egal, wer angegriffen hat. Ich werde meinem Vater nichts verraten, erwidert Rehab. Sie zwingt sich ein Lächeln ab. Ich kann sehen, wie es in ihr arbeitet. *Ich will wissen, was los ist. Sag mir endlich, was hier gespielt wird. Jetzt, wo ich mittendrin bin.*

Wir laufen durch den Palmengarten. Berührungslos. Hin und wieder bleiben wir an einer Lichtung stehen. Ein monotones Grundrauschen, das von sprudelndem Wasser stammt, wirkt beruhigend. Ich muss ihr vertrauen. Ich erzähle von Neapel, Matera, Berlin. Ich spreche über Joe. Erkläre *Gladio*. Ich erzähle die Geschichte von Ustica, die sich nach Siwa verlagert. Dass es einen letzten Zeugen gibt, der hier ist. *Der Libyer weiß, dass ich gekommen bin, ihn zu holen.*

Rehab fragt: *Es ist also wie im Krieg?*

Krieg dem Krieg, sage ich, mehr zu mir selbst. Ich bin baff, ratlos, besorgt, sie reinzuziehen. Vielleicht ist Krieg so, wie sie sich ihn vorstellt. *Hast du Krieg erlebt,* frage ich. Hat sie nicht. Sie kennt Krieg aus dem Fernsehen. Aus Erzählungen.

Libyen ist dreißig Kilometer entfernt, sagt sie. *Angst habe ich nicht.*

Es wird dunkel. Wir kehren zum Haus zurück und stehen im Schein einer Lampe, unter der Millionen Insekten summen. Sie fragt, was ich unter Beziehung verstehe.

Was es mit Joe bedeutet. Es ist so völlig anders als das, was sie sich unter Liebe und Zusammensein mit einem Mann vorgestellt hat. Liebe und Hass, gleichzeitig? Barocke Musik, die den Körper freigibt? Der böse Mann, der nicht böse ist? Erzwungener Sex, die Lust stimuliert? Sie begreift so vieles nicht. Was eine Vergewaltigung aus einer werdenden Frau macht, ohnehin nicht.

Rehab sagt: *Beziehungen sind oft nicht leicht zu durchschauen. Das erinnert mich an Ba, eine Frau, die zur Zeit der großen Flut, der Zerstörung von Shali, in Siwa lebte. Ich könnte dir die Geschichte erzählen.*

Ba? Ist das ein Kosename, frage ich. *Bitte erzähle.*

Siwa, 15. April 2012

Sie lässt sich Zeit. Als ich in den Kissen sitze, beginnt Rehab in einem Singsang zu erzählen wie eine Ballade.

Ihr Name war eigentlich Aisha Arial. Baisi, wollte sie genannt werden, kurz Ba, *was eigentlich eine Respektbezeugung für Männer ist, gewichtiger sogar als Vater,* Baba. *Das meiste weiß ich von Omar A., einem Freund, der homosexuell ist. In diesen Kreisen erzählt man sich unterschiedliche Versionen der Geschichte von Ba oder singt von ihr.*

Rehab schaut mich fragend an, als ob nicht sicher ist, ob sie fortfahren soll.

Ich sage: *Sie scheint bei vielen Fantasien anzuregen, deine Geschichte.*

Schon, denn Ba war eine schöne Frau, die Männer wie Frauen liebte, eine Außenseiterin, die es jedoch offen zu zeigen und auszuleben wagte. Und das in Siwa, egal was es brauchte, egal, was es kostete. Eine solche Ungeheuerlichkeit hatte niemand für möglich gehalten, hier, wo die Tradition der Berber herrscht, die Vormundschaft des Mannes gilt und seine allumfassende Macht, die sie herausforderte.

Oh, wie spannend. Weiß man denn viel von ihr?

Rehab hat auf einer umgestürzten Palme Platz genommen. Sie lächelt geheimnisvoll und fährt fort.

Nicht alles. Wie sie etwa zu ihrer Liebe zu Mister Harrier fand, bleibt im Dunkeln, etwas, über das man nur hinter vorgehaltener Hand sprach, oder besser gar nicht. Am Gabel al-Mawta, dem Berg der Toten, aber auch der geheimen Liebe, sei es gewesen, behauptet Omar A., der es von einem alten Geschichtenerzähler weiß, nennen wir ihn Omar H. Dort war sie Mister Harrier, einem ehemaligen Offizier der britischen Armee, begegnet, der – so meinte der greise Omar H. jedenfalls – nach dem Ersten Weltkrieg in Siwa hängen geblieben war, um sich statt dem Waffengebrauch der Archäologie zu widmen. Am Berg der Toten gibt es unzählige Liebesnester, wie jeder weiß.

Kinder, die im Berg der Toten gezeugt werden. Gefällt mir.

Rehab lächelt freier, gelöst. Sie holt sich Tee und reicht mir auch eine Tasse. Nach einer Weile fährt sie fort: *Der alte Omar H. kannte Ba noch persönlich. Wann ihre Liebe mit dem Offizier Harrier genau begann und wie lange sie andauerte, ist ungewiss. Manche sagen Jahre nur, andere sagen zwei Jahrzehnte. Gewiss ist aber, dass sie ein Haus unterhalb des Gabel al-Mawta bezogen hatte, verstoßen von der Sippe. Mister Harrier jedoch muss sie nach einigen Jahren verlassen haben. Möglicherweise war er dem Druck nicht gewachsen, der auf ihnen lastete.*

Britisches Weichei. Kenn ich.

Hm. Die genauen Gründe, die ihn vertrieben haben, sind nebulös. Auch sie hatte sich verändert. Man erzählt sich, dass sie nun ganz ein Mann sein wollte. Andere behaupten, dass sie sich gar in einen Mann verwandelte. Sie trug Hosen und band sich das Kufiya der Männer um. Sie ritt Araberhengste. Sie trug Waffen. Sie handelte wie ein Mann.

Ich muss unwillkürlich an meinen ersten Auftritt *in white linen* denken. Ich bin mir sicher, dass Rehab davon erfahren hat. Dass sie mir die Geschichte von Ba erzählt, ist kein Zufall. Ich beginne zu verstehen. Mein erster Auftritt könnte Erinnerungen an Ba geweckt haben, wie eine Projektion.

Nach einer kurzen Atempause fährt sie fort.

Eine Frau hatte sich das Recht genommen, das Männern vorbehalten war! Es war in Siwa wohl das erste Mal, denn hier gelten Frauen als minderwertig. Männer dagegen dürfen alles, sogar Männer lieben. Früher heirateten sie sogar Männer, wenn ihnen danach war.

Ba war also eine bekennende Hermaphrodite?

Bleibt offen. Es ist gut möglich, dass sie bisexuell war und dies auch gelebt hat in dieser Welt der Hingabe zu Allah. Niemand hätte so etwas offen auszusprechen gewagt, doch hinter vorgehaltener Hand spekulierte jeder drüber. Dies hat sie so interessant gemacht. Ich selbst bin davon überzeugt, dass sie Frauen wie Männer liebte.

Wann genau war es?

Darüber gehen die Meinungen auseinander. Omar H., der Allwissende, sagte, zwischen den Kriegen hätte es begonnen, vielleicht an jenen Tagen, als die große Flut Shali zerstörte, was 1926 war. Es war wie ein doppelter Fluch der Oase. Wäre es später gewesen, wäre die Geschichte anders verlaufen. Eine andere Version besagt, der Offizier sei zurückgekehrt, weil die Liebe so stark gewesen sei. Sie hätten sogar geheiratet. Das bestreitet Omar A., da das Gesetz der Berber dies nicht zuließe. Dieser Widerspruch ist nicht aufzulösen. Ist nebensächlich.

Die dunkle Seite des Mondes überlässt uns ihre Rätsel. Für Grenzgänger gibt es nur selten ein Happy End. Lass mich raten. Sie zog mit einer lesbischen Frau zusammen.

Falsch. Denke, Siwa! Ohne den Schutz eines Mannes kann selbst die stärkste Frau auf Dauer hier nicht überleben. Sie war wie ein Stachel im Fleisch der Männerwelt. Man hätte sie getötet. Sie hat Siwa schließlich verlassen, um sich in Alexandria als Mann verkleidet durchzuschlagen, als Taxifahrer und mit anderen Jobs.

Also wollten die Siwaesen schon wissen, was aus ihr wurde.

Es war nur, als sei sie nie gegangen. Oder eher, als habe sich ein Lichtstrahl tausendfach gespiegelt, um aus den Katakomben des Gabel al-Mawta in alle Häuser einzudringen. Frauen lächelten, wurden selbstbewusster, agiler. Es war, als habe sie etwas zutage gefördert, was schon da war. Die andere Hälfte des Himmels leuchtete. Omar hat mir gezeigt, wo sie zum Schluss gelebt hat, an der Straße nach Dakrour, links. Das Haus steht noch, ein Mahnmal ohne Schild oder Grab.

Ein Gespensterhaus.

Könnte sein. Soweit er wüsste, erzählte mir Omar A., sei Aisha Arial bei dem Versuch, in hohem Alter wieder nach Siwa zurückzukehren, in einem Sandsturm verschollen. Vielleicht aber ist sie nur abgebogen, dschimal *in die Oase Gara beispielsweise, oder* imin *nach Kufra durch das große Sandmeer – nach Libyen. Ganze Armeen sind dort im Sandsturm verschollen. Das Ende passte zur Geschichte von Aisha Arial, die mir stets nahe ist. Sie lebt in uns weiter.*

Fast erinnert es mich an Fellinis Satyricon, *eine Mischung aus Jeanne d'Arc und Maria Magdalena.*

Wir schweigen und schauen uns an. Wir gehen Hand in Hand durch das Haus. Rehab legt die Papiere auf den Tisch, die ich dem Angreifer abgenommen habe.

Ich entfalte eine vervielfältigte Siwa-Karte mit Eintragungen. Auch das Haus Sheikh *Budallahs* gehört zu den markierten Objekten, nicht aber Rehabs eigenes. Auf einem anderen Blatt stehen Namen, die mit Zeiten und Orten für verschiedene Aufgaben eingeteilt sind, mit Telefonnummern und irgendeinem Befehlskodex.

Zu einer solchen Systematik ist Mohamed intellektuell nicht fähig, erkläre ich Rehab. Die Schnüre hält jemand in der Hand. Joe. Rehab beginnt zu verstehen, dass all das kein Zufall ist. Die Operation heißt *Orakel Amun-Ra*. Wir sind mittendrin.

Rehab ist bleich. Ihre Kleider schimmern feucht und haben sich verschoben, was ihr einen Hauch von Zerbrechlichkeit verleiht. Als sie mich umarmt, spüre ich ihre

Angst, ihr Bedürfnis nach Halt. Sie küsst mich auf beide Wangen. Sie küsst mich auf die Stirn. Zaghaft. Umschlungen stehen wir da, lange. Unsere Umarmung wird enger und löst sich auf in Bewegung. Es ist der Beginn einer wilden Liebe. Siwa hat ein neues Geheimnis.

Siwa, 17. April 2012

DIGITALE TONAUFZEICHNUNG (Auto.07)

Sonnenmeditation. Als die Morgendämmerung einsetzt, erklimme ich den Berg im Zentrum Shalis, der alles überragt. Tiefrot taucht die Sonne aus dem fernen Salzsee auf, um ein orangener Ballon zu werden und schließlich als weißgoldene Scheibe den Himmel zu ersteigen. Ich beobachte, wie sie nach und nach Konturen in das dunkelgrüne Dach des Dattelwaldes stanzt. Ich spüre, wie ein Mensch Berge versetzen kann. Eine warme Brise weht geruchlos von den fernen Dünen. Ich feiere heute meinen fünfundvierzigsten Geburtstag – allein.

Siwa, 19. April 2012

Der Waffenhandel steht unter Kontrolle von Mohamed und seinen Kumpanen. Doch gibt es ein paar Außenseiter, wie überall. Die, die ihr eigenes Ding drehen. Die Bekloppten. So wie jener Schmuggler. Ich muss umsichtig vorgehen, um an einen Revolver zu kommen.

Rehab kümmert sich. Sie braucht einen Tag, um ihn im Dschungel der Beziehungen zu finden. Sie arrangiert die Übergabe. Es ist unser drittes Treffen, bei dem sie mir schon vertrauter ist. Wir lachen. Auch wenn es zu früh dafür ist.

Der Treffpunkt mit dem Waffenhändler Moroud ist in der Shali-Burg, dieses Mal jedoch in den Ruinen an der Südseite. Hier gibt es eine kleine plattformartige Erhebung, auf der eines der letzten intakten Häuser steht neben einem kleinen Palmengarten und einem riesigen Moscheeturm. *Es ist ein uneinsehbarer Ort, ein Juwel auch,* erklärt Rehab.

Ich kenne den Ort. Er ist gut gewählt.

Gut! Ich werde es noch einmal prüfen lassen. Moroud erwartet dich morgen Abend um sechs Uhr zwanzig. Sei punktgenau dort. Und nimm dir Zeit. Du musst mögliche Verfolger narren.

Natürlich.

Gehe kein Risiko ein. Wenn du unsicher bist, lässt du das Treffen platzen. Moroud wird dich ansprechen, wenn der Ruf der Muezzine zum Gebet erschallt. Wiederhole den Namen zwei Mal.

Die Geier werden die Fledermaus nicht finden.

Siwa, 20. April 2012

Das Adhan der Muezzine hallt von allen Seiten in den Gassen und Ruinen, als ich mich dem Garten in der Shali-Burg nähere. *Allāhu akbar.* Pause. *Allāhu akbar.* Erst von einer Moschee oberhalb. Dann schwillt die Schar der Gebetsrufer an. Die Rufe überlagern sich, wie Fabelwesen, die aus dem Totenreich zu mir sprechen, sich überbietend. Der Yatsı-Ruf *Lā ilāha illā llāh* erschallt. Ich schaue durch den Schlitz meiner Nikab, einem luftigen Ganzkörperschleier. Ein merkwürdiges Gefühl an einem derart irren, doch wohl sicheren Ort.

Wie aus dem Nichts steht er vor mir.

Salam Aleikum, sagt er.

Moroud, Moroud antworte ich. *Moroud.* Er fasst meine Nikab und zieht mich behutsam hinter eine Mauer, begrüßt mich ohne Handschlag, den Kopf leicht gesenkt, die Augen ehrfürchtig nach oben gerichtet. Er kommt sofort zur Sache. Er reicht mir einen Zettel mit Bildern von acht Revolvern.

Die unterste ist eine Welrod. Ich erkenne sie sofort. Joe hatte eine aus einem Waffenlager von *Gladio*, die er mir gezeigt hatte. Es ist ein britisches Modell, eine Hinterlassenschaft von Eliteeinheiten im Zweiten Weltkrieg. Ein ziemlich langes Ding, das auch im *Desert Storm* zum Einsatz gekommen ist. Der Schalldämpfer ist fest eingebaut, was ein Nachteil für einen Revolverhelden sein mag, wenn er schnell ziehen muss. Das kleine Magazin ist im Griff untergebracht. Die Welrod schießt lautlos und treffsicher auf Distanzen bis zu zwölf Metern, auch zwanzig. Die ideale Waffe für meinen Zweck.

Ich zeige auf die Welrod und reiche ihm die vereinbarte Summe. Die Waffenübergabe ist für diese Nacht verabredet, nahe meinem Hotel. Nach drei Minuten ist die Transaktion abgeschlossen.

Moroud nickt zufrieden und verschwindet hinter der nächsten Ruinenwand, aus der Palmenbalken wehrhaft herausstechen. Ich schaue hoch in den Himmel, der den Blick auf die Sterne freizugeben beginnt. Der letzte Gebetsruf ist gerade verstummt.

Kapitel 21
Undercover

Torstens Erinnerungen, April, Köln, Kairo, 14. April 2012

*Flucht und Verfolgung – **sie** kriegen mich aber nicht.* Finger kreuzend und orakelnd haute ich ab. Am Kölner Hauptbahnhof bestieg ich die Bahn nach Koblenz mit Ziel Ägypten, sicher, dass *sie* mir folgten. Wer immer *Gladio* ist. Ohne zu verstehen, was die *Gladiatoren* wollten.

Ich hatte Bus- und Bahnlinien durch die Ardenneneifel, Flandern und Wallonien bis nach Brüssel erkundet und in einem väterlichen Kursbuch fixiert. Wenn nichts half, würde ich durch Europas Dschungel im Robert-Schumann-Areal, das ich vom Buhlen um Europaaufträge her kannte, zum Flughafen entkommen. Dass in Brüssel *Gladios* früheres Hauptquartier lag, war mir ein innerer Durchmarsch.

Doch Endstation war schon nach dreißig Kilometern im Bahndepot Bonn-Mehlem, eines technischen Defekts wegen, wie eine weissagende Stimme aus dem *Off* monierte, oder weil der Schaffner zum Fußball wollte, wie man munkelte. Schnüffler halten gewöhnlich Mögliches für unmöglich. Doch die Bahn macht das Unmögliche möglich. Ein Passagier betätigte beherzt die Türnotentriegelung. Ich entkam, reiste entspannt in Bussen durch Eifeldörfer und erwischte gerade rechtzeitig in BRU-Zaventem meinen Flieger gen Osten.

Kiew war kühl. Ich bemerkte schöne, traurige Frauenaugen in der Metro, aber keine schenkte mir Aufmerksamkeit. Liebe war es, die mir fehlte, dräute es mich. Ich verbrachte die Nacht in einer Absteige, die sich drei Sterne verliehen hatte. Den Majdan ließ ich rechts liegen. Die Wässer der gewaltigen Dnjepr, die ich auf dem Weg zum

Flieger kreuzte, flossen träge ihrer Bestimmung entgegen. So verließ ich Europa undercover gen Nil.

Kairo, 17. April 2012

Zwei Stunden nach meiner Landung in einem Konglomerat aus Waschbeton und Wüste, Glasbausteinen und Gangways betrat ich ein Büro in Kairos Edelnilinsel Zamalek im siebzehnten Stockwerk mit herrlichem Rundumblick. Ich nahm unter einem Gruppenfoto mit einer Comicblase *Development!* Platz. Hinter einem blätternden Furniertisch hing eine Frau mit engem Kopftuch wortsprudelnd am Phone. Die Außenstelle von *:IZ.2go!* war karg, klein und kostensparend ausstaffiert.

Der Landesdirektor Rüdiger Ka. und sein Projektleiter Martin We. kamen zwei Stunden später. Liegen gebliebene Autos hätten den Weg versperrt und wurden an Ort und Stelle repariert, sagte Rudiratlos. Kein Unfall, sonst wären sie nicht da. Eine Entschuldigung war das nicht, eher ein *Progress Report*.

Man gewöhnt sich an alles, eröffnete der Landesdirektor. Der Projektleiter hüstelte, ohne direkt zu widersprechen: *Ja, überflüssig, sich zu ärgern, doch ganz gewöhnt man sich nie daran.*

Jacke wie Hose. *Die Welt von Siwa ist uns im Grundsatz aus dem ToRs bekannt. Was ist dein Plan,* fragte Rüdiger.

Die Angst des ToRwarts vor dem Zusammenbruch der *Terms of Reference,* zäh und biegsam zugleich – ich wusste darum und versuchte entspannt zu lächeln. Das *hermeneutische Gesamtbild* war ein guter Einstieg, hatte ich mir zurechtgelegt: *Alles schwingt, Dialektik von Überbau und Basis, Platituden wie Treatment and Tasks, SWOT und Plot, Zeitplan im Logical Framework Matrix Design. Kosten später.* Ich räusperte mich.

Die Matrix steht. Sie ist verwurzelt. Äh, bei Amun-Ra, da wo der oder das Orakel herstammt. Niemand lächelte.

Doch bevor ich Arons Zitatezettel fand, widersprach Rüdiger: *Was für 'nen Orakel? Heißt? Fangen wir einfach mit Kosten an. Nur eine Schätzung, die es wert ist.* Politische Ökonomie? Er nippte am Tee, der bitter schmeckte, wie seine Mimik verriet.

Was es kostet, definiert sich daran, was wir oder Sie wollen, widersprach ich. *Goggo oder Bugatti. Fackeln oder Mega-Lightshow.*

Ich kramte einen Satz Fotos der zu illuminierenden Bauwerke aus meinem Rucksack.

Der teebittere Gesichtsausdruck blieb. Es klingelte nicht.

Ich will hier noch nicht ins Detail gehen, legte ich nach und zog noch einen Stapel Papier heraus: Schaltpläne bekritzelt mit Formeln, regenbogenfarbige Achsen, bunte, lichtbrechende Prismen, illuminierte Pyramiden aufrecht und gekippt, spektakuläre Aufnahmen von Galaxien neben Arabesken.

Nun zum Stand der Technik, ergänzte ich und zauberte Konzertbühnen, pentagrammartige Strahlungsanordnungen aus dem Optischen Praktikum im vierten Semester und Illuminationskonstruktionen von der Photonikmesse auf den Bildschirm. *Zum Beispiel,* sagte ich, und ließ virtuos angestrahlte ägyptische Gottheiten passieren, Tempelmauern im Spotlight und die Postkarte von den Tomben in den Tafelbergen am ersten Nil-Katarakt, die in der Dämmerung zeitlos zu verglühen schienen. *Tomben gibt es in Siwa auch!*

Endlich nickte der Landesdirektor: *Nicht übel. Wir müssen halt sehen, was und ob und wie es passt, die logframe reinballern, risks und assumptions ausbaldowern. Na JAH! Power eben! Hau rein!*

Er ratterte was von kafkaesken Kommunikationswegen herunter, dem Gegeneinanderwirken von Militärherrschaft, Patronage und der berüchtigten Mogamma-Bürokratie. Dass ein in Hildesheim geklauter Kran kürzlich auf einem Schrottplatz an den Pyramiden von Gizeh wieder aufgetaucht sei. Dass man den Ball flach halten *MÜSSE*. Ein Projekt sei den Bach hinabgeflossen, da der Deckungsbeitrag zwo verfehlt worden sei. Und so weiter.

Da war die ägyptische Katze aus dem Sack. Was zählte, war die Kassenlage, schlussfolgerte ich.

Um im Bild Goggo-Bugatti zu bleiben, ergänzte Martin, *Moped und kein Jaguar mit Show-föhr.*

Martin versuchte mit seinem missratenen Vergleich wohl, die Stimmung zu retten. Auf die *Deliverables* käme es am Ende des Tages an, auf das eierlegende Wollmilch-*Kamel (ha ha ha), abgeliefert punktgenau mang die Wüste.* Der Auftraggeber dürfe keinen Moment lang unruhig werden, *scherzhaft gesagt, schließlich brauchst du eine Eins-A Referenz. Allerdings fehlen Zielgruppenanalyse, ein ÖöAa-Aufriss und die Kommunikationsstrategie. Das kommt immer gut.*

Es lief aus dem Ruder. Ich erhob mich, zupfte am eierfarbenen Schlips, lief um den Tisch, nahm ein Stück Gebäck, nippte am Tee und stellte mich hinter die Praktikantin.

Habt ihr schon mal versucht, Licht festzuhalten? Oder aufzuzeichnen? Dieses gewisse Orgon, wie Wilhelm Reich es nannte? Die primordial kosmische Energie? Nein? Fotografieren mit einer Spiegelreflex, aber keine Ahnung haben, was da passiert? Geht nicht! Licht ist für alle da, braucht nicht mal eine UN-Charta. Wenn eine fotosensitive Zelle von einem Photon getroffen wird, reagiert sie mit der Veränderung von Form und Location, basta, selbst in Siwa.

Die Zuhörer nickten verständnislos. Ich murmelte: *Look'n at the billboard*. Spontan, kam einfach hoch, dieses *No-no!*

Unter dem Strich: Licht ist allgegenwärtig. Amun-Orakel, sag ich. Eine Zielgruppendingens ist obsolet und ein

Ö-Ah-Campaigner auch, denn ich setze auf den Selbstvermarktungseffekt von Lichtdesign, ähnlich wie der funky erleuchtete Times Square, wobei dieser Vergleich sicher hinkt. Vergessen wir nicht: Wir sind hier im Ur-Land des Lichts, pharaonisch zur Gottheit erhoben und universal gemacht. Und wo steht der Tempel? Richtig! In Siwa! Unser Objekt. Bellissimo!

Ich bewegte mich wie Grace Jones in *Walking in the rain* und hatte die Lacher auf meiner Seite. Erst die Praktikantin, die meinen zerknitterten Anzug wohl lustig fand, und schließlich der Landesdirektor. Ich tänzelte und dankte Aron in Haifa, sechshundert Kilometer entfernt und doch so nah.

Meine Slapsticks und ich waren nach vierzig Minuten durch, das Thema angerissen. Wir begaben uns ins Restaurant *Abou El Sid,* wo es auch kaltes Bier gab. Abgehangen wurde bei Wasserpfeife und Storytelling aus tausendundeiner Projektenacht im *Sequia* mit Blick auf die dezent erleuchteten *Orascom-Tower* am Nilufer gegenüber und grell illuminierten Ausflugsdampfern mit dröhnenden Hip-Hop-Bässen. *Gute Filmkulisse. Welcome im Land des Lichts!* Der Landesdirektor sprach wenig. Im versmogten Himmel über dem Nil funkelten nur noch die hellsten der Sterne. Doch Andromeda und der Orion.

Kairo, Tage nach dem 23. April 2012

Zeit war nicht nur relativ, sondern auch knapp. Uhren ticken überall anders, wie Einstein vorgeschlagen hatte. Zwischen den Konzeptentwürfen zerspalteten Lichts im Inneren von Grabkammern und Tempelhallen musste ich Dinge des täglichen Lebens meistern. Wo wohnen in Siwa? Im Internet fand ich schließlich ein Quartier im Zentrum namens *Albabenshal Lodge* mit fließend Wasser im Zimmer und Klo über dem Gang. Die Dachterrasse böte einen Ausblick auf die Ruinenstadt, und das günstig, um den Erfolg des Deckungsbeitrags zwo nicht zu gefährden.

In Kairo hatte ich täglich Meetings. Doch wohnte ich in einer Absteige fernab von Zamalek in den Häuserschluchten von Mohandessin. Also steckte ich ständig im Stau und fand Zeit für Fantastisches. Man soll alles akribisch planen, sagt schon die Spielanleitung von *Siwa 3 Sniper Elite*. Das Erbe vor das Zielfernrohr bekommen. Tagebücher klauen. Jaes kriegslüsternes Gemälde aus Maschinenpistolen, Granaten, Dynamit und Zeitbomben übermalen. Was machte sie gerade? Um Jae war es still geworden. Zu still. Ich fröstelte.

Dabei war es schon brütend heiß in Kairo. Einige Tage später stand ich am Büro vor verschlossenen Türen. Ein Stromausfall legte nicht nur Kairos Klimaanlagen lahm. In den Folgetagen blieb es dabei. Strom gab es, wie von einem Zufallsgenerator getaktet, fatal. Blackouts waren eher zur Desillusionierung denn Illuminierung von Attraktionen geeignet. Man erleuchte hier die Geister mit den Flammen der Scheiterhaufen, funkte ich an Jae und fragte, was in Siwa eigentlich los sei. Nicht witzig, schrieb sie, doch ignorierte sie die Frage. Oder war das vielleicht die Antwort?

Dann begann in Kairo die Benzinknappheit. Schließlich gab es gar kein Benzin, drei Tage lang, und kilometerlange Schlangen vor Tankstellen. Auch kein Gas zum Kochen. Ich fragte mich, ob ich es bis Siwa schaffen würde. Kairo war dafür mit Politikerfratzen für die anstehende erste demokratische Wahl überhaupt gepflastert. Aufbruch und Abgang lagen eng beieinander. Brot aber vergammelte auf den Tischen, da es fast nichts kostete. Der Irrsinn hat Kairo fest im Griff, postete ich Faló, den ich auf dem Laufenden hielt.

Der Mensch hat ein Anpassungsorgan, antwortete er mir mit Oster-Stauwarnungen aus Nordrhein-Westfalen, die sich auf fünfhundert Kilometer summierten, was Infarkt war.

Hier findet man Stauschlupflöcher, solange es Sprit gibt, postete ich zurück.

Ich verlegte mich notgedrungen auf Heimbüroarbeit, Kaffee-und-Kuchen-Büroarbeit oder Laptopquasibüroarbeit im Einkaufszentrum. Das hatte immer Strom. Dort trafen wir uns als Team, was alle Beteiligten erheiterte. Nach dreißig Minuten ging es immer zum gemütlichen Teil über.

Überraschenderweise meldete sich Bella mit einigen freundlichen Zeilen und der Frage, ob ich sie nicht kurz in Hurghada besuchen wolle, das sie last minute gebucht hatte. Das sei von Siwa etwa so weit weg wie Marseille von Köln, postete ich zurück. Ich hätte gerne gewusst, ob sie alleine reiste ... und schlug mir die Frage rasch aus dem Kopf.

Nach einem Brief an Aron zur Frage, ob das Mengenverhältnis von Ur-Lichtsuppe, Weltraumsprit und dunklem Materiemüll eine fixe Größe sei oder sich gerade ändere, was jener für denkbar hielt, ging ich im hell erleuchteten Carrefour schoppen, wo die besser Verdienenden verkehrten. Es machte keinen Spaß. So aß ich mal wieder Grillhuhn im dunklen Souq.

Welcome to Egypt, sagte ein Pimpf.

Ein anderer: *Beckenbauer, Rummenigge.*

Ein dritter grüßte mit *Heihitler* und lachte.

Halver Hahn, grüßte ich zurück. Das konnte ja heiter werden.

Mittags nahm ich öfters ein mit Leber gefülltes Fladenbrot oder ein Falafel mit Foul-Bohnen an einem der zahllosen Straßengarküchen zu mir. Die heizten mit Olivenholz. Auf Alk verzichtete ich, was meinem Teint und meiner Verdauung gut zu tun schien. Meinen Arbeitsskizzen auch. Für die sich ausbreitenden Pickel an Stirn und Wange machte ich den feinen Staub verantwortlich.

Bis die Treibstoffkrise Pause machte und ich den Nachtbus bestieg, um bei Sonnenaufgang das Land von Amun-Ra zu betreten, wo das Orakel meines Vaters seit siebenundsechzig Jahren unentdeckt auf mich wartete. Oder auch nicht.

Kapitel 22
Tar-Trommeln

Aus Jaes Tagebuch, Siwa, 22. April 2012

DIGITALE TONAUFZEICHNUNG (Auto.08)

Ich frage einen Tourifführer, der mich sichtbar um meinen Jeep beneidet, ob er weiß, wer Ba *war. Er schaut verlegen weg und zuckt mit den Achseln, um geheimnisvoll die Brauen zu heben.*

Ghaddafis Winseln, erwischt in einer gottverlassenen Röhre, ein silberner Jetstreif von Ustica hinunter nach Siwa, ein Vogel sticht hinunter aus heiterem Himmel. Es gibt keinen Ausweg. Wer von uns beiden wird in einem Drecksloch krepieren? Joe braucht jetzt einen Schuss vor den Bug. Ich spüre ihn mit jeder Faser meines Körpers. In den Haarwurzeln kribbelt es.

Es klingelt. Ich nehme ab. Die long-distance-Verbindung nach weiß der Himmel wohin vibriert. Es folgt ein Zischen. Meine Stimme ist vereist. Ich weiß, dass *er* es ist.

Shit, Joe! Nimm deine verdammten Hunde an die Leine!

Mein melodischer Tonfall gleicht dem Gesang des Rotkehlchens. Er bricht in schallendes Gelächter aus.

Any problem? I pay you, honey.

Und was hat der vermummte Messerstecher, der ausfallend wurde, dich gekostet? Kleine Fehlinvestition, hm? Ich bin nicht dein Opferlamm, wenn du das meinst. Hab ihn laufen lassen. Das nächste Mal garantiere ich für nichts.

Klare Ansagen mag Joe nicht. Er lässt sich nie darauf ein. Angriffe lässt man besser ins Leere laufen, steht in seinem *Gladio*-Knigge. Nach der Wurfpause sagt er: *Well? Anything else?*

Also sage ich nichts und warte ab, ob noch was kommt, dass zu parieren sich lohnt. Dann lässt er einen Furz.

Ich lass mir deine Geheimnistuerei nicht gefallen, Jae. Was tust du – außer Gärten zu vermessen and to chill in a hot spring? Was ist mit dem letzten … mit dem Libyer? Oder ist er eine Fata Morgana?

Ich frage mich, welchen Hot Spring er meint. Was er weiß. Welchen Gefallen er will. Er wird es mir nicht verraten. Ich schicke ein *Hä?* und ein *Which secret do you want?* zurück. Als die Leitung verklemmt brummt, lege ich nach: *Schick mir doch mal die Informationen aus Libyen zu, die du versprochen hast. Du schickst mich in eine verdammte Wüstenoase, lässt mich Tag und Nacht bespitzeln und gibst keine Informationen preis.*

Punkt für mich. Er beginnt aus seinem Schützenturm zu klettern.

Libyen war Fehlanzeige, Jae. Sorry. Classical indication error. I went to Tripolis, personally. Rock'n Roll, Babe. Fuck.

Jae hat er mich lange nicht genannt. Ich bohre nach.

Nothing else? Sind Gladios Schwerter zu Flugscharen mutiert?

How funny.

Ich versuche zu lachen. *Pepsi*. War schon weniger piepsig.

So läuft es nicht, Asshole. Wenn der Libyer auftauchen sollte, you'll know it. Sag ich, so hart ich kann.

Klar, so sollte es sein. But tell me, what's the point?

Ganz einfach. Inzwischen weiß hier der letzte Schwanzlutscher, dass nach einem Libyer gefahndet wird und zwar dank deiner Kettenhunde, die überall hinscheißen.

Ich höre ihn runzeln, rieche seinen Schweiß, fühle sein Sinnieren. Joe weiß, dass ich ihm im Moment weit voraus bin.

Well?! Mehr sagt er nicht, *well*. Was sollte er auch anders sagen als *well*? Es reicht fürs Erste.

Wenn er noch da sein sollte, gebe ich dir Bescheid. Deine Kettenhunde sollten mich in Ruhe lassen und mich nicht unterschätzen.

Ich geb's weiter. Stay in touch.

In Siwa, sagt man, gäbe es Orakel. *Denn alle rennen nach dem Glück. Das Glück rennt hinterher*. Joe aber ist weit weg.

Siwa, 16. April 2012

Die Aufzeichnung des Gesprächs geht verschlüsselt nach Köln. Sabine ist immer am Set. Jeden dritten Tag schreibe ich ihr kodiert. Spionage Poesie. *Es rauscht der Wind im Palmenhain* – Die Leute um Mohamed greifen an. *Tee bei einer gastfreundlichen Familie getrunken* – Ich habe eine Spur entdeckt. *Es gibt schon Mangos zu kaufen* – Ich habe den Libyer geortet. *Sandsturm im Anzug* – Es tut sich was. *Trommele lautlos* – Niemanden informieren. *Palme* steht für *Frieden. Kot* für Tod.

Siwa, 23. April 2012

DIGITALE TONAUFZEICHNUNG (Auto.09)

Fünf Uhr ist es in der Früh. Ich kann nicht schlafen, kann die Gedanken nicht abstellen an das Asshole, der mal den spendablen Liebhaber mimt, mal den lonesome cowboy, *auf den ich verdammt nochmal stehe. Jemand, der für sein beschissenes Mutterland tötet, mich aber am Leben gelassen und gefickt hat. Irgendwo hat er ein Herz. Sonst säße ich nicht hier. Pervers. Ich finde keine Ruhe.*

Ich wälze Gedanken, ob es so etwas wie Umkehr und Verzeihen gibt. Ob ich alles dem Zufall überlasse oder ihm nicht besser gleich die Welrod ins Genick drücke? Ihm, dem Zocker, der niemals sagt: Verzeih! *Er würde um sein Leben winseln, ausspucken, fluchen, aber um Verzeihung bitten würde er nicht. Er würde bis zur letzten Sekunde seines verdammten Lebens nachdenken, wie er den Kopf aus der Schlinge zieht.*

Bin ich bereit? Ich stehe auf und dehne alle Fasern meines Körpers. Um an Rehab zu denken. Unfassbar, wie wir uns in die Augen schauen und aus ihnen lesen können.

Im Schutz ihres Vaters leistet mir Rehab wertvolle Dienste. In dem Haus ihrer Familie gehen von früh bis spät

Menschen ein und aus. Niemand sieht, wenn Couverts von Hand zu Hand gehen. So wird Rehab zur Drehscheibe.

Rehab hat Freude am Versteckspiel gefunden. Sie verfügt über eine ansehnliche Kleiderkollektion. Ein Engel ist sie – mit einem Dolch. Doch unter ihre Burka schauen Spione nicht und nicht durch sie hindurch. Es gibt gemeinsame Abende am Pool, die Nächte ein Rausch. Rehab die Feinfühlige. Die Einsame. Die Unbeugsame. *Ba.*

Am Abend sitze ich auf einer Dachterrasse am Markt und bestelle *Shawerma* und *Tarfant*, aufbereitet aus altem Brot, Datteln und Olivenöl. In der Oase versteht man es, aus Überbleibseln herrliche Gerichte zuzubereiten. Jugendliche aus Alexandria oder Kairo fummeln an Smartphones und nehmen Gegrilltes, Reis und Salat zu sich, ständig kichernd, in ihren Welten verspielt.

Der Kellner setzt das Tablett ab. In einem Korb mit Fladenbroten finde ich einen handgeschriebenen Zettel.

Ist es möglich, den Zeitpunkt seiner Ankunft in Siwa genau zu bestimmen? Das könnte weiterhelfen. Abrahím.

Vielleicht bin ich zu misstrauisch. Ist die Frage nicht zufällig die Wegweisung der Mohamed-Bande? Das Jahr 1980 ist der Schlüssel zur Tür, hinter dem der Libyer sich versteckt.

Ich schlürfe Tee und warte ab. Rehab lässt auf sich warten. Seit dem Zwischenfall auf der Shali-Zitadelle sind wir vorsichtig. Wir gehen nicht mehr gemeinsam durch die Gassen und kommen zu verschiedenen Zeiten zu unseren Treffpunkten, zumeist abgelegene Restaurants und Läden, von denen es einige gibt.

Als Rehab kommt, sind die Jugendlichen gerade im Aufbruch. Sie nutzt das Durcheinander und setzt sich mit schwarz schimmerndem, fragendem Blick zu mir. Ich schiebe ihr den Zettel zu. Manchmal ist mir, als belauere sie mich. Als erforsche und prüfe sie meine Gedanken. Wir sind sehr verschieden, vermute ich.

Gute Frage, findest du nicht? Wenn er hier untergetaucht ist, dann sicher nicht als Libyer. Doch ist es zu lange her, um es herauszufinden.

Wieder dieser prüfende Blick. Ich zögere einen Moment. *Ja, du hast Recht. Es könnte aber Leute geben, die es wissen. Ich habe so ein Gefühl. Dass mich seine Augen belauern. Dass er mich prüft. Er ist unter uns. Ich spüre es.*

Es sind solche Worte von doppeltem Sinn, die sich bilden, einfach so. Die Rehab Halt geben. Sie braucht einen Moment, um zu reagieren, sagt: *Hm. Was willst du tun? Das Ustica-Datum preisgeben?*

Das wäre unklug. Es würde ihn in Gefahr bringen. Ich warte ab.

Wir schweigen, während zwei Kellner aufräumen und uns verstohlene Blicke zuwerfen. Dann sagt sie: *Alles ist in Aufruhr: Das Militär ist alarmiert, geldgeile Banditen sind überall. Das macht es für ihn gefährlich, sich zu zeigen.*

Doch …

Du hast nicht viel Zeit. Sie fasst meinen Arm, flüstert: *Was schlägst du vor? Du hast doch was im Kopf. Du wirst dich ihm zuwenden, ohne dich erkennen zu geben. Stimmt's?*

Ich muss lachen. Rehab ist immer so sphinxisch. *Was ist dein Plan, Ba,* frage ich sie, schaue gen Himmel und trommele mit meinen Fingern.

Sie stupst mich kurz an und sagt: *Einen göttlichen Boten könnten wir gut gebrauchen.*

Das ist wieder eines deiner Amun-Orakel, nicht wahr?

Ich rede von Torsten. Wir brauchen ihn jetzt. Er muss seine Fühler ausstrecken. Als Projektmensch kommt er an die Verwaltung ran, kann seine Connections spielen lassen zu …

Ich lege den Finger auf die Lippen. Es stimmt. Wir brauchen einen neuen Plan. Das könnte die Schlachtordnung verändern. Darum geht es. Jetzt.

Siwa, 24. April 2012

An der *Front* ist es seit Tagen ruhig. An Lagerfeuern wird leise gesungen. Die Tar-Trommeln geben den Rhythmus vor. Vom Libyer kein Zeichen. Ein Gespenst, ein Clown, ein Nichts ist er.

Von Torsten weiß ich, dass er kommen will, doch einige Tage braucht. Oder ist er schon da? Sein Lichtprojekt gewinne an Boden, sagte er. Dass er seinen Job erfüllen würde. Auch das Gegenteil könnte stimmen.

Ich bin als Gast im Haus des Sheikhs willkommen. Ich spüre, wie hinter meinem Rücken getratscht wird. Je mehr Datteln ich überreicht bekomme, desto misstrauischer werde ich. Ich sehe, dass Türen ins Schloss fallen, da eine neue *Ba* auftaucht, und sich jeder fragt, was sie hier sucht. So soll es sein. Die Tar-Trommeln in Siwa klingen dumpf und fordernd.

Siwa, 25. April 2012

Das Wasser kräuselt. Ich spüre es. Der Libyer wird sich decouvrieren, dass er existiert und kein Mythos ist.

Ich lasse mir einiges einfallen, um im Universum Siwa von jedermann und mancher Frau wahrgenommen zu werden, um im nächsten Augenblick wieder unsichtbar zu werden. Einmal wäre es den Banditen fast gelungen, mich zu einem Treffen in Rehabs Haus zu verfolgen. Ich entkomme auf einem alten Motorrad, verhüllt in Tüchern. Sie müssen einsehen, dass es unmöglich ist, mich zu tracken. Ich bin ihnen stets einen Schritt voraus. Wer einen Krieg gewinnen will, muss als erstes den Gegner vorführen und demoralisieren.

Vier Wochen hatte der Libyer Zeit, zu beobachten, wie ich auf der Suche nach ihm bin. Wie es die Tauben in ihren Türmen gurren. Wie ich verfolgt werde und verschwinde. Warum eine Jae Ruti so extravagant in Erscheinung tritt, hat er sich gefragt, und in gehobenen Kreisen herumgestöbert. Die Ruti! Hier inszeniert sich eine Showmasterin, hat er sich gesagt. Sie sucht meinen Lifeact!

Er durchschaut mich. Ich bin mir sicher, dass es mehr ist als eine bloße Ahnung. Denn es gibt ein Zeichen. Auch Abrahím sagt, dass er da ist. Mehr sagt er nicht, doch ich glaube, er weiß etwas.

Siwa, 27. April 2012

Ich kehre energiegeladen und voller Ideen von einem Ausritt in meinem Jeep zurück. Ich war weit in die unendlich großen südlichen Dünen hineingefahren, die sich viele hundert Meter auftürmen, wo ich das Sonnengebet zelebrierte, als die Sonne ihre letzten Strahlen auf die Wogen aus güldenem Sand warf, wo scharfe Wellenlinien tiefe Schatten werfen, als sei es ein Meer, das erstarrt ist.

Rehab meldet sich: *Er ist da.*

Joe? Der Libyer?

Nein, Torsten.

Ich atme durch.

Sie sagt: *Noch was. Wir müssen uns sehen. Sofort. Dort, wo wir sprechen wollten. Steige in den Karren, der auf dich wartet. Alles wie besprochen. Du weißt wo, oder?*

Wir treffen uns bei *Al Maza*, einem Gartenlokal mit einem heißem Tauchbecken abseits der Geschäftswelten, inmitten von Haziendas und Siedlungen am Fuße des heiligen Bergs *Dakrour* mit seinen steilen Abhängen, Zacken und platten Spitzen. Es gibt eine ansehnliche lokale Küche.

Vermummt, in einem Eselskarren, umrunde ich den *Dakrour*, gelenkt von einem Jungen, dem ich vertrauen muss. Es hat sich abgekühlt. Wir machen Umwege um die von den Stämmen verehrten, schwarzen Felsen. Wir fahren endlose Kurven durch einen Palmenwald, bis die Oase an einem Salzsee endet. Wir passieren verlassene Lodges, holpern über staubige Pisten entlang der Kanäle und Brachflächen mit Ruinen. Wir nehmen uns eine halbe Stunde Zeit.

Kurz bevor wir *Al Maza* erreichen, steigt Rehab dazu, eingehüllt in einen Niqab. Sie steckt mir einen Umschlag zu. Darin ist nur ein Blatt Papier, eine Art Kinderzeichnung, gemalt mit bunten Stiften. Es zeigt Flugzeuge und eine Rakete über einer blauen Welle. Darunter steht *Lo ci sto!*

Es ist ein Schlag in meine Magengrube. Ich presse Luft heraus. Der Libyer gibt sich zu erkennen. Ustica trifft auf Siwa. Trifft auf zwei *Bas*. Doch was ist die Botschaft?

Zugesteckt wurde ihr der Umschlag von einem Mittelsmann, der sich Said nennt, sagt sie. Er ist einer der schweigsamen Arbeiter für die Familie, ein Fedaijin, der im Schneidersitz in kalten Winternächten ausharrt an der Glut aus Olivenholz. Wo manchmal ein Joint kreist. Einer, der eher stirbt, als dass er Verrat begeht.

Der Libyer kennt sich aus, bemerkt Rehab. *Er bedient sich einer Stafette an Informanten.*

Wir nehmen ein Bad in dem heißen, schlammigen Wasserbecken, lassen uns treiben, nippen an unseren Getränken am Beckenrand. Wir lassen uns die Spannung nicht anmerken. Wir erdenken sinnlose Vorwärtsstrategien, inszenieren turbulente Fluchten, um diagonal zum Punkt zu kommen, der uns retten soll. Wir kreisen um die Sonne.

Zwischendurch meldet sich Torsten. Mit lakonischem Worten wie: *Ich bin da!*

Bin im Bilde, sage ich und lächele Rehab zu. *Ruh dich erst mal aus. Wir sehen uns später dann bei Abdo zum Shish Tawok Couscous. Huhn.*

Das kommt vielleicht zu geschäftsmäßig rüber. Der Ton. Als sei es normal, sich beim Oasendinner am Rand der unendlichen westlichen Wüste zu begegnen. Tochter und Vater, kaum bekannt, heute erst wiedergefunden.

Siwa, 28. April 2012

Es ist spät geworden. Wir sitzen im Epizentrum des Oasengewusels bei *Abdo*. Torsten schaut mich schweigend kauend an. Es gibt kein Warm-up. Es gibt kein da capo al fine. Wir waten durch den Morast. Was auch immer ich ihm zu erklären versuche, es perlt ab. Mückenverseuchte Sabchas vernebeln sein Hirn. Zerplatzende Totenskelette. Männerfantasien.

Ich tröste ihn: *Du bist noch nicht auf dem Bildschirm der Verfolger.*

Sicher?

Ziemlich.

Er schluckt. Aber er insistiert nicht. Er hat sich bilderbuchmäßig nach Siwa begeben. Ich frage: *Kapiert, was abgeht?*

Nein. – Ja. Ja! In welcher Siwa-Scheiße steckst du?

Ich stecke schon seit dem Massaker von Ustica in der Scheiße. Das sind zweiunddreißig Jahre zu viel Scheiße, findest du nicht, Vater?

Er wird kleiner. Er ist ein dürres Männlein, denke ich und bestelle. Ich verschieße noch einen meiner Bullets: *Kleiner Nachtrag, Torsten. Ich bin bi – okay? Ich verstehe mich übrigens auch prima mit deiner Ex.*

Hammer, sagt Torsten und schaut mich ungläubig an. *Glückauf,* ergänzt er, sinnlos, fragt: *Was hat Sabine mit dir zu tun?*

Sie ist mit an Bord.

Ich grinse.

Er entgegnet scharf: *Aha.*

Ich neige mich nach vorne und flüstere: *Wir stehen im Austausch. Sie hält mir den Rücken frei.*

In Deutschland hält uns niemand den Rücken frei, glaube ich.

Du weißt nicht, was hier gespielt wird. Es sind Todesschwadronen unterwegs, und mittendrin wuseln zwei deutsche Staatsbürger. Sie muss die Notbremse ziehen und die Botschaft einschalten können. Das ist Sabines Ding.

Beruhigend zu wissen. Krise kann Sabine. Da ist sie richtig gut.

Er kann sich um das Seine kümmern, plaudere ich. Leute kennenlernen. Die Oase durchwühlen. Arbeiten und Beten. Indianer spielen. Treffpunkte auskundschaften. Spitzel erkennen und sich nicht in eine dumme Situation bringen lassen. Sich umhören, wo der Libyer steckt. Wegen mir auch sein Erbe suchen.

Vielmehr ist im Moment nicht zu bereden. Ich hatte mir den Einstieg schwieriger vorgestellt.

Und dass wir uns nur gelegentlich sehen, wenn's unterirdisch wird, ist wohl okay.

Sein Blick ist leer, sein Gesicht bleich. Als könnte sein Kreislauf versagen. Ich ergänze: *Defensive unter allen Umständen, verstehst du Vater? Und mach deine Liegestütze und Sit-ups. … Bitte.*

Siwa, 29. April 2012

Ich schaue zum x-ten Mal auf die Zeichnung, die ich von Rehab bekommen habe. Was habe ich übersehen?

Das Bild zeigt fünf Kampfjets, Flugkörper, die wie Raubvögel aus verschiedenen Richtungen auf ein größeres Flugzeug hinabtauchen. Ein Stich in mein Herz. Unterhalb fliegen zwei weitere Jets in die gleiche Richtung wie das große Flugzeug. Diese sind mit einem *L* gekennzeichnet. Wie *Libyen?* Eine explodierende Rakete hat einen Schweif, der von einem der fünf Jets kommt.

Es zeigt den Moment des Abschusses. Die Zeichnung lässt offen, wer den Abschussknopf gedrückt hat, ob Radarsignale gesendet worden sind, wer den Befehl gegeben hat. Die Todesangst in den Gesichtern von 81 Menschen, bevor sie herabstürzen aus tausenden Metern Höhe und deren Körper auf dem Wasser zerschellen. Was Joe wohl zur Zeichnung sagen würde?

Natürlich kenne ich präzisere Zeichnungen aus den Akten, Bilder von geborgenen Überbleibseln, Leichenteile der Passagiere, schematische Darstellungen von Luft-Luft-Raketen im Moment ihrer Detonation, Fotos von Fragmenten des Flugkörpers der DC-neun, deren Ränder nach innen gebogen sind, Zeichnungen mit Berechnungen des Winkels, mit dem die *Itavia 870* auf dem Wasser aufgeschlagen sein mochte. Es gibt einen Radarplot mit Signalen, der den Hergang bis zu diesem Moment simuliert.

Doch etwas an dieser Zeichnung ist anders. Sie zielt auf die Frage, welcher Jet die Rakete mit welchem Ziel abgefeuert hat. Ein Strich wie der letzte Beweis. Die Zeichnung sagt: *Das habe ich gesehen. Ich kenne die Wahrheit.*

Oder deute ich zu viel hinein? Sollte sie möglicherweise nur seine Existenz klären? Nur ein: *Ich bin es, den du suchst.* Oder: *Ich sehe was, was du nicht siehst.* Hat der Libyer im *Eifer des Gefechts* erkennen können, wer den tödlichen Schuss abgefeuert hat? Die Frage beantwortet die Zeichnung nicht. Ich mache ein Foto und versteckte die Zeichnung in der Rückklappe meines Kalenders. Ich spüre Druck im Gesicht, einen leichten Kopfschmerz, ein flaues Gefühl in der Magengegend. Ein Spitzel verschwindet im Müll.

Siwa, 30. April 2012

Aziz Salem stolziert zwischen den Holztäfelungen seines Büros, amerikanisch-cool, und pinkelt Zahlen. Der General der Welt des Wassers wirft mit Erfolgen um sich. Man wäre stolz, mir die Anlage zu zeigen, hatte er mir ausrichten lassen. Aziz leitet das Unternehmen *AQUA SIWA* und trägt Schnurrbart. Meine Mission ist an der Reihe.

Die Anlage ist auf dem neusten technischen Stand, sagt er. Seine Plastikflaschen werden im ganzen Land in vier Größen verkauft. Die Mineralanteile seines Wassers, der Geschmack, die Hygiene, alles macht einen guten Eindruck auf mich. Der Betrieb fährt Gewinne ein im verarmten Ägypten. Jedermann trinkt sein Wasser.

Ich weiß, was ich für Wasser ausgeben darf, um schwarze Zahlen zu schreiben. Azis Preis liegt um wenigstens vierzig Prozent zu hoch. Soll ich verhandeln? Bin ich auf einem Basar? Ich muss ihn europäisch herunterholen.

Ich verkaufe die Marke Siwa-Amun-Ra, was die Oase ganz anders in Europa bekannt machen würde, erkläre ich. Da geht er um acht Prozent runter, Ende.

Wasser – auch aus einer Oase – lässt sich nicht zu Weinpreisen verdingen, sage ich. *Trotz steigendem Wassergenuss und sonstigem Aberglauben.* Die Leute gehen ja nicht einmal zur Kirche, pflegte Joe zu sagen. Im Lektionen verteilen war er besonders gut. Aziz gibt mir weitere zwei Prozent und zuckt die Achseln. Ich halte mich an die Etikette und gehe.

Bei *AQUA OASIS* ist der Chef unerwartet anderweitig abverlangt worden, als ich vorspreche. Immerhin wäscht man mir den Jeep mit frischem Siwawasser.

Bei *AQUA VITA* sehe ich die Felle auf mich zuschwimmen. Aus dem Maschinengetriebe leckt es Öl. Pfützen gibt es statt Hygiene. Die Fenster sind allesamt erblindet oder gesprungen. Dann fällt der Groschen. Sie suchen einen Investor. Sonst ist der Laden nicht zu halten. Anschluss verpasst.

Sheikh *Budallah* scheint den drei Obermanagern Hoffnung gemacht zu haben. Über sein *Büro* war der Kontakt zustande gekommen. Wie mit Wüstenwasser begossene Pudel sitzen sie da und bieten mir Tee an mit Sesamzwieback. Ich weiß in etwa, was solche Anlagen kosten. Niemand verkauft sein Engineering zu Dumpingpreisen.

Ob ihnen klar sei, was es bedeutete, eine moderne Maschine am Laufen zu halten, um das Geld einzufahren, was man ausgeben wolle, ohne es zu haben, frage ich. *Wenn ich hier investiere, stehen mir adäquate Teile des Gewinns zu,* erkläre ich dreist. Ich stelle mir eine klimagekühlte Schaltzentrale vor mit flimmernden Monitoren ringsum und Bedienungskonsolen mit Echtzeitsimulation – und dann fällt der Strom aus. Oder wie sich die Bosse gegenseitig die Köpfe einschlagen, wer von den dreien bleiben darf. Import-Export. Will ich mir das antun?

Die Herren machen sich Notizen. Ich diktiere, was ich brauche: Ergiebigkeit der Brunnen, chemische Werte im Wasser, Preislisten, Gebäudemaße, der ganze Scheiß in Zahlen. Vielleicht will Väterchen Torsten hier sesshaft werden, sein Erbe genießen und den Laden schmeißen.

Als ich die marode Wasserfabrik verlasse und mich frage, wer vorher bereits abgewunken hat, trifft mich einen Bruchteil einer Sekunde lang ein Lichtstrahl, wie ich vermute, reflektiert von einem spiegelartigen Gegenstand. Ein Strahl wie auf der Zeichnung. Ich schaue herum, kann aber nichts erkennen. Es ist ein Blitz ohne Körper. Eine Warnung, dass mich jederzeit ein Schuss aus dem Hinterhalt treffen kann? Warum sollte dies jemand tun? Noch werde ich benötigt.

Wieder in der Logde angekommen, schaue ich mir einmal mehr die Zeichnung an. Plötzlich erkenne ich, was ich übersehen hatte: eine angedeutete Verlängerung des Strahls. Er zielt nicht auf die DC-neun, sondern durch sie hindurch auf die vorne fliegende MIG 23. Auf einen der Libyer.

Klar. Der Luftkampf hatte nicht Ghaddafi gegolten. Dass jener über alle Meere war, hatte die Soldateska gewusst. Tatsächlich galt der Raketenangriff den beiden MIGs, die im Radarschatten der DC-neun gen Libyen geflogen waren. Es hatte Warnungen gegeben, sie sollten es sein lassen. Machtspielchen der Oberzocker.

Eine der beiden MIGs war später im Trommelfeuer der Phantom- und Mirage-Jets über Kalabrien niedergegangen. Die Trümmer waren später spurlos verschwunden.

Die andere aber flog weiter gen Afrika und blieb verschollen. Die Maschine des letzten Zeugen hatte sich gerade noch rechtzeitig davongemacht. Das war der Grund für den verheerenden Fehler eines blinden Schützen. Befehl ist Befehl, ja?! Auch Francesco hat's erwischt. Es gab jemanden, der es gesehen haben könnte. Es ist ein Satz, der sich wie eine tibetanische Gebetsmühle in meine Eingeweide einnistet.

Der letzte Zeuge ist hier und wartet auf mich.

Kapitel 23
Das Siwa-Manuskript

Torstens Erinnerungen April bis Mai, Siwa, 29. April 2012

Was hatte die Zeichnung des Libyers zu bedeuten, fragte ich mich. Warum hatte Jae ausgerechnet meine Ex an Bord genommen? Und dann dieses: *Du sollst dich nicht in Gefahr begeben*. Ich begriff es nicht.

Ein Ami hatte mich auf dem Hinflug mit *Mister Torse* wie *Horse* und gottlob nicht mit *Cornermann* angesprochen. Als solcher hatte ich mich unterhalb der Shaliburg in einem Lehmbauhotel eingemietet und ein hinteres Zimmer in der zweiten Etage zugewiesen bekommen. Das Halbdunkel erinnerte mich an die elterliche Wohnung, also fühlte ich mich wie zu Hause. Nachdem ich meine Wäsche in dem dafür vorgesehenen Bastregal säuberlich gestapelt und diverse Utensilien dekorativ über den Raum verteilt hatte, darunter mein Lieblingsbuch *Das elegante Universum* von Brian Greene (wie viele Dimensionen verträgt der Mensch?), ein älteres Werk von Patrik Süskind über eine Taube, ein bebilderter Abriss der ägyptischen Geschichte sowie den obligatorischen Industriekatalog über Beleuchtungskörper und Lichtsysteme. Laptop, ein Reparaturset, Messer, Kleber und Nagelfeile positionierte ich auf dem Holztisch. Die stichlige Überdecke des Bettes verwandelte sich in einen Fußabtreter. *Oh, wie wohl ist mir am A-A-bend,* summte ich vor mich hin, wie Vater immer. Seine Tagebücher blieben im Koffer.

Ich fragte mich, ob Vater seinen Duden nach Siwa mitgenommen hatte und was es damit auf sich gehabt hatte, mir in einem *Wirtshaus zum Spessart* zum vierzehnten Geburtstag als überkirchliches Initiationsritual Knaurs bebildertes Lexikon und eine Kopie der Wohnungsschlüssel zu überreichen. Keine Ahnung, wie ich draufkam. Dinge kommen situativ einfach so hoch. Ich bin wohl voll davon.

Ich ging runter. Es gab viele kleine Geschäfte, darunter einige Basare, vollgestopft mit Kram aus Ton, Bast und Stoff. Ich tat immer interessiert und fragte eher beiläufig mit meiner besten Unschuldsmiene, ob jemand bekannt sei, der sich sechsundsechzig Jahre später an einen deutschen Soldaten mit Armdurchschuss erinnern könnte. *Nein?!* Und sauheiß war es.

Es brachte zwar nichts. Doch heftete ich unentwegt Fahndungsfotos an diverse Kaschemmen. Dann legte ich ergrauten Besuchern diverser Garküchen, Taxifahrern, moscheebetenden Kellnern sowie einem Tourimanager namens Amir das Jugendfoto vor, dass ich von Vater hatte. Ich schaute in zerfurchte Gesichter, milchig schimmernde Augen und durch dicke Brillengläser, die lupenhaft die Augäpfel hervortreten ließen. Achselzucken.

Dennoch fremdelte ich nicht mit der Berbergesellschaft. Eher im Gegenteil. Ich begann meine Mission von einer anderen Seite zu betrachten: als ein Durchstoßen von kulturellen Schallmauern, um mich rein menschlich zu verbinden. Erben will schließlich jedermann. Verstehen, was den biologischen Schöpfern letzten Endes wichtig ist. Dass es eine Wohltat ist, sich zu erden, wenn die Ahnen gegangen sind, den Stab zu übernehmen oder – bitte sehr – ins Meer zu werfen. Eine Art naturgegebene Gravitation ist es auch. Ich dachte zurück an den Aufprall in Tegel, als ich nach Ribbeck aufgebrochen war, der das Verschwinden einer Generation besiegelt und die Verbindung zur nachfolgenden eingeleitet hatte: Jae. Das zweite Newton'sche Gesetz, quasi vermenschlicht. Aufsetzen ist wie eine Unschuldsvermutung, dachte ich. Der Moment, wenn man ein neues Kapitel aufschlägt und gespannt ist, wie ich, der Held, die nächste Chance vergeigt. Auf Gravitation ist stets Verlass. Sie hat etwas Beruhigendes, etwas, das mein Sicherheitsbedürfnis stillt.

So kehrte ich zerstreut ins Hotel zurück, um Ruhe zu finden. Es war ja auch der siebte Tag. Aufzugeben war keine Option. Jae und Joe konnten mich mal. Ich streckte mich und schaffte neun Sit-ups. Ich beobachtete schwitzend, wie der Staub in Sonnenstrahlen tänzelte. Ich suchte mein inneres Gleichgewicht im niemals absoluten Raum auszutarieren, erschlug zwanzig Mücken und begann, Aron zu schreiben, um ins Gleichgewicht zu kommen.

Aron, mon ami! Manche finden es spannend, nach Exoplaneten zu suchen, statt schwarze Löcher auszuloten. Ist es besser, Widersprüche in sich ruhen, oder auf sich selbst wirken zu lassen? Möglicherweise suchen alle Menschen das schönste Erbe, drücken es nur verschiedenartig aus. Sollen wir tauschen? In Haifa wäre ich jetzt gerne.

Ich unterbrach meinen virtuosen Schreibfluss und begab mich in eine Garküche nahebei, wo ich scharf gebratenes Huhn mit Joghurtsaucen, winzigen, bittersüßen Oliven und einem säuerlich schmeckenden Tahini-Dipp und Salzgurken erstand und unauffällig einige Fahndungsbilder von Vattern auslegte. Ein Wasserrohr war geplatzt. In Löchern des schimmrigen Asphalts hatten sich schwarze Pfützen gebildet, an denen im Widerschein der Laternen strahlenförmige Lichtschweife hingen. Ich kam mir vor wie in einem drei-dimensionalen Gemälde des Weltalls und ging hoch, um Worte zu finden.

Was sind schwarze Löcher? Nichts als riesige Staubsauger, oder? Ihrem Sog entkommt kein Staub, kein Licht, kein Mensch. Weiß jemand, wie groß ihre Lichtbeutel werden können? Wo landet der aufgesaugte Sternenschrott? Ob der Materiesud beim Austritt Klumpen bildet? Wie viele schwarze Löcher sind nach dem Urknall entstanden und vor allem: Wie viele sind wieder verschwunden? Oder werden es immer nur mehr? So viele Fragen. So viele Träume. Wobei noch niemand in ein schwarzes Loch reingeschaut hat.

Wenn die Juden aus Ägypten statt östlich gen Westen gezogen wären? Dann hätten sie heute mehr Öl, könnten in Siwa zur Sand-Salz-Kur gehen und koschere Salzgurken einlegen. Statt auf Massada hätten sie eine Trutzburg auf dem Tafelberg namens Andrere Amellal errichtet und leckere Dattelshakes an die Römer verkauft. Ihren Tempel hätten sie an das Amun-Ra-Heiligtum angedockt, wo sich Gebet, Gesang und Omen verbunden hätten. Sie hätten Marsa Matroh als Hafen auserkoren und uns diese Ausgeburt an urbaner Hässlichkeit erspart. Kleine Planänderung, das Religiöse, ja, die Geschichte wäre anders verlaufen, vielleicht sogar besser.

Das Schreiben machte mich durstig. Ich holte mir einen Dattelsirupmilkshake. Zurück im Zimmer, schrieb ich weiter.

Siwa ist anders als ich es mir mit Oasen vorgestellt hatte. Riesig sind die Ausdehnungen, dicht ist der Wald aus Palmen, Oliven, Eukalyptus und matschig sind die Pisten am Abend. Doch letztlich ist Siwa nur ein Punkt mitten im Nichts wie ein Stern im All. Da wird eine beleuchtete Burg leicht aufgesaugt. Es ist anders, als die oasigen Postkarten zeigen, die man allerorten verkauft. Kamele gibt es hier auch nicht. Berber reiten Araberhengste.

Wie hier die Menschen zu Urzeiten gelebt haben? Vor dreitausend Jahren sei dies ein recht beliebter Ort gewesen, sagt mein Kellner, der scheint's zu wissen. Der größenwahnsinnige Alexander hat sich drei-drei-eins vor unserer Zeit im Orakeltempel zum Sohn von Zeus küren lassen. Er hat sich beraten lassen. In Siwa mochte er begraben werden. Nichts klappte. Ein Grab wurde nie gefunden. Ich bin dabei, das Lichtkonzept verständlicher herunterzubrechen, so dass die Scheichs und so sich darin wiederfinden. Auf sie sollte Licht fallen.

Ich brauchte dringend einen Tee. Später schlürfte ich am bitteren Nass, machte Klappmesser und wischte den Schweiß vom Boden. Ich blätterte in meinen fünf Büchern, um nach *Urknall*-Tautologien zu suchen, fand einiges und schrieb weiter.

Abwarten. Was ist dir inzwischen eingefallen zur Frage, was ein Urknall im Kern ist? Ein *Big Bang* vor dreizehn-komma-x

Milliarden Jahren? Eigentlich ist es eine paradiesische Unschuldsvermutung, da es heute überall und ständig urknallt. Agrarwahnsinn. Klimaknockdown. Immer noch raffiniertere Tötungsmaschinen. Hungersnöte. Verdummung per Spielkonsole. Artenausrottung. Die Vermüllung der Meere und der Köpfe. Urknall ist heute ein Megatrend. Das Gebabbel der Talkshows wiegt uns in den Schlaf. Man meidet Zusammenhänge und Handlungsoptionen. Nur so ein abseitiger Gedanke. Fühle dich knallig umarmt, Shalom, Torsten.

Aron antwortete nach einer Stunde, was schnell war.

Mon ami, Sheikh Torsten. Im Tauschen bin ich gut, aber ich muss mich momentan weiter um Klausuren kümmern – stehe kurz vor der Erleuchtung. Das klären wir später beim Tee. Shalom und nochmals Shalom – von Wüste zu Wüste.

PS. Um einen Kosmos, ein in sich geschlossenes Ganzes, herum befindet sich stets ein unbegrenztes Vakuum, sagte schon Seneca. Das würde bedeuten, dass unser unendlicher Kosmos eine Grenze hat, was mathematisch unsinnig und auch mauertechnisch schwer vorstellbar ist. Angenommen aber doch, und unser Ur-Universum beginnt sich einst zusammenziehen, um gegen unendlich null zu tendieren, um wieder urzuknallen? Wieso sollte es kein zwei bis n hoch x gegen unendlich gegeben haben? Steile mathematische These. Was die Frage impliziert: Was löst einen Urknall aus, und wenn ja, dann wie oft? Gilt der Satz des Pythagoras universumsübergreifend? Hab‘s in mein Smartphone eingegeben, doch es kommt nur der Link zum Supercomputer in *Per Anhalter durch die Galaxis*, der 2.747.500.000 Tage braucht, um schließlich Unsinn zu reden ... Was du dir alles so ausdenkst. Shalom, Aron.

Ich lächelte wohl zum ersten Mal, seit ich in Siwa bin. War das der Zweck der Übung? Der Sinn der Mission Glück?

Siwa, 30. April 2012

Im Salama Café vor meinem Hotel blinzelte Dina in die Nachmittagssonne und ließ die kupfernen Flächen ihrer Haut nachdunkeln, als ich mich zu ihr setzte. Sie war aus dem Kriegsirrsinn der Neunzigerjahre vom Balkan geflüchtet und über diverse Stationen auf drei Kontinenten schließlich in Siwa gelandet, wo sie eine Hausruine erstand, um diese zu einem veritablen Anwesen restaurieren zu lassen, wie sie erklärte, wobei ihre braunen Augen lustig hin und her tanzten.

Besser, hier in Würde runzlig werden, als in good old Europe zu verhungern, sagte sie. Vorbeiziehende Kinder grüßten respektvoll mit ihren Händen. Dina hatte Stil.

Ihr gegenüber saß Anwar. Dina ließ es sich nicht nehmen, ihn zu präsentieren. Er genoss es und goss uns in hohem Bogen Siwa-Tee ein. Sein Großvater sei ein vermögendes Mitglied seines Clans gewesen und hätte ein Dutzend Grundstücke und Häuser besessen. Sein Vater hatte das Erbe jedoch verprasst. Anwar hätte in einem Ölkonzern in Libyen und in einem Hotel in Jordanien gearbeitet. Er sei weit gereist. Seine Dienste seien gefragt, sagte sie. Paralleluniversumsüberlebensgeschichten.

Anwar fuhr einen koreanischen Cruiser mit der fetten Aufschrift *Desertdreamtours*. Ich fragte ihn, ob er so Geschäfte anbahnen würde. Mit seinem fülligen Gesicht unter einer kunstvoll gebundener Kufiya und seiner gebügelten Galabya mit Brosche sah er wie ein gut situierter saudischer Kaufmann aus, Mitte Vierzig. Er behauptete, achtundzwanzig zu sein und dass sein Jeep pure PeEr sei. *Nichts als ein Jeep!* Ich dachte an Jae.

Ich erklärte ihm, dass ich seine Dienste gerne nutzen würde, doch sei ich nicht als Tourist hier. Mich interessiere, ob hier deutsche Soldaten privat untergebracht gewesen seien, um zu genesen. Mein Vater sei hier gestrandet und hätte vielleicht etwas hinterlassen. So sollte ich weiterkommen, dachte ich. Strategien waren Gefühls- oder Glücksache.

Anwar gab Kostproben seines Wissens um das *Who's who? and Where's what?* im Clanmosaik der Oase. Viele zögen weiter oder wechselten ihr Haus. Besitzverhältnisse seien in den meisten Fällen allerdings ohne Vertrag geregelt worden. Es gelte noch immer der Handschlag mit Ehrenwort unter Zeugen. Einige Stämme führten aber Buch. Anwälte mit Aufzeichnungen und Durchblick lebten von Immobilien.

Das war mir neu. Ich fragte nach Namen. *Wie viele Anwälte leben hier?*

Drei, vielleicht vier, antwortete Anwar. Die Sheikhs gäben Auskunft, man sollte sich aber für bestimmte Dienste erkenntlich zeigen, ergänzte Dina.

Ich kam mir vor wie an einem Radarbildschirm ohne Piepston. Anwar schaute an Dina vorbei, fragte: *Reicht das?*

Dina bezweifelte, ob das so funktionierte. Sie hätte andere Erfahrungen machen müssen. Sie nannte Namen von *Betrügern,* die sie kannte. Dass es unnütz sei, sich hier auf etwas zu verlassen, diese *Berberkulturklamotten.* Ich begann mich unwohl zu fühlen.

Dina war nicht zu bremsen. Balkanesisches Temperament. Sie hatte sich in Siwa verliebt und war über den Tisch gezogen worden. Sie fragte leicht nach vorne gebeugt, ob es ein Privileg der Sesshaften sei, andere draußen vor der Tür stehen zu lassen, so wie es ihnen grade in den Kram passte, nachdem abkassiert worden war. Sie wollte ihre Faust in eine Wunde legen: Rückständigkeit und das Fehlen von Vertrauen. Sie hatte die rote Linie überschritten, dachte ich.

Anwar ließ sich jedoch nichts anmerken. Computer seien inzwischen in der *Oasenadministration* in Verwendung, entgegnete er mit einem Lächeln, doch müsse man Bewährtes nicht gleich entsorgen, oder sich denen schutzlos auszuliefern, die fette Geldbündel unter der Galabya in die Burg Shali hineintrügen. *Außerdem gibt es ja das Buch,* sagte er.

Was für ein Buch, fragte ich überrascht.

Man würde aufschreiben, was nicht in Stein zu meißeln war, fuhr Anwar nach einer Pause fort. Man wisse um die Vergesslichkeit von Menschen und Vergänglichkeit von Worten. Das *Siwa-Manuskript* sei im Besitz der Familie Sullah und so etwas wie das Gedächtnis der Oase, eine Chronik und Registratur der zehn Berber- und zwei Beduinenstämme. Vielleicht sei notifiziert, wem bestimmte Häuser damals rechtmäßig gehörten. *Doch Siwa behält seine Geheimnisse,* sagte Anwar. *Ich habe keinen Zugang zum Manuskript von Siwa, zu diesem Wissen. Du kommst sowieso nicht ran. Jedenfalls nicht so einfach.*

Das *Manuskript der Oase.* Die Quelle. Ich war elektrisiert, versuchte, es mir aber nicht anmerken zu lassen.

Es dämmerte. Nachdem Dina sich in *wichtigen Angelegenheiten* verabschiedet hatte, hakte ich nach. Anwar blieb schmallippig. Was ich so genau wissen wolle?

Ich legte einen Schein auf den Tisch und holte die Tagebücher von Vater. Dazu legte ich die Zeichnung der Oase. Ich *musste* mit offenen Karten spielen. Es ging mir nah. Als würde der Tod Vaters nachsacken. *Scheiß Melancholie!*

Es könne sein, dass das *Manuskript* den Weg zum Letzten Willen meines Vaters öffne, behauptete ich kess und sprach von *meinem* Erbe. Das, was auf mich übergehen sollte. Was niemandem anderen gehöre, falls ich es finden würde. *Mein Vater sprach von einer Kiste Fotos, einer Kamera vielleicht. Ich glaube ihm.* Es tat mir weh, mich derartig darbieten zu müssen.

Anwar schaute von den Papieren hoch und blickte mir flüchtig in die Augen, die im Licht der Lampen wässrig glänzten. Er stand auf. *Let's go,* sagte er entschieden.

Siwa, 30. April 2012

Anwar schwieg, als wir die staubige Piste hinausfuhren. Er schaltete Musik ein. Procol Harum. *A whiter shade of pale. We skipped the light fandango.* Beduinensong.

I love it, sagte er und summte mit. Siedlungen verebbten zwischen Sand- und Steinhügeln und diffundierten in dichtem Grün, durchsetzt von Bast und Beton, die den Blick auf geräumige Villen unterbanden. Dann gab das Unterholz plötzlich den Blick auf die silbern schimmernden Tafelberge von *Dakrour* frei, deren Oberkante die Linie markierte, wo der Ozean geendet hatte, bis alles Wasser versickert und fruchtbare Erde entstanden war. Die Nacht kühl und klar, die Sterne feiner Staub, magisch blinkend und schillernd.

Ich stieg auf eine Mauer und schaute in ein rechteckiges Becken in Schwimmbadgröße. Aus einem kopfgroßen Rohr schoss heißes Wasser, in dem sich zwei Jungen einseiften. Anwar legte sich in die sprudelnde Hitze und winkte.

Es sei gut möglich, dass sich Hinweise im *Siwa-Manuskript* befänden, bemerkte er beiläufig und schob mich unter den Wasserstrahl. Abmachungen zwischen den Berberstämmen seien festgehalten worden. Er war die Wasserhitze gewohnt. Mir wurde schwindlig. Stockduster war es inzwischen.

Ich rutschte tiefer unter das Rohr und ließ den Strahl über den Nacken strömen. Die Familie von Sheikh Sullah führe die Chronik, plauderte Anwar. Niemand würde sie zu Gesicht bekommen, selbst Würdenträger nicht.

Ich tauschte die Position mit Anwar und erzählte von dem Illuminierungsprojekt. Amun-Ra würde die Fantasie der Physiker, Künstler und freilich auch der Touristen bis heute inspirieren. Immer schon sei Licht auch Spekulation gewesen und Glaubenssache. Wo Licht herkomme, bleibe mysteriös wie aller Erbschaft oder das Ende des

Universums. Licht würde gebrochen, so entstünden Farben. Licht ist Materie und Welle zugleich. *Ich möchte die Lichtphysik einbeziehen. Nur …*

Ich bezweifelte, dass meine Worthülsen Wirkung erzeugten. Dann versiegte der Strom der Gedanken im heißen Wasser und mein Kreislauf drohte zu kollabieren.

Es komme weniger auf das *Wie* als vielmehr darauf an, *was* zu beleuchten sei, sinnierte Anwar, und dass der Sonnenuntergang eine besondere Rolle spiele im Islam. *Glaube ist Licht. Wenn die letzten Strahlen der Sonne verschwunden sind, beginnt das Gebet. Ihr sagt Erleuchtung, was nicht dasselbe ist. In Gegensätzen zu denken, ist mir allerdings nicht fremd.*

In der Ferne sangen die Muezzine. Ich fröstelte, als ich das Becken verließ und eintauchte in die Finsternis.

Siwa, 1. Mai 2012

Am Folgetag saßen wir bei *Abdo* und ließen die Zeit bei Tee und Früchten verrinnen. Anwar winkte einen *Freund* heran und stellte ihn mir vor. Abdullah Abu Sullah. Er sei einer der wenigen, die das *Siwa-Manuskripts* gesehen hatten, begann Anwar. Abdullah verzog keine Miene, widersprach auch nicht. Die Familie Abu Musallim habe im siebzehnten Jahrhundert mit der Chronik begonnen, doch reichten die Historien bis ins zwölfte Jahrhundert zurück, erklärte er. Er verlor sich in Betrachtungen von der Einzigartigkeit des Werks und den Mühen der Chronisten, musste aber weiter. Wir verabredeten uns für den Abend in dem Gartenrestaurant *Tekeyat*, wo es exzellentes *Mardam*, in einem Erdofen gegarte Ente mit Reis, geben sollte, wie er versicherte. Denn wer nach Spuren seines Vaters suche, dem schenke Allah Gehör. Ein Versprechen?

Die Hitze des Tages und die Rufe der Muezzine verebbten gerade, als wir uns zusammensetzten. Wie man sich das Werk vorzustellen habe, fragte ich, da ich mich mit den Ritualen in Beduinenoasen nicht auskennen würde. Es seien mehrere, in Leder eingebundene Bände, erwiderte Abdullah vage. Es gebe auch lose Blätter, Aufzeichnungen von Beschlüssen, Abschriften und Kommentare der Sheikhs, etwa Eintragungen zu wichtigen Personen, die gestorben oder zugezogen waren, und so weiter. Abdullah schloss: *Als ältester Sohn des Sheikh Sullah werde ich die Aufbewahrung übernehmen. Wer es sehen will, benötigt jedoch die Genehmigung von Ibrahim, dem Bruder meines Vaters. Das ist unser Imam, der Älteste in Siwa. Er war auch Rommel begegnet. Entscheiden wird dann der Rat.*

Eingedenk meines verstorbenen Vaters, wagte ich zu hoffen, erwiderte ich, dass ich zu denen gehöre, denen das Privileg beschieden sei, in das Buch zu schauen, auch wenn ich einen Übersetzer bräuchte. Keine Reaktion. Abdullah versprach sich zu kümmern und verabschiedete sich knapp.

Anwar begleitete mich zum Hotel. *Ich denke, er weiß, ob es Dokumente über die Zeit deines Vaters gibt. Er bat mich um alle Informationen, ALLE. Sollte ich nicht übersetzen. Zunächst wird er Erkundigungen über dich einholen. Wenn alle einverstanden sind, bekommst du eine Audienz beim Agwad unter Zeugen. Kleine Teerunde nennen sie das. Trefferquote? Darauf möchte ich keine Wette eingehen.*

Siwa, 6. Mai 2012

Der Imam Ibrahim war ein Methusalem, erblindet und gegenüber Einflussnahme taub. Er war klein von Gestalt. Seine lederne Gesichtshaut war von Falten zerklüftet.

Ich saß ihm in der alten Moschee auf der Zitadelle Shali gegenüber, als er in sich gekehrt und murmelnd das Freitagsgebet vorbereitete. Nach der Predigt nahmen wir im kahlen Vorraum der wieder aufgebauten Moschee Platz. Es gab Wasser aus einem großen Krug. Anwar erklärte, um was es ging. Der Imam hörte regungslos zu, den Kopf auf einem Stab gestützt, die Augen wie zwei Aquamarine weit geöffnet. Dann richtete er sich auf. Er sprach bedächtig.

Er erinnere sich, als Siwa besetzt gewesen sei, Kriegsgebiet ohne Schuld und in großer Not, sagte er. Ohne Aufhebens zu machen, hätten italienische Flieger die Oase bombardiert, Bauern enteignet, Esel geschlachtet und gegrillt. Ihr *mangaria l'asino* sorge heute noch für Heiterkeit. Er lachte und machte eine Pause, die Zeit zum Übersetzen ließ.

In die Tomben des *Gabel al-Mawta*, dem Berg der Toten, habe man flüchten müssen. Drei, vier Familien hatten in den Katakomben zusammengepfercht gelebt. An allem hätte es gefehlt. Der Wiederaufbau hätte ein Jahrzehnt gedauert.

Ob es deutsche Kriegsverwundete gegeben habe, fragte ich. Es habe ein deutsches Lazarett gegeben mit vielen Verwundeten, erinnerte er sich. Es seien Soldaten bei Familien gesund gepflegt worden. Ein Deutscher sei geblieben, Hans. Den Namen wusste er noch. Vor Jahren sei er gestorben. Und es gäbe dazu Aufzeichnungen im *Siwa-Manuskript*.

Ich dankte, erzählte von der Bedeutung der Familientradition, beschwor, wie wichtig mir das Erbe sei. Ob ich Zugang zum *Manuskript* bekomme?

Es gebe kein Erbe, erwiderte der Imam. Was in Siwa geblieben sei, gehöre niemandem. Es gehöre allen.

Fehlanzeige. Doch wollte ich nichts *haben*, lenkte ich ein, nur die Wahrheit über meinen Vater *erfahren*. Nachschauen, ob es im *Manuskript* einen Vermerk gebe, Listen, einen Namen, einen Hinweis, bei wem der Verwundete untergebracht worden sei. Herausfinden, wieso mein Vater so lange verschollen war. Wer die Person gewesen sei, zu der er später Kontakt gehalten hatte. Der Imam stellte sich taub.

Ich legte nach. Ich wisse wohl, dass dem Stamm alles gehöre. Wer aber wäre der Verwalter genau, fragte ich vorsichtig, wenn es denn einen solchen gäbe. Die Sheikhs? Ich würde in absehbarer Zeit jedoch nicht wiederkommen können. Ich versuchte vorsichtig Druck aufzubauen.

Der Imam gab zu verstehen, dass er nicht allein entscheiden könne, übersetzte Anwar, der an seiner Rolle Gefallen fand. Er nickte mir zu. Das Gespräch war beendet.

Kapitel 24
Joe kommt

Aus Jaes Tagebuch, Siwa, 1. Mai 2012

Der Mai beginnt beschissen.

Hier Joe!

Hi. Schon was Neues, Joe?

I'm asking you, Jae, my dear.

Nope!

Nur eins, Jae: Wir haben uns mehr als drei Jahre nicht gesehen. That's changing next week.

Aha. Good to know.

Wenn buchstäblich nichts geht, einen draufsatteln! Eine Kriegslist aus dem *Gladio*-Handbuch der Spionage. Klar, dass Joe eine verdammte Frage loswerden will. Nach seinem *Warm-up* kommt's. *Not happy?*

Absolutly! Why not? Die Gegenfrage zum Atemholen.

Ich frage mich, wo der Cornerman abgeblieben ist. Fuck.

Was auch immer seine Frage ist, das ist sie jedenfalls nicht. Vielleicht, wann ich meine Tage habe. *Nope. Don't you ask me, honey.*

Er legt uncharmant nach: *I'm not amused.* Nichts Neues. Besser als rumzubrüllen. Eine Stunde später erhalte ich eine Nachricht: Mohamed und seine Mannen mögen klären, wer alles im Schmuggel mit Libyen verwickelt sei. Wer die Informanten und Strippenzieher seien, vor allem nach 1980.

Klar ist: Joe sammelt gerade die Dienste diverser Armeen um sich. Er will an die Clans ran. Mohamed wird es nicht richten. Sheikhs bräuchte er. Oder hat er geheime Zuträger?

Hat er eher nicht, sonst würde er nicht seine Meute von der Leine lassen. Der Brunnen sprudelt, denke ich, doch das Wasser versickert im Palmengarten. Er müsste es auffangen. Er müsste Palmen beschneiden, die weiblichen Fruchtkolben bestäuben und die Wurzeln düngen, wollte er Früchte ernten. *Time over.* Das hätte er vor Jahren tun müssen.

Die Maisonne knallt mittags runter. Es wird deutlich wärmer. Wie lange bin ich schon hier? Ich verlasse die Lodge, fahre über Sandpisten und lasse den Jeep Treibsand spüren. Ich entdecke eine kleine Oase an einem Wasserloch mit dreißig Palmen. Postkartenkitschpanorama. Gut, um runterzukommen. Später hänge ich am Pool ab. Bis es wieder *Beep* macht.

Of course, he is not appearing as a Libyan. Check it.

Joe geht vom Schlimmsten aus. Er befürchtet den *Oasentunnelblick* seiner Truppen. Ein Melderegister hilft nicht weiter, sofern es so etwas gibt. Muss ich checken.

Später treffe ich Torsten beim Bananenverkäufer mit dem Mondgesicht auf dem Markt hinter der Shaliburg und frage, wie weit er gekommen sei.

Bin an meinem Lichtprojekt dran, alles überaus komplex, nuschelt er. *Und es gibt eine interessante Buchführung,* sagt er. *Das* Siwa-Manuskript *wird die Quelle genannt. Sie ist von unschätzbarem Wert, aber es ist sehr schwer, ranzukommen. Eine Kopie scheint es aber zu geben. Vielleicht gibt es Hinweise, die uns weiterhelfen.*

Nachdem vor hundert Jahren ein ignoranter deutscher Abenteurer einige Seiten herausgerissen hatte, sei *the book of the secrets,* wie es genannt wird, versteckt worden. Es befinde sich im Besitz der Familie des Sheikhs Sullah. An welchem Ort genau sei unklar. *Siwa hütet seine Geheimnisse gut… Aber ich bin dran.*

Ist es das, um was es geht? Weiß Joe davon? Er kommt!

Hier ist es heiß, trocken, staubig. Oasen werden im Sommer zum Backofen. Milliarden Fliegen und Mücken umschwirren Wasserbrachen, laben sich am Müll und plagen mich. Katzen lassen sie aber in Ruh. Goethes italienische Reise ist eine recht gute Medizin gegen menschliche Stagnation, findest du nicht? Codes. Sabine sollte ihre Fühler in die ewige Stadt ausstrecken, das schreibe ich ihr. In Rom wartet kein Richter auf den letzten Zeugen. Bisher. Weiß er davon? Es wird Zeit, dass er es erfährt.

Siwa, 2. Mai 2012

Die gleißende Sonne verscheucht das Volk am Nachmittag. *Niemand kann dir helfen,* meint Rehab. Ich muss sie sehen.

Überall diese Spitzel. Ungeziefer. Auch Torsten ist inzwischen unter Beobachtung. Joe ist auf dem Weg in die Oase. Er hat was im Gepäck. Ich spüre es in den Eingeweiden.

Ich denke mir neue Umwege aus, um unerkannt zu Rehab zu gelangen. Mein Erfindungsreichtum kennt keine Grenzen, nun, da ich immer mehr Menschen kenne in Shali, auch Expats, die hängengeblieben sind und in auf alt gemachten Häusern wohnen, aus denen ich nach einem Besuch verkleidet entschwinde. Im Berg der Toten entdecke ich einen unterirdischen Gang, der in einer Ruine endet, einem Ziegenstall. So, wie ich einst die Solfatara-Höhlen erkundete. *Ich bin eine Höhlenforscherin, nicht wahr?* Unvergessen.

Rehab schaut mich erschrocken an. *Du kommst spät,* flüstert sie. *Bleich siehst du aus.*

Stimmt wohl. Ich bin unterzuckert, als habe ein Flughund meine Energie abgesaugt. Matera. Immer Matera.

Du nimmst zu wenig Nahrung und Flüssigkeit zu dir, hält sie mir vor und bringt Früchte, Tee, Salzgebäck, gekochte Eier und zwei Joghurtspeisen. Oasenkuren. Dazu Siwawasser. Wir berühren und massieren uns. Mein Blut beginnt stärker zu zirkulieren. Meine Sinne erwachen.

Die Früchte, die es hier gibt, sind von einer betörenden Süße und saftig. Ich beiße in das weiche, violett gemaserte Fleisch eines Pfirsichs.

Ich sage: *Die Frucht ist süß und aromatisch. Das Amygdalinkonzentrat im innersten Kern zersetzt sich jedoch zu Blausäure. Es wirkt tödlich. Weißt du, was ich damit sagen will?*

Rehab schweigt. Sie wird das Bild in sich aufnehmen.

Ich trage Joes Bild in mir. *It's my turn now,* höre ich ihn sagen, nun, da er seine Radarstrahlen sendet und seine Hände zucken, um ein ummanteltes Geschoss tödlich in sein Ziel zu lenken. Wie eine Luft-Luft-Rakete in einem Abendhimmel.

Oder wie die Kugel einer Welrod mit doppelter Schallgeschwindigkeit. Ich zeigte Rehab, wie sie mit der Welrod umgeht. Wie man sie nachlädt, sichert und entsichert. Abdrückt. Wie sie dreißig Schritte entfernt trifft. *Weiter darfst du nicht entfernt sein,* sage ich.

Wir gehen zum Waldgarten, um zu üben. Viel Munition habe ich nicht. Die Welrod ist eine geile Waffe aus naher Distanz. Der Schalldämpfer ist integriert, leise tötend.

That his face at first just ghostly
Turned a whiter shade of pale

Siwa, 4. Mai 2012

Es hat sich ungewöhnlich abgekühlt. Tief liegende Wolken ziehen von Nordwest über Siwa. Böige Winde fegen Sand durch Ritzen, Türen und Fenster. Palmenholzdecken ächzen. Die Dünen, die sich südlich riesenhaft auftürmen und bedrohlich an die Oase heranreichen, sind glatt. Ein Schauer verwandelt die Staubpisten in Matschbänder, in denen Teerinseln verloren glänzen. Ein gespenstisches Menetekel: Die Woge bricht am Felsen. Welche Woge?

Ich trainiere zwei Mal am Tag. Ich mache mich an die Vervollständigung der Landkarten, schreibe Briefe.

Nach einigen Tagen schlägt das Barometer wieder um. Der Wind lässt nach und dreht. Der Himmel flimmert, blauer als an der Côte d'Azur, wo ich einst den Frühling zu mir nahm.

Torsten ist auf den Spuren des *Siwa-Manuskripts*. Vielleicht sind wir schneller. Zeit für einen Strategiewechsel. Ich entschließe mich, mehr Tochter zu sein.

Die Sonne sticht wie durch tausend kleine Brenngläser. Wir finden einen Schattenplatz in einem der kleinen, verwunschenen Bäderbecken.

Du magst dich nie festlegen, moniert Torsten. *Suchen wir den Libyer zusammen oder lassen wir den Scheiß lieber?*

Vater ante Tochter, Tochter versus Vater. Die Rollenspiele enden nie. Ich sage mit gesenktem Blick: *Kommen wir zur Sache.*

Du hast eine Rechnung offen, nicht wahr, fragt er. Ich schaue hoch und tue überrascht.

Wohl wahr, pariere ich. Alles ist *Kata*. Er bohrt, setzt nach.

Was ist mit Joe?

So heißt er.

Ein CIA-Mann oder Gladio? Erklär es mir.

Hatte ich bereits.

Klartext. Ist er ein Psychopath? Und wo steckt er?

Ich zucke mit den Schultern und frage unschuldigstolz-aufrecht: *Kennst du den Berg der Toten?*

Torsten ignoriert, insistiert: *Ich habe versucht, mehr über militärische Geheimdienste herauszufinden. In Medien gibt es so gut wie nichts. Gladio existiert faktisch nicht. Wer ist Joe wirklich?*

Die Medien spielen halt mit oder wollen nichts wissen. In Italien ist Gladio aufgeflogen, weil dort die Geheimdienste arg löchrig sind.

Italien. Stimmt. Ich habe zwei Bücher dazu gefunden, mehr nicht.

Historiker sind brave Leute. Sie hängen am Tropf derer, denen sie dienen. Die Geisterwelt der Geheimdienste fällt durch ihr Raster mit Verweis auf die unklare Quellenlage. Ach ja.

Er schüttelt den Kopf. *Was ist los, Jae?*

Gladio ist tot. Es lebe Gladio. Weil …

Weil Joe funktioniert und weil es einen Showdown gibt. Hier. Gibt es doch. Sag es mir.

Ich drücke seine Hand, denke an den Felsen und schweige. Ich erhebe mich. Wir gehen jeder seinen Weg.

Siwa, 5. Mai 2012

Die Tage fließen dahin wie ein träger, breiter Strom des Grübelns und Hoffens. *Es wird kein Leben lang dauern,* sage ich Torsten und kassiere ein Grinsen. Ich gebe zu, ich brauche ihn, doch nur entspannt, zumal meine Stimmung schwankt unter dem Druck des Wartens. Verschlüsselt schicke ich die Botschaft an Sabine. Komisch: Sie ist dort, er hier. Wir fahren durch jeden noch so kleinen Weg, um Fluchtrouten zu kartographieren. Wie stark ist Joes Truppe?

Wir steigen über den heiligen *Gabel al-Dakrour,* um schwitzend in das warme Nass eines Beckens einzutauchen. Wir kriechen durch die Tunnelsysteme des Bergs der Toten, wo wir einen sonderbar verbarrikadierten, recht neuen Eingang entdecken. Die Tür ist wie eine Metapher. Mittendrin fällt mir Sapphos *Eros erschüttert bebend die Seele mir* vom Hinterkopf vor die Füße. Was sind wir doch merkwürdige Wesen – oder liegt es an diesem merkwürdigen Ort? Dieses *Verworren flirrt es mir vor Augen.* In der Oberprima hatte ich Sappho im Original gelesen. Man lebt von den Worten anderer oder verdurstet.

Was Torsten nicht gefällt, ist mein Jeep, mit dem wir einen Ausritt durch die Dünen der großen westlichen

Wüste unternehmen, um festzustellen, dass der Weg nach Süden abgeschnitten ist. Torsten rezitiert Karl Mays *Durch die Wüste.* Na ja. Wir sind schon sehr verschieden. Ich niese: *Hadschí!*

DIGITALE TONAUFZEICHNUNG (Auto.10)

Ein dreirädriger Motorradkarren ist zu schnell gefahren, bei einem Ausweichmanöver in den Graben geraten und umgekippt. Man hat Waffen gefunden sowie einige Pakete Haschisch. Der Fahrer ist entkommen. Das umgebaute Fahrzeug ist nicht registriert. Es gibt Polizeiermittlungen, eine Meldung in der Zeitung. Darin wird gefragt: Ist es Schmuggel oder war die Ladung für Siwa bestimmt? *Wohin sollten die Waffen gehen, die aus libyschen Armeebeständen stammen? Sind Dschihadisten beteiligt? Wer weiß was?*

Schlagartig schlägt das Stimmungsbarometer um. Siwa zeigt plötzlich ein anderes Gesicht. Die Straßen sind an diesem Tag entleert. Es hat eine Hausdurchsuchung gegeben. Türen bleiben dicht und Läden schließen zeitiger. Gespräche verstummen, als ich mir bei Abdo *einen Tee und eine würzige Zwiebelsuppe* Elkhendo *bestelle. Gibt es diesen Urreflex von Menschen im Moment der Bedrohung?*

Die Tauben gurren es, die Flüsterer flüstern es. Es ist amtlich: Es war einer von Mohameds Mannen, dem das Missgeschick widerfahren ist. Nun wird aufgerüstet. In den kühlen Nächten kreisen Joints zwischen wachenden Sigalli, da braucht es Nachschub.

Mohameds Mannen sind wie vom Wüstensand verschluckt. Wie lästige Schmeißfliegen, verscheucht mit dem Kuhschwanz. Irgendetwas riecht übel dahinter. Ich sehe Joe schlecht gelaunt aus einem alten Militärjeep springen, doch er sieht mich nicht.

Joe ist in Siwa. *It's showdown time, honey.*

Kapitel 25
Operation Orakel Amun-Ra

Rekonstrukt, Siwa, 5. Mai 2012

Welcome to Siwa, beeilt sich Mohamed zu sagen, als Joe, von Kopf bis Fuß in schwarzem Leder eingekleidet, aus seinem Jeep steigt, der gewisse Ähnlichkeit mit dem Gefährt von Jae hat. Er grüßt mit dem Zeigefinger am weißen Bastborsalino, der so gut zum sonstigen Outfit passt, wie Rosa zu Orange. *Nice Jeep you have. But green, not silver,* bemerkt Mohamed.

Und das soll ein Sehnsuchtsort sein, blafft Joe zurück. *How about a steak? Any Bourbon? Nur Dattelschnaps unter der Ladentheke, right? Worse than Tequila with the worm.* Mohamed versteht nicht und dreht achselzuckend ab.

In der letzten Arbeitsbesprechung in der Hosteria *Al Monumento* in Rom hatte Big Boss Ben keine Zweifel aufkommen lassen. Der Zeuge dürfe die ewige Stadt nie betreten, ein *Corte Suprema di Cassazione* schon gar nicht. Wie geheimdienstliche Ermittlungen ergeben hatten, wusste das oberste Kassationsgericht bis dato nichts von einem libyschen Pilotenzeugen. Das wiederum sprach für Jae, denn von wem außer ihr hätte diese Information kommen können? Sofern die Ermittlungen stimmten.

Die Operation in Siwa hatte nicht irgendeinen Namen. Codewörter haben zielorientiert zu sein, nicht nur salbungsvoll, sondern auch visionär, so wie die Operation *Orakel Amun-Ra* unter Leitung Washingtons. Ersonnen hatte es die für *Codes 'n Coke,* Grundsatzreden des Ministers und Thanksgiving-Grußadressen-zuständige CIA-Abteilung Z zwo zwo, Message: Das *Orakel* steht unter einem göttlichen Stern, Fellas. Ausrufezeichen! Die Prognose lautete: Das Projekt ist siegreich. Basta. Für wen, das war die Frage. Und wie sollte der Sieg aussehen? Das ist für Joe allerdings weniger eine Frage als ein Befehl: *Er ist unser! And mine, fuck!*

Supermann Alexander der Große hatte sich seinerzeit im Ammoneion des Orakeltempels als *Sohn des Gottes Jupiter* feiern lassen, wie man in Washington D.C. ermittelt hatte, also väterlicherseits. Das gefällt Joe, und deutet es als gutes Vorzeichen. So hat das Gute einen Namen – samt Schutzpatron. *Göttlich*! Wie im Ashram mit Coke. *All good.*

Joe glaubt nicht an Geistervertreiberei. Den ganzen Hokuspokus, Zukunftsvorherbestimmung, das Tarot-Karten-Legen. Joe glaubt nicht an Jesus Christus. Er fürchtet sich nicht vor Dämonen, Schwertern, Engeln, Imperatoren, Allah. *Museal das Ganze*. Was zählt, sind die gekreuzten Indianerpfeile der *Green Berets*. Ein Orakel ist eher langweilig. Er glaubte auch nicht an Glücksengel, als Bagdad brannte und er mittendrin war und davonkam. 2003, auch so ein verfluchtes Jahr. Dieses: *Sieben Leben habe ich, also bleiben mir noch drei.* Wieso Rommel immer wieder die Kurve bekommen hatte? Das lag jenseits, jedenfalls jenseits des Erklärlichen.

Siwa, 6. Mai 2012

Joe logiert in der *Taziry Eco-Lodge*, die ein reicher marokkanischer Geschäftsmann einige Jahre zuvor als Begegnungszentrum der Kulturen hatte errichten lassen samt Bibliothekssaal, Bäder und Full-Board-Restaurant. Die weitläufige Hotelanlage mit Säulengängen, kleinen Terrassen und einer geschmackvollen Einrichtung im Stil der Berber steht nun leer. Über dessen Koch, der in den Staaten schon Burger gegrillt hatte, lässt sich Joe eine Kiste guten Bourbon organisieren. Was Joe zu schätzen weiß.

Das Personal lungert den ganzen Tag herum und freut sich über jeden Wunsch und jede Nachfrage. Joe muss sich um nichts kümmern.

Der Standort hat vor allem Vorteile. Er liegt abseits vom Gewusel der Oase und genießt den Schutz einer hohen Mauer. Drum herum sind nur kahle Flächen, Gesteinsbrocken und ein Tafelberg – ein freies Sichtfeld mag Joe. Vor allem aber liegt das *Taziry* vis-a-vis zum gewaltigen Massiv des *Andrere Amellal,* an dessen entgegengesetzter Seite Jae Quartier bezogen hat. Er kann von seinem Fenster aus die Straße zu Jaes Lodge kontrollieren. Sehen, wann die Fledermaus zum Abflug anhebt und heimgeflattert kommt. Das *Taziry* hat sogar einen eigenen Anlegesteg am Salzsee, so dass er die Landzunge, auf dem Jaes Hotel liegt, mit einem Bötchen umschiffen kann.

Joe steht kerzengrade am Mauerrand, wippt mit dem Fuß im inneren Takt eines Boogie und schaut zu, wie die Sonne hinter dem Tafelberg verschwindet. Er ist unzufrieden und fühlt sich verspannt. Dann und wann wummern Trucks, voll beladen mit Gestein, aus einer fernen Baustelle. Drei uralte Jeeps kehren mit einigen Touristen von einer Wüstensafari heim. Ein Eselskarren mit verschleierten Frauen rollt vorbei. Ansonsten ist es still. Der Kommandeur ist anderes gewohnt. Was soll er tun? Wie vorgehen?

Joe ruft Mohamed an und bestellt ihn samt *Inner Circle* ins *Taziry* ein. Antreten lassen, statt sich unter das Volk zu mischen, das ist sein Ding. Rumschnüffeln können andere. Jae ist sowieso eine Nachteule. Es braucht einen Plan.

Sein nervöses Zucken im Auge merkt er nicht. Den scheiß Tinnitus aber schon. Dieses Ohrensauen hat er seit Ramstein September 1988, als direkt vor seinen Augen und Ohren die Maschine der Flugstaffel der *Frecce Tricolori* mit dem Ustica-Hauptzeugen Ivo Nutarelli am Steuer abgestürzt war, einen Hubschrauber in Brand gesteckt hatte und in einen Höllenlärm, Feuer und Rauch aufging, mit ihm siebzig Zuschauer allerdings auch. Dumm gelaufen. Warum aber musste Nutarelli auch unbedingt damit drohen, zehn Tage später das Vertuschungskonstrukt auffliegen zu lassen? Joes Trommelfell lässt ihn immer wieder daran zurückdenken.

Siwa, 6. Mai 2012

Die *Stabsbesprechung*, wie Joe das Meeting der Orakeloperation anderntags tituliert, vermag an seiner schlechten Laune wenig zu ändern. Er verteilt Aufgaben, lässt sich detailliert berichten, stellt jede verdammte Frage drei Mal und verwirft wieder alles. Sollte man es nicht einige Tage weiterlaufen lassen und dann neu einteilen? Besser! Er stellt Sonderprämien für Hinweise auf den Libyer in Aussicht und kündigt eine Einweisung in Überwachung und Häuserstürmung an. Es gibt nun so etwas wie Verantwortlichkeiten, sogar für Abrechnung.

Eine Woche vergeht ohne Fortschritt. Jae treibt sich überall herum und verkehrt oft bei Sheikh Budallah, bringen seine Späher in Erfahrung. Verdächtig. Welche Rolle der Sheikh und sein Clan spielt, fragt er. Ist das vielleicht eine Spur? Sollte er ihn aufsuchen und zur Rede stellen?

Mohamed rät dringend davon ab und spricht ehrfürchtig von Budallah. Weitergehend will er sich dazu nicht äußern. Joe vermutet, dass er selbst dem Clan angehört. Joe insistiert. Schließlich erklärt Mohamed weitschweifig, wie die verfluchte Oasenkloake funktioniert, dass der Familienzusammenhalt superwichtig sei und dass der engste Familienkreis bei Entscheidungen meistens einbezogen sei. Dass sein Sohn Wahel einen ausgezeichneten Ruf genieße, seine Tochter Rehab allerdings weniger. Mohamed rückt nicht mit *Facts and Figures* raus, hat eine amateurhaft dürftige Beobachtungsgabe und ist von Stümpern umgeben, schlussfolgert Joe. *Merci!*

Um sich zu bewegen und den Kopf freizubekommen, steigt Joe einen Berghang in der Nähe hoch, wo sich quadratförmige Einfräsungen wie Waben in den Fels bohren. Von hier hat er einen exzellenten Überblick über alle Straßen und Fluchtwege raus aus der Oase in Richtung Westen. In Richtung Libyen, Kufra, Benghazi. Er fotografiert, trägt die Entfernungen in seine Karte ein und berechnet, wie lange ein Motorrad bis zum Ortszentrum braucht und wie viel ein Eselskarren. Er legt Beobachtungspunkte fest. Mögliche Orte für Straßensperren.

Dabei tritt Joe blindlings auf ausgeblichene Menschenknochen und Stoffreste, die aus der Römerzeit stammen mochten. So möchte man nicht enden, denkt er. Er macht davon Fotos und postet sie seiner vollbusigen Sekretärin nach Rom samt Lagebericht: *In der Westwüste außer Knochen nichts Neues.*

Von Rom hat er eh keine Hilfe zu erwarten. Die *Metadaten* des Libyers sind mehr als dürftig und stammen aus den Siebzigerjahren, als jener zum Kampfpiloten ausgebildet worden war. DNA gab es damals nicht und das Foto kann man vergessen. 1,83 m ist er groß, geboren 1959 in Kufra, irgendwo in Libyen, nahe Mali. Tadellose Ausbildung. Charaktereigenschaften: diszipliniert, ausdauernd, empathiefrei, Kämpfertyp. Letzter Wohnort: Benghazi. Das war's. Also muss er 53 sein. Selbst wenn es in Siwa Videokameras gäbe, würde er so nicht weiterkommen. Schönes Orakel!

Siwa, 14. Mai 2012

Abends sitzt Joe allein am prasselnden Feuer und schaut zum x-ten Mal durch das Dossier, dass er vor der Abreise bekommen hatte. Was ist die Logik des Verrats? Dazu steht nichts drin, nichts über Drehbücher von Rache, Ahnungslosigkeit oder Geldgier. Jae ist nicht mehr als ein paar Blätter aus ihrer Personalakte. Er kann, er darf ihr nicht trauen. Niemand kann seine Gefühle komplett ausschalten, kein Soldat, kein Revoluzzer, schon gar keine vom Geheimdienst geführte Frau. Er sich selbst sowieso nicht. Was, wenn Jae Helfershelfer hat, um die Operation zu sabotieren? Dieser Mailbriefwechsel mit einer gewissen Sabine in Köln mit ominösen Botschaften über reife Mangos, die in dieser Jahreszeit hellgrün an Bäumen hängen. Das ist kein Zeichen für Loyalität. Lächerlich.

In der zweiten Woche kommt es endlich zu einem Spitzentreffen mit einem Spionageprofi des Militärs und dem Vizegouverneur in der Bibliothek des *Taziry*. Das Gespräch verläuft geschäftsmäßig und mündet in Versprechungen. Prophezeiungen fehlen. Fragen beantworten sie bevorzugt mit *Ja* oder *Nein*. Scheint hier so üblich zu sein.

Am darauffolgenden Tag gibt es einen Zwischenfall. Ein Typ vom militärischen Abschirmdienst, ein Kopte aus Oberägypten, erschießt alkoholisiert im Streit einen muslimischen Offizier, wie Mohamed zu berichten weiß. Eine Untersuchungskommission aus Kairo ist angesagt. Zwischen einer kleinen Gruppe Kopten und den Salafisten brodelt es heftig. Es kommt zu Handgreiflichkeiten und mehreren Verhaftungen. Die Frage *Wo ist der Libyer?* gerät vollends in den Hintergrund.

Um irgendwie aus seinem Loch herauszukommen und die Lage zu peilen, inspiziert Joe eines Abends die Bäderlandschaften rund um den *Gabel al-Dakrour* und nimmt widerwillig ein heißes Bad. Eintauchen, um nicht aufzufallen, denkt er. *Al Maza* nennt sich der versiffte Ort. Er trinkt einen allzu süßen Tee und beobachtet einige Backpacker, die aus dem globalen Dorf nach Siwa abgeglitten sind. Es sind die typischen jungen Idealisten und esoterischen Orakelfans, die nie aussterben und sich immer entlegenere Flecken aussuchten, die Rudel bilden, um rasch wieder Einzelgänger zu werden. Es sind die ewig gestrigen Weltenbummler beiderlei Geschlechts, oft mit einem oben gebundenen Dutt, bunten Schals, Markenturnschuhen und abgetragenen Jeans, einer Art Einheitskluft. Sie sind natürlich locker drauf. Das Feuer lodert hoch und wirft Schatten. Er sieht einen Joint kreisen. Jemand beginnt die Klampfe zu zupfen, was sich nach Bob Dylan anhört. Bongotrommeln und Stimmen erschallen in der kühlen Abendluft. Dann und wann bricht die Truppe in wildes Gegeiere aus.

Ewigkeiten ist es her, dass Joe so etwas vor sich hatte. Jae könnte da reinpassen, denkt er. Seine Welt ist eine komplett andere, urban, Standardhotel, Büro, Bar, Fitnessstudio, Anmache mit und ohne Sex. Joe spürt etwas zwischen Widerwillen oder Neid. Er spürt, wie es ihn erregt. Wie in ihm etwas hochsteigt, was er nicht wissen will. Nicht, dass er sich dazugesetzt hätte, das nun auf keinen Fall! Dass in Siwa das Überlebtgeglaubte weiterlebt, sich auslebt, überrascht ihn. Er schaut in den Spiegel. *Shit! Verlebt bin ich!*

Joe erinnert sich an die Tage, bevor er eingezogen wurde, als er aufgebrochen war und *Peace!* skandiert hatte, dieses einfältig-naive *Make Love, not War*. Das brave *Let's go to San Francisco*. Die wilde *Pearl*. Nur dass er vorher gen Ostküste abgebogen war. Wer als *Green Beret* durch den West Point nach Vietnam gezogen ist, der singt vielleicht noch *Ba-ba-ba. Ba-baber-Ann*, überschreibt aber den Woodstocksound, denkt er. *Brainwashing?* Er war bei den guten Ideen gelandet. Wie einfach ist es da, einen Strich zu ziehen und das, was nicht reinpasst, aus dem sonstigen *I am who I am* herauszufiltern, auszuradieren. Was zu vergessen ist, bleibt vergessen, Befehl von oben. Der Rest? Gerümpel. Abstellkammer. Romantizismus. Dabei schaut Joe gebannt in die Gesichter. Zwei süße Mädels sind dabei, wild, verträumt, keine Zwanzig und frisch verliebt. Typ Jae. Ja, Jae passt hier rein, auch heute, denkt Joe. *It's all over now, Baby Blue.* Als er geht, bleibt ein Pickel, dessen Eiter er zwar ausdrückt, doch eine offene Wunde hinterlässt.

Auf dem Rückweg reibt er sich die Augen. Hier in dieser *damn oasis* soll er die NATO vorwärtsverteidigen. Eigentlich nicht sein Coke. *Das ist mein letzter Einsatz, also seht zu, dass ihr den Libyer findet.* Seine Gefühle spielen Pingpong mit ihm. Um Mitternacht sieht er bourbongeschwängert Sterne kreisen. Sternenhimmel gibt es in Montana schließlich auch. *Yeah!*

Siwa, 16. Mai 2012

Am folgenden Morgen ruft Joe verkatert die Mohamed-Clique zusammen, um die Zügel anzuziehen. *Die Operation Orakel Amun-Ra tritt in eine neue Phase,* verkündet er. Klare Orders gibt es wie trocken Brot – ohne Bourbon: Jeden zweiten Tag eine Besprechung, eine glasklare Befehlspyramide, die er steuern kann, schnelleres Feedback, und vor allem: *Jeden verdammten Stein umdrehen!* Bei *Gladio* hatten sie immer klare Orders.

Als er am darauffolgenden Tag gegen Mittag aufbricht, hofft er, Jae würde ihm über den Weg laufen. Doch er begegnet nur einem leicht gebeugt laufenden, verschwitzten Mann mit breitkrempingen Strohborsalino, ein Nordlicht in Begleitung eines deutlich jüngeren, vornehm bekleideten Berbers. Er erkennt ihn: *the Cornerguy.* Sie sind dabei, Shalis Zentrum in Richtung Berg der Toten zu verlassen.

Joe ist im Zweifel. *Wie tickt Jae eigentlich?* Gut, sie hat einiges geliefert. Sie hat sich zwar reichlich Zeit gelassen, *but that's not her mistake.* Wie nah ist sie an der Lösung dran? Joe sitzt ohne Alk unter einer Palme und pafft. *Shit!*

Seine Crew hat einen Händler ausfindig gemacht, der auf Mohamed hört und vor Langem aus dem Norden eingereist sei. Mohamed meint: *Das könnte er sein, der Libyer.* Läuft nicht, denkt Joe. So doch nicht. Er sagt: *Unbedingt prüfen!*

So what the fuck is wrong with this gal? This ain't no fucking game, nope! Musste Jae noch nicht wissen.

Das Gespräch mit Jae ist – wie sie zu fordern pflegt – auf Augenhöhe. Kurz. Abgeklärt. Okay. Es wäre kein Problem gewesen, sie hart zu nehmen. Einen Moment lang ist er kurz davor. *To look her into her eyes two inches away. To shake the soul out of her. To press her body against mine. And to take her down to the water's edge.*

Verpasst. Was sollte das heißen: *Mich fickst du nicht?* Egal. Andere Zeiten sind im Anzug, und er sitzt am Abzug. Doch ist er sich ihrer nicht mehr so sicher, als er es noch in Rom war. Etwas riecht anders. Ist es ein *Palimpsest*? Etwas, das er nicht zu sehen vermag? *I just can't get all these fucking thoughts out of my head.*

Er erkennt, dass er – mehr als er es vorgehabt hatte – auf mehrere Pferde gleichzeitig setzen muss. Er denkt an einen Mehr-Fronten-Angriff. Es gibt etliche Unbekannte im Spiel: die Freunde und die versteckten Bastionen des Libyers, seine Aufmachung und seine Bewaffnung. Erst wenn Jae ein Treffen mit dem Libyer vereinbart hat, könnte er zuschlagen. Er muss sie rund um die Uhr überwachen lassen.

Er ruft Mohamed an und fordert ihn auf, seinen *Berberarsch* und die seiner *fucking staff* in die Headquater – wie er es nennt – zu bewegen. *More motion, man!*

Einer von Mohameds Leuten hat eine Theorie, wie man möglicherweise doch noch einige neue *Metadaten* – er hat schnell gelernt! – einholen könnte. Vielleicht gibt es einen Eintrag, wer in der Zeit 1980 alles nach Siwa immigriert sei, eine Art Register von Neuzugängen. Es gäbe da ein solches Buch, das *Siwa-Manuskript*, eigentlich mehr eine Chronologie, aber vielleicht steht ja was drin. Ein Sheikh namens Sullah hielte die Dokumente unter Verschluss. Er hätte gehört, dass der *Cornerguy* versuche, an das Buch heranzukommen.

Joe ist plötzlich hellwach.

Kapitel 26
Im Berg des Todes

Aus Torstens Erinnerungen, Siwa, 16. Mai 2012

Shali lag in der Mittagshitze da wie ausgestorben, als Anwar und ich zum Berg des Todes aufbrachen. Vor dem Touristenzentrum, einem soliden Zweckbau der Sechziger, standen Uniformierte. An der Tankstelle gegenüber parkte ein marineblaues Fahrzeug aus Fernost mit Blaulichtaufbau, Suchscheinwerfer und verdunkelten Scheiben. Ein US-Jeep kam gerade an und stellte sich forsch daneben. *Joe?* Ein gepanzertes Fahrzeug hatte in der Ferne Stellung bezogen. Es tat sich was in Siwa. Doch nichts Gutes.

Vor der Polizeiwache passierten wir einige Rollen NATO-Stacheldraht, die nachlässig an Betonblöcken befestigt waren, und ließen das belagerte Ortszentrum von Shali hinter uns. Wir liefen geradewegs auf den Berghügel zu, der am Rande von Shali liegt: *Gabel al-Mawta,* der Berg der Toten, ein skurriles, etwa zweihundertfünfzig Meter hohes, sandbraunfarbenes Gebilde wie eine verfallene Pyramide voller Schichtungen, Vernarbungen, Löcher und Siff.

Schweigend stiegen wir über einen staubigen Fußweg zu einer kleinen Ebene hoch, auf der die Bergkuppel wie aufgesetzt erschien. Tomben waren ins poröse Gestein geschlagen, einige wie lebensgroße Vitrinen, andere wie ausgeschabte Löcher eines Wespennests, die sich irgendwo in der Tiefe des Bergs verloren. Weiter oben, wo der Bergfels steiler aufragt, reihten sich Katakomben wabenartig aneinander. Einige waren zugemauert, andere vermüllt. Hier und dort versperrten Türen den Zugang. Hier hatten Könige und Kriegsherren ihre letzte Ruhe gefunden. Der Berg der Toten schien wie gebettet auf den erstarrten Wellen eines Sees, geronnen zu Salz, Lehm und Geröll. Welche Geheimnisse verbargen sich im Inneren?

Einige der Tomben stammen noch aus der Zeit vor der zwölften Dynastie der Pharaonen, bemerkte Anwar, als er Luft holte. Sie seien bunt verziert mit Szenen von Prozessionen, Hieroglyphen und allerlei Getier. Andere bargen üppig verzierte Reliefs. Die alten Ägypter hatten ihren Sternenhimmel fantasievoll-blumig auf den geglätteten Kalkstein geworfen. Direkt daneben hatten sich die alten Griechen und Römer verewigt. Ich würde das noch inspizieren müssen.

Im Weitergehen fragte ich: *Welche Sterne?*

Es sind die gleichen Sterne, wie wir sie kennen. Aber nicht dieselben, erklärte Anwar etwas orakelhaft.

Schweigend, geradezu ehrfürchtig, erklomm Anwar einige in den Fels geschlagene Treppen.

Da drinnen wird die Präsentation des Siwa-Manuskripts sein, rief er über die Schulter und zeigte zu einem der eher unscheinbaren Wabeneingänge.

Was für eine Inszenierung, dachte ich, mich im Abglanz der Pharaonen zu empfangen. Oder welchen Grund hatte es, diesen Ort zu wählen? Vielleicht, weil hier Menschen schon immer vor Eindringlingen Schutz gesucht hatten? Oder weil es unterirdische Fluchttunnel zwischen dem Berg der Toten und der zerflossenen Stadt gab? Davon hatte ich gehört.

Wir erreichten den Eingang an der rückwärtigen Seite des Bergs, wo er steil abfiel und nicht leicht einsehbar war. Anwar schien mit den Gegebenheiten bestens vertraut zu sein. Wir liefen einige Stufen in einem Kamin hinunter, in dem es streng nach Urin roch. Hinter einer Holzverkleidung betraten wir einen schmalen Gang. Im Schein von Petroleumlampen stiegen wir einen weiteren Korridor hinab, der ins Berginnere führte, bis wir eine massive Holztür erreichten. Er würde draußen warten, bemerkte Anwar und entfernte sich, als sich das Sesam öffnete.

Es war Abdullah, der mich begrüßte. Er führte mich zu einer zweiten Tür, die er lautlos öffnete. Ich zögerte. Es konnte eine Falle sein. Sah ich Gespenster? Was hatte ich zu verlieren?

Der Raum, den wir betraten, maß gut vier mal fünf Meter. Er war offensichtlich in den weichen Kalkstein geschlagen worden. Drei Männer saßen im Schneidersitz und schwiegen. Die Wände waren unverputzt schmucklos. Es gab Sitzkissen um einen niedrigen Tisch, einen Wasserkrug mit blechernen Tassen und ein Stehregal mit Schalen. Auf einer Anrichte lagen Gebäck und Datteln in einem bauchigen Bastkorb.

Es könnte sich um den Versammlungsort des Agwad in Krisenzeiten handeln, mutmaßte ich. Abhörsicher war er. Es gab einen Luftabzug und funzliges Licht. Hinter einer zweiten Tür vermutete ich weitere Räume oder Tunnel.

Ich begrüßte Sheikh Sullah mit meiner Hand zum Herzen. Ich kannte ihn vom Sehen. Er war nicht bereit, sich aus dem Schneidersitz zu erheben.

Ich hatte eingewilligt, dass alles, was ich finde, im Besitz der Gemeinschaft verbliebe. Vom Manuskript durfte ich keine Fotos machen, nur Notizen waren gestattet. Überhaupt gelte ein absolutes Schweigegebot, hatte der Imam insistiert und eine Leibesvisitation empfohlen.

Der Imam war aber abwesend. Es war die *kleine Teerunde*, die um das *Siwa-Manuskript* hockte. Neben dem Sheikh saß ein Mann um die Fünfzig, der sicher zur Sippe gehörte und apathisch am Sesamgebäck knabberte. Ein Wächter. Der Abklopfer, der sein Handwerk verrichtete. *Sauber*, sagte er.

Wahel, sein ältester Sohn beobachtete und lächelte höflich.

Das Buch war in hellem Leder eingeschlagen mit einem Titel in arabischer Schrift. Forscher würden gierig zupacken, um der Oase ihre Geheimnisse zu entlocken, Sammler sicher ein Vermögen dafür bezahlen. Ich berührte das Kleinod mit meiner linken Hand und führte sie zum Herzen.

Sheikh Sullah begann Seiten umzuschlagen. Er überflog Auszüge mit dem Zeigefinger, als suche er nach etwas Bestimmtem. Ich erkannte abgesetzte und eingerahmte Textpassagen, möglicherweise Urteile oder Anweisungen. Zwischen den Zeilen verteilt waren winzige Skizzen von Gebäuden und Karten. In die Kalligrafie waren Jahreszahlen und Symbole eingearbeitet. Dieser Band sei dem ersten Teil des zwanzigsten Jahrhunderts gewidmet, übersetzte Abdullah.

Die Afrikaschlachten haben Siwa ein Jahr lang in Atem gehalten, auch wenn es in Siwa selbst kaum Kampfhandlungen gegeben hat. Rommel ist am 21. September 1942 in Siwa gewesen, eine Eintragung hier belegt es. Aber Anfang 1943 war diese Episode vorüber und die Briten waren wieder die Herren über Leben und Tod. Es war ein Chaos. Deutsche wie Einheimische haben die tausende Jahre alten Gräber im Berg der Toten geplündert, wie so viele vor ihnen, nur schlimmer.

Er wiegte den Kopf und schaute zu Boden. Die Ereignisse seien seiner Ansicht nach jedoch überwiegend nachträglich beschrieben worden und daher eher ungenau. Erhalten geblieben seien Vereinbarungen mit den Besatzern. Auch die Sintflut von 1926, die weite Teile der Stadt zerstört hatte, war ausführlich beschrieben worden, mit einer Liste der Toten und Zerstörungen.

Ich dankte salbungsvoll für die Ehre, für das Vertrauen, das man mir entgegenbringe.

Ich bewundere die Schönheit der Schrift und weiß es zu schätzen, dass Sheikh Budallah, Rehabs Vater, sich für mich verbürgt hat. Ich werde Sie gewiss nicht enttäuschen, erklärte ich. Hehre Beteuerungen, im Nachhinein betrachtet, helfen niemandem weiter. So ging man unverzüglich zum Hauptteil über.

Der Sheikh las einige Zeilen aus der Chronik vor. Darin war von der Stationierung deutscher und italienischer Einheiten die Rede. Erwähnt wurde ein Feldlazarett für leicht verwundete Soldaten, vermutlich, da man die schwer Verwundeten nicht so weit habe transportieren können. Der Bericht verwies auf Dokumente, darunter eine Liste mit den Namen der Verwundeten mit Ankunftsdatum.

Abdullah reichte mir einen Umschlag und sagte: *Einen Namen Wilhelm Winkel gibt es nicht. Nur einen Wilhelm Krüger haben wir gefunden, doch der ist in Siwa gestorben. Das hat uns verwundert. Vielleicht kannst du das Rätsel lösen.*

Ich zog die bräunlich angelaufenen Papiere aus dem Umschlag. Obenauf befand sich die Liste.

Es war ein seltsamer Moment. Ich hielt im Beisein der Oasenführung ein Schriftstück aus Rommels Schreibstube in der Hand, verfasst in meiner Sprache, gesetzt in der deutschen Schrift der Vaterzeit. Täterzeit. Der Auswurf von Besatzern, die diese Verwundeten zurückgelassen hatten.

Siebenundsechzig deutsche Soldaten waren namentlich aufgelistet, jedes ein Schicksal, dem *Endsieg* irrsinnig entgangen, das Afrikakorps schon in Auflösung begriffen. Die Verwaltung sei zusammengebrochen, übersetzte Abdullah, als die neuen Besatzer kamen. Das Elend wurde schlimmer, schrieb der Chronist. Man habe nur aufbewahrt, was für die Stämme damals bedeutsam schien, darunter unwichtige oder nutzlose Schriftstücke wie Rechnungen von Renovierungen. Es seien halt keine Archivare gewesen.

Die Blicke waren erwartungsvoll auf mich gerichtet, als ich das Schriftstück näher in Augenschein nahm. Die Liste trug den Titel *Überstellungen* und war undatiert. Unter den Namen standen arabische Lettern. Eine flugsandtaugliche Schreibmaschine schien man nicht gehabt zu haben. Hinter jedem Namen befanden sich Datumsangaben, Geldbeträge und Unterschriften. Aus Helfern waren

Bittsteller geworden, die sich untertänig zwecks Begleichung von Ausgaben in eine deutsche Wüstenamtsstube zu begeben hatten.

Ich war der erste Deutsche, der die Liste zu Gesicht bekam. Selbst der Archivar Buber war nicht auf die Idee gekommen, hier nachzufragen. Ich ging die Namen der Soldaten durch, die bei Familien untergebracht worden waren. Acht von ihnen hatten ein Eingangsdatum und ein Kreuz. Die, die zurückgeblieben waren, waren irgendwo verscharrt worden. Der Name Wilhelm Winkel befand sich nicht auf der Liste.

Ich legte das vierte Tagebuch Vaters daneben. Am 2. August 1942, dem Tag seiner letzten Eintragung, stand im *Siwa-Manuskript* nichts. Doch einige Tage später wurde ein gewisser *Wilfried el Dink* vermerkt. Ich stutzte. Sollte dies Wilhelm Winkel gewesen sein?

Ich übertrug den Namen in den Notizblock. Mit dem vierten Buchstaben des Alphabets begann der Name: „D-“, dann „-ink“ wie Winkel. Ich verstand es auf den zweiten Blick. Winkel begann mit dem viertletzten Buchstaben des Alphabets. Vater hatte das „W“ mit „D“ vertauscht. So wurde aus el Dink ein Winkel. Wilfried ersetzte Wilhelm. Geldbeträge waren nicht notiert, auch fehlte ein Abreisezeitpunkt. Vater war demnach über die Zeitläufe einer deutschen Wüstenschreibstube hinaus in Siwa geblieben. Bekanntermaßen. Rommel war da schon über alle Berge und in Frankreich am Rumballern.

Ich schaute auf, lächelte und erklärte, wie ich das Rätsel auflösen würde. Abdullah schaute sich die Eintragung noch einmal an. Es gebe einen Hinweis auf Arabisch, bemerkte er. *Hier wird auf ein Haus in Dakrour verwiesen. Viele Grundstücke haben inzwischen jedoch den Eigentümer gewechselt, zumal die Bodenpreise stark gestiegen sind. Ein Kataster hat Siwa nicht. In Marsa Matroh gibt es das sogenannte blaue Papier, ein kleines Bodenhandelsregister. Ob das weiterhilft, weiß ich nicht. Ein Anhaltspunkt.*

Der Agwad würde es prüfen und entscheiden, befand Sheikh Sullah und erhob sich erleichtert. Die kleine Teerunde war beendet. Ich trat hinaus ins gleißende Licht.

Siwa, 16. Mai 2012

Ich begab mich mit Anwar zu *Abdo*. In der Kaschemme war überraschend wenig los. Es wurde getuschelt. Er fühle sich unwohl, meinte Anwar. Irgendetwas stimme nicht. Ein Mann in einer fantasievoll gewickelten Kufiya und einer fleckigen Galabya beugte sich zu Anwar und flüsterte gestikulierend. Ich nippte am Tee, als bemerkte ich nicht, dass jedermann unauffällig in meine Richtung schaute.

Anwar legte einen Schein auf den Tisch, erhob sich, ergriff meinen Unterarm und zog mich zügig durch die Tischreihen auf die Straße, wo junge Burschen auf ihren dreirädrigen Böcken hockten, herumalberten und auf Taxikundschaft oder Botenaufträge warteten. Er werde gleich erzählen, bemerkte Anwar, als wir bereits auf dem Weg zu seinem Haus waren, das in *Abubak el Silbiek* lag, einer Siedlung am westlichen Salzsee. Mir schwante Böses.

Es ist eine furchtbare Katastrophe passiert, bemerkte Anwar, als wir auf buntbedruckten Kissen Platz genommen hatten. Der Flachbildschirm an der Wand zwischen drapierten Vorhangstoffen zeigte Soaps. Eingerahmte Koransprüche rechts und links daneben waren bunt illuminiert. Allerdings hätte ich kein derart gepflegtes Ambiente in diesem unverputzten Provisorium erwartet.

Anwar wechselte einige Worte mit einem Mann, der nach hinten entschwand. Dies sei nicht sein Haus, sondern das eines sehr guten Freundes, erklärte er entschuldigend. *Aber hier sind wir sicher.* Entsetzen lag in seinen Gesichtszügen.

Eines der Bände des Siwa-Manuskripts und andere Papiere sind entwendet worden, während du in der kleinen Teerunde warst. Zwei Bedienstete wurden niedergeschlagen. Was das bedeutet, muss ich dir nicht erklären. Man könnte glatt auf den Gedanken kommen, du seist ein Lockvogel gewesen. Das ist gefährlich. Man hat hier seine Methoden.

Anwar verbarg seine Augen hinter der schützenden Hand, als wolle er nicht erkannt werden. Ein junges Mädchen kam mit Tee und Gebäck herein. In welcher Scheiße stecke ich denn, grübelte ich und fragte: *Und jetzt?!*

Anwar zuckte die Achseln und schwieg. Ganze Filmsequenzen jagten durch meinen Kopf. *Was habe ich falsch gemacht?* Ich sollte eine Nachricht an Abdullah senden, mit dem man vernünftig reden konnte, erwog ich. An Jae.

Anwar schüttelte den Kopf und beharrte darauf, dass ich hier versteckt bliebe, bis sich die Wogen geglättet hätten. Ein Nachbar hätte einen Cousin bei der Polizei. Er würde Einblick in die Ermittlungen bekommen. *Und keine Telefonate!*

Keine einzige Information! Steckte Joes Truppe dahinter? Vermutlich, doch in welche Richtung wurde ermittelt? Wie reagierte der Agwad? Keine Antwort von niemandem. Sackgasse. Aber jemand zielte auf mich. War ich ein Bauernopfer? Jae hatte mir einiges zu erklären. Verflucht.

Profis waren am Werk, so viel schien klar zu sein, eine *Gefahr im Verzug*. Kurzer Ton von einer Sekunde. Langer Ton von vier bis sechs Sekunden. Schiffshornwarnung aus dem All an Leichtmatrose in einer Wüstenoase. Da war ich wohl eingeschlafen.

Kapitel 27
Ziad der Libyer

Aus Jaes Tagebuch, Siwa, 15. Mai 2012

Das Ding mit dem Manuskript ist ziemlich kryptisch. In welchem Netz ist Torsten gefangen? Warum meldet er sich nicht? Lügen haben zwar Spinnenbeine, kurz und dünn. Doch einige Spinnen beißen.

Rehab erwischt mich im Ecohotel, als ich gerade ins heiße Becken eintauchen will. Auch sie hatte versucht, Torsten zu erreichen, doch ging er weder an sein Handy noch sei er im Hotel. Von *Abdo* hat sie kryptische *News* mitgebracht. Torsten wurde weggebracht. Wohin, ist unklar.

Bleib ruhig, sage ich ihr. *Wir bleiben geduckt und sprungbereit in unseren Löchern. Torsten weiß sich zu helfen. Vermutlich.*

Joe muss einen triftigen Grund haben, sich so ein Ding zu leisten. Falls er dahintersteckt. Dass er mich nicht aufklärt, dass ich nicht weiß, was läuft, ist die Krux. Ein *fettes Desaster,* meint Rehab, meinte der Sheikh. *I really don't know.*

Torsten bleibt verschwunden. Es sind bange Stunden. Joe kann ich nicht fragen. Ich schlafe schlecht, träume Horror-Erotisches, sofort vergessen. Ich brauche Wasser.

Am späten Vormittag taucht Torsten dann doch im Ecohotel auf. Anwar hat es geschafft, ihn unerkannt herbeizuschaffen, eingewickelt in viel Stoff an Orangenkisten. Ich höre seine Story vom *Siwa-Manuskript*. Also steckt Joe hinter dem Raub. Zerknirscht wirkt Torsten, abgefuckt. Ich beruhige ihn, meine, er hätte das Richtige getan. Dabei hat er gar nichts getan, naiv, wie er ist.

Hast du etwas bemerkt auf dem Weg in den Berg der Toten, frage ich.

Nein. Damit habe ich gar nicht gerechnet, entgegnet Torsten.

Joe steckt ziemlich sicher dahinter, beruhige ich ihn und erreiche, wie zu erwarten ist, das Gegenteil. Ich lasse nicht locker. *Möglicherweise hast du ihn auf die Idee gebracht, das Manuskript zu klauen. Nur, was bringt es ihm?*

Scheiße, sagt er und zuckt die Achseln.

DIGITALE TONAUFZEICHNUNG (Auto.11)

Totenbleich war Vater. Besser bleich als tot. Die Secrets of Siwa *sind eine veritable Toolbox. Der Klau zielt darauf, den Libyer zu demaskieren. Die Registrierung nach seiner Ankunft könnte der Schlüssel zu seiner Enttarnung sein. Schlau gedacht. Joes Bande hat den Zeitpunkt abgewartet, als der Sheikh die Manuskripte aus dem Versteck holen ließ. Verdachtsmomente gegen Vater* umlenken *und in die* pole position *kommen*, Gladio-Handbuch. *Es wird ihm kurzfristig helfen. Dass Lügen kurze Beine haben, hat er übersehen. Den Bumerangeffekt, wenn der Sheikh zurückschlägt.*

Siwa, 17. Mai 2012

Die Chose ist vom Tisch. Dass Torsten den Raub des Siwa-Manuskripts veranlasst hat, um in der kleinen Teerunde davon abzulenken? Zu banal wäre die Konstruktion, einfach dumm. Man tappe im Dunkeln, sagt die Oasenpresse.

Ich bin raus aus der Schusslinie, meint Torsten lammfromm. Ich sehe den Antihelden förmlich vor mir niederknien.

Doch kaum bist du aus einer raus, stehst du in der nächsten drin. Wenn der Schuss von hinten kommt, sage ich. Welrod, denke ich.

Man wollte mich in den Siwaeser Untergrund treiben, mutmaßt Torsten. Albträume hätte er. Durchfall auch.

Sei einfach auf der Hut, so mein Tochterrat. *Tu normal.*

Grotesk. Opferrollen sind *out,* also verkriechen wir uns nicht. Wir treffen uns zum Frühstück bei *Abdo,* verkosten frische Fladen, Baba Ghanoush und Tomatenomelette. Trinken Tee, treffen Mahmud, Mohamed und Mourad. Belauschen die Gerüchteküche und chillen, in auffälliges Tuch gewickelt. Die Musik ist lauter als sonst, um akustische Spionagetechnik zu stören. *Wir wissen, wer's war,* rumort es.

Ich schwimme wie ein Fisch im Wasser, sage ich Torsten. Sollte er fliegen lernen. Ich verlasse Shali und arbeite am Körper. Ich steige in die Hot Spring. Rehab ist abgetaucht.

Eine Stunde später sehe ich, wie sich die Klinke lautlos senkt. Der Klassiker. Horrorfilm. Doch die Tür ist solide verriegelt. *Open the door, please!*

Der GI ist da. Joe. Vier Worte, und sofort erkennst du den Ami mit gezücktem Schießeisen auf Auslandsmission.

Cool down! I'm com'n, rufe ich.

Die Haare hochgesteckt, fein Gewebtes auf nackter Haut mit einer Kordel um die Hüfte, öffne ich mit einem netten *Oh, hi!* Und: *How-ar-ye*? Und: *So nice to see ya!*

Joe schweigt und betritt meine Gemächer.

Wie geht es? Alles gut, hauche ich ihm hinterher. Joe liebt mein Deutsch. Es ist fast wie früher, oder wie immer. *Merde!*

Ich lasse Tee kommen und echtes Coke. Währenddessen erzählt er von Brüsseler Spitzen und römischen Nutten, von einem Abstecher nach Wien, nachdem – jede Silbe formend – die russische Infiltrationsmaschine *Uprawlenije Rasrabotki Prestupnych Organisazi* versucht hatte, das ägyptische Chaos anzuheizen, kriminelle Organisationen zu infiltrieren und illustren Handeltreibenden in Oasen und Hafenspelunken die Lust an der Gaunerei auszutreiben. *Dealer der übelsten Sorte,* sagt er tatsächlich. Die Klaviatur des Zynismus beherrscht er besser als jede Toccata.

Ist das nicht wahre Kunst, Joe? frage ich. *Jemand wird sterben,* sinniere ich.

Feldmarschall Joe reckt den Hals und schwadroniert über die Kontrolle des Geheimdienstes und den Waffenschmuggel nach Syrien, da es Berber gebe, die die syrischen Rebellen mit Kriegsgerät aus den Altbeständen Ghaddafis versorgten. Er zeichnet Machtachsen und Finanztangenten wie Drahtseile eines Akrobaten.

Der Libyer steckt voll drin, sagt er und meint: *Der Zugriff muss bald erfolgen! What did ye find out?*

Well, eine Spur habe ich. Eine Frage von Tagen. But keep out!

Er nickt und schlürft suchend durch die Räume, als könnte sich der Libyer unter einer Bettdecke verstecken. Ich lasse den Teufel schlau reden. Es scheint ihm gutzutun. Bis er die Hand nach mir ausstreckt. Ich erstarre innen, lächele nach außen. Lüge kann ich auch.

Mein Körper gehört heute mir, sage ich. Speer abgefangen.

Er grinst. *Sei mal etwas kooperativ,* meint er und zieht die Hand zurück. Eine dunkle Falte zerlegt seine Stirn unter seinem steifstehenden Bürstenhaarschnitt, horizontal gradegezogen, wie bei jedem amerikanischen GI.

Jemand wird sterben, sage ich nicht.

Ustica oder den Namen des Libyers nimmt Joe nicht einmal in den Mund. Was denn dieser Mister Torsten gerade mache, fragt er stattdessen. *The Cornerman.*

Die unmaßgebliche Koinzidenz mit meinem biologischen Vater hast du doch bereits weidlich ausgenutzt, kontere ich und versuche dabei, kein bisschen sarkastisch zu klingen. *Ich kann ihm schlecht vorschreiben, womit er sein Geld zu verdienen hat. Everyone has to take care of his own fucking business, honey. Better you not get him involved. Aber du hast ihn schon reingezogen.*

Er weiß, dass ich es weiß, das mit dem *Siwa-Manuskript.* Es ist ein Umschiffen von Klippen. Wie immer. Er will Namen, Treffen, Ergebnisse.

Ich habe mein Notizbuch, sage ich, *und werde liefern. Ich werde nur zu schlecht bezahlt.*

Allright, babe. I want my deliverables, it's your turn, sagt er, steht auf, dreht sich grußlos um und geht. *Now,* ruft er noch über die Schulter. Keine Orgel weit und breit in Siwa.

Siwa, 18. Mai 2012

Ich habe meinen hochglanzpolierten Untersatz an der Ecke geparkt und marschiere wie auf dem Laufsteg ein in einer hinreißenden weißen Aba'ya und Yves-Klein-blauen Seidentüchern mit langen Fransen, die ich mir in Kairo hatte schneidern lassen. Die Beine stecken in pastellgelben Ledergamaschen. Der Hut erinnert an einen umgestülpten Wok. Pariser Chique in der Oase. Wie Audrey Hepburn in *Frühstück bei Tiffany* in der Rolle der bezaubernden Holly Golightly. Wie Sophia Loren in *Arabesque* – umtanzt von Spitzeln in drapierten Kufiyas. *All right!*

Bei *Abdo* sind die Tische wieder eng an eng besetzt mit teeschlürfenden, geschäftsgeilen Typen und Backpackern. In das Rauschen des Geredes mischt sich das Geknatter in die Jahre gekommener Motorradtechnik. Die Luft ist gesättigt von meinem betörenden Dolce Vita-Duft. Sie ziehen ihre Kopftücher vor wie Scheuklappen oder schauen vorbei.

Ich spüre, wie es in ihren Ärschen rumort. Ein Tisch ist frei. Sofort.

Ooh! So wonderful, rufe ich wie entgeistert, bestelle *Shake, sweet'n cold, please,* und frage laut: *And who's there to light my fire?* Sofort brennen drei Feuerzeuge. *Wow!*

Ich ziehe *Donald Duck in the Dessert* aus der Tasche, winke dem Boy neckisch mit dem kleinen Finger zu und bestelle Siwa-Snacks. Oasendisney. Disneyworld hat zwei Etagen. Oben die Fantasiewelt zum Abklappern, Austoben und Vollfressen. Darunter die Kelleretage für Anlieferung, Entsorgung, Kloakenreinigung und Ratten. In gewisser Weise dort, wo *Gladio* arbeitet, eingeteilt nach *the good, the bad and the beautiful*. Genau Joes Ansage. *Unterirdisch.*

Auf der Showbühne ziehen Lastenesel vorbei. Mit Grünfutter und Bauholz beladene Karren versperren den Pickups die Durchfahrt, es hupt und staubt. Ein Bus spuckt Besucher aus den Metropolen aus. Das Knuddelkino läuft.

Unterhalb aber zischt es. Gerade löst sich Anwar aus einem Pulk von *Zaggala*.

Welcome, sagt er. *Gute Nachrichten habe ich. Das* Siwa Manuskript *ist aufgetaucht. Jemand hat es in der Moschee auf der Burg deponiert. Er muss einen Schlüssel gehabt haben.*

Oder einen Dietrich, erwidere ich. *But good to know. Und wer ist der Mörder, hätte Miss Marple gefragt.*

Anwar lächelt höflich, also versteht er mich nicht. Er sieht Torsten kommen, der die Bühne in einem lederfeder-leichten Outfit betritt, in dem sich Joe wohlgefühlt hätte. Er geht ihm entgegen, froh, mir entronnen zu sein. Man hatte sehen können, dass er vertrauensvoll mit mir spricht, was für sein Geschäft vorteilhaft ist. Im Moment jedenfalls.

Torsten entschuldigt sich mit einem *Ich war in der Literatur versunken und hatte die Zeit vergessen.* Er ist im Bilde.

Die Spitzel haben gefunden, wonach sie suchen, flüstert er.

Scheint so. Übrigens: Joe war bei mir.

Wie bitte? Ach du Scheiße.

Er hat sich auch nach dir erkundigt. War aber klar. Keep cool. Wir stehen unter Beobachtung.

Ein Odem aus Dieselabgasen, Barbecue, Kardamom und gebackenem Brot zieht um die Ecke und bezirzt meine Sinne. Ich setze die Miene holder Unschuld auf und bestelle noch zwei Shakes. Torsten zieht die Brauen hoch und die Mundwinkel runter. Schlapp schaut der Sternengucker aus.

Er fragt: *Was sagt der Gossip noch so?* Ich lege den Finger auf die Lippen und widme mich Donald und seinen Panzerknackern. Torsten steht auf und dreht eine Runde.

Männer lungern überall herum. Nebenan schauen Männer *Premier League* und jubilieren, wenn Mohamed Salah Hamed Mahrous Ghaly mal wieder einen Dribbler zelebriert. Sie ziehen an Wasserpfeifen, schmauchen Zigaretten und nippen an zuckersüßen Tees. Sie sind ja so wichtig. Telefonierend erheben sie sich mit einem nach innen gekehrtem Blick wie *Puppets on the string*. Dann entfernen sie sich flüsternd. Das süße Leben der Spitzel und Geschäftsleute.

Weitere dreißig Minuten später erscheint Rehab. Es hätte einen Disput mit Vater gegeben, entschuldigt sie sich. Ihre Brüder hatten interveniert. Sie verhalte sich sowohl sittenwidrig als auch geschäftsschädigend. Rehab lächelt in sich hinein. Zauberhaft schaut sie aus. Mit Ungläubigen treibe sie sich herum. Sie war stur geblieben. Der Sheikh hatte nachgegeben, wie er es seinem *Habibi* gegenüber stets tut. *Doch mach mir keine Schande, sonst kann ich dich nicht mehr schützen,* hatte er sie verabschiedet.

The show must go on, sagt Rehab.

Torsten kommt mit einem Falafel an fantasievollen Dips zurück und beklagt sich. Das tut er meistens, am liebsten schmatzend. Ein saudischer Imam hätte sich in die Suche nach dem Erbe seines Vaters eingemischt, da er als Ungläubiger für Unruhe sorge, hatte er gehört.

Rehab meint: *Alles Gerüchte!* Sie bezweifelt, ob Abdullah liefert, denn es läge nicht in seiner Hand. Sie befürchtet, der Wind im Agwad könne sich drehen. *Es könnte stürmisch werden.*

Torsten starrt einen Moment lang entgeistert in ihre himmlischen Augen. Er hat lange keinen Sex gehabt.

Auf dem Tablett unseres dritten Tees liegt zwischen Zuckerdose, Limone und Aschenbecher etwas, was dort nicht hingehört. Es ist eine Zigarettenschachtel der Marke *Karella Red Finest Virginia Tobaccos,* die sich unter Genießern des starken Tobaks gewisser Beliebtheit erfreut. Torsten schaut rein und entschuldigt sich stuhlscharrend.

Als er von der Toilette zurückkommt, auf der es, wie er beklagt, abartig stinke, schiebt er mir unauffällig eine Botschaft aus dem Off zu: *Für dich.*

In sauber gestanzten, leicht geschwungenen Buchstaben steht zu lesen: Jae. Ich komme morgen in die Ecolodge, wenn die Sonne hinter den Dünen versunken ist. Inschallah. Sei allein und halte dich bereit. Ziad. Der, den sie den Libyer nennen.

TEIL 3
Das Erbe, die Wunde, der Tod

PROLOG (III)
Jäger und Gejagte

Ziad, Siwa, 18. Mai 2012

Ein Mann geht jagen. Wettflüge macht er über Ozeanen hoch. Ein Überflieger ist er, ein Diener zweier Herren. Er liebt den Augenblick, in dem das flüchtende Tier in Panik zusammenbricht. An dem Jäger klebt der süßliche Geruch von Blut, nachdem ein anderes Leben erloschen ist. Dann wird der Jäger zum Gejagten. Hier bin ich Siedler, nicht Jäger. Fellache, nicht Pilot. Ein Geflüchteter am Berg der Toten und ein Scheintoter auch. Weil ich fliegen wollte zu hoch hinaus?

Die Freiheit, die ich meine, ist anders als deine oder die der anderen. Ich lernte von deinen Phrasen. *Völker bestimmen über sich selbst.* So betont lässig klingt es wie eine Einmischung in mein Leben. Dass ihr eure Netze über unsere Häuser und Zelte werft, bohrt, hämmert, ausbeutet, tötet.

Freiheit, Brot und Gerechtigkeit habe ich geschrien, wir, die wir nicht gemeint waren. Wir ließen uns nicht vertreiben, auch nicht, als die Scharfschützen in die Menge feuerten. Doch Zeiten ändern sich. Morgen schon schlägt das Pendel zurück.

Heute aber? Mein Bote sagt mir: Die geheimnisvolle Frau ist eine der Unsrigen. Ich sah ihren Vater in den Tod stürzen, hörte seinen Schrei: *Guarda!* Die Rakete galt mir. Doch hoch zog ich den Vogel, pfeilschnell, startete durch und entkam. So starben all die, die unschuldig waren. Eingebrannt in mir ist der Feuerball über Ustica, für immer.

Die geheimnisvolle Frau ist gekommen, mich hinauszuführen. Ein Amerikaner ist gekommen, mich zu töten. Das Gesetz jedoch lautet: Aus Gejagten werden Jäger. Der Prozess naht. *Guarda!*

Allah, Allmächtiger, stehe mir bei.

Kapitel 28
Der Code

Aus Jaes Logbuch, Siwa, 19. Mai 2012

Meine Tür ist nur angelehnt. Ich habe ihn nicht eintreten hören. Dann sehe ich seine Glock. Mit beiden Händen umklammert, richtet er sie zur Decke. Die Waffe ist entsichert. Für mich ist die Kugel im Lauf das Zeichen: der Beginn des Krieges, in dem es nur einen Gewinner geben kann.

Sein athletischer Körper spannt sich leicht nach vorne, wie eine Katze, bereit zum Sprung. Seine Wangen sind eingefallen, ein Beduine um die Sechzig. Doch könnte er ebenso gut fünfzig sein. Ruckhaft dreht er Kopf und Körper, um mit dunkel blitzenden Augen den Raum abzutasten. Ich spüre, wie sich mein Inneres zusammenzieht.

Ich bewege mich vorsichtig zur Welrod, die entsichert unter Tüchern liegt. In Griffnähe. Doch meine Chancen stehen schlecht. Was mich irritiert, ist seine äußere Erscheinung. Er trägt eine tadellos gebügelte Polizeiuniform mit Schirmmütze, blankgewichsten Schuhen und Revolvergürtel. Den Schulterklappen nach zu urteilen, ist er ein hohes Tier. Ist das ein von Joe getarnter Überfall? Eine Hommage an den Karneval? Joe liebt spaßige Überraschungen.

Sein Körper entspannt sich. Ein feines Lächeln umspielt seine Lippen, als er mich fixiert. Er schiebt die Glock in den Halfter und legt den Finger auf die Lippen. Er zögert einen Moment, geht dann auf meinen Schreibtisch zu, nimmt den Stift und schreibt: *I am the witness from Ustica. The Libyan pilot who escaped and hid for thirty-two years. Call me Ziad, that's my name.*

Dazu legt er zwei Walkie-Talkies älteren Baujahrs auf den Tisch. Eines reicht er mir und bedeutet mir zu folgen.

Zweiunddreißig Jahre hat sich die Welt weitergedreht. Der Kalte Krieg ist beendet. Die Täter von damals tot oder wenigstens in Rente. Doch dieser Krieg geht immer weiter, als sei nichts geschehen. Was ist das Ende? Und wann?

Ich blicke auf den Schreibblock. Es ist dieselbe geschwungene Schrift, die ich von dem Zettel im *Abdo* her kenne. Ich reiße die Seite heraus, stecke sie in die Geheimtasche meines Kalenders und erhebe mich langsam. Die Welrod stecke ich in meinen Gürtel, als ich ihm folge.

Mr. Showdown is in town. Bei diesem Katz-und-Maus-Spiel könnte etwas schiefgehen. Ich denke an Rehab. Ich sorgte dafür, dass sie sich mit Torsten versteckt hält. Rehab kennt eine Hazienda nahe ihrem Domizil, in das sie ausweichen könnten. Vertraute haben Stellung bezogen. Sollte etwas im Ecohotel nicht funktionieren, versuche ich mich mit dem Moped durchzuschlagen, versprach ich. Es ist vorbereitet.

Für Torsten wird Siwa zum Puzzle. Er hat Codewörter bekommen, die er im Notfall an seine Sabine senden soll. *Rein private Dinge haben Nachrang,* sagte ich. Versteht er schlecht? Er hat wenig Sinn für meine Doppeldeutigkeiten. Rehab und Torsten sind nun auf sich gestellt – und allein.

Torsten meinte nach anfänglichem Zweifel, meinen Plan zu verstehen. Vermummt sollte er sein Hotel am Fuße der Zitadelle durch einen versteckten Kellerausgang verlassen, sobald der vielstimmige Gebetsruf der Muezzins verklungen ist. Er hat sich eine anthrazitfarbene Galabya ausgeliehen. Die Kufiya würde ihm Anwar binden. Er sähe dann aus wie Kara Ben Nemsi Effendi in der Rolle von Karl-Michael Vogler in *Durch die Wüste,* scherzte er. Filmreif würde er über Nebenstrecken das Haus von Rehab mangels Kamels auf einem Mietmoped und per pedes erreichen.

Ich frage mich gerade, was sich dort wohl abspielt, als ich mit Ziad eine kleine Laubennische erreiche, die sich am Rand des Ecologdegartens in einer Gruppe von Dattelpalmen gebildet hat. Ich bin beeindruckt von der Façon seines Besuchs. Der Mann hat nicht nur Mut, sondern auch Witz. Er versteht es meisterhaft, sich zu verwandeln. Kein Wunder, dass Joe ihm nie auf die Spur gekommen ist.

Ziad hält sich nicht lange mit Betrachtungen zur Lage auf, in der er sich befindet, sondern fragt geradeheraus.

Du bringst mich also nach Rom? But is Richardo Prosati involved?

Er spricht flüssiges Englisch mit leicht italienischer Einfärbung. Ich zucke die Achseln und sage: *Rom, ja, da es der Wahrheitsfindung dient. Mit Prosati habe ich keinen Kontakt. Viel zu gefährlich. Was hast du gesehen, damals?*

Als würden wir uns seit ewigen Zeiten kennen. Wir sind Verbündete, Buddies, Vertraute. So berühren wir uns, reichen uns die Hände und verharren. Eine neue Phalanx entsteht. Nun zählen wir aufeinander. Zählen wir aber gleich?

Er sammelt sich, als er die Filmrolle zurückspult.

Was willst du wissen? Ich saß in meiner MIG und versuchte mich im Radarschatten der DC-neun davonzumachen. Sie waren uns auf den Fersen. Und sie meinten es diesmal verdammt ernst. Als sie aus verschiedenen Richtungen auf uns zuschossen, drehte ich ab, heraus aus der Gefahrenzone. Maximaler Schub gen Süden. In der gleichen Sekunde war die Explosion. Dann stürzte der Feuerball ab. Ashraf flog die zweite MIG nach Osten, wie es vereinbart war. Ihn haben sie erwischt. Mit zweifacher Schallgeschwindigkeit flog ich gen Süden und sprang ab. Ich wäre fast verreckt. Mir wurde geholfen, Allah sei Dank.

Keine Arabesken, keine Schnörkel, geradeheraus ist Ziad. Ich halte den Atem an, um nicht zu schreien. Ich wusste, dass es hochkommen würde, und dass ich nichts dagegen würde tun können. Lautlos fließen die Tränen.

Er hält meine Schultern. Ich lasse den Kopf gegen seinen Hals fallen. Wir sind Leidende ja auch. Wir brauchen

Halt miteinander. Ich brauche einige Minuten, um zu mir zu kommen. Ich stelle die Frage, nur die eine.

Wer hat meinen Vater und achtzig Menschen auf dem Gewissen?

Er hält inne. Ich weiß nicht, ob er mir die Antwort ersparen will. Oder ob er denkt, er müsse zurückhalten, was er in seinem Gepäck nach Rom mitführen wird. Wer so lange wartet, ist mehr als nur ein Profi.

Er betont die Worte: *Es war sehr sicher die Mirage, die die Rakete zündete. Doch nur eine Rekonstruktion aller Flugbewegungen kann das Puzzle zusammenfügen. Wer die Maschine steuerte, wer den Befehl gab, wer versagte. Meine Beobachtungen können zur Aufklärung beitragen, aber versprechen will ich nichts. Auf viele kommt es in diesem Prozess an.*

Er muss nicht überlegen. Er kennt die Untersuchungen. Er kennt vermutlich sogar die Aktenlage. Er insistiert.

Was ist es wert, wenn ich mein Leben aufs Spiel setze?

Sehr viel. Du kannst den Luftkampf im Detail beschreiben?

Ja. Bis zu dem Moment, als ich durchstarten musste. Ich habe in den Rückspiegel geschaut.

Ich bemerke einen Schatten an der Hauswand der Lodge. Ich gehe in die Knie, ziehe die Waffe und winke Ziad hinunter. Wir haben keine Zeit mehr. Ich überlege, was noch zu verabreden ist. Ich schaue ihn an. Ohne Torsten und Rehab werde ich ihn nicht aus Siwa herausschaffen, sage ich. Ich wusste es von Anfang an. Rehab, die Dürstende, und Vater Torsten, der Liebhaber meiner Geliebten, sind meine Helfer, wie ich annehme. Lustig. Mein Erbe. Mein Krieg. Ich sehe sie vor mir, dort, wo unsere Liebe ihren Ausgang genommen hat. Der Schatten am Haus bewegt sich fort.

Ein Schmerzblitz durchzuckt meine Eingeweide. Ich setze mich, um die Spannung aus meinem Körper zu lassen. Es ist, als stünde ich an einem Nullpunkt, dort, wo ein Fluss entspringt, ein Leben beginnt, ein Kuss die Liebe beendet und der Tod einsetzt. Es gibt immer ein erstes und ein letztes Mal.

Ziad entsichert seine Waffe. Er bewundert die Welrod, will sie berühren. Er schaut mir in die Augen. Wie er verstehe ich so vieles nicht. Vielleicht, dass Rehab etwas sucht, was es in Siwa nicht gibt, sei es ein Mann oder eine Frau, Tochter oder Vater. Jemand, der ihre Andersartigkeit akzeptiert. Die kleine *Ba*. Torsten ist charmant, tollpatschig, süß, belesen. Er hat seine Kanten. Und wie er Rehab angeschaut hat. Rehab ist ein wenig Sabinschen, das kennt er. Eine labile Sache. Ich werde Rehab fragen, wie er sei, mein *Daddy*. Ich mag ihn, obwohl ich ihn gerade ziemlich verachte. Ich bin selbst schuld.

Ich lausche in die Nacht hinein. Der Schatten ist verschwunden. Die Luft scheint rein zu sein. Wir schlüpfen ins Haus und finden eine Nische in einem unbenutzten Trakt. Wir verabreden Walkie-Talkie-Kontakt. Wir sind uns einig, dass es einen tollkühnen Fluchtplan braucht. Doch wollen wir keinen Jet hijacken und nicht als Soldaten verkleidet im Truppentransporter fliehen. Gemeinsam oder getrennt flüchten? Ich flüstere.

Wofür habe ich diesen geilen Jeep? Vielleicht können wir uns einen Weg südlich der Qatara-Sümpfe bahnen, hoch nach al-Alamein oder runter nach Fayoum an den Nil.

Er schüttelt den Kopf. Ob ich vierhundert Kilometer *durch die Wüste* hetzen und durchgerüttelt untertauchen wolle? *Wenn Durststrecke einen tödlichen Sinn bekommt. Wo es Minenfelder gibt, Schlangen, Skorpione. Wie romantisch. Ist es das, was du willst?*

Ich muss die Frage nicht beantworten. Ich höre das Nichts, denn ich höre Stille, ihr Vibrieren, ihr Schreien, bevor der Schuss sie zerreißt. Bald.

Hinter dem verstaubten Design seiner Funkgerätschaften verbergen sich zwei extrem leistungsfähige Sender und Empfänger mit achtundvierzig Funkkanälen und sechzehn Stunden Batterielaufzeit, wie ich erfahre. Er weist mich ein in die Handhabung, erklärt, wie die Rauschunterdrückung arbeitet, die Energiespar-, TOT-,

VOX- und BCL-Funktion. Es gibt einen Kanal, der über eine abhörsichere Nummer ansteuerbar ist. Er reicht mir einen Schreibblock, damit ich mir Notizen machen kann. Auf der ersten Seite steht:

MMSI: 632489222. This is our number. No one can track us. Lerne sie auswendig und vernichte das Papier. Always use a code, the first and last word to say. Der Code lautet:

USIWA

Usiwa is connecting two words, Ustica and Siwa. Two people. Two worlds. Du bist die Nummer eins. Ich bin die Nummer zwei. Call me any time. If I am not available, don't worry. Ich rufe zurück.

Und dann verschwindet er ebenso lautlos, wie er gekommen ist. Ich atme durch. Was geht mir so nahe? Dass mein leiblicher Vater vermutlich meine Geliebte vögelt? Dass ich nun weiß, was immer vermutet wurde, wer das Teil abschoss, in dem mein Vater saß? Oder ist es dieser Mann?

Siwa, 20. Mai 2012

Es war gefühlt eine schlaflose Nacht, in der Fragen und Albträume sich begegnen wie beim Tanz der Toten, einem sich immer heftiger drehenden Tornado aus Waffen, Dämonen und Funkgeräten, von Schattenmenschen, die wechselnde Masken tragen, von Abgründen und riesigen Tafelbergen, von Joe. So hängt sich die Fiktion an die Realität.

Irgendwann sitze ich senkrecht im Bett. Ich stehe auf, gehe raus und rein, mache Kaffee. Ich mache Liegestütze und Sit-ups, Faxen vor dem Spiegel. Ich versuche, um drei Uhr nachts im Hot Spring zu entspannen, doch es ist nur von kurzer Dauer und zur falschen Zeit. Ich trockne mich ab und ziehe mir einen leichtluftigen Leinendress an.

In der Hausbibliothek finde ich einen Schmöker, in dem ich herumblättere. Es geht hoch her mit Liebe, Mord und Verschwörung, um Schuld und Sühne. Doch kann ich mich nicht auf die Buchstaben konzentrieren. Es entsteht kein Bild. Ich gehe erneut raus, um meine Lungen mit der klaren, kalten Nachtluft der Wüste zu füllen. Ich will treten, drücken, spalten, aushebeln, zertrümmern, alles gleichzeitig.

Mit leicht gebeugten Knien, einem schulterbreiten Stand und aufrechtem Körper stehe ich unter diesem gewaltigen Universum. Ich schließe die Augen im Shizentai. Der Stand. Schlage Wurzeln, die sich rasend ausbreiten. Die Wellenlänge meines Atems dehnt sich. Lambda erdet sich.

Nijushi h ó ó ó, schreie ich in die Nacht hinaus. Ich laufe die Kata locker durch. Vierundzwanzig Schritte. Schließlich der Abschluss mit einem Schrei aus meiner Mitte. Tödlich. Ich spüre, wie mein Lambda kürzer wird, sammele Kraft. Gehe die Kata *Tekki* im Krebsgang. Renne die martialische *Bassaidai* zweimal, dreimal, *penetrating a fortress*. Ich zelebriere die Kata *Hangetsu,* spüre mein Hara. Mein Energiefeld gibt elektrische Impulse frei, als ich die Fäuste langsam öffne. Ich laufe sie ein zweites Mal, langsamer, kraftvoller und mit mehr Rhythmus. Anspannung, Entspannung, Spannungentspannung. Ich komprimiere Energie mit meinem Atem. Endlich spüre ich die lungenhinausströmende Kraft, als ich erneut die *Niju shi ho* laufe. Lambda ist die Grenzlänge einer Sinuskurve. Im Kiai geht Lambda gegen null. Ich schreie.

Ich laufe die *Niju shi ho* ein drittes, ein viertes, ein fünftes Mal. Ich verharre. Die Schritte werden langsamer doch die Schläge schneller, kraftvoller. Ich explodiere. Alles, jetzt. *Niju shi ho* und Nichts. Ich drücke Joe über die Klippe. Der *Kiai* sendet Schall, der sich ein dutzend Mal am senkrechten Stein der Tafelberge spiegelt. Wilde Hunde beginnen zu jaulen. In der Ferne wird ein Licht angemacht und wieder gelöscht.

Ist das keine Rache? Gibt es etwas Wichtigeres, als die Frage zu stellen: Er oder ich? Ich denke zurück. Du hattest Unrecht, Ben. Kein Echo versetzt Berge. Mein Schlag ist frei von Gedanken. Locker zu tänzeln, beginne ich, befreit. Endlich beginnt es zu dämmern.

Als ich mich über den Schreibtisch beuge und einen klaren Gedanken fasse, mein beschissenes Gewissen beruhige, erinnere ich mich an *il Gatto. Was soll ich tun, Katze?* Da ist er, der ungeschriebene Brief an ihn. Ich schreibe.

Il Gatto! Kennst du den Moment, wenn einen alle Vergangenheit gleichzeitig einholt? Wenn die Schnüre deines Lebens sich gordisch verknotet haben? Wenn du dich fragst, warum du weinst?

Dabei weiß ich es genau. Was mich in diesen Stunden einholt, ist die Geschichte, die am längsten zurückliegt in meinem Leben. Es war meine zweite Geburt. Es geschah in den Sassi di Matera. Was vorher war, habe ich vergessen. Natürlich war vorher was, das Massaker von Ustica etwa, doch ich war zu klein, um den Tod von Francesco und den Tod überhaupt zu begreifen. Meine Kindheit wurde überschrieben. Was folgte, findet nun ein Ende. So oder so.

Wieder denke ich zurück an den letzten der sieben Tage und Nächte in Matera, der verlassenen Stadt, wabenartig hineingefräst in den Fels. Vierzehn Jahre alt war ich und eine Königin. Ich erinnere mich genau an diese Nacht, in der ich nicht schlafen konnte, so wie heute. Um nichts in der Welt schlafen wollte, da es meine letzte Nacht sei, aus der ich ein letztes Mal erwachen würde, und dann niemals wieder. No one can forget such a night.

Dieses Gefühl von Matera ist wieder da. Die Nacht, als ich zur Frau wurde. Ich erhob mich zu einer Ebenbürtigen. Eine Komplizin wurde ich. Mehr noch. Ich erhob mich über ihn, da ich begriffen hatte, dass er mich liebt und er die Königin nicht zu töten imstande ist, als er den Revolver auf mich richtete und ich mich lächelnd umdrehte und sein Zeigefinger gefror. So blieb es. Doch kein Mitleid und keine Liebe empfinden zu können, ist eine Strafe, lebenslang. Jetzt verstehe ich den Fluch. Ich bin Ziad begegnet, dessen Leben *Gladio* zerstört hat. Mit ihm gehe ich den Weg zu Ende.

Diese Nacht ist nichts anderes als ein Rendezvous mit mir selbst. Nahtlos gehen meine Gedanken weiter und erreichen Ben. Ich nehme ein neues Blatt.

Lieber Ben! Nun endet der Fluch. Ich sammele Energie. Zum ersten Mal seit den Nächten in Matera spüre ich so etwas wie Angst vor dem Tod. Ich begegnete Ziad, who they call the Libyan, vielleicht deshalb. Ich werde ihn in Rom abliefern, auch wenn es noch eine Illusion ist. Joe ist die Klippe, an der sich meine Welle bricht. So. Oder so.

Wenn ich draufgehen sollte, dann weißt du, wer der Held des Tages ist und wessen Blut er geleckt hat. Die Wahrheit steht in einem Brief, den ich an einen väterlichen, doch leider mausetoten Polizeisergeanten schrieb, den ich dir mitschicke.

Rehab helped me out. Sie nennt sich *Ba*. Das steht für Amazone, Hure, Engel – eine seltsame Geschichte in einer fernen Oase. Egal, ich werde gehen. Und ein Vater hat mir nie geholfen.

Es ist nun Krieg und ich bin mittendrin. Kämpfe und richte. Doch die Kälte des Krieges erzeugt Angst und Wut, macht mit dir, was es will. Ich muss nach vorne schauen.

Noch was. Du solltest Siwa mit deinen Augen sehen und in das heiße Wasser eintauchen. Doch schöne heiße Bäder gibt es auch anderswo. Sei gegrüßt, Jae

Ich falte die Briefe und verstecke sie im Geheimfach meines Kalenders. Ich werde sie ihm schicken. Geheimnisse und Wahrhaftigkeit zu teilen, ist die wahre Kunst der Liebe. So was in der Richtung, vermutlich. Während ich im Bett über die Frage grübele, wie ich den Brief nach Berlin schicken kann und ob ich nicht wahnsinnig bin, falle ich in einen traumlosen Schlaf, aus dem ich lange nicht erwache.

Kapitel 29
Luminati

Torstens Erinnerungen, Siwa, 20. Mai 2012

Die trüben Straßenlampen brannten schon, als ich durch einen verschwiegenen Hinterausgang in die Zitadelle entfleuchte. Der Mars leuchtete hell am Himmel, oder war es die Venus? Meine Tochter ist eine gute Lehrmeisterin. Ich schlich durch Ruinen, fuhr mit dem Moped kreuz und quer über staubige Pisten und schob es in eine modrige Dattelplantage nahe des *Berg des Todes,* um zu Fuß Rehabs Garten zu erreichen. Katz und Maus spielen – das gefiel mir. Aber muss es denn gleich Krieg sein?

Wasser, Tee, ein Brotkorb und Obst, auch Eingelegtes und Salate standen friedlich auf einem Basttisch am Hot Spring – ein barockes Stillleben, das von Kerzen flackernd erleuchtet wurde. Ich setzte mich. Ich fand, dass sie schwerer atmete als sonst. Was Jae wohl gerade durchlebte? Ich wollte es mir nicht vorzustellen. Ich schwitzte.

All fine, my dear, fragte Rehab, richtete sich auf und ging federnd an den Rand des schwarz schimmernd dampfenden Hot Spring, wo sie ein diffuses, schattenloses Licht umschmeichelte, das aus erdnahen Lampen hochstrahlte. Ich verscheuchte den Gedanken, dass dies mein Lichtkonzept befeuern könnte. Sie ließ sich in das dampfende Becken hinab. Als sie auftauchte und sich hinaufstemmte, hatte sich ein Busen entblößt. Die Nymphe. Nicht Siwalike jedenfalls. Die Aba'ya schmiegte sich transparent an ihre Rundungen. Dann ließ sie langsam die Hülle fallen, wie eine zum Leben erwachende antike Statue von Venus, oder war's Aphrodite? Rehab war schamlos, doch bühnenreif. Gnade.

Mir fiel nichts anderes ein, als *Hi!* und *Oh!* zu sagen, mich umzudrehen und die Hose runterzuziehen. Satyrn spielen. Eine gewisse Erregung war unverkennbar. Sie lachte.

Wir durchstießen sozusagen unsere Aura und küssten. Erst nahm sie es hin, dann übernahm sie das Ruder. Für eine Umkehr war es ohnehin zu spät, falls sie daran gedacht haben sollte, sagte ich mir, um wohlgemut vom Gedanken loszulassen.

Irgendwie waren mir dabei die Sätze ausgegangen, und ich befürchtete, das Fehlen von passenden, ja, überhaupt von Worten könnte möglicherweise unangenehme oder falsche Gedanken zum Leben erwecken. Ich erinnere mich, von Sinnen und Körper geflüstert zu haben oder gar Sinnlichkeit.

Jenseits solcher Traktate liebten wir uns. Wir spannten an, fühlten und massierten uns. Wir entspannten. Ich hatte nicht das Gefühl, zu verstehen, oder umgekehrt, verstand meine eigene Gefühlswelt nicht. Es entstand eine Art angenehme Unklarheit. Diese gewisse süßliche Blockade, die ich von ganz früher her kannte.

Was empfindest du, fragte ich mich, ohne sie fragen zu können. Alles war kompliziert. Von wegen, die erste Vereinigung sei die Schönste. Dieses Momentum rauschender Sinne, das es denkfaul zu genießen gälte. Ich wusste gar nicht mehr, wie es ist, geliebt zu werden.

Du bist …, es ist … Ich fand keine passenden Worte. … *wie im Universum.* Nicht Amon schon wieder. Oder Amun-Ra.

Jae war präsent wie ein Geist, ein schwebendes Puttchen. Hätte sie nicht gerne gehört. Über Jae sprachen wir in den Pausen zwischen Liebesspielen und Verrenkungen. Sie hatte uns zusammengebracht, also war es wohl ok, dachte ich mir und suchte weiterhin nach Worten. Ich stieß auf *Verliebtheit* als Tür zur *Liebe*. Wie dem auch sei. Ich schwieg lieber.

Rehab versuchte sich und mir vorzustellen, wie das Treffen in der Lodge verlaufen sein mochte. Jae wollte sich melden, sollte es ein Problem geben. Sie in ihrem Loft aufzusuchen, wie auch immer verkleidet, war ein recht genialer Streich des Libyers, dreist, oder vollkommen irre. Ich brachte Karneval ins Spiel. Vielleicht war er als Esel angetrottet oder als Fledermaus geflattert. Oder als der Chlodewig, der nämlich vom Severinsviertel. Ich mimte, Rehab lachte. Es war ein helles, ungezwungenes Lachen. Ich konnte mich nicht satthören.

Dann schliefen wir ein, um gemeinsam aufzuwachen. Vermutlich krähte ein Hahn. Sie schaute mich traurig an.

Geh jetzt. Bitte. Du musst gehen. Wir gaben uns, was auch immer. Warum, kann ich nicht sagen, aber ich mag dich, vielleicht mehr als umgekehrt. Doch du wirst hierher nie zurückkehren. Nie wieder, verstehst du?

Siwa, 21 Mai 2012

Die Sonne kündigte sich an, als ich durch die Stille zurücktuckerte zu den zerflossenen Ruinen von Shali, erschöpft und leer. In der Ferne bellten Hunde. Wie konnte das passieren, fragte ich mich. Als ich Shali erreichte, war ich mir nicht sicher, ob ich mich derart hätte hingeben sollen. Wollen, ohne zu wollen. Können, ohne zu dürfen. Vater hätte mich sicher verflucht, da ich vom rechten Weg der Erfüllung seiner und anderer Missionen abgekommen war.

Dem schloss sich – wie von selbst – ein neuer Gedanke an: Ob Vater möglicherweise eine Geliebte in Siwa gehabt hatte? Mir fiel ein, dass ein ufoartiger Kontakt bestanden und dass er Geld angewiesen hatte. Hing die Geheimnistuerei mit einer Affäre zusammen? Von der Kriegsfront *abgehauen* – wie sollte er sagen? –, um *aufgefangen* zu werden? Wie die Story des Soldatenliebhabers von *Ba*, von der mir Jae beiläufig erzählt hatte. Mein väterliches Erbe blähte sich auf. Die neue Blase hieß *Verrat und Feigheit vor dem Feind,* Kategorien, mit denen ich bis dato wenig Berührung hatte, bildete ich mir zumindest ein. Hatte ich Jae verraten? Hätte ich den Mut, vom Sex zu erzählen? Was ging hier gerade ab?

Ermattet legte ich mich hin und fiel augenblicklich in einen Tiefschlaf, aus dem ich schmerzhaft erwachte, als Jae anrief. Die Sonne stand bereits hoch über der Zitadelle. Von meinem Traum wusste ich lediglich, dass ich alleine unterwegs war in einem Raumschiff, das mit unendlichem Tempo durch eine Lichtsuppe gen Nirwana flog, bei dem es keine Abkürzungen gab, wobei ich einen nicht enden wollenden Abwaschberg zu erledigen hatte, bei dem am laufenden Band Geschirr zerschepperte und eine Stimme aus dem Off rief: *Du hast aber Glück!* Dabei klapperte nur die Klimaanlage.

Alles ist bestens verlaufen, der Showdown steht vor der Tür, sagte sie trocken, als wir uns am frühen Nachmittag bei *Abdo* trafen. Sie war kurz angebunden. Mir war es recht.

Kaum aus dem Nirwana erwacht, versuchte ich Boden unter den Füßen zu bekommen. Über kochendem Asphalt spurtete ich zum Berg der Toten, um mich den technischen Details meines Lichtprojekts zu widmen. Die hormonelle Zersetzung meiner Verliebtheit schritt schneller voran als die Verschorfung einer Wunde.

Vor Ort setzte ich mich tropfenden Schweißes in eine der weniger vollurinierten Höhlen, markierte Punkte auf der Karte und zog ein Punkteraster zwischen Zitadelle und Totenberg. Zwischen Siwas Highlights sollte sich das Universum per Installation von leuchtenden Prismen und unendlich vielen Dioden spiegeln. Darunter schrieb ich: *Luminati – mystischer Raum leuchtend.*

Doch war ich nicht überzeugt. Da fiel es mir wie Schuppen von den Augen. Die Spannpole sollten die Spitze des Bergs der Toten und der Turm des Amun-Ra Tempels sein, die Luftlinie 1.866,666 Meter voneinander entfernt lagen. An einem zwischen Masten gespannten Drahtseil ließen sich tausende, ja, Millionen LEDs befestigen, die des Nachts Häuser, Dattelpalmen und alles Leben illuminierten – quasi eine Zwischenhochebene zum strahlenden Universum. Später würden Gondeln zum machtvollen Tafelberg *Gabel al-Gafar* verkehren, wo ein Superteleskop zu errichten wäre, um in die Jugendzeit unseres Universums zu schauen und dem Ursprung von Raum, Zeit und Leben nachzugehen. Ein Brückenschlag für die Wissenschaft zwischen Antike und Moderne. Eine Modelleisenbahn im Großformat. Ich bremste mich rechtzeitig ab und verbannte Gondel und Teleskop in eine Anmerkung. An PS-Fantasien mangelte es mir nicht, was tieferliegende Gründe haben mochte.

Siwa, 22. Mai 2012

Der Erleuchtung folgte prompt die Krise, noch bevor ich meine *Luminati*-Idee mit Aron hätte teilen können. Das Konzept sei im Ideenansatz zwar interessant, doch so nicht machbar, ließ mich Abdullah am folgenden Abend in einer zentrumsnahen Grillkaschemme recht umständlich wissen, nachdem ich ihm mein Lichtgesamtkunstwerk präsentiert hatte. Er gefiel sich in der Rolle, blockiertes Scharnier zwischen dem Agwad, Lobbys und dem Projekt zu spielen. *Wir hätten aber eher an einen SUV als einen Smart gedacht, um den Deckungsbeitrag zwo einzuheimsen,* wollte ich gerade erwidern, doch da musste er schon gehen.

Die *Luminati* waren dennoch eine Art Haltegriff, den ich noch am Abend in einem *Progress Report* nach Kairo beamte. Die Sheikhs seien mehrheitlich nicht gegen die Vorschläge, funkte ich. Ihr teilweises *Bruche mer nit, fott domet,* verkniff ich mir – wie Bella sich in Hurghada ausgedrückt hätte. Auch bemühe sich der Agwad um einen sachlichen Ton.

Grelles Licht würde allerdings Missstände allzu sichtbar machen, sei bemerkt worden. Müll und den ganzen Baustellenschutt will man nicht noch anstrahlen. Bemerkenswert ist, dass die Oststämme eher gegen jegliche Illumination sind, die Weststämme jedoch tendenziell dafür. Wobei man den Einfluss gewisser Lobbys nicht unterschätzen darf.

Ich strich die Passage zur diplomatischen Front wieder und schrieb stattdessen: Man ist einfach noch nicht so weit auf *admin-Ebene*. Ich musste an Viktor denken. Das war ein halbvolles Glas-Fazit. Das Kontradiktive, dass Abdullah Gestik mehr als seine Worte verraten hatten, behielt ich für mich.

Siwa, 23. Mai 2012

Dabei wurde die Chose am Folgetag erst so richtig interessant. Ich hatte die Ortsbibliothek, einer Eingebung folgend, zwecks Zielgruppendingens aufgesucht. Da kam ich ins Gespräch mit Mohamed, dem offensichtlich queeren Leiter eines analog als Touri-Zentrale fungierenden, spärlich eingerichteten Büros. Faló würde sich hier wohlfühlen, dachte ich.

Die eingebildeten Sheikhs seien in Wahrheit längst auf dem Rückzug, versicherte Mohamed, doch dann musste er weg. Ich verabredete mich mit ihm am nächsten Tag in einem Café, um beim Frühstück Genaueres zu ermitteln.

Das zumindest klappte. Wir hatten beide Hunger, und er redete drauflos, als hätte er eine Gruppe Schüler um sich geschart. Die Strukturen lösten sich nämlich auf, erfuhr ich. Immobilienhaie seien im Aufwind und täten sich schwer, dem Gemeinwohl zu folgen. In den Moscheen ließ man in jüngster Zeit saudische Imame gewähren, die den sunnitischen Dogmatismus predigten und – wie er sagte – *den Zagalli den Genuss von Dattelpalmenschnaps in Haschischrunden bei Tar-Trommeln* zu untersagen suchten. Ob Schnaps oder Haschisch oder beides, ließ er offen. Richtig schlechte Nachrichten.

Das bedeutet, fragte ich.

Der Touristenbibliothekar Mohamed, der auch Herausgeber der Oasenzeitung *Siwa Monthly* war, überschlug sich förmlich. Und zwar sei die Ecolodge-Lobby auf dem Vormarsch. Sie hatte einen Verein gegründet und in Plastik eingeschweißte Mitgliedskarten ausgegeben. Ach, und es gab die knallharte Wasserlobby, die feine Dattelfabriklobby, eine umtriebige Straßenbaulobby, die verdeckt operierende libysche Waffenlobby. Dann fiel ihm noch eine verbissen um die Vorherrschaft ringende Olivenölpresslobby ein, sogar eine weltgewandte Solarpanellobby, freilich die alteingesessene Salzgewinnungslobby und – nicht zu vergessen – die larmoyante Inhaber-großer-Geschäfte-und-Handels-Lobby. Alle schwul. Sagte er. Und dass alle miteinander verbandelt seien, dass alles aber komplizierter sei, so dass man doch die bewährten Stammesstrukturen sehr schätze. Irgendjemand müsse ja den Laden zusammenhalten und das seien hier nicht die Militärs. Noch nie sei Siwa vom Zentrum weiter weg gewesen als heute, in gewisser Weise. Sagte er tatsächlich. Und wer würde über Lichtprojekte abschließend befinden, fragte ich, und erntete ein *no problem, just don't worry.*

Zur Not machen wir das Projekt eben nur mit den Weststämmen, Garküchen, Dattelmarmeladeabfüllern und Lodgeeignern, notierte ich und berichtete nach Kairo, dass die diplomatisch-ökonomische Konstellation vielversprechend sei. Eine Beleuchtung von Totenberg und Tempel falle jedoch in unterschiedliche Zuständigkeiten. Die Stakeholder-Analysis sei in der Mache. Was die Stoßrichtung der Chose betraf, müssen wir eventuell auf Kaleidoskopisches und Prismen-HighTech verzichten, schrieb ich mit Verweis auf die permanente Energiekrise. Spotlightphotonik mit Filterglas samt LED-Energietechnik statt Komplettilluminierung seien in *statu nascendi*. Das schien mir vage genug zu sein. Und wenn man elektrische Leitungen verlegte, dann andere Leitungen gleich mit, bitteschön. Kostete nichts extra und sei *entwicklungspolitisch geboten*.

Starker Tobak aus der Oase, aber keine Ahnung. Ich merkte, wie sehr ich den Frieden wollte. Auch den inneren.

Siwa, 24. Mai 2012

Abdullah hatte davon Wind bekommen und witterte Morgenluft, wie ich anderntags zu spüren bekam. Man könne nochmals über alles reden, doch sei es schlecht um den Asphalt bestellt, den man für die Anfahrt von Lichtanlagen zu benutzen gedenke, meinte er. Die Früh- und Spätgeschichte der Astronomie sei schon sehr speziell. Und Schotterstraßen-Stauborgien seien ungeeignet für den Transport und Betrieb sensibler Lichttechnik. Das konnte, ja, das musste ich mit Blick auf den Deckungsbeitrag zwo kurzentschlossen anzweifeln. In dem Bereich *Sustainable Infrastruktur* sei ich zudem weder bewandert noch befugt. Andere Baustelle: Bagger-Asphalt-Lobby.

Rehab hatte ich seit Tagen nicht zu Gesicht bekommen. Nachmittags tauchte Jae endlich auf, war jedoch schmallippig und irgendwo in Gedanken versunken, wie ich alsbald merkte. Es gäbe vielleicht ein Junktim zwischen dem *Siwa-Manuskript*, Illuminationen und dem Erbe Vaters, sagte sie scharf. Doch sollte die Flucht des Libyers scheitern, könne ich *alles* vergessen. *Damit meine ich auch Ustica. Rehab. Und deine Tochter. Wir sitzen im selben Boot – im Orkan –, Torsten, vergiss das nicht. Wir befinden uns im Krieg.*

Krieg? Welches Junktim war gemeint? Ihre Crew-Idee war mir momentan zu hoch. Beziehungsweise zu heikel. Spielte Jae auf meinen Sex mit Rehab an? Unser Ex-Beziehungsdreieck? All die falschen Erwartungen einer fernen Agentur, meine ergebnislose Suche nach dem Erbe, Sabines Intervention, die Ignoranz der Sheikhs, die schweißtreibende Sonnenglut, all die Mücken und Kakerlaken – womit sollte ich beginnen? Alles in allem strebte meine SWOT gerade steil nach unten, die mathematische Wahrscheinlichkeit eines Happy Ends lag bei unter Wurzel zwei. Minus unendlich. Jae traf jedenfalls einen wunden Punkt. So konnte es nicht weitergehen. Ein sandiger, heißer Wind setzte ein. Kaum jemand mochte auf die Straße gehen.

Ein Kontrapunkt kam aus fernen Gefilden hinzu, da Aron eine Auszeit in der dänischen Südsee bei jüdischen Freunden genutzt hatte, um sich eingehender mit Nils Bohr und den ersten Theoremen der Relativität von Zeit und Licht sowie deren Anfang und Ende zu befassen. Als hätte er die Krise gespürt, vermeldete er lakonisch:

Lieber T, es gibt Neues vom Urknall! Meine Freunde – allesamt gestandene Wissenschaftler – haben sich vor Lachen gekrümmt, als ich ihnen aus unserem durchaus ernst zu nehmenden Briefwechsel vorlas mit der Frage, ob es nur einen oder viele Urknalle gegeben haben könnte. Im Dänischen ist Urknall nämlich synonym mit einem sogenannten *Superorgasmus*.

Die sonstige Reaktion lautete: Bevor die Physik die schwarzen Löcher und das Verschwinden von Licht enttarnt habe, sei der Urknall unbegreiflich. Doch allzu menschliche Beziehungsprobleme seien mit Urknallen besser zu lösen. Ich musste lachen, als ich an deine Ergüsse am schwarzen Hot Spring dachte. Die Lichtsuppe löffeln andere aus. Schon eine Luminati-Idee für Siwa gefunden?

Einer meiner dänischen Freunde lebt übrigens davon, sich mathematische Formeln auszudenken, die niemand und kein

Computer lösen kann, um diese an die Industrie oder Geheimdienste zu verkaufen, die sich damit für ihre Daten mehr Sicherheit versprechen. Bei ihm kam unser Disput über die Möglichkeit vieler Urknalle ausgesprochen inspirierend an. Kann sein, dass wir mit einer unlösbaren Urknallformel noch berühmt oder zumindest reich werden. Letzten Endes. Wobei. Das Wort kann man getrost streichen.

Bleibe daher optimistisch und hole frohgelaunt Rat bei Amun-Ra/Re zum Gruße, Shalom, dein Aron, z. Z. kühle, dänische Südsee

Freunde und Freundesfreunde kann man sich aussuchen, dachte ich. Vatererbschaften, Kriegsgetrommel und Töchter nicht.

Kapitel 30
Pepsi und Pleiten

Rekonstruktion, BLX, Rom, Wa.D.C., Kairo, Siwa, 23. Mai 2012

Für sieben Uhr Punkt ist das Meeting der Operation *Orakel Amun-Ra* angesetzt. Joe sitzt in seinem *Hauptquartier*, hat Ohrstöpsel angelegt und in Ermangelung eines Coke-Fabrikats eine Flasche feinsten Siwa-Pepsis geöffnet. *Fuck!* Was soll er groß sagen? Glatzkopf-Kämpferwillen an den Tag legen, Bruce Willis-like? Was zählt, sind Waffen und Stellungen. Drum herumzureden, ist nicht sein Ding.

Es gibt neue Entwicklungen, eröffnet ein Führungsoffizier namens Will am Bildschirm in Brüssel, den Joe aus *Gladio*-Zeiten kennt. Wie Bullterrier hätten sich Richter Prosati und seine Bande festgebissen. Eine Kopie der leider nicht vernichteten Radaraufzeichnungen von Flugbewegungen am 27. Juni 1980 sei im Privathaus eines archivalienneurotischen Vier-Sterne-Generals der italienischen Luftwaffe gefunden worden. Und der sitze nun auf der Anklagebank.

Was für ein Vollidiot, sagt Joe.

Das ändert die Beweislage zu unseren Ungunsten, doziert Bob, zugeschaltet aus der Washington-DC-Politikergilde.

Wie überflüssig, meint Joe. Klar: Würde der Libyer aussagen, könne man die Black Box entschlüsseln, denkt er, *fuck*, um fortzufahren: *Die vier angeklagten Generäle, die rumgepfuscht haben, was wissen die schon? Geschehen ist geschehen. Ich habe selten ein Gericht gesehen, wo es um Fakten geht. Zumal bei solch einem Prozess. We've got the Libyan, only a question of hours, maybe, to serve him on the tray. Yeap!*

Klare Botschaften! Entschlossenheit zeigen! Die Operation *Orakel Amun-Ra* ist auf dem Weg! *A dammed success story,* mit seinen Worten, in seinem Sinn. Verschlusssache Joe. *Wir stehen unmittelbar vor der Wende. Yeah!* bekräftigt er.

Ein Krisenstab stehe bereit, falls es Komplikationen gibt, verkündigt Bob aus Washington. *Aber Truppen senden wir nicht. Wir wollen keinen Krieg.*

Solche Sprüche kennt Joe zur Genüge. *Die Beziehungen zu Ägypten sind ohnehin bedauerlicherweise in schwierigen Fahrwassern,* wirft ein Berater namens Jim ein, der sich aus Kairo zugeschaltet hat. *Wenn die Muslimbrüder ans Ruder kommen, dieser Depp Mursi etwa, gibt es noch mehr Probleme. Bumm macht's. Krieg eben. Also müssen wir schnell sein. Sehr schnell.*

Joe denkt an hämmernde Bässe auf Ausflugsschiffen und fragt sich, was das alles mit den Salzseen in einer Oase zu tun hätte, und ob die Herren überhaupt begriffen, wo sich die letztlich doch die militärische Operation *Orakel Amun-Ra* abspielt, quasi in *der Sahara.*

No data, only a datepalmjungle bigger than Manhattan. Hier gibt es Dattelschnaps statt Bourbon, Pepsi statt Coke, weder Kinos, Bars, Mecces noch Sex. Siwa ist tot, ist eine andere Welt und das ist das Problem.

Der ägyptische Geheimdienst ist nicht operationabel, und die aus Alex angeforderten Polizeieinheiten erklären sich für nicht zuständig, wirft Jim ein und fordert Druck *auf viel höherer Ebene.*

Du hast ja keine Ahnung, erwidert Ben in Rom.

That's it, ruft Joe und schlägt mit der flachen Hand gegen seine breite Stirn. Statt zu patrouillieren, wärmte sich die – nun ja – *Siwa-Security* am heimischen Olivenholzfeuer und kiffte.

Du weißt ja, was du zu tun hast, schließt Bob in Washington trocken. Die Bond-Lizenz kommt nicht gerade überraschend. Und sie ist auch absolut nichts Neues.

Während die Konferenzschaltung gerade abgebaut wird, stürmt ein Getreuer von Mohamed, ohne anzuklopfen, ins Haus und übergibt einen Zettel, auf dem Joe liest:

Der Libyer ist geortet. Mohamed. Waiting for orders.

Da ist die Leitung Siwa-Washington-DC-Brüssel-Rom-Kairo bereits tot.

Kapitel 31
Guter Geist

Aus Jaes Logbuch, Siwa, 23. Mai 2012

Wenn der Shit hier vorbei ist, gehe ich ins Filmgeschäft, wo man Gummibären und tote Palmen verliehen bekommt, meint Torsten, als wir uns am Vormittag am Markt mit frischen Früchten und Gebäck versorgen. Es ist offenbar, dass wir beschattet werden. Schatten sind in der Glutsonne kurz und klar. Staub, Hitze, Wind. Ich fühle die Elemente. Ich brauche Wasser.

Ach ja, frage ich und richte das Spotlight auf das, was seinen Anfall an der Kinokasse sogleich diffundieren lässt. *In dreißig Minuten ist Stabsbesprechung bei Joe. Sie haben Ziad ausfindig gemacht. So viel zu deinen toten Palmen.*

Er schluckt. *Ich meinte, also…* Oh Gott.

Behalte dein Gemeines besser für dich. Ich muss gehen, unterbreche ich ihn.

Abseits vom bevölkerten Rund des Kleopatrabrunnens, einem Relikt aus antiken Badezeiten, der mich einen Moment lang an die Bäder in den Grotten Puzzuolis denken lässt, schalte ich das Walkie-Talkie ein.

USIWA 2, hier USIWA 1, bitte kommen.

Hier USIWA 2, kommen.

Du bist entdeckt. Du musst gehen. Sofort. Kommen.

Verstanden. Ahnte es. Suche Quartier. Melde mich. Kommen.

USIWA 1, End and Over.

Over and Out, USIWA 2.

Den Weg zu Joes *Führerhauptquartier* lege ich, von Tüchern umweht, im Jeep zurück. Es ist ein Bild für die Götter. Das Walkie-Talkie verstecke ich in einem verwilderten Palmenhain. Fünf Minuten später betrete ich den subalternen Agwad von Joe.

Vor vier angestrengt dreinblickenden Männern liegt eine Karte ausgebreitet. Der Meister schweigt, lässt es knistern. Es ist das erste Mal, dass ich mit Mohamed und seiner Bande an einem Tisch sitze. Dass sie in mir einen Kriegsverbündeten sehen *müssen*. Sie trauen mir nicht. Das beruht auf Gegenseitigkeit.

Das Haus des Libyers – bemerkt Joe gerade – *liegt an einer Ausfallstraße am östlichen Salzsee, nahe dem Berg der Toten.*

Es handelt sich um einen Palmenhain hinter hohen Mauern, weiß Mohamed. Er kennt den Libyer flüchtig. Sie agieren auf ähnlichen Routen, wenngleich mit verschiedenen Paketen.

Joe hat seine Leck-mich-am-Arsch-Fresse aufgelegt. Ein Auge zuckt. Die zitternde Zunge der Kobra, die sich aufrichtet. Er zeichnet Angriffspfeile, markiert Positionen.

Du wirst ihn herauslocken, sagt er bestimmend, aber ruhig, mit Blick zu mir. Ein Überraschungsmoment will er kreieren. Zuschnappen, endlich. *Den Rest überlässt du uns.*

Worauf lasse ich mich ein, wenn ich derart plump den Lockvogel mime? Ich habe keine Wahl. Ziad wird eh nicht da sein, *that's all.* Cool bleiben. Die Schlacht kann beginnen.

Sollte der Libyer zu fliehen versuchen, starten wir einen getakteten Zugriff von allen vier Seiten, legt Joe fest. *Funkgeräte gibt es ausreichend. Wir wollen ihn lebendig. Oder halt tot.*

Sicher ist er bewaffnet, wendet Mohamed ein.

Ich nerve: *Nur mal eine Frage: Bekomme ich eine Waffe?*

Nope, sagt Joe. Er ist nicht zu Diskussionen aufgelegt. Ich belasse es dabei. Waffen muss man gelegentlich erobern.

Joe geht mit nach hinten geschobener Schirmmütze im Zimmer herum, die Arme verschränkt. Rhythmisches Klack-Klack. Napoleongetue. Ein Handy klingelt. Er nimmt es ans Ohr, sagt *Hm…, ok…, why not…, so what?* Eine seiner Verbindungsleute liefert Bericht, Militärs vermute ich. Eine seiner verdeckten Karten. *That's all? Halt mir den Rücken frei.*

Er kritzelt was in ein Notizbuch. Dann schaut er in die Runde. *Worauf wartet ihr? Mohamed! In exakt neunzig Minuten, wenn alle eingewiesen, bewaffnet und postiert sind, ist Zugriff,* sagt er.

Get out! brüllt er, und sagt zu mir leise: *Du bleibst.*

Kapitel 32
Katzen

Siwa, 23. Mai 2012

Neben Menschen, Pferden, Eseln, Hunden und sonstigem Kleinvieh ist Siwa bevölkert von Katzen. Tiere werden angebunden, in engen Käfigen gehalten, gequält, geschlachtet oder davongejagt. Katzen stehen jedoch in der Hierarchie der Oasengeschöpfe an oberster Stelle. Sie sind sich ihrer privilegierten Stellung durchaus bewusst. Sie blinzeln namenlos der Menschenrasse Unschuld mimend zu und streichen um deren Beine. Wohin sie gehen, oder wann man sie anfassen darf, darüber entscheiden sie selbst. Auf Zurufe reagieren sie nicht, nur auf Wärmequellen, Gerüche oder Bewegungen, die sie interessieren.

Katzen kennen ihr Terrain. Mein Terrain. Jeden Flecken. Halb domestiziert, schleichen sie umher, bevölkern die Ruine hinter der Küche und halten den Palmengarten frei von Ratten, Mäusen und anderem Ungeziefer. Ihre Feinde sind auch meine Feinde. Das wissen sie.

Ich gebe ihnen zu fressen, doch nur wenig. Die unbewohnten, umliegenden Palmenwälder, die Wege und freien Flächen meiden sie gewöhnlich. Diese gehören den wild streunenden, raufenden und verlausten Hunderudeln.

Ich kenne jede einzelne meiner Katzen. Ich sehe, wenn sie ihrer Niederkunft entgegenleben, gebe der Brut dann in Milch eingeweichtes Brot und werfe ihnen fleischige Küchenabfälle zu. Ich achte sie, auch wenn sie mir nicht heilig sind, wie zu alten Zeiten, da sie götzengleich in Siwa als *Bastet*, die Tochter des Sonnengotts Amun-Ra, verehrt wurden.

Ich weiß um ihre Sensibilität. Noch bevor ein Hund durch eines der Schlupflöcher kriecht, ziehen sie sich auf schräg liegende Palmenstümpfe zurück, gelegentlich fauchend. Von Freunden, die mich besuchen und am Handy hängen, halten sie sich fern, schon immer.

Ich beobachtete, wie sie dann die Ohren spitzen, katzbuckeln und sich ihr Nackenhaar aufrichtet. Sogar wenn mein Phone entfernt klingelt. Bis ich begriff, dass es nichts mit Geräuschen, sondern einer sonderbaren Empfindlichkeit für elektromagnetische Wellen zu tun hat, mit denen unsereins sich verständigt. Ich benötige keinen Bewegungsmelder, keine Überwachungskamera. Ich habe Katzen.

Ich stapele gerade trockene Palmenzweige, als mehrere Katzen zeitgleich von ihren Beobachtungsposten auf Mauern und Bäumen herabspringen. Kimba, meine beige gefleckte Lieblingskatze, kommt und schwänzelt nervös um meine Beine, ihren Kopf ruckhaft mal nach links, mal nach rechts wendend, als wolle sie mit mir erfassen, welch böser Geist sich jenseits der Mauern nähert. Ich verstehe, dass meine Verfolger miteinander in Funkkontakt stehen, um mich abzuholen, tot oder lebendig. Die Katzen sagen, dass nun der Zeitpunkt gekommen ist, zu gehen.

Ich nehme die Tasche mit dem Geld, Funkgerät, einer Wechselkleidung, Wasserflasche, Werkzeug, Messern, Tape, und anderen Dingen. Ich habe keine Zeit zu verlieren.

Hinter dem Palmenverschlag am Haus schiebe ich einige Bretter beiseite. In dem Schacht, der zwei Meter unterhalb verläuft, steht nur ein Rest Wasser. Von Lehm, Sand und Steinen bedeckt, fällt kein Licht hinein. Ich nehme die Taschenlampe und leuchte in den Stollen. Die Glock 22 hängt griffbereit mit einigen Magazinen in einem Lederbeutel an der Spundwand.

Ich schiebe die Bretter in ihre Position zurück und sichere den Eingang von innen. Ich haste durch den Kanal, der einige hundert Meter entfernt inmitten von Gebüsch in einen Kanal vor dem Berg der Toten mündet. Die Schleusen sind geschlossen.

In der Ferne höre ich einen Amerikaner schreien: *Fuck! Fucking bastard! He's gone.*

Kapitel 33
Fluchtwege

Aus Jaes Logbuch, Siwa, 24. Mai 2012

Der Tag neigt sich. Die Sonne verliert an Kraft. Nach dem missratenen Zugriff bleibe ich zwanzig Minuten bei Joe. Ich kann durchatmen. Ziad findet immer einen irdischen Ausweg aus seiner Lage, denke ich. Er schon. Joe ist bleich vor Ratlosigkeit und Frust. Nachdem er den Fluchtkanal entdeckt hat, ließ er die Mohamed-Truppe ausschwärmen. Vergebens. Zu viele Dattelbäume, Fluchtwege, Schutzräume, Helfer. Und zu wenig Ahnung. Joe ist bissig, doch er hat sich im Griff. Ich setze einen drauf.

Plump war das und miserabel vorbereitet. Nun ist er gewarnt. Das macht es nicht leichter. Ich mach es jetzt auf meine Weise.

Aha, antwortet er. *Fuck,* sowieso.

Jemand aus Mohameds Crew müsse den Plan verraten haben, glaubt Joe. Jemand hätte ihn vorgeführt, lächerlich gemacht. Der Libyer scheine über exzellente Beziehungen zu verfügen. *Das habe ich unterschätzt,* sagt er. Habe ich richtig gehört? *Unterschätzt?*

Ich versage mir ein Grinsen. Die Schlacht ist nicht gewonnen.

Ich krieg dich, Mann, sagt Joe. *Der kommt hier nicht raus.* In dem Stil folgt ein Monolog. Er spricht gefährlich leise. Herrscherseinwollen, einer, der immer das letzte Wort hat. Dem jedes Mittel Recht ist, das Ziel zu erreichen. Doch er bleibt ein Emporkömmling. Er kennt die Wüste nicht und nicht Ziad.

Nicht mich, hämmert es in meinem Kopf. Was hat er vor?

Dann besteige ich meinen Jeep. Der kühle Fahrtwind tut gut. Es sind nur wenige Menschen unterwegs, zumeist allein oder in kleinen Gruppen, die vom aufwirbelnden

Staub der Straße hinter mir verschluckt werden, surreal. Köpfe, die sich drehen. Augen, die mir folgen. Mohamed verfügt über ein Reservoir an bester Funk- und Nachtsichttechnik. Das weiß ich. Die Laserpunkte ihrer Gewehre bohren sich in mein Gesicht. Kameras schießen wie Maschinengewehre.

Das Walkie-Talkie habe ich wieder geholt. Ich fahre bis kurz vor die Lodge. Ich warte dreißig Minuten, bis es zu dämmern beginnt und die Felsen ihre Konturen verlieren. Nichts regt sich in der Stille der rasch hereinbrechenden Nacht. Ich taste die Steinwüste mit meinem Fernglas ab. Als ich sicher bin, allein zu sein, haste ich einen Pfad hoch, der sich zwischen Geröllbergen verliert, bis ich diesen Felsspalt erreiche. Ruhe, sag ich mir, auch Präzision. Ich schalte das Funkgerät an.

USIWA 2, bitte kommen.

Nichts. Ich wiederhole. Mein Magen dreht sich *upsidedown.*

USIWA 1, hier USIWA 1. Talk! Kommen.

Es knistert fast eine Minute, bis er endlich antwortet.

USIWA 2. Was ist passiert? Kommen.

Nichts. I walked away. Alone. Kommen.

Die Verbindung ist schlecht. Nach einer verdammt langen Pause höre ich das Knistern wieder und sein *Ich bin in Sicherheit, inschallah.*

Was hast du vor? Kommen.

Sie sind überall. Zweites Versteck ist entdeckt. Suche neues. Kommen.

Darauf bin ich vorbereitet. Ich habe ein Ausweichquartier, in dem Expats leben. Sie sind unterwegs und ich habe Schlüssel.

Habe Lösung. Treffen am Gabel al-Dakrour? Kommen.

Ich warte in den Sihaya-Nestern oberhalb der Treppe, Nordseite. Allah sei mit dir. Kommen.

Ich kenne die Ruinen. Wie nah muss ich sein, um ihn zu hören? Das Gerät knistert. Ich flüstere.

In einer Stunde werde ich dort sein. Kommen.
Okay. Höchste Vorsicht! Kommen.
USIWA 1, End and Over.
Over and Out, USIWA 2.

Vor mir quert eine schwarze Katze den Weg und verschwindet lautlos im Dunkel. Ich stehe vor dem Jeep, schaue über den Salzsee in die Ferne und spüre das Adrenalin. Als könnte ich Luftwellen fühlen und hören. Ich taste das Gestein, die Sanddünen und das Wasser mit dem Nachtsichtgerät ab, immer wieder. Ein Moped tuckert vorbei, ohne mich zu bemerken. Am Ufer des Salzsees gleitet ein Ruderboot, vielleicht einer von Mohameds Mannen.

Torsten und Rehab erhalten das verabredete Zeichen, zwei Anrufe, zwei Mal klingeln. Sie müssen in das zweite Fluchtdomizil gelangen. Das ist nicht weit weg vom *Gabel al-Mawta,* dem Berg der Toten. *Und des Todes.*

Ich fahre bis in einen Vorort von Shali, steige um in ein Motorradtaxi und erreiche einen weitläufigen Park mit einigen Hot Springs ganz in der Nähe von Dakrour. Fackeln werfen flackernde Schatten auf Palmen und Hibiskusbüsche. Das wellige Gelände ist ein Magnet für Touristen, die in Lodgezelten, verstreuten Sitzecken und kuschligen, bastbedeckten Ruhezonen – wie geschaffen für Liebespaare – abhängen wollen. Ideal für mich.

Es ist eine laue Nacht. Ganz in der Nähe schlagen zwei junge Berber im ruhigen Rhythmus ihre Tar-Trommeln. Andere singen und klatschen. Es riecht nach Dope und harzigem Brennholz. Es herrscht ein Kommen und Gehen.

Ich mische mich unter die jungen Leute. In der vereinbarten Hütte finde ich die Tasche, die mir Rehab bereitgestellt hat. Ich streife eine Galabya über, binde mir eine weiße Kufiya um und werde zum Mann. Als eine Gruppe Berber an mir vorbeigeht, schließe ich mich an und entschwinde durch einen Seitenausgang. Dort steht das Motorrad. Ein uraltes Ding, aber es läuft.

Nach einigen hundert Metern wechsele ich die Kufiya und trage jetzt grau. Nur Nase und Augen sind zu sehen. Als ich den Nordhang des *Gabel al-Dakrour* erreiche, schalte ich das Licht aus. Er hat es gesehen und läuft zügig die Treppen hinunter, verschwindet hinter einer Mauer, aus der er sich in dem Moment löst, als ich die Treppe erreiche.

Ziad hat sich in anthrazitfarbene Tücher gehüllt. Seine Glock lugt vor.

Fahr, zischt er, als er hinter mir sitzt und meine Taille fasst. Er riecht nach Schweiß und Sex.

Ich wende. Der direkte Weg nach Westen ist kürzer, doch zu riskant. Ich fahre in die Gegenrichtung und nehme die Straße zum großen Salzsee, der die Oase von dem Libyschen Sandmeer trennt. Nach einigen hundert Metern bin ich mir sicher, dass uns niemand folgt. Ich drehe und werde ruhig, spüre seinen Körper. Er deutet wortlos südwärts, wo sich die Sanddünen im aufgehenden Schein des Mondes gewaltig auftürmen. Ziad kennt jeden Meter der Senke. Die begrünten Parzellen, eine riesige, ummauerte Lodge und Gewächshäuser geben uns Schutz.

Wir fahren ohne Licht, was hier stinknormal ist, durch ärmliche Siedlungen, die spärlich beleuchtet wie ausgestorben erscheinen, an Brachflächen vorbei sowie einigen Industriehallen. *Dunkel war's, der Mond scheint helle, als ich blitzeschnelle ...* Man erkennt immer noch kleinste Lichtnuancen und man gewöhnt sich daran, das finde ich immer wieder phänomenal. Endlich erreichen wir die Abzweigung, die in einem dichten Wald von Dattelpalmen versteckt liegt. Was für ein Moment, was für eine Fahrt, was für ein Mensch, der an mir klebt, denke ich.

Die letzten Meter schieben wir den Bock gemeinsam, um lautlos die *Fluchtburg* im Schatten des Todesbergs zu erreichen. Sie liegt hinter einigen unverputzten Neubauten auf einem veritablen Grundstück mit altem Palmenbestand und gepflegten Gemüseparzellen, wie es sie einige in dieser Gegend gibt. Wo die sogenannten *besseren Viertel* beginnen, behelligt man die Nachbarn nicht. Dieses Gelände gehört einer verrückten Expat-Dame aus Paris, die Rehab kennt. Sie verweilt gerade jenseits vom Kongo. Wir sind willkommen.

Ein blankgeputzter Kuhschädel ziert den Türeingang, zur Abschreckung von bösen Geistern, wie zu vermuten ist. Wir betreten den einzigen, karg ausgestatteten Raum. Drei Betten passen rein. Eine solarbetriebene Lichtquelle funzelt vor sich hin. Einen Gaskocher und ein mit allerlei Versteinertem und einem Buch beladenes Regal gibt es. Teegläser, Kanne, Teebeutel, Wasserkocher stehen auf einem zerschlissenen Teppich. Eine Holzkiste dient als Tisch, auf dem zwei Teegläser dampfen. Zwiebeln, Knoblauch und Zitronengras, trocknen – zu einem merkwürdigen Ensemble geflochten – an einem kleinen Fenster neben einem batteriebetriebenen Transistorgerät aus den Fifties. Die Einsiedlerin führt ein selbstgenügsames Leben. Wir sind sicher. Vorerst.

Rehab hat im Schneidersitz auf Kissen Platz genommen. Wir hatten keine Gelegenheit gefunden, uns auszusprechen. Hier funktioniert sie gut, denke ich. Sie wippt mit einem Fuß, kann ihre Nervosität nicht verbergen. Lediglich ihre Cousine Jamila sei eingeweiht, sagt sie. Sollte sie morgen bis Sonnenuntergang nicht zurückkehren, wäre der Sheikh zu informieren. *Dann bricht hier die Hölle los.*

Torsten lehnt gegen die Wand, verloren auf einem Bett, und streichelt ein wolliges Hündchen, das er wimmernd vor der Tür aufgegabelt hat, außerstande, die Wassergräben zu überspringen, die den Garten schachbrettartig durchkreuzen, sagt er. Irgendwie ist es ein gegenseitiger Trost.

Hier kannst du nicht bleiben, Ziad, bemerke ich. *In spätestens zwei Tagen haben sie uns ausfindig gemacht. Und hier gibt es keinen Fluchtweg – Überlebenschance gleich null.*

Ziad reagiert nicht, schweigt, schaut durch Mauern hindurch in die Ferne, wo vielleicht ein Plan B schlummert. Dann steht er auf und ist da. Voll präsent. Raumfüllend.

Die stahlverschlossene Tombe des Agwad im Berg der Toten. Niemand wird uns dort suchen. Von dort führt ein Gang zu den Katakomben unter der Zitadelle. Nur im Dunkeln wird die Flucht aus Siwa gelingen.

Ziad hatte zweiunddreißig Jahre Zeit, sich diesen Moment vorzustellen. Es ist dieser dunkle Tonfall, die Flüssigkeit seiner Aussprache, ein feines Lächeln, das seine Lippen umspielt, dieser stechende Blick, der keine Widerrede duldet. Er verwirft Rehabs Idee, den Polizeichef um sicheres Geleit zum Kassationsgericht in Rom zu bitten.

Da kann ich mich gleich selbst erschießen. Doch gibt es Alternativen, sagt er. *Ein Tanklaster mit Siwa-Wasser vielleicht?* Er schaut mich fragend an.

Ich kenne einen der Fabrikanten, sage ich.

Torsten schüttelt sich. *Der Krieg muss in höhere Sphären hineingetragen werden, in das Universum der Diplomatie!* Seine Stimme hat Bariton erreicht und steigt die Tonleiter wieder runter. Männertonfolge. *Ich kenne Leute in der deutschen Botschaft,* sagt er ruhig.

Als niemand reagiert, klopft er auf den Boden. Der Hund erschrickt. Er sagt: *Was man macht, es ist verkehrt.*

Okay, meint Rehab. Sie hat Angst, meint, zu viele Fragen seien unbeantwortet. Sollte das Manöver auffliegen, sei es mit der Toleranz ihres Vaters vorbei. Sie würde ihr Haus nicht mehr verlassen dürfen. Dafür würden ihre Brüder sorgen. *Was, wenn ein Spitzel singt oder sich jemand verplappert? Wenn Mohamed und seine Bande ausschwärmen und herumballern? Welche Karten hält Joe in der Hinterhand? Wie stark ist der ägyptische Geheimdienst involviert?*

Es sei ein Spiel mit zu vielen Unbekannten, entgegne ich. Doch es gäbe kein Zurück. Die Zeit läuft.

Think positive, bemerke ich lakonisch. *Botschaften können wir im Moment vergessen. Freunde könnten helfen. Rehab, wer? WER?*

Wir gehen die Details durch, ergänzen, verwerfen und fügen neu zusammen. Torsten ist erstaunlich ideenreich. Ziad erklärt alternative Fluchtrouten, von denen die unzugängliche, ihrer Salzsümpfe und Macchia wegen berüchtigte Qatara-Senke nach Alexandria eine Möglichkeit zur Flucht bietet, wo er Schleichwege kennt. Den Weg über Bahariya in Richtung Sudan hingegen verwirft Ziad: *Falsche Richtung, eine tödliche Falle.* Wege nach Südwesten durch die Weiten der Westlichen Wüste, durch die es alte Karawanenstraßen gibt, die nach Kufra in Libyen führen, wo er geboren ist, und weiter in den Tschad, nach Mali und an den Niger, sind aus der Luft leicht auszumachen und angreifbar. Sandstürme drohen, die Hitze ist tödlich. *Siwa ist in seinen Raumzeiten zu begreifen.*

Torsten nickt, behauptet zu verstehen. Sein Argument wendet sich gegen ihn: Der Weg zur Botschaft steht ihm offen, wäre sogar gut für alles. Er hat Projektmanager, die ihm gewiss zur Seite stehen. Totenbleich sitzt er da.

Wir vereinbaren Treffpunkte: Es klingt wie der Endlosstreifen eines zauberhaften Märchens *durch die Wüste*.

Rehab beruhigt sich. Ich atme. Wir sind im Moment okay, aber vorsichtig zueinander, distanziert.

Wie kommen wir an den Schlüssel zum Versammlungsraum des Agwad, fragt Ziad und schaut Rehab an. Sie nickt.

Mein Vater hat einen der drei Schlüssel, die es gibt.

Ich sage: *Ende!*

Torsten verlässt als erster das Fluchtdomizil. Mit einigem Abstand folgt Rehab, die den Schlüssel besorgen will. Wir nicken uns zu. Rehab lächelt wissend.

Als Ziad und ich alleine sind, ist der Weg frei zur Fusion. Als wäre sie vorprogrammiert, vorherbestimmt, von all unseren Göttern gewollt. Wir schalten die Zeit aus. Zwei gestählte Körper fügen sich erst weich und dann wild. Ich denke an Joe. Wir brauchen uns nicht mehr. Jetzt sind Ustica und Siwa in einer neuen Raumzeit vereint.

USIWA.

Fiebrig kehre ich zur Ecolodge zurück und warte. Das habe ich zweiunddreißig Jahre getan. Auf die Stunde mehr oder weniger kommt es nicht an.

Ziad bleibt zurück. Er weiß seinen Weg.

Kapitel 34
In den Tomben

Torstens Erinnerungen, Siwa, 27. Mai 2012

Drei Tage währte sie schon: die Ruhe vor dem Sturm. Ich schlief unruhig und stand früh auf. Ich machte Liegestütze und Sit-ups, wie es mir Jae nahegelegt hatte. Ich wurde fitter. *Ich stecke so was von in der Scheiße*, pochte es in meinem Kopf. Ich erledigte ein Dutzend Kniebeugen, ging raus und ließ mich treiben. Ging durch die Ruinen der verflossenen Stadt. Nahm bei *Abdo* – von Spitzeln in keiner Weise beeinträchtigt – das fetteste Frühstück mit Oliven, Obst und Oasentomaten zu mir. Man gewöhnt sich an alles. Aber bitte mit Baba Ghanoush.

Das Lichtprojekt geriet derweil zwischen die Fronten. Den Dolchstoß versetzte mir Projektleiter Martin Nachtens per Mail, Betreff: *Neujustierung*. Mit drei Ausrufezeichen. Prosa: Da die *lokalen Fuzzis* sich derart *zurückhielten* – was nachgerade höflich ausgedrückt war – müsse über *alternative Stakeholderkonzepte* entschieden werden – und zwar in Kairo. Ob sich etwa das Team auf den Weg in eine Wüstenoase machen sollte, so seine Rhetorik.

Die lokalen Gremien würden es gewiss nicht ablehnen, euch in Siwa zu begrüßen, mailte ich zurück. Blaffen konnte ich auch. Die Ware unterwegs verdorben, der Deckungsbeitrag gefährdet, klar, dass dies eine Rückholaktion war. Brauchte ich nicht, doch war Widerstand zwecklos.

Eine Antwort auf die Mail von Aron – von dänischen *Urknallen* seltsam berührt –, in der ich mich zu magnetischen Einflüssen auf Licht in der aktuellen Sensorentechnik hatte äußern wollen, hatte ich vor mich hingeschoben. Mein Luxusproblem. Nun war die Frage obsolet. Ich stellte mich der Konversation, indem ich den Kosmologen

Sean Carroll zitierte, der von vielen Ichs in Paralleluniversen geschwärmt hatte, wie ich mich zu erinnern meinte:

Der Raum ist (wie vieles andere auch) eine Illusion (Carroll). Dieser stellte sich das Universum als Welle vor, die sich fortwährend verwandelt. Noch dehnt es sich aus. Käme dies zu einem Ende, was wäre die Folge? Carroll nach zu urteilen, wird die Lichtsuppe immer dünner und spaltet sich in neue Myriadenwellen auf, bis sich das Universum energetisch überdehnt hat und sich urplötzlich wieder zu verdichten beginnt. Dieser Umkehrmoment, nennen wir ihn mal den *Ziehharmonikaumkehrverdichtungsschub,* liefert die Vorlage zu einer schier unlösbaren Urknallformel, mathematisch betrachtet. Da bin ich mir ziemlich sicher.

Alles, was es an Raumzeit gibt, endet schließlich in einem unendlich kleinen oder wahlweise unendlich großen Loch. Das macht kaum einen Unterschied, mathematisch betrachtet. Dieser bislang unerforschte, ja, nicht einmal ansatzweise hinterfragte Antiurknall ist ein Momentum, in dem sich gegen Zeitunendlich auch Raum-unendlich schlicht alles in nichts konzentriert. So wie die Leere, die ich ohnmächtig gerade in mir spüre. Nur hilft mir das im Moment nicht weiter.

Die Hoffnung stirbt zuletzt. Denn aus einem Antiurknall wird **irgendwann** einmal ein neues Universum entstehen. In dieser unschuldigen Hoffnung steckt zugleich das ganze Problem, da die Zeit stehengeblieben ist. Logisch. Ohne Zeit kein Raum. Drei Mal null ist null ist null, singen die Lück (Menschen bzw. Clowns) zu Hause.

In Wahrheit bin ich der Verzweiflung nahe. In gewisser Weise ist Schubumkehr genau das, was sich hier gerade abspielt. Jeder will was anderes und ständig wird scharf geschossen. Da kann ich einpacken und nach Hause fahren. Die untröstliche Stunde der Wahrheit ist, dass mir kein Physiker aus der Patsche helfen kann.

Ich packte den Brief elektronisch ein und verschickte ihn, ohne Zeit zu verlieren, also postwendend an Aron. Dies ist allerdings die Stunde meiner Tochter, dachte ich, als mich Jaes Anruf schließlich erreichte.

Wir sind im Berg der Toten verabredet, sagte sie mit einer Stimme, die keine Widerrede zuließ und nichts Gutes verhieß. Showdown im Agwad. Es könnte der Beginn einer Flucht oder auch unser Ende sein. Mir wurde speiübel. Mir wurde schwindlig.

Ich begab mich ins Hotel und zog mich um, um mich in einen Beduinen zu verwandeln. Bella meldete sich kurz vor ihrem Abflug vom Roten Meer an den Rhein mit der Bemerkung, dass sie sich auf ein Wiedersehen am Eigelstein freue.

Eigelsteintorburg! Der Kölsche Boor mit seiner Sense! Darauf freue ich mich besonders, antwortete ich. Gottlob sah sie mich nicht. Auch war es nicht einmal gelogen. Oder sollte ich etwa um Hilfe schreien?

Eine Stunde später tauchte ich im Marktgedränge unter und schlich auf Umwegen zum *Gabel al-Mawta,* dem Berg der Toten, der an diesem Tag seinem Namen alle Ehre machte.

Als ich im Felsenraum eintraf, waren Ziad und Rehab dabei, den hinteren Ausgang von Müll freizuräumen. Feierlich zündete ich die Kerzen an. Es war ein Déjà-vu der anderen Art. Sturm ohne Drang. In die Siwa-Chronik eingehen. Rehab schaute mich amüsiert an, doch es war kein richtiges Lächeln.

Jae erschien als Letzte. Sie hatte Schwierigkeiten, die Verfolger abzuschütteln, die ihre Tricks inzwischen kennen würden, sagte sie. Ein Telefonat mit Joe hatte gewirkt, die Spitzel mussten den Rückzug antreten. Ich rätselte, mit welcher Begründung sie das wohl eingefädelt hatte. Überhaupt: die Black Box Joe.

Einige neue Optionen kamen auf dem Tisch, die für mich ziemlich nebulös waren. Bis wir grünes Licht von Sabine hätten, sollten wir dableiben, so Jae. Das würde nicht lange dauern. Meinte sie eine Stunde oder zwei

Tage? Eingefädelt sei eine Intervention des Auswärtigen Amtes.

Ich kam aus dem Staunen nicht raus. Das Amt hatte sich im vergangenen Jahr in Libyen bereits als Blockierer, Abwiegler und Aussitzer unbeliebt und rar gemacht.

Echt mal, Deutschland versus NATO, wollte ich wissen. Ich dachte an meine Begegnung mit dem Botschaftssekretär in Zamalek.

Und wie will Sabine vom Rhein aus sture Botschaftsköpfe in Kairo bewegen? Hänneschen-Theater spielen, oder was? Ist dieser CIA-Mann, dieser Joe, überhaupt noch zu stoppen, fragte ich. Zurück kamen keine Antworten.

Was für ein Desaster, aber noch leben wir ja, meinte ich daraufhin und malte mir meine Verwicklung aus. Klar, mein Projekt würde entsorgt. Und ich gleich mit. Ich schaute schräg nach unten und wackelte mit dem Hals.

Letztlich bleibt uns nur der Weg durch die Katakomben Shalis, meinte Ziad. *Dann sehen wir weiter.*

Er hielt sich bedeckt, doch ließ ich nicht locker. Die Tour mit Wüstenjeep durch die *Qatara-Senke,* in der schon ganz andere Heere verendet sind, war ihm doch zu heikel.

Ich kenne die Wüste. Ich weiß, was eine Fata Morgana ist, wenn du verdurstest. Durch die Wüste kam ich nach Siwa. Durch die Wüste zu gehen, führt fast immer im Kreis und in den Tod.

Er hatte allerdings bereits ein schnelles Quad organisiert, wie er angab. Es gäbe Kanäle und alte Pfade durch Dattelwälder. Endlich wurde er etwas konkreter: *Hinter den Salzseen im Osten steht das Teil. Für zwei könnte das die beste Lösung sein. Dann geht es um Siwa herum gen Westen, also in Richtung Benghazi. Dass wir nach Libyen abhauen, werden sie kaum erwarten. Benghazi ist außerdem das reinste Chaos, untrackbar.*

Das zumindest stimmte wohl.

Rehab hatte nur geschwiegen. Jae schüttelte den Kopf. Entweder wusste sie mehr oder sie wollte uns raushalten.

Oder beides. Sie sagte nur lakonisch: *Außerdem ist das der bei Weitem kürzeste Weg. Es ist aber zu früh, das genauer festzulegen.*

Ich könnte für einige Tage beim Sheikh unterkommen, bot Rehab an. Ich musste an Sabine denken, die ich am liebsten zur Rede gestellt hätte, um die Black Box mit Jae und Joe zu knacken. Das war immer schon der Moment, als es richtig krachte zwischen uns, wenn ich sie *zur Rede stellte.*

Ich überspielte meinen Ärger – oder war es nur blanke Verzweiflung? – und beschloss, nichts zu riskieren. Dass war ziemlich vage gehofft. Es sei mir klar, dass es das Beste sein würde, statt abzuhauen, unterzutauchen, gab ich zu verstehen. *Oder wie wäre es, up, up and away in my beautiful, my beautiful balloon fortzuschweben,* lallte ich. Ich rückte die Kufiya schräg nach hinten. Vater sein geht mit Galgenhumor besser. *Parameter verändern geht immer,* schloss ich.

Rehab lachte. Es war das erste Mal, seit unserer Liebesnacht.

Wie komisch, bemerkte Jae gereizt. Ziad schaute durch mich hindurch und schwieg. Plötzlich erhob sich Jae und drückte uns.

Ich muss weg, sagte sie mit einer tieferen Stimme, die ich von eher komplizierteren Gesamtlagen her kannte. Da hätte es klicken müssen. Tat es aber nicht.

Ihr seid hier sicher, sagte sie.

Sitzen wir nun in einem Schutzraum oder einem Gefängnis, fragte ich mich. Ziad machte einen Schritt auf sie zu. Wie er es tat und wie dicht er ihr kam, machte klar, dass sie sich sehr nahegekommen waren. Jae durchschaute ich nicht. Vielleicht aber liebte Ziad sie. *Nimm Kontakt zu Khaled auf,* sagte er. *Er wird dir Rückendeckung geben, wenn die Lage eskaliert. Du erreichst ihn hier.*

Ziad reichte ihr einen Zettel. Berührte ihre Hand. Sekunden vergingen. Ich schwieg. Ich hatte keine Ahnung, was hier gespielt wurde.

Bist du sicher, fragte ich sie schließlich doch. Ich bin schließlich ihr Vater. Und was für einer.

Was denn, fragte Jae gereizt zurück.

Mach doch einen Vorschlag, insistierte Ziad.

Rehab hielt die Augen gesenkt und sagte nichts. Vielleicht wusste sie mehr als ich. Unsere Sprachlosigkeit lag über uns wie Mehltau. Unsere Ratlosigkeit. Immerhin blieb sie. Wenn ich einfach ginge, käme sie mit? Würde ich Ziad dann nicht ausliefern und unser aller Leben gefährden? Mir war klar: Mir fehlte nicht nur ein Plan, sondern auch jeder Mut. Beides hing wohl zusammen.

Die Welrod wird möglicherweise eine entscheidende Rolle spielen, sagte Jae. *Rehab, du musst sie nehmen und am Körper verstecken. Binde sie dir mit dem Riemen an die linke Wade. Bitte.*

Rehab schaute Jae an und nickte. Jae aber schaute Ziad in die Augen und tippte auf den Walkie-Talkie. Auch er nickte. Als sie ging, drehte sich der Schlüssel von außen. In der Stahltür klackte es. Gab es einen Fluchtweg? Oder besser: Sollten wir einen nutzen? Und wie weiter danach? Abhauen? Wohin? Wieso? Wozu?

Dumme Fragen. Es blieb nur eines: abzuwarten, egal, ob zwei Tage oder eine Stunde.

Kapitel 35
Die Schatten der Vergangenheit

Aus Jaes Logbuch, Siwa, 27. Mai 2012

Krieg ist. Ich hole Ziad raus. Mit Torsten wird es schon klappen, mit Rehab. Ich brauche sie. Film ab.

Dazu passt die Klangwelt der Toccata in d-Moll von Johann Sebastian Bach formidabel. Schön dramatisch. Eine Fanfare kündigt den Einlauf der abgewrackten Helden in der Idylle eines palmenwehenden Fleckens an. Dann beginnen die Läufe, vielstimmig, voller Schmerz und Wahn. Das Gefühl der Unendlichkeit erfüllt den Raum. War das die *message*?

Ich haste die Rückseite des Bergs des Todes hinab, dort, wo Dattelhaine an den durchlöcherten Fels heranreichen und Sichtschutz bieten. Ich schaue mich um, klopfe den Staub von der Galabyaverkleidung und frage mich: Welche Spieltaktik ist die beste, oder sollte ich sagen: Eroberung der Fahne, die *Stratego*-Taktik? Und nach welchen Regeln? Solche dummen Fragen zu stellen, bringt mich zurück in die Realität.

Ein Katz-und-Maus-Spiel ist es. Die Mär von *Leere und Fülle*. Von Energie erfüllt, glaubt er, unbezwingbar zu sein. Die Raubkatze pirscht sich an. Im Sand richtet sich die Kobra auf. Bilder und Worthülsen trommeln durch meinen Schädel. Wie das Recht des Menschen auf Würde und das Recht, zu leben, wie er möchte. *Die Welle bricht. Wer ist Felsen, wer das Wasser?*

Die verglühende Hitze des Tages treibt meinen Schweiß. Kein Wölkchen ist zu sehen, kein Wind leistet Abkühlung. Ich habe Wasser dabei und trinke vorsichtig.

Ich kenne Joe. Er spielt mit verdeckten Karten und denkt vom Ende her. Das heiligt den Weg, den Zweck ohnehin. Zwar kommt er mit mir, nicht ich mit ihm, was ein Unterschied ist. Egal. Befehl ist Befehl. Ihm geht es nicht nur um den Tod des letzten Zeugen. Er will auch meine Kapitulation, um über Leben oder Tod zu befinden. Fahne erobert. Daumen hoch, Daumen runter. Darum geht es.

Mein Leben. Spiel sie noch einmal, Joe, die Toccata.

Ich werde zum Schatten meiner selbst. Schlage mich ins Palmenunterholz und tänzele durch das Spiel aus Hell und Dunkel, Himmel und Hölle. Ich tauche ein, balanciere über Wellen, der Oberkörper locker. Eine Guerillera im Dschungelzwielicht. Der Kampf der Geschlechter – auch das. Ich ziehe das Kopftuch enger.

Nicht schwächeln, murmele ich schreiend in mich hinein, *reiß dich zusammen!* Ich benötige Zeit, um mich vorzubereiten.

Nicht, dass ich mich nicht erinnern könnte. Mein Problem ist das Labyrinth aus dem Nicht-Verschwinden-Wollen von Vergangenheit, seit jeher, ihre flackernden Lichter und diffusen Schatten, das Innere im Berg des Todes, wo die Geliebten wie Igel eingepfercht und wehrlos auf Erlösung warten. Die mich vermissen Doch ließ sich das Poesiealbum nicht schließen. Sorry, Ben. Neuer Eintrag: *Ich nehme Rache für Matera. Der Moment ist gekommen.*

Ich schlage mich durch Palmenhaine in Richtung Amun-Ra-Tempel, der in etwa zweitausend Metern aus dem wogenden Grün-Braun-Blau herausragt. Ich springe über Gräben und Kanäle. Eidechsen huschen über Totholz. Ein Hunderudel kläfft mich an und stiebt panisch auseinander, als ich auf die zerzausten Köter zurenne und mit Schwertflügelarmen und einem hohen Pfeifton die Fledermaus mime. Die Worte Bens fallen mir ein, dass Joe mich unterschätzt. Ben wollte mir Mut machen. Wieso auch nicht? Ich bin allein. Der Wind bläst mir frontal ins Gesicht. Erschöpft setze ich mich auf eine umgestürzte Palme.

Ziads Idee, plötzlich Freunde herbeizurufen, ist abwegig. Joe würde davon Wind bekommen. Wir handelten unkoordiniert, während Joe seine Mannen im Griff hat. Allen Gedankenspielen über neue Formationen oder Fluchtrouten zum Trotz: Wir sitzen in der Falle. Wir wären verloren. Genau jetzt ist unsere letzte Chance, den *Sieg* zu erringen.

Da Joe zum finalen Schlag ausholt, glaubt er, nichts würde ihn aufhalten. Zu stark fühlt er sich. Wasser jedoch hat keine beständige Form.

Es kommt mir so vor, als würden immer neue Wellen sich am Felsen brechen. Die Gischt ist weniger ein Mensch als vielmehr ein Akt. Ich spüre die Vergewaltigung, die mich nie losgelassen hat, stark wie nie zuvor. Ich laufe weiter, bleibe immer wieder kurz stehen. Stromstöße durchzucken meine Gedärme. Meine Vagina. Meine Hände beginnen zu zittern. Als erreichten mich die Strahlen gewaltiger Magnetfelder rotierender Objekte, die Todeslinien sich windender Körper.

Ich erreiche den Tempelfelsen, den ich noch nie betrat. Merkwürdig. Wuchtige Mauern, die Amun-Ra huldigten, ragen steil hinauf. Türme und Zinnen sind zu sehen. Als ich mich umschaue, geht der Pförtnerwächter, um seine Notdurft hinter einer Palme zu entrichten. Ich sollte wohl hineindürfen. Ich schlüpfe durch das Tor und eile hinauf zu den Mauern, hinter denen ein Priester einst das Orakel verkündete. Die Mauern schirmen mich ab, geben ein gutes Versteck ab, denn im Umkreis von hundert Metern gibt es kein Haus, nur Gestrüpp und Geröll. So ist das Gelände um den heiligen Burgfried überschaubar. Ein staubiger Weg schlängelt sich hinaus zum Zentrum der Oase. Ich sehe niemanden.

Hinter einem verborgenen Mauervorsprung lasse ich mich auf die Knie hinab: *Naoré!* Ich richte meinen Oberkörper senkrecht auf: *Mokusó!* Ich verharre im Meditationssitz der alten Meister, schließe die Augen und ergebe mich der Leere, bis die innere Ruhe einkehrt. In langen Zügen ziehe ich die Luft in meine Lungen und lasse sie langsam entweichen. Ich spüre den Raum, dessen Energie sich teils an den Mauern bricht, teils durch sie hindurchdiffundiert. Ich verliere jedes Zeitgefühl. Stille.

Naoré! Nach zehn Minuten öffne ich die Augen. Oder sind es zwanzig? Durch zwei Maueröffnungen hindurch richtet Amun-Ra einen Lichtstrahl auf mich. Ein Sonnengott verschwindet nicht einfach, nur weil Menschen das *Orakel des Ammon* fürchteten, als der Priester mit einem einfachen Rückwärtsschritt die Aussichten auf einen Sieg verneinte. Hier in Siwa gab es keine Doppeldeutigkeiten wie einst in Delphi. Änderte dies jemals etwas am Kriegsdenken? An der Eroberung oder dem Abwehrkampf gegen die *Barbaren* und das ewige Lied des Überlebens der *Guten*?

Als sei es ein Spiel. Ich muss an Siwa drei denken, von dem mir Torsten erzählt hatte, als liefere es die Vorlage. Ich denke an Sun Tsu, der vor langer Zeit die Kunst des Krieges zelebrierte. Der Überraschungsangriff sei elementar, um die Initiative zu ergreifen, so sagte er. Man muss schneller sein. Eine Kriegslist nutzen. So tun, als ob, um im richtigen Moment zuzuschlagen. *Den richtigen Moment für den tödlichen Schuss erkennen. Be cool,* meinte Joe. Plötzlich fühle ich keine Angst.

Meine Gedanken werden klarer. Ich versuche Joes Weg durch das Gelände in Gedanken auszuloten. Die Positionierung seiner Mannen. Die Karte im Kopf füllt sich mit Punkten. Joe ist ohne Skrupel, doch was genau könnte sein Plan sein? Wie abwehrbereit ist er? Kein Scharfschütze kniet für mich im Hinterhalt, um Joe auf dem Weg zum Berg der Toten zu erledigen.

Ich kenne jeden Muskel, jedes Hirnleuchten von Joe. Für ihn geht es heute um den letzten Stein in seinem Ordnungsgebäude, der ihm zur Vollendung fehlt. Seit über dreißig Jahren denkt und arbeitet er daran, den Befehl trägt er in sich wie die Toccata, mystisch. Ich bin ihm egal, solange ich mich ihm nicht in den Weg stelle, Rehab und Torsten sowieso. Er tickt in militärischen Dimensionen von Feuerkraft und Schlinge-zuziehen. Selbst wenn ich es schaffe, auf freiem Gelände einem seiner Schergen die Waffe zu entreißen, ich wäre tot, ehe ich den Abzug drücken kann. Auf dem Weg zu den Katakomben kann ich gegen Joe nichts ausrichten.

Ich werde also entschlossen und selbstbewusst den Weg zum Berg des Todes hinauflaufen. Dann mache ich einige lockere Sprüche und wiege Joe in Sicherheit. Im engen Gang zur Tür des Agwad beginnt meine Chancenzeit, wie damals in Matera, wo Fledermäuse leben. Am besten wäre es, wenn ich hinter Joe laufe. Es ist duster. Er wird mir sicher den Schlüssel abnehmen, wird am Schloss herumfummeln. Die Tür öffnet sich, man schaut gebannt, ist überrascht und einen Moment unaufmerksam. Jemand lässt versehentlich etwas fallen. Hustet. Bückt sich. Oder ich tue es, um den Moment der Attacke zu kaschieren. Bevor sich die Stahltür öffnet, muss ich eine Waffe erobern. Den gordischen Knoten zerschlagen. Doch was ist, wenn Joe die Waffe an meine Schläfe hält?

So, wie ich Joe kenne, wird das nicht passieren. Doch Sicherheit gibt es nicht. Ohnehin ist das meine einzige Chance. Meine Hoffnung. Denn sie kennen die Katakomben nicht. Sie wissen nicht, welche Tür sich öffnen muss. Sollte die Übermacht und die Todesgefahr mich erdrücken, werde ich eine andere Tür wählen, eine, die etwas entfernt liegt, und überrascht die Hände heben: *Oh, sie sind fort! Sorry!*

Ein Stoß aus einer Maschinenpistole aber? Wenn er alles platt macht? Joe wird nicht so dumm sein, Rehab zu töten. Der Strahl der Rache der Berber und Beduinen würde ihn treffen, davor könnte ihn nicht einmal der ägyptische Geheimdienst schützen. Die nächsten Hubschrauber und Panzer sind dreihundert Kilometer weit weg. Er würde sein eigenes Grab schaufeln. Zwei Deutschmenschen auf dem Gewissen zu haben, wäre auch schwer zu rechtfertigen.

Ich muss zurückdenken an die Tage, als er mich am Matterhorn traf, den Geldboten spielte und wir wild gevögelt haben. Ich blende es aus. Irgendwann holt ihn doch die Blutspur ein. Kollateralschäden vermeidet man tunlichst, sagt der CIA-Kriegskunstknigge. Nerven verloren? Joe kalkuliert. Irgendwie macht es ihn bei allem verlässlich. Fick dich.

Nur schnell gehen muss es, wird er denken. So wie ich. Jemanden ausschalten, dessen Waffe ergreifen, schießen. Oder hinter Rehab treten, die Welrod aus dem Beinhalfter reißen, Staub aufwirbeln, abdrücken. Aus dem Schussfeld hinausrollen. *Alle Szenarios durchspielen, immer wieder, um vorbereitet zu sein.*

Der Tag neigt sich. Ich muss gehen.

Kapitel 36
Kleine Runde im Berg des Todes

Torstens Erinnerungen, Siwa, 27. Mai 2012, 18:01

Die Stunden im Agwad zogen sich hin – zäh wie das Hammelfleisch, das ich gestern serviert, jedoch nicht auseinander bekommen hatte. Ich hätte Lust gehabt, einen zweiten Kauversuch zu starten. Ein Wiederkäuer der Zeit vor dieser Zeit zu sein. Ein Hornvieh war ich bereits.

Jae war nicht mehr komisch. Sie machte mir Angst. Diese kämpferische Kälte, die mir fremd war. Karaté. Natürlich musste sie handeln. Doch hätte ich gerne gehört, wie der Plan lautete. Oder besser, die Pläne A, B und vielleicht C. Und was eines jeden Rolle sein sollte. Etwas, was aus vier verängstigten Menschen eine Crew formte. Was alles schon hin und her überlegt, doch nicht entschieden, ja, nebulös geblieben war. Obschon wir uns immer nähergekommen waren, blieben wir uns fremd. Es machte mich fertig. Was uns erwartete – darauf durfte ich gespannt sein. Ich sah eigentlich nur eines: Skelette im Moment des Todes. Siwa drei ließ grüßen. Shit.

Wir konnten nichts tun im Agwad, und wir hatten nichts zu tun, keinen Comic von Donald Duck in der Wüste und auch sonst nichts zu lachen. Wir knabberten vor uns hin und tranken Wasser. Durst leiden mussten wir nicht, es waren gut zehn Liter in dem Tongefäß, das auf einem Stahlgestell montiert war. Mein Notizbuch hatte ich in der Tasche. Ich machte Notizen, beschrieb den Raum, hielt Gewesenes fest. Ich dachte zurück an die Präsentation des *Siwa-Manuskripts* hier. An das Erbe, das ich vermutlich nie zu Gesicht bekommen würde. Rehab hatte die Augen geschlossen. Doch schlief sie nicht. Dafür atmete sie zu schnell. Meditierte sie? Was ging in ihr vor? Ich wagte nicht, sie zu fragen.

Zwischendurch schaute ich immer wieder in Ziads zerfurchtes, gegerbtes Gesicht. Es erzählte eine Geschichte von Leid und Entsagung, von Entschlossenheit und Stolz aber auch. Einen Piloten vermochte ich darin nicht zu entdecken. Was seit seiner Flucht alles geschehen war, wollte ich nicht näher wissen. Mich interessierte etwas anderes.

Ziad, was hast du vor, wenn wir es schaffen, dich hier rauszubringen? Du willst doch aussagen, oder?

Meine nachgerade rhetorische Frage zerschnitt die abgestandene Luft. Rehab öffnete die Augen. Ziad brauchte einige Sekunden, um sich zu fassen.

Ich war ein Pilot der libyschen Luftwaffe. Gut ausgebildet. Ziemlich fit. Und mit Antennen, von denen ich annehme, dass sie mir das Leben gerettet haben. Hamdullilah. Und es ist nicht einfach, wenn dein Leben von einer Sekunde zur anderen auf den Kopf gestellt wird. Zerstört wird. Mehr als dreißig Jahre sind seither vergangen. Doch jedes Detail ist eingebrannt in mein verfluchtes Hirn. Ich werde aussagen, und kein Detail werde ich auslassen. Nicht nur – aber auch dafür habe ich gelebt.

Ich war beeindruckt von der Klarheit seiner Worte, seiner Wortwahl, über die er keinen Gedanken verschwenden musste, da die Silben sprudelten ohne Unterbrechung.

Rehab war plötzlich hellwach und fragte nach.

Du wusstest doch, dass euer Flug nicht erwünscht war, dass der Luftraum gesperrt war, und dennoch habt ihr ein ziviles Flugzeug als lebendes Tarnschild genutzt. Keine leere Aluminiumröhre voller Kerosin, sondern Männer, Frauen, Kinder. Warst du darauf nicht gefasst?

Ziad schaute verdutzt. Dann nickte er.

So lautete der Befehl von ganz oben. Natürlich war das – was soll ich sagen – verrückt. Ein Spiel mit dem Tod. Das ist nicht so dahingesagt. Und natürlich ist ein Pilot nur ein Rädchen im Getriebe. Doch ich war ein gut geöltes und lächelte. Du glaubst nicht an das Verhängnis als verwegener, ehrgeiziger Flieger-

kapitän. Wir standen darüber, Gefahr war gut für mich. Wir sind dazu gedrillt, wir waren die Crème de la Crème. Und dann knallte es. Nur eins: So hat noch niemand mit mir gesprochen. Niemand. Aber gut!

An was er sich konkret erinnerte, wollte ich wissen. Er sprudelte weiter, dass er eine Dreierformation von Phantom-Düsenjägern, Typ F eins oder vier, erkannt hatte, die aus nordwestlicher Richtung herunterstießen, gefolgt von zwei oder drei französischen Mirages Typ römisch Drei, die über keinen Entfernungsradar verfügen und längst nicht so schnell sind wie seine MIG-siebenundzwanzig Typ was auch immer. Das alles sagte mir nichts. Und dass zwei englische Radarflugzeuge Typ Nimrod im Himmel waren, wusste er.

Ich wurde von den Amerikanern aufgefordert, mich zu ergeben und beizudrehen. Es war Krieg. Außerdem wurde ich gefragt, was mein Auftrag sei und wer die Kommandogewalt über die Operation innehat.

Wer genau diesen Funkspruch abgesetzt hatte, daran konnte er sich jedoch nicht erinnern.

Die Phantomjäger stießen aus 282 NW auf unsere Formation zu. Ziemlich genau neunzig Grad zu unserem Kurs. Das sagte mir mein Radar. Ich hatte immerhin einen, anders als die meisten unserer Maschinen. Die Mirages waren noch ein Stück weg, vielleicht noch eintausend Meter, als ich sie sah. Die kamen fast von hinten, null Grad oder so, hohe Geschwindigkeit, also eine ideale Angriffsposition. Da tauchten von unten die Italiener auf. Zwei Starfighter F-einhundertundvier aus nordöstlicher Richtung …

Rehab fuhr dazwischen, leichenblass, erregt. *Mich interessieren die Jet-Typen nicht. Du dachtest, du seist in der Falle?*

Ich rede von Sekundenbruchteilen, in denen ich erkannte, von wenigstens zwei, vielleicht drei Formationen angegriffen zu werden. Wir waren jedenfalls identifiziert. Ich werde im nächsten Moment abgeschossen, das war mir klar. Uns ging es nur noch darum, heil herauszukommen und die einzigen Rich-

tungen dafür waren Süden und Westen. Ashraf drehte einen Looping in Richtung Festland. Unser Funkkontakt riss ab. Ihn hat's dann erwischt. Ich musste allein entscheiden.

Aber warum habt ihr die Anweisung nicht befolgt, insistierte ich.

Es waren etwa acht Kampfjets, angriffsbereit. Die machten Ernst.

Ihr Befehl habe gelautet, sagte er nach einer kurzen Denkpause, *die feindlichen Jäger zu vernichten. Also nichts wie weg!*

Hast du den Befehl gehört, fragte Rehab.

Das sagt so niemand. Das ergibt sich aus den Flugbewegungen. Aus der ganzen Vorgeschichte. Aus der roten Linie, die wir kannten.

Es war wie ein Kreuzverhör, wobei Rehab sehr viel mehr wusste als ich. Vielleicht auch, weil man in Siwa näher dran ist an Libyen, an Ghaddafis Denke, am Krieg. An Flucht. An Jae. Es war klar, worauf sie hinauswollte.

Wer hat die Rakete abgefeuert?

Die Lage war verworren. Moment.

Ziad stand auf und lief in Richtung hinterer Tür, als wolle er nachschauen, ob sich jemand dahinter verbarg. Überflüssig, zu sagen, dass ich den hinteren Ausgangsbereich längst inspiziert hatte und in die endlosen Katakomben hineingelaufen war. Da war niemand. Ziad öffnete die Tür, schloss sie wieder und blieb stehen. Er durchschritt den Raum, als wolle er sein neues Revier erst markieren. Vier mal fünf Meter.

Mit erstaunlicher Gefasstheit erklärte er: *Die Amerikaner waren vielleicht vierhundert Meter weg und auf Kollisionskurs mit der DC-neun und uns. Als ich aus der Deckung in die einzig mögliche Richtung zu entkommen versuchte, nämlich nach vorne aufzutauchen, wurde es ernst. Es war erkennbar, dass ich in Richtung Sizilien durchstartete, also nach Süden. Mein erster Gedanke war, nach Faya-Largeau im Tschad zu fliegen. In diesem Augenblick hörte ich hinter mir den Knall. Das war ein lichtheller Moment. Das Blut gefriert. Du siehst das Sterben nicht, aber es ist der alles beherrschende Gedanke. Und das Überleben. Nichts sonst. Dass der Schuss mir gegolten hat, war klar. Alles spricht für einen Abschuss durch die Franzosen. Ich hätte es gesehen, wenn die Phantomjäger einen Abschuss gemacht hätten. Also bleiben nur die Mirages.*

Seine Beschreibungen fand ich verwirrend. Vielleicht geht bei einem Luftkampf mit so vielen Akteuren, in deren Mitte ein ziviles Passagierflugzeug fliegt, alles so schnell, dass es im Nachhinein kaum möglich ist, Positionen, Bewegungen und Reihenfolge der Vorgänge zu rekonstruieren. Alles lag zweiunddreißig Jahre zurück. Ich musste insistieren.

Können die Italiener von unten geschossen haben? Immerhin scheint ihr in einer Schusslinie mit der DC-neun gewesen zu sein.

Theoretisch ja, zumal die F-einhundertundvier der italienischen Luftwaffe Luft-Luft-Raketen mitführen konnte. Ob sie es aber taten, konnte ich so schnell nicht sehen. Es ist nicht davon auszugehen, dass ihre Rakete mich aus dieser Entfernung getroffen hätte. Völlig ausschließen kann ich es nicht. Deswegen müssen die Italiener aussagen.

Mehr war wohl nicht zu holen. Ich kam mir vor wie dieser Richter Prosati. Ziad litt. Doch war es vielleicht auch gut, dass er vorher sein Gedächtnis etwas auffrischen durfte. Rehab aber ließ noch nicht locker. Was danach geschehen sei, wollte sie wissen, wie Ziad entkommen konnte.

Nach der Explosion musste ich handeln. Die Druckwelle kann dich erwischen. Das schoss mir durch den Kopf. Also zog ich hoch, um nicht nach unten mitgerissen zu werden. Das war mein siebter Sinn. Er hat mich gerettet. Danach startete ich durch und versuchte, schnellstmöglich wieder in horizontale Position zu gelangen. Die MIG erreichte zwei Komma sechs Mach. Da kam niemand mehr mit.

Ich weiß nicht, ob er so geplaudert hätte, wäre Jae da gewesen. Was folgte, war nicht sehr viel. Dass die Flügel einer Mirage F-eins denen einer Phantom F-vier ähnelten und daher schwer zu unterscheiden seien, das würde man auf der Verteidigerseite ins Feld führen. Doch die Mirage hatte eine längere Spitze. Solche Details interessierten mich nicht. Das war was für die Drehbuchschreiber von Computerspielen. Sicher hoffte man, die Spuren verwischen zu können.

Noch einmal drückte es aus ihm raus. Ungefragt.

Shit! Es war eine radargesteuerte Matra Super fünf-dreinull-Rakete, die am siebenundzwanzigsten Juni 1980 den Piloten Ruti und achtzig weitere Menschen getötet hat. Das Neuste vom Neusten. Sie fliegt mit Mach-fünf. Das siehst du nicht mehr. Jede Mirage F-eins trug zwei Matras. Dreihundert Kilogramm schwer, Reichweite vierzig Kilometer …

Es tat sich was. Er verstummte. Schritte hörte ich. Leise Stimmen. Ein Klappern. Wer würde eintreten? Ein Schlüssel drehte sich im Schloss zum Agwad in den Katakomben im Berg des Todes in einer Oase irgendwo in der libyschen Wüste, um die grausame Wahrheit zu erfahren, hinauszutragen und für Gerechtigkeit zu sorgen. Oder das Gegenteil dessen. Oder ging es um irgendetwas *Höheres*? Um Rache?

Kapitel 37
Verloren

Aus Jaes Logbuch, Siwa, 27. Mai 2012, 15:20

So long not see. Where you've been, Jae?

Joe zieht die Brauen hoch. Er ist in bester Stimmung. Er ist informiert, dass ich ein Päckchen für ihn habe. Nur welches, weiß er nicht. Er trägt einen braunen Kampfanzug mit reichlich ausgebeulten Taschen, Gurten und Halftern und dazu eine hochgerollte, schwarze Sturmhaube und schwarze Boots. Seine Walter PK liegt auf dem Tisch.

Erhitzte Duftstoffe breiten sich im Raum aus, irgendwas zwischen Opium, Schweiß und Weihrauch.

Ich war im Bett, antworte ich mit einem Augenaufschlag, ohne zu lächeln. Mit offenem Mund starrt Mohamed in einer braunen Galabya, unter der eine gefleckte Tarnhose hervorlugt, auf die Karte, abwartend.

Der amerikanische Rambo sagt: *You look marvelous, honey. Alone? I mean, in your bed.* Am liebsten würde mich Joe hier und jetzt ficken. Er trieft nur so vor klebrig-anzüglicher Fantasie.

Possibly, kontere ich und ziehe den rechten Mundwinkel versiert nach oben. *But this ain't your fucking business.*

Ich umkreise den Tisch, opiate Duftaerosole verteilend. *Klack, klack* macht es. Mein Rhythmus.

Ich bin am Zug, sage: *Nichts für ungut, Darling. Wenn doch deine Leute ihren Job endlich vernünftig erledigen würden.*

Mohamed zuckt zusammen. Was er am wenigsten verträgt, ist die eisige Stille, die dann folgt. Da Joe jedoch nicht reagiert, setze ich mich an seine Seite, dreh ihm den Rücken und Mohamed meine bessere Hälfte zu. Ich hauche: *Kommen wir mal zur Sache.*

Joe lehnt sich zurück, faltet die Arme und bringt ein *So what?* zustande.

Ich habe eine aktuelle Nachricht für dich. Ich habe den Libyer.

Mohamed dreht sich ruckhaft herum und fegt dabei sein Teeglas vom Furnier, das klirrend an der Wand zerschellt. Es bleibt ein hässlicher Fleck zurück, aus dem rötlich-braunes Nass langsam gen Boden suppt, wie ein zerfließendes Menetekel oder einfach nur Blut und Tränen, die zu versickern sich weigern.

Joe entfaltet seine Arme wieder, erhebt sich, stützt die Hände ab und schaut eines Priesters würdig in die Luft, als ersuche er Gott Amun-Ra persönlich um Hilfe. Dann fixiert er mich und fragt: *Häh?*

Ich lasse den Blick in die Runde schweifen, sage: *Wie gesagt: Ich liefere dir den Libyer. Er sitzt in der Falle. Eingeschlossen. Im Berg des Todes.*

Joe dreht den Kopf und spuckt aus. Die Crew sitzt da wie ein Wachsfigurenkabinett. Lächeln darf ich.

Siwa, 27. Mai 2012, 18:01

Vor uns liegt *Gabel al-Mawta*, der Berg der Toten und des Todes, blutrot-golden von den letzten Sonnenstrahlen illuminiert, eine naturgeschliffene, gleichwinklige Stufenpyramide, die Wind und Wasser in Millionen Jahren ausgeschabt und geformt hat, zu wessen Ehren auch immer. Eine Herberge für Tomben mit fantastischen Malereien, die zweieinhalbtausend Jahre überdauert haben, neben vollgeschissenen Höhlen. Hier wurden unzählige Menschen gezeugt und geboren. Andere verhungerten in Dreckslöchern oder wurden gefoltert. Oder erschossen. Und jetzt?

Ich gehe voran. Beginne die Treppen hinaufzusteigen. Mohamed und Joe folgen mit einigen Metern Abstand, beide ihre Pistole im Anschlag. Weiter hinten folgen drei weitere Kumpane. Sie sollen den Rückzug sichern. Bewaffnet sind alle. Es gibt einen Weg zurück. Doch welchen? Für wen?

Mach nur keine Dummheiten, ruft mir Joe zu. *Tue immer fein, was ich sage, dann bekommen wir keine Probleme.*

Nach einigen Schritten fügt er hinzu: *Vor dem Eingang halten wir. I don't want to hear a single sound, you hear me? We're moving all silently!*

Ich drehe mich nach hinten und zeige mit dem Daumen gen Himmel. Ich spüre ein flaues Gefühl in der Magengegend. Joe traut mir weniger als seinem eigenen Schwanz. Will er uns doch alle umlegen?

Es macht keinen Sinn, zu fantasieren. Pläne zu schmieden. Auf meine Intuition kommt es jetzt an. Auf mein Gespür für den Moment des Umschaltens. Ich denke an Ben zurück, an die Ratschläge, die er mir auf den Weg gab. In engen Räumen zählt das Überraschungsmoment mehr als eine Pistole, hatte er gesagt. Vor einem Fangschuss steht ein abwägender Gedanke, bis es zum Befehl Kopf an Finger kommt, abzudrücken. Der Befehl verläuft bei Mohamed durch eine Leitung, die verknotet ist. Der Wille, zu töten kollidiert mit dem Zweifel, ob sich das Risiko lohnt, da Joe unbehelligt abzieht. Er steckt in der Bredouille. In einer ziemlich tiefen Scheiße. Dass er darüber sinniert, sehe ich.

Einen Moment lang denke ich an *il Gatto* zurück. Der Berg der Toten mutiert vom Positiv zum Negativ. In die *Sassi di Matera,* aus deren Tomben tausende Fledermäuse lautlos in den Abend hinaushuschen und mich begleiten.

So what are you complaining? Joe will mich aus dem Gleichgewicht bringen.

I'm not. Shut up, erwidere ich. Es klingt gereizt. Soll es.

Während die Todesschwadron zielsicher, langsam hinauf schreitet, insistiert Joe: *Any issues?*

Nope, antworte ich über die Schulter. Er will nerven. Das verrät nur eines: Unsicherheit. Ungewohnt.

Vor dem Eingang drehe ich mich um, flüstere tonlos: *Hier. Hier ist es.*

Joe kommt langsam näher, als mache es ihm besondere Mühe, die letzten Meter zu gehen. Er hat die Waffe auf mich gerichtet und deutet mit dem Zeigefinger: *Come here, Babe.*

Mohamed geht um mich herum. Dann fühle ich seinen kalten Stahl in meinem Rücken.

Joe nimmt mir den Schlüssel ab, den ich gezückt halte.

Ich tue überrascht: *Und was bitte soll das werden?*

Sie nehmen mich wortlos in die Mitte. Joe geht den Gang voran und öffnet die Stahltür zu den Katakomben des Todes. Wir stehen in dem Raum, so, wie ich ihn verließ. Rehab, Torsten und Ziad sitzen auf Sitzkissen, als gäbe es gerade eine britische Tea-Party zu begießen.

Siwa, 27. Mai 2012, 18:13

Joe steht zwei Meter entfernt vor Ziad, der gefesselt auf dem Boden kniet, und richtet seine Waffe auf ihn.

That's it, flüstert er und grient.

Auf einen Wink hin bugsiert Mohamed Rehab, Torsten und mich mit vorgehaltener Waffe durch die Tür in den Fluchtgang, der spärlich beleuchtet ist. Es ist, wie ich dachte: Wir sollen keine Zeugen sein. Als würde das eine Rolle spielen. Oder steckt ein anderer Plan dahinter?

Schneller, vorwärts, nuschelt Mohamed, als er uns in den Stollen drückt.

Jetzt, schießt es mir durch den Kopf. *Grundsatz Überraschung.* Ich lasse mich etwas zurückfallen, beuge mich hustend nach vorne und drehte den Körper dabei ein wenig ein, um mein Ziel anzuvisieren. Bevor Mohamed reagieren kann, löste sich mein hinterer Fuß vom Boden. Mein Bein klappt seitlich eingedreht mit voller

Wucht hoch. Wie bei einem Knopfdruck eines entfesselten Springmessers. Meinen Fuß halte ich vertikal abgewinkelt, so dass ich seine Hand mit der Außenkante erwische. Der Yoko-Geri-Keage dauert nur den Bruchteil einer Sekunde.

Die Beretta fliegt gegen die Decke und landet in einiger Entfernung hinter ihm. Mohamed hat keine Zeit, sich umzuschauen. Ich drehe mich um und nutze den Schwung. Mein vorderes Knie zerquetscht seine Genitalien. Er zuckt zusammen, will schreien, doch ich reiße mein anderes Bein hoch und zertrümmere krachend sein Nasenbein. Lautlos sackt er in sich zusammen.

Als Rehab zur Wade greift, wo die Welrod in einem Riemen steckt, kracht hinter mir ein Schuss, und dann ein zweiter. Ich greife nach Mohameds Beretta. Wir stürmen zu dritt zurück und sehen den Abschluss einer Hinrichtung. Ziad liegt im Staub. Blut schießt aus Wunden an Hals und Brust. Wir kommen zu spät.

Ich verstehe nicht, wie ruhig ich sein kann, und sage: *Lass die Waffe fallen, Joe.*

Joe hört nicht, oder glaubt nicht, was er hört, oder denkt an eine Toccata in einer von hunderttausend Kirchen in Montana. Das war deutlich zu langsam. Er reißt seine Glock herum. Ein Schuss löst sich, als ich mich gerade seitlich fallen lasse. Das Geschoss verfehlt mich um Zentimeter und trifft Torsten, halb hinter mir stehend.

Bruchteile einer Sekunde später folgt ein leises *Plopp* und ein Knall. Die Kugeln, von zwei Pistolen abgefeuert, treten hinter Joe hinaus, hinterlassen hässliche Löcher und liegen im Staub. Die Spannung weicht aus seinem Körper. Er blutet wie aus einem angestochenen Bohrloch, aus dem statt Öl eine warme, rostrote Flüssigkeit hervorquillt. Die Beine halten ihn nicht, die Waffe fällt aus seiner Hand. Sein Körper sackt in sich zusammen. Er grient nicht, er röchelt.

Vorsicht, schreit Rehab.

Blitzschnell rolle ich mich Mohamed entgegen, als er gekrümmt eine weitere Waffe aufrichtet. Rehab drückt ab. *Plopp, Plopp, Plopp* macht es. Staub und Steine prasseln von der Decke. Mohamed lässt mit einem Schrei die Waffe fallen und greift sich an die Seite. Ein Querschläger hat ihn an der Hüfte erwischt, vermute ich.

Joe hatte die Wahl zwischen Anfang und Ende, Leben oder Tod. Er hatte sich entschieden. Ich schließe die Augen und lausche der Fuge in d-Moll von Johann Sebastian Bach, die Toccata, in einer Kirche irgendwo zwischen den *Sassi di Matera* und dem *Gabel al-Mawta,* da Joe sein Leben aushaucht.

Sich rasch entfernende Laufschritte mehrerer Personen verstehe ich als freundliche Mitteilung, dass wir nun unter uns sind. Rehab lässt sich auf die Knie fallen und beugt sich über Torsten, der das Bewusstsein verloren hat.

Wir brauchen einen Krankenwagen. Sofort, ruft Rehab. *Wir verlieren ihn.*

Torsten liegt in einer Lache aus Blut. Ich reiche ihr mein Phone. Sie stürmt hinaus, um den Krankenwagen zu ordern.

Sie kommt zurück, umfasst mich. Ziad liegt in der Ecke, gefesselt, feige ermordet. USIWA – so gewonnen wie verloren. Ich fass es nicht. Leere macht sich breit. *Il Massacre di Ustica* hat ein weiteres Opfer gefordert. War alles umsonst?

Nach Minuten, die sich wie Stunden anfühlen, höre ich eine Sirene sich nähern.

Kapitel 38
Im Lazarett

Torsten, Siwa, 29. Mai 2012, 7:00 Uhr

Ich habe nicht das Gefühl, aufzuwachen, sondern einfach nur noch da zu sein. Ein wundersamer Moment. Wie ich sehe, liege ich allein in einem Zimmer, das ebenso steril ist wie das Sterbezimmer meines Vaters und demnach ein Krankenhaus oder ein Hospiz sein muss, nur dass ein Stück Papier mit arabischen Schriftzeichen am Ende meines Bettes angeheftet ist und keine deutsche Krankenakte in Plastik.

Torsten, Siwa, 29. Mai 2012, 9:00 Uhr

Ich versuche mir klarzumachen, was geschehen ist, und drehe mich hilfesuchend zur Seite. Doch ich kann mich nur schwer bewegen. Alles Mögliche hält mich fest im Griff, Schläuche, Schnüre, Schluppen. Der rechte Arm baumelt wie am Galgen in einer Schlinge. Der linke hängt am Tropf.

Langsam kehren die Erinnerungen zurück. Das Wissen um verschiedene Vergangenheiten. Der Kampf, die Schüsse, dieser Krieg, das Erbe. Es ist verdammt hell hier, geradezu lichtern. Die Kugel von Joe hat mich, dem Verband nach zu urteilen, am rechten Oberarm getroffen. Das ist zum Brüllen, sogar komisch. In Siwa wie Vater? Ich bin doch in Siwa?!

Torsten, Siwa, 29. Mai 2012, 14:00 Uhr

Jae kommt durch eine der Türen und fragt leise: *Torsten?!*

Sie streicht mir über das Gesicht und trocknet die Schweißperlen mit einem Tuch ab. Sie schaut durch einen Tränenvorhang, oder ist es Schweiß, der ihr in die Augen läuft? Sie trägt die Haare offen, damit sie ihre Gesichtszüge einrahmen.

Wie schön sie ist, denke ich, um an etwas Schönes zu denken, während mich die Schmerzen erreichen wie eine Welle, die sich dem Ufer nähernd immer höher auftürmt.

Du hast Glück gehabt, sagt sie nach einer Weile. *Es ist eine Fleischwunde, die ist allerdings heftig. Sie haben dich operiert. Glatter Durchschuss, der Knochen wurde nur geschrubbt. Es wird nichts zurückbleiben – außer Narben.* Sie versucht zu lächeln.

Ein Arzt und zwei Assistenten betreten das Zimmer und grüßen mit höflicher Distanz.

Sie haben Glück gehabt, wiederholt der Mann in Weiß und tadellosem Englisch mit britischem Akzent. *Doch das wird einige Wochen brauchen, ehe wir Sie gehen lassen. Die Wunde darf sich auf keinen Fall entzünden.*

Mit Blick zu Jae ergänzt er: *Er braucht vor allem eins: Ruhe.*

Somit brauchen wir für den Moment keine weiteren Pläne zu schmieden, geht mir durch den Kopf.

Als wir alleine sind, sprudelt Jae los. Ich hätte zwei Tage im Koma gelegen. Sie hatten mich unters Messer genommen. Sie selbst wurde mehrfach verhört. *We are not amused,* hätten verärgerte, ernstgewichtige Gesichter unter imponierenden Schirmmützen verkündet. Rehab hatte man nicht behelligt. Hände schützen sie. Doch sie bleibt in ihrem Haus festgesetzt.

Du hast mich hintergangen, sage ich. *Warum?*

Jae antwortet erst nicht. Weil es auf die Frage, die hinter dem Vorwurf steckt, vermutlich keine Antwort gibt.

Dann kommt die Replik. Ich möge daran denken, wie ich nach Kairo abgehauen war nach dem Unfall in Immekeppel, wie ich vor meiner Tochter abgehauen war, all die Momente von Versagen. Verantwortung? Ich solle doch mal ganz vorsichtig sein. Aber ja, es war so nicht geplant. Doch planbar war es eh nicht, für Ziad sowieso nicht, und nicht für mich, der ich ihr Vater bin und wie mein Vater nun im eigenen Blut liege, das lange vertrocknet ist. Nichts weniger und nichts mehr.

Eine kleine Traueranzeige hat sie ausgeschnitten und gibt sie mir. Sie vermeldet etwas, worauf es ihr ankam: *Joe. Er hat seinen Auftrag erfüllt. Im Kampf ist er gefallen.*

Kapitel 39
Dattelpralinen

Jae, Siwa, 29. Mai 2012

Das Erste, an was ich denke, nachdem ich in die Lodge zurückgekehrt bin, ist der Brief an Ben, den ich vor den dramatischen Ereignissen geschrieben, aber nicht mehr abgeschickt hatte. Was wäre gewesen, wenn Joe mich umgelegt hätte? Der Achselhaarausrupfer. Was hätte ich tun sollen? Sinnlose Fragen. Nie ist es zu spät, außer du bist tot.

Ich darf Siwa vorerst nicht verlassen. Die Botschaft hat ihre Fledermaushöhle verlassen, nachdem Sabine *das Amt* in Deutschland auf Trab gebracht hat. Die Herren zeigen sich verschnupft oder sind nachgerade beleidigt ob des *unverantwortlichen* wie *eigenmächtigen* Handelns einer *durchgeknallten deutschen Staatsbürgerin*, vermeldet Sabine.

Dass ich in Notwehr getötet habe, ist die eine, die politische Brisanz die andere Seite. Etwas Januskopf steckt unter jeder Decke. Rommel lässt grüßen. Ich kann ihnen ja meine Vita stecken. *Updated.*

Der Besuch eines Attachés ist mir für die folgenden Tage angekündigt, da das Innenministerium, haushohe Militärs und der US-Botschafter die Lage höchstpersönlich checken, wie mich ein arabischer Geheimdienstler mit Body, Moustache und tadelloser Uniform wutschnaubend wissen lässt, um sich im nächsten Augenblick im Plauderton nach meinem Befinden zu erkundigen, Tee mit Zitrone einzuschenken und seinen Blick in tiefere Gefilde zu versenken.

Ich stehe auf und lüfte den Schleier. *Fick dich* steht auf meinem Shirt. Am Ende werden eh nur Deppen auf Ortsvorsteherebene rumschnüffeln. Das wird reichen. Man goutiert pathetisch seine Prinzipien, stellt plumpe Fragen, die alle beantwortet sind, hütet sich, sein Wissen preiszugeben, und glättet die Wogen, bevor Monsterwellen entstehen können. Variationen von Wellen, die am Felsen brechen.

Das NATO-Hauptquartier und das Kassationsgericht in Rom halten sich fein bedeckt. Der Tod des letzten Zeugen oder Wörtchen wie Ustica oder Siwa poppen nicht hoch. Es sind vergängliche Fladen, getrocknete Kuhscheiße, auf dem sich Schmeißfliegen laben, das man nicht anfasst. Es ist der Teil der Geschichte, der morgen vergessen ist und in keinem Memorandum nirgends auftauchen wird. Das vollrunde Gesicht der Geschichte samt ihrer gottlosen Verwalter kennt nur Einschlagskrater auf der hellen Seite. *The man in the moon keeps smiling always,* hätte Joe beim Boogie gerufen.

Besser als vom Kirschbaum zu fallen und sich das Genick zu brechen, sagt mein Daddy. Die Flucht vor seinen Urängsten ist immer sooo hilfreich. Geht ja immer noch schlimmer. Selbst Mohamed, der halbwegs schwer verletzt in einem anderen Zimmer bewacht wird, bezeugt, dass ich in Notwehr geschossen habe. Ob Querschläger einen strafrechtlichen Tatbestand erfüllen, hatte er wissen wollen. Mit dieser Art rechtschaffender Vorwärtsverteidigung kennt er sich aus. Dass irgendwelche Waffen von ihm stammen, bestreitet er energisch. Er sinniert, wie er seine Geschäfte umdisponieren kann. Joe schweigt für immer. Decke drüber.

Torsten, Siwa, 31. Mai 2012

Meine Schmerzen lassen allmählich nach. Ich habe meine Aussage entzündungsfrei zu Protokoll gegeben. Ich bin raus aus der Sache. Ich frage mich, ob Jae Mitleid mit mir hat, oder ob es eher eine Angst vor neuen, ausufernden Verwicklungen sind, die ihre tumbe Seele umtreiben. Meine Tochter bringt mir Dattelpralinen, *holy shit*!

Und noch so eine Praline: Die Oasen-Obrigkeit verlangt nach einem orakelwürdigen Beleuchtungskonzept. Ist es, um die Oase aus den Negativschlagzeilen herauszuholen? Eine Art Vergangenheitsbewältigung mit Wiedergutmachung?

Der Landesdirektor hat Genesungswünsche geschickt, einen Tag später auch mein Projektdirektor. Die Auftraggeber würden sich nunmehr optimistisch zeigen. Niemand verliert sich auch nur in Andeutungen über den Deckungsbeitrag zwo. Er muss am Ende des Tages sowieso und irgendwie erbracht werden, ob nun vom Krankenbett aus oder von sonstwo. Vaterhimmelherrgottnoch'nmal.

Jae, Siwa, 31. Mai 2012

Ich kann warten. Ich denke oft an Ziad, der kein Zeuge sein wird. Ich versuche mir klarzumachen, dass ich in ein anderes Leben zurückkehren werde. Besser das Schiff in einen ruhigen Hafen steuern, möglicherweise am Rhein statt am Wannsee. Was wird Sabinschen davon halten, wenn sie versteht, was geschah?

Hätte ich Ziads Tod verhindern können? Diese Frage treibt mich um. Vielleicht ja. Jene Sekunde, die ich zu spät kam, die über Leben und Tod entschied. Nur was machen solche Gedanken für einen Sinn? *Ein Totenberg bleibt auf mir lasten*, sagt Vater. Doch der *Gabel al-Mawta* hat keine Caldera. Er ist erloschen.

Ich werde Zeit neu wertschätzen lernen. Nach Siwa werde ich gelegentlich zurückkehren. Mein Entschluss reift, in Siwa ins Wassergeschäft einzusteigen – mit seinem Geld. Joes letztes Grinsen verblasst. Zaghaft kehren alte Bilder zurück.

Torsten, Siwa, 1. Juni 2012

Jae und ich sind dazu übergangen, uns gegenseitig aus *Die Oase* vorzulesen. Ein Roman über das Siwa vor 150 Jahren. Sie mag diese Wunder-Geschichten um das Amun-Ra-Orakel, um sich klar zu werden, was untergegangen ist, doch im Verborgenen weiterlebt.

Doch bei ihr bin ich mir nie sicher. Mag sein, dass sie einfach nur am Tod Ziads knabbert und nicht daran denken mag, was es für Konsequenzen gehabt hätte, hätte haben können, für Joe. Hat sie ihn jemals geliebt? Musste sie ihn erschießen? Darüber will sie nicht sprechen.

Jae, Siwa, 3. Juni 2012

Ich habe mit dem Kassationsgericht in Rom Kontakt aufgenommen. Ich soll nun als Zeugin geladen werden. Diese Neuigkeit lässt Sabine die Berliner Ämter wissen, was in gewissen höheren Kreisen Eindruck zu machen scheint.

Täglich besuche ich Torsten zwischen Verhören, Erklärungen verfassen und dem Anzapfen der Gerüchteküchen bei *Abdo*. Wie immer trage ich auffällige Gewänder-Arrangements. Die Drähte laufen heiß in diesen Tagen: Wer alles einbestellt wird, wie es den Verletzten geht, was es mit dem toten Amerikaner auf sich hat, dessen Überführung Aufsehen erregt. Wer seine Spitzel sind. Und dass es hochrangige Helfer im Gouverneursbüro und Militär gegeben hat, die Joe bestochen hat. Toccata, da Capo al fine.

Torsten, Siwa, 6. Juni 2012

Mir ist, als kennen wir uns schon lange, lange bevor ich verstand, dass ich eine Tochter habe, sage ich bei einem ihrer Besuche.

Jae, Siwa, 6. Juni 2012

Man kann die Scheiße abwaschen, doch sie stinkt weiter.

Du bist ein Träumer, aber beweg dich jetzt nicht, sage ich zu Vater.

USIWA war mein Zauberwort. Die Verbindung ist zerrissen, wie sich ein Knäuel in Einzelfäden auflöst. Enden bleiben unverknüpft, weil im wundersamen Leben alles immer anders läuft. Väter winken sich aus verschiedenen Raumzeitenblasen zu.

Jae, Siwa, 7. Juni 2012

Ich lese Torsten die Pressebotschaft der hiesigen Ermittlungs-Sergeanten-Dienststelle vor.

Nach schweren Korruptionsvorwürfen tritt der ehemalige Unternehmer, der Dattel- und Wasser-Exporteur Ahmed Bogamed als Gouverneur der Oasengemeinschaft Siwa, Mitglied des gemeinnützigen Komitees zur Förderung des *Cultural Heritage* et al. von allen Ämtern und Interessensvertretungen zurück. Vermutet wird ein Zusammenhang mit den gewaltsamen Ereignissen am Gabel al-Mawta, wobei ihm ein Komplott mit einer vom CIA gesteuerten Todesschwadron vorgeworfen wird. Wegen breiter Proteste gegen ihn brechen nun alte Rivalitäten innerhalb der Stämme auf, sagen Beobachter. Es handele sich um ein *Ablenkungsmanöver* von einem drohenden Machtkampf und *politisches Theater*, erklärte dagegen Herr Bogamed. Sein Stellvertreter Mohsen Riri, der verdächtigt wird, die Bande mit Waffen versorgt zu haben, hat sich abgesetzt. Der bei dem Überfall schwer verletzte deutsche Staatsbürger Torsten Winkel hat wie durch ein Wunder überlebt und befindet sich auf dem Weg der Besserung und wird mit Unterstützung des Agwads die Arbeiten an einer universalistischen Beleuchtung unserer kulturellen Juwelen in Bälde wieder aufnehmen können.

Mohamed, Siwa Monthly

Jae, Siwa, 8. Juni 2012

Ich hab's im Gefühl: Es tut sich was. Inshallah.

Es ist fünf in der Früh, als es energisch klopft. Zwei Männer in zerknitterten, fleckigen Uniformen stehen vor der Tür, ihre Pistolenhalfter in Griffhöhe, die Hände Unterkante Oberlippe und begehren Einlass. Ich sei zu keinem Verhör einbestellt worden, protestiere ich, in seidene Tüchern gehüllt.

Bin ich verhaftet, frage ich.

Doch sie wollen nur ins Zimmer, um feierlich zu verkünden, dass man sich für die Unannehmlichkeiten zu entschuldigen habe, dass man aber natürlich die Notwehrsituation nachzuprüfen gehabt hätte, haben müssen. Inzwischen seien alle Spuren ausgewertet, ansonsten beseitigt und die Beweislage unzweideutig rekonstruiert worden. Es sei nun offiziell: *Sie haben in Notwehr gehandelt. Sie sind frei und können gehen.*

Der tiefe Fall von Ahmed Bogamed wirkt wie ein Wellen erzeugender Steinwurf in einer Hot Spring. Joe hatte den Zeugen getötet. Doch niemand fragte, ob Joe fähig gewesen wäre, mich umzulegen. Niemand konnte ahnen, dass er seit dem Tag, da ich Frau wurde, ich selbst wurde aus eigener Kraft, er mich nie hätte töten können. Nur *il*

Gatto wusste es. Aber ich war mir unsicher, ob er mich nicht doch hätte töten können in diesem Moment. War ich ihm im Berg des Todes nur zuvorgekommen? Wie tröstlich, die Frage. Was ist der Unterschied zwischen Mord und Notwehr? Er hatte geschossen, um mich nicht zu treffen. Das war kein Zufall.

Das Angebot, ich dürfe in jedwede Richtung herumjeepen, ist freilich gelogen. Man hat es eilig, diese meine Erscheinung aus einem parallelen Universum loszuwerden, wie ich bei der obligatorischen Abmeldung bei der Polizei zwei Stunden später erfahre. Der Diplomatische Dienst Deutschlands hat bereits den Rückflug angeordnet, wird mir beschieden.

Das Sabinsche war nicht mehr zwischengeschaltet worden. Ich erhalte neunundneunzig Stunden Zeit, um Siwa zu verlassen.

Oh, vielen Dank, sage ich. Etwas Luftballon ist in jedem Bunker und jeder Oase.

Torsten, Siwa, 9. Juni 2012

Abdullah überbringt ein Päckchen, als er mich unangemeldet an meinem Krankenbett besucht. Es sind Dattelpralinen vom Feinsten. Ich habe damit nicht gerechnet und schaue auf die Bettdecke. Ich lächele. Ich kann's noch.

Nach wortreichen Genesungswünschen kommt er zum Kern seines Besuchs, meinem Ausflug in die Welt des *Siwa-Manuskripts* auf der Suche nach dem verschollenen Erbe meines Vaters. Er verkündet nachgerade feierlich: *Der Agwad hat sich erneut beraten und dann entschieden. Wir haben mit deiner Hilfe und dank weiterer Nachforschungen den Ort des Erbes entdeckt. Den Schatz aber zu heben, das ist nun deine eigene Angelegenheit.* Damit verabschiedet er sich ebenso schnell, wie er gekommen ist. Was für ein Pralinenwunder!

Die zweite Neuigkeit überbringt mir Jae im Beisein des Arztes. Der Heilungsprozess lasse es zu, dass ich zeitweilig das Bett verlassen könne. Es gebe zudem einen Ort, wo man mich zu pflegen bereit sei, bis ich genesen bin, wie lange es dauern möge, oder länger. Ich lächele. *Ja, sogar länger.*

Dort, frage ich. Jae nickt und dreht sich ab, damit ich dieses Flackern in ihren Augen nicht sehe, das ich schon kenne, auch wenn es dieses Mal anders ist, da sie mir einen Schritt im Wissen voraus ist und es nicht so ist, als könnte ich meine Gefühle nicht beherrschen, eher dass sie nicht will, dass ich sie weinen sehe.

Der Krankenwagen steht schon bereit.

Kapitel 40
Das Erbe

Jae, Siwa, 9. Juni 2012

Ein Greis mit einer weißen Kopfbedeckung, die Ähnlichkeit mit einer Kippa hat, steht mit seinen vier erwachsenen Kindern vor dem Tor eines Hauses in Sichtweite des *Gabel al-Mawta*, dort, wo der Dattelpalmenwald endet, als Torsten auf einer Bahre wie auf dem Präsentierteller herausgerollt wird, kreidebleich von der Schüttelfahrt, schweißgebadet und fiebrig. Der alte Mann hat Tränen in den Augen. Er ist einen langen Moment unfähig, eine Silbe herauszubringen. Es ist ein erstaunlicher Empfang, wie ich finde. Torsten ist entgeistert und reagiert ratlos.

Was, bitte, ist hier los, fragt er mich. *Ist jemand gestorben? Was machen wir hier?*

Der greise Eyad erhebt die Hand. Niemand sagt etwas. Keiner regt sich. Ein leichter Wind beugt die pfeilspitzen Blätter der Palmen. Er braucht einen Moment und fasst sich.

Salam Aleikum. Welcome to my house, Torsten. Welcome … I am Eyad. I am … your brother.

Torsten schaut ihn entgeistert an. Dann schließt er die Augen, wohl um ganz bei sich zu sein, vielleicht aber fern in Ribbeck, als Vater von ihm ging, in einer anderen Welt, in einer anderen Zeit. Ich weiß nicht, was einem in einem solchen Moment durch den Kopf geht. Alles und nichts. Ein kleiner Urknall. Vielleicht denkt er auch zurück, als er sein Haus verließ und seine Reise ins Tal der Ahnungslosigkeit begann. Oder er fragt sich, ob er jemals an so etwas gedacht hätte. Nur, dass er nun weiß, dass dies der Endpunkt seiner Reise und das Erbe nichts anderes als ein Mensch ist, aus gleichem Fleisch und Blut.

Es ist aber ein Momentum auch, von allem etwas.

Torsten steht auf, den Arm in der Schlinge haltend. Ich stütze ihn. Die Prozession begibt sich in das Haus, das nach alter Art mit Salzlehm verputzt ist und von Palmholz gehalten wird. Torsten bleibt am Eingang stehen und schaut sich um.

Ist das das Haus, in dem Vater gelegen hat, fragt er mich. Ich zucke die Achseln.

Torsten, Siwa, 9. Juni 2012

Das Innere ist schlicht, fast minimalistisch, mit auffallend schönen Teppichen. Das war vor siebzig Jahren sicher nicht der Standard, auch wenn das Gebälk älter zu sein scheint.

Mein Zimmer, in das mich Eyads Kinder führen, ist mit Obst und Gebäck in einem Bastkorb, Wasser und Tee hergerichtet, ein barockes Stillleben. Man würde mich in einigen Minuten gerne holen kommen, sagen sie.

Auf dem Tisch liegt der Wehrpass von Wilhelm Winkel, den er wohl zurückgelassen hatte. Eingelegt befindet sich ein Schreiben, das an mich adressiert ist.

Lieber Torsten, du hast die Tagebücher gelesen. Sie handeln von einer Soldateska, einem Generalfeldmarschall und seinem Fotografen. Mehr gibt es nicht. Doch welche tiefe, christliche Scham ich empfand, als ich mehr als ein Jahr in Siwa lebte, kann ich nicht beschreiben. Mein Schweigen wirst du nie begreifen. In Siwa hat ein *arischer* Soldat die schlimmste und die glücklichste Zeit seines Lebens verbracht mit Rachel, der Tochter eines *jüdischen* Kaufmanns und seiner unermüdlich arbeitenden Frau. So lebten wir gemeinsam, als würde es unsere Bestimmung sein. Aus ihrem Haus in dem jüdischen Stadl von Benghazi waren sie geflüchtet und hatten in Siwa vor den marodierenden Soldaten, auch deutschen, Schutz gefunden. Rachel und ihrer Familie verdanke ich mein Leben.

Wir haben uns geliebt. Unsere Zeit hat mich nie ruhen lassen. Sie hatte mir nichts vorgeworfen, als ich ging. Meine Entscheidung hat sie verstanden oder hingenommen. Ich musste meinen Weg gehen und ein Zurück nach Siwa gab es nicht, niemals. Unser Kind, Eyad, das sie damals in sich trug, konnte ich nie sehen. Vielleicht wirst du nun verstehen, dass es mich immer belastet hat. Vater. Datiert: 17. Mai 1986.

Ich stutzte. Schon 1986 dachte Vater, dass dieser Moment kommen würde. Irgendwann. Zumindest hoffte er es. Also schrieb er sein Testament und schickte es nach Siwa seinem Sohn. Dem anderen Sohn. Schlagartig wurde mir klar: Vor mehr als 25 Jahren hatte er sich zum Geständnis entschlossen, ohne es über sich zu bringen, ohne mich einzubeziehen. Gefangen war er im Netz seiner eigenen Vergangenheit. Das Drama des ewigen Soldaten, der abgehauen war, ohne je zurückzukehren und ohne je anzukommen.

Jae, Siwa, 9. Juni 2012

Als Torsten nach zwanzig Minuten zu uns stößt, sind Eyad und ich im Gespräch vertieft. Eyad erhebt sich. Er spricht vorzüglich Deutsch, wechselt aber gerne ins Englische. Irgendwie polyglott, denke ich. Dass er den Moment lange herbeigesehnt hat und es kaum fassen könne, sagt Eyad. Er wiederholt es mehrfach mit anderen Worten.

Vor ihm liegt ein Stapel Papier. Torsten nimmt ihn auf und schaut durch. Die Handschrift ist ihm vertraut. Es sind Vaters Briefe, der Zeit nach sortiert. Der unterste Brief datiert von vor vierzehn Jahren. So lange bestand Kontakt.

Es gibt keine Fortsetzung des Tagebuchs in Siwa und auch kein einziges Foto. Die Leica hatte es nie gegeben. Fata Morgana.

Ihr habt die Wahrheit gekannt, nicht wahr? Von Anfang an habt ihr gewusst, dass Vater mich mit seinem letzten Atemzug in einen etwas anderen Feldzug in die Vergangenheit schicken wollte. Er wollte uns Brüder auf diese Weise zusammenbringen.

Ja, ich weiß es schon lange. Denn ich bin deine Tochter und ich hatte einen Großvater, der sich mir öffnete. Rachel hatte ihm einen Sohn, deinen Halbbruder, geschenkt. Sagt man so. Dafür sind bisweilen Lichtkonzeptaufträge sehr hilfreich.

Object? Ein linked subject. Hallo, Buber!

Kapitel 41
Palimpsest

Torsten, Ribbeck, 9. Juni 2014

Zwei ewig lange Jahre ist es her, da ich, ausgestattet mit vier schön geschriebenen Kladden meines dahingegangenen Vaters, in eine real existierende Oase namens Siwa ins Feld zog und was Neues anfing. Dieses ganze Hin und Her von Lichtkonzepten mit und ohne Deckungsbeiträge, die ich in den Folgemonaten keinesfalls in den Sand setzte, sondern zum Erstrahlen von zerflossenen Städten, toten Bergen und geheimnisvollen Katakomben brachte. Auch nach reichlichem Verzehr von zu viel scharf gegrilltem Fleisch, *Baba Ghanoush, Tarfant* und *Baladi*-Fladenbroten. So stand ich dann auf einem deutschen Flughafen und fragte mich, wohin ich gehen sollte. Die Lösung? Erst mal Weisack. Easy? Schräg? Es braucht halt eine Formel, die lösbar ist.

Andrerseits bin ich zum *most wanted* Gestalter unlösbarer Aufgaben aufgestiegen. Ich muss daher nicht mehr um LED-Lichtkonzepte buhlen. Womit wir den Durchbruch erzielten, kann aus verständlichen Gründen hier nur angedeutet werden. Nur so viel sei verraten:

Immer geht es um gleiche Eigenschaften einer und derselben Sache, die sich im Kern allerdings ausschließen. Das Vorbild hierfür liefert der Licht-Dualismus von Welle und Teilchen, der vor dem Urknall unseres Universums so nicht existiert haben soll. Oder doch? Was also?

Unsere Formel leitet sich von einem Strahl, der Größe des Raums ermessen soll (Alpha = unendlich, während aber der Begriff „Größe" eine Begrenzung impliziert), die sich bis zum Zeitpunkt Omega ausdehnt (physikalisch absurd, da ohne Bezug zu jedweden Kräften, im

Widerspruch zu der bisher bekannten Energieerhaltung), um sich dann zusammenzuziehen (Umkehrprozess, das Ganze also Minus), um schließlich in einem unendlich kleinen Punkt zu kollabieren (= Null + x hoch y), das Ganze in Klammern multipliziert mit einem Raum-Zeit-Faktor Lambda, der definiert, wie eine weitere Raumzeit um der kollabierten Raumzeit drumherum funktioniert, wodurch eine Art Raum-Zeit-Mehrfachhelix-Ziehharmonika entsteht, bestehend aus einer unendlichen Sequenz weitgehend ähnlicher Universen und Prozesse. Zudem sind die Zeitdimensionen relativ und je nach Ort, Zeit und Geschwindigkeit des Kombinatorikers verschieden. Was physikalisch ohnehin nicht erforschbar und mathematisch am Ende unbeweisbar ist. Problem unlösbar, fertig. Eine Giftspritze für jeden Hacker. Krieg vorbei. Frieden ist!

Als Entwickler der Urknallformel zwecks Niederringens des nicht zuletzt russischen Hackerunwesens kassiere ich mit einem gewissen Physik-Professor in Haifa namens Aron zauberhafte Salärs und diene damit der Demokratieerhaltung wie der Sicherheit Europas, zumal die Russen und andere auszurasten beginnen. Aron hatte Recht gehabt! Genial, der Typ.

Man muss in gewissen Situationen nur das richtige Ticket kaufen, das weiß ich seit Bonn-Mehlem. Ich habe mich folglich häuslich niedergelassen in Weisack, also mit Eva-Maria, der Sanften, vor deren Tür ich nach meiner Rückkehr genesen stand, fast wie einstmals mein Vater vor einer Frau, die vielleicht gar nicht meine Mutter wurde. Wir stehen aufeinander und miteinander, schenken Hartz-vier-gesponserte Fontanebiere aus, verkaufen Spargel aus dem Havelland und eine ganz exzellente *Babas Auberginen-Farce nach uralten Oasenrezepturen*.

Statt in Siwa Garküchen zu alimentieren, grille ich nun in kühlen Brandenburger Gefilden. Statt Armer Ritter reiche ich bestes *Tarfant*. Nach Siwa fahre ich im Winter, wenn das Thermometer hier zu sehr unter null sinkt. Im Sommer ist es mir dort zu heiß. Da ist Jae anders und außerdem muss sie sich um Oasenwasser kümmern, das wir im *Berliner Hof* im Havelland exklusiv verkaufen. Und zwar teuer, was immer mehr Anthroposophen und Freidenker aus Berlin und Umland anlockt. Das Erbe hat sich so gesehen keineswegs in Rauch aufgelöst.

Ansonsten durchkämmen wir Dachböden nach Tagebüchern und anderen Überbleibseln, um nach Geschichten zu fahnden oder den Pröll zu verscherbeln, wenn wir den Kram nicht in der Wirtsstube aufhängen, wo ich zur Polizeistunde *pünktlich* die Glocke läute, wie einst ihr Vater, Gott hab ihn selig. Erdbeergelee, Schmelzkäse und Tischmülleimer haben wir abgeschafft, doch Filterkaffee ist geblieben. Noch. Auf märkischem Sand haben wir gebaut, denn Städte deprimieren mich. Ich fühle mich von Viktor in der Frage unverstanden.

Ich finde, dass in dieser – nennen wir es mal – Groteske erstaunlich viel Banalität zu unserer Zeit steckt und vermute, dass es solches ist, was uns allen blüht. Daher suche ich für Vaters kommentierte Tagebücher noch einen Verlag. Titel: *USIWA* natürlich. Es ist, als habe ich Jaes Stimme in meinem Ohr, während ihre Hüte und Gewänder mich bis in meine tiefsten, albhaften Träume verfolgen. Dass sie Vorgänge in Siwa in Präsenz schildert, ist nur logisch. Kompliziertes vereinfacht man, indem man sich dem Momentum anpasst, das habe ich von ihr gelernt. Jae hat Details ergänzt und schließlich gegengezeichnet, wenn auch unter Protest. Töchter lieben ihre Väter in schrägen Patchworkzeiten nicht immer. Klar, warum. Nichts ist klar.

Die Tage damals, als mein Feldzug in einem familiären Lazarett ausklang, waren gezeichnet von einem langsamen Herantasten zwischen Brüdern, die sich viel zu geben imstande waren und sich nun reiben. Es ist schon merkwürdig mit diesen sogenannten *Kulturgegensätzen*, wenn man das gleiche Blut, teilweise jedenfalls, in den

Adern fließen fühlt. Ich will jetzt gar nicht politisch werden, doch ich verstehe dieses doppelzüngige, ja, hundsgemeine Fremdeln mit Vergangenem und Andersartigen immer weniger. Beides hängt sicherlich zusammen. Auch fehlt es an Zuversicht, wie mir bei dieser Niederschrift daut, so wahr mir Amun-Ra helfe. Beziehungsweise Vattern, der mir die Suppe eingebrockt hatte. Gerade ihm fehlte sie, die Zuversicht.

Wir zwei Brüder tauschten jedenfalls unsere Lebenslagen und Stationen aus, die verschiedener kaum sein können. Wirklich? Ich bekomme mehr und mehr Zweifel. Man nimmt sich etwas weniger ernst, so in die Richtung. Beispiel. Die – wohl weichere, wie Jae zu Unrecht einwarf – Musik der Sechziger- und Siebzigerjahre mögen wir beide. Udo Jürgens oder Lindenberg sind ihm kein Begriff, aber Santana, Procul Harum, John Lennon schon. Mit Umm Kulthum kann ich mich nicht anfreunden, leider. Ich erinnere mich, wie der Beduinentyp zum Handy griff, *A Whiter Shade of Pale* via Bluetouth zum Ertönen brachte und mitsang. Ich hätte heulen können. Tu ich manchmal auch.

Eyad kocht gerne, ich koche gerne, jeder zwar anders, aber gerade deshalb begegnen wir uns. Nur mit Grillsachen kommen wir nicht klar, gemeinsam. Wir verbrennen Fleisch jeder auf seine Weise. Im Ergebnis aber schmeckt es doch wieder gleich. Mehrfach und mehrmals eben. Kurz, wir genießen unser Leben und – achso! – vier Kinder! Vielleicht ist weniger mehr. *Na und?*

Unsere Professionen seien schlicht *inkompatibel,* stellte Jae damals ernüchternd fest, *Joint Venture untauglich.* Sie denkt in anderen Dimensionen als ich, kann nur kaum kochen, dafür allerdings prima moderieren, wenn was stockt, oder dazwischenfahren, wenn's nicht geht. Karatemäßig jetzt nicht.

Einmal lenkte sie das Gespräch auf *jüdische Mütter.* So seien deren Kinder per se jüdisch wie sie selbst. Seine

Mutter müsse sie aus dem Spiel lassen, entgegnete Eyad. Der kann heftig austeilen, besser als ich. Er sei gläubiger Muslim und auch nicht Deutscher oder Ägypter, sondern Siwaese, selbst wenn Vater es anders gesehen hatte aus grundsätzlichen Erwägungen der Blutsverwandtschaft, die er nie verstanden hätte. Da schwieg Jae ausnahmsweise. In Berlin spielt das weniger eine Rolle als im Havelland. Ich versuchte den Antagonismus dialektisch zu versöhnen, was freilich misslang.

In diesem Moment war mir übrigens der Gedanke gekommen, ins Havelland zurückgehen, um Eva-Maria aufzusuchen, falls mir dieser Glatzkopf von und zu Armen Rittern in der Walachei nicht zuvorkommt. Ist er nicht. Bald schaut Eyad zum *Baba Ghanoush* vorbei und zum *Chai.*

Wer war Vater, fragte ich Eyad am dritten Abend. Doch er mochte das Thema Rommel lieber ruhen lassen, *wenn die Vergangenheit mich endlich in Ruhe lässt,* wie er sich ausdrückte.

Jae kam sich zu verabschieden, als der Verband gerade fachmännisch von der ältesten Tochter von Eyad gewechselt wurde, die sich den Tag über mütterlich um mich kümmerte. Sie würde den Jeep wieder zum Hafen nach Alex fahren, wer ihn auch immer abholen würde, vermutlich vom US-Militärattaché höchstpersönlich, bemerkte Jae spöttisch. *Schönes Teil. Schade eigentlich.* Eyad nickte. Ich nicht.

Was sie mir erst vor Kurzem offenbarte: Sie hatte eine Beifahrerin, die mit ihr als Polizeisergant *Baba* verkleidet aus Siwa flüchtete, um im *Smart Coastal City von al-Alamein,* dem neuen Dubai Ägyptens, eine Immobilienagentur im 73. Stockwerk eines Hochhauses zu betreiben. Es geschah sozusagen auf blutgetränktem Boden vor Alexandria, wohin es das Afrikakorps nie geschafft hatte, woran ein Museum erinnerte, das etwas verloren mittenmang die Bauruinen herumstand. Kein Wunder, dass Rehab entschwand, ohne sich zu verabschieden.

Jae deutete bei der Verabschiedung süffisant auf meinen Verband: *Die gleiche Armverletzung wie bei Vattern!*

Fast, erwiderte ich. *Es ist nur der andere Arm.*

Es muss in etwa fünf nach zwölf gewesen sein, als sich Jae – wie immer in hektischem Aufbruch begriffen – mal wieder telefonisch meldete. Kurz angebunden erklärte sie: *Ich komme dich am Dienstag besuchen, ok? Kochst du was Schönes nach alten Oasenrezepten? Du musst doch nichts beichten, oder?*

Jae ist immer so, na ja, salomonisch.

Gerne doch, antwortete ich, *aber bitte dann ohne Jeep.*

Von wegen *wilde WeGe*. Sie räusperte sich und ließ sich mit der Antwort Zeit. Es sind die schlichten Ballwechsel, die sie bevorzugt.

Und du sorgst bitte dafür, dass Eva-Maria hinter dem Tresen steht, ja? Ihr sogenanntes Parfüm ist einfach unausstehlich.

Womit sie mal wieder recht hatte. Aber das wiederum ist eine andere Story in einer anderen Raumzeit. Komplett.

EPILOG

Mit hoher Wahrscheinlichkeit habe am 27. Juni 1980 kurz nach 20 Uhr eine „verirrte" Rakete einer französischen Mirage während eines NATO-Einsatzes gegen Jets der libyschen Luftwaffe Muamar Ghaddafis die Verkehrsmaschine DC-neun der italienischen Fluglinie Itavia mit der Flugnummer 870 nördlich von Palermo vor der Insel Ustica zum Absturz gebracht. Zu diesem Ergebnis kam das römische Kassationsgericht am 28. Januar 2013 unter Vorsitz des Friedensrichters Rosario Priore, der mehr als zwanzig Jahre ermittelt hatte, unbeugsam, unnachgiebig und akribisch. Fakt. Die Anklageschrift füllte mehr als 800 Seiten.

Die wegen „Hochverrats" angeklagten vier Generäle wurden von Priore verurteilt, dann aber in zweiter Instanz, einem uralten italienischen Brauch folgend, freigesprochen und entlassen. Immerhin verpflichtete das Kassationsgericht seinen „Herrn", den italienischen Staat, den Hinterbliebenen der 81 getöteten Passagiere und Besatzungsmitglieder insgesamt 110 Millionen Euro Schadensersatz zu zahlen. Die Nachricht vom Urteil ging um die Welt, wurde jedoch kaum wahrgenommen, da sich niemand recht erinnern konnte. In Deutschland hatte man andere Sorgen. Ramstein war ad acta gelegt, Italien weit weg und das *Massacre di Ustica* lange vergessen. In Italien nicht. In Bologna versammeln sich alljährlich die Angehörigen der Opfer in dem Museum, in dem die perforierten Reste der *Itavia 870* gespenstisch beleuchtet zu einem Torso zusammengefügt sind, um zu trauern.

Viele Fragen bleiben unbeantwortet. Wie konnte es passieren, dass ein ziviler Airliner mit einem libyschen Kampfjet verwechselt wird? Zumal es reichlich Radardaten, Funkverkehr und gute Sicht gab. Es ist nachgerade folgerichtig, dass die Radardaten verschwanden und die, die sie empfingen, sendeten, archivierten, ermordet wurden. Bis heute bleibt dies ungesühnt, vertuscht, geleugnet – vergeblich, denn die Wahrheit kam doch ans Licht, wenngleich nicht die ganze Wahrheit. Denn wesentliche Akten bleiben bis heute in den Archiven des Pentagon und verschiedener Geheimdienste unter Verschluss, obwohl – wie ich meine – die Hinterbliebenen Anspruch auf die volle Wahrheit haben, rechtlich, moralisch ohnehin. Historiker scheren sich gewöhnlich nicht darum. Wo nichts ist, war eben auch nichts.

Der „letzte Zeuge" ist – vor diesem Hintergrund – so etwas wie eine Metapher für unterdrückte Wahrheit und den Fluch des Vergangenen – möglicherweise eine Fiktion, sollte es den „Libyer" nicht gegeben haben, was Ghaddafi bestritten, jedoch nie durch ein Bild oder anderes Beweismaterial untermauert oder widerlegt hatte. Konjunktiv. Wäre aber der zweite libysche Pilot aufgetaucht, wenn er nicht liquidiert worden sein sollte, so wäre der Tathergang klarer geworden. Andererseits sind der bzw. die Täter, die in den NATO-Kampfjets saßen, namentlich nicht bekannt. Folglich konnte niemand aussagen. Folglich wurde niemand angeklagt. Folglich musste niemand ausgeliefert werden. Und so weiter.

Mehr als zusammenzufügen, was zusammengehört, ist nicht drin: die helle Seite des Mondes (Wahrheit, Fakten, Bewusstsein), die Priore beleuchtete, und die dunkle Seite (Lüge, Schein, Unterbewusstsein, ahnungslos, verdrängt, verleugnet), die er nicht erfassen konnte und durfte, die der Waffeneinheiten, militärischen Geheimdienste und die sie schützende Politik. Disneyworld des realen Kapitalismus. Dabei ist Italien bekanntlich NATO-Mitglied. *Kollaterale* Zivilflugzeugabschüsse, von denen es etliche andere wie den Abschuss der MH 17 gibt, sind seit 2002 als Kriegsverbrechen zu bestrafen. Ich bin davon überzeugt, dass USIWA sich genauso zugetragen hat. Das zu widerlegen, wird momentan kaum jemandem gelingen.

Was wissen wir schon? Etwa von unserem Universum? Stephen Hawking bezeichnete es in der *Kürzesten Geschichte der Zeit* als einen ursprünglich etwa zehn Kilogramm schweren, unendlich heißen Materieklumpen. Woher er kam, warum er vor rund 13,75 Milliarden Jahren plötzlich explodierte, dem *Urknall*, wie zu diesem Zeitpunkt (gab es überhaupt einen solchen?), vor- und nachher die Zeit tickte und der ihn umgebende Raum beschaffen gewesen sein mag, hat er als unbeantwortbare Fragen außerhalb der Wissenschaft definiert. Vielleicht ändert die Wissenschaft wieder irgendwann die Meinung hierzu, eine Story, die eine gewiss nur sehr entfernte Analogie zu dem *Massacre di Ustica* aufweist, wo es im weitesten Sinne um Illuminierung, also Licht ins Dunkel zu bringen, geht.

Der Ausgangspunkt, also der Anfang vom Ende, war – wie wir uns erinnern – Vaters höchst unvollständige Beichte auf dem Totenbett, da er, getragen vom (wie heute niemand mehr sagt) *falschen Bewusstsein* eines *durch die Wüste* gescheuchten, knipsenden, WeKa-zwei-Front-Propaganda-Soldaten, verwundet sich in einer Oase voller Berber in eine *jüdische* Frau aus Benghazi verliebt hatte, mit der er ein Kind zeugte, das er zurückließ. Das wird so oder so ähnlich durchaus häufiger vorgekommen sein.

Dass die Wirklichkeit deutlich abstruser ist, ist offenkundig. Eher normal aber ist es heutzutage, in einer brandenburgischen Kaschemme nahe dem Schloss von Ribbeck zu Ribbeck kostbares, geschmacksarmes Wasser aus jener Oase auszuschenken, woran ein gewisser Erwin K. Rommel im Juni 1942, was keine Ewigkeit her ist, in Form eines Suds aus Teeblättern mit Sheikhs genippt hatte, was ja niemand wissen muss. Oder am Yachthafen in al-Alamein einen blutroten Frappé zu sich zu nehmen (*ohne mit der Wimper zu zucken*, hätte Erich Kästner hinzugefügt). Oder Baba Ghanoush zu antizipieren und optimieren, um es ohne nähere Erklärung in einem Wirtshaus im Spessart unter die Leute zu bringen, also einen wohlschmeckenden Zipfel des Orients durch den Magen ins Unterbewusstsein einsickern zu lassen. Passiert inzwischen überall. Normal. *Normal*?

But I really don't know (frei nach Kant). Dringt Vergangenheit nicht immer in unser Unterbewusstsein ein und haftet an uns wie der Duft von Erde nach einem milden Frühlingsregen? Ein Feld für Hypochondrie und Hypnose, gewiss.

Väter, auch manchmal Mütter, haben *öfters* Probleme, die Karten offen auf den Tisch zu legen. Das korrespondiert mit dieser sozusagen löchrigen Unterwäsche. Die *Theologie vom* oder das *Konzept des Unterbewusstseins* ist halt löchrig wie die These, dass wir seelisch oder neurotisch determiniert seien. Vermutlich Ausrede und Romanstoff. Dennoch ist diese Niederschrift, wenn wir schon nicht an die Akten herankommen, nicht zuletzt ein Plädoyer für sehr viel zu entdeckendes Unterbewusstsein.

Danke

Dies ist mein erster Roman. Während der Arbeit sprach ich mit vielen Freunden über seine Themen und dessen Handlung. Ich erfreute mich so der Unterstützung einer ganzen Reihe von Menschen, die mir nahestehen, ebenso aber auch von einigen Menschen, die sich dessen nicht bewusst waren oder gelegentlich eher etwas Entgegengesetztes wollten, wie es im Leben so dazugehört und passiert. Allen sei Dank!

Nicht zustande gekommen wäre das Werk ohne die Unterstützung von Corinna Blümel, mit der ich viele Jahre freundschaftlich eng verbunden bin, die mir den Rücken stärkte und als Erstleserin wichtige Hinweise für die Überarbeitung des Textes gab. Den schließlich fertigen Text las mein enger Freund und seit Jugendtagen auch Karate-Mitstreiter Kimon Haseloff gegen, korrigierte manche Unachtsamkeit und merkte an, wo es an Klarheit fehlte. Und das kann er! Hinweise zum historischen Kontext gaben u. a. Regine Igel und Karl Weiland, mit dem ich regelmäßig im „Café Central“ am Nippeser Wochenmarkt am Wilhelmplatz zu Köln über Gott und die Welt diskutiere.

Meine Zeit in der Oase Siwa, wo ich einen Teil von USIWA schrieb, begleitete mein Freund Khaled Maleki, ein angesehenes Mitglied der Berbergesellschaft, dessen einfühlsame Hand und wissender Kopf mir viele Türen und Herzen in der Oase öffnete. Auch die „Ex-Pat“ Youridika half, da sie mich am buchstäblich letzten Tage meines Aufenthaltes mit Omar zusammenbrachte, der mir die Geschichte von „Ba“ erzählte, eine der non-fiktiven Stories dieses Buches.

Dass ich den Roman meinen vier Kindern in Liebe widme, hat viel mit den nicht immer einfachen Lebensumständen in den Zeiten des Schreibens zu tun, in denen sie mir Mut zusprachen. Ohne die Liebe, die sie mir entgegenbrachten, wäre ein solches Stück Arbeit undenkbar gewesen. Auch meiner lieben Schwester Tove danke ich von Herzen.

Schließlich schaue ich zu denen hoch, die heute vom Himmel herabschauen mögen oder von sonst wo, meinen Eltern Joachim Seyppel und Jeannette Lander, die als Schriftsteller ihren Weg gingen und auf sehr unterschiedliche Weise mein Leben prägten. Sie fanden Eingang in Schreibe und Inhalt. Dies ist zwar nicht zuletzt ein „Vaterroman", doch entscheidend geprägt hat ihn ohne Zweifel Jeannette. Als sie noch unter uns weilte, begann ich mich literarisch zu betätigen und an USIWA zu stricken. Ihr bin ich in Liebe in memoriam zu besonderem Dank verpflichtet.

Marcel G. Seyppel

Sachverzeichnis / Wortbedeutungen

12. Dynastie d. Phar.	1976–1794/93 v. u. Z.
Adhan	Gebetsruf der Muezzine von der Moschee
Agwad	höchster Rat der 12 Berber- und Beduinenstämme in der Oase Siwa, in dem nur Männer sitzen
Agnabi	arabisch für Fremdling, Eindringling
Al Alamein	ägyptische Stadt nahe Alexandria ► Erwin K. Rommel
Allah/Paradies	„Wer aber das Stehen vor seinem Herrn gefürchtet hatte und die eigne Seele von niedrem Gelüst abhielt, so wird das Paradies sicherlich (seine) Herberge sein.“ (Quran 79:40-41)
Amazigian	gesprochene Sprache der Berber- und Beduinenstämme in Nordafrika, keine Schriftsprache, in Siwa auch Siwi genannt
Amun-Re (-Ra)	Wind- und Fruchtbarkeitsgott im alten Ägypten, auch Sonnengott. Amun-Re war (zeitlich begrenzt) im Kern der Sonnengott und damit der König der Götter, eine der ersten monotheistischen Religionen. Ihm war in der Oase Siwa ein Tempel gewidmet, von dem wenig erhalten ist.

ἄνδρα μοι ἔννεπε, μοῦσα, πολύτροπον, ὃς μάλα πολλὰ.	der Wanderer erzählt … Der Beginn der Odysse von Homer
Baba Ghanoush	Paste aus gerösteten Auberginen, Knoblauch, Olivenöl, Zitrone und Sesamöl (Tahina), in Siwa oft mit Granatapfel, Kräutern und Sumach
Bastet	die in der ägyptischen Mythologie als Katzengöttin dargestellte Tochter des Sonnengottes Re
Bar Mizwa	Initiationsritus im Judentum, ähnlich der Einsegnung/Konfirmation (Aufnahme in der Gemeinschaft der Erwachsenen), einer der wichtigsten Tage im Leben eines Juden, der entsprechend gefeiert wird
Behim	arabischer Fluch für Esel
Beit Din	Versammlungshaus einer jüdischen Gemeinde, wo u. a. Recht gesprochen wird (auch Beth Din)
Bube	jüdische Großmutter
Caldera	hochaktives vulkanisches Magmabecken, hier: in der Region von Neapel
Campi Flegrei	Phlegräische Felder, ein westlich des Vesuvs nahe Neapel gelegenes dichtbesiedeltes Gebiet mit hoher vulkanischer Aktivität

Carlo Levi	italienischer Schriftsteller und Maler. Sein bekanntestes Werk: „Christus kam nur bis Eboli“ (italienisch: Cristo si è fermato a Eboli), ein autobiographischer Roman über die Zeit seiner Verbannung 1935/1936 nach Grassano und Aliano in Süditalien nahe ▸ Matera
Chanukka	das jüdische Weihnachtsfest, bei dem an sieben Tagen die Menora brennt, täglich eine Kerze mehr, und bei dem man mit einem Kreisel um kleine Geldbeträge, Pfennige oder Shekel, spielt
Deutsches Afrika Korps	▸ Erwin K. Rommel
Diaspora	Gemeinschaft/Gesamtheit aller außerhalb Israels lebenden Juden, die an der Einhaltung der Sitten und Gebräuche festhalten
Do	japanisch für Weg. In den Martial Arts spricht man von Karate-Do. Das moderne Shotokan-Karate begründete Gichin Funakoshi und beschreibt ihn in einer Schrift: Karate-Do. Mein Weg
Doktor Frank N. Furter vom Planeten Transsexual	der „süße Transvestit aus Transsexual, Transylvania“ in dem Kultfilm „Rocky Horror Picture Show“
Dschimal	arabisch für links

Eidam/Gorgonen	die Gorgonen sind die Töchter von Phorkys und Keto, unter anderem Medusa, der einzig Sterblichen unter ihnen. Sie wird von Perseus, dem Eidam, Retter und Heiliger, bei der Befreiung der schönen Andromeda enthauptet (Ovid, Matamorphosen, 700)
Electroreception	Katzen reagieren sensibel auf elektromagnetische Felder
Elhoogy	Oasenrezept, eine warme Speise zum zweiten Frühstück aus Datteln, Öl und Eiern
Elkahk	Oasenrezept, ein Gebäck mit Datteln, Sesam und Puderzucker
Ellelu	arabisch für Ehre
Enkota	Oasenrezept, ein mit Datteln gefülltes, scharfes Gebäck
Erwin K. Rommel	Hitlers General im Afrikafeldzug 1941–43, den er 1942 zum Generalfeldmarschal ernannte. Nach der Schlacht bei Al Alamein verlustreich geschlagen und vor amerikanischen und britischen Tuppen geflohen. Er wird bis heute in bestimmten Teilen der deutschen Gesellschaft glorifiziert und verharmlost.
Foul	ein in Ägypten weit verbreitetes Bohnengericht

Gabel al-Dakrour	der von den Berberstämmen der Oase Siwa als „heilig" genannte Tafelberg im Osten der Oase, gut 200 m hoch, an dessen Fuß bei Vollmond im Oktober drei Tage das wichtigste Fest der Berber gefeiert wird
Gladio	Geheimdienst der NATO in Italien, der in zahlreiche Machenschaften und Mordanschläge verwickelt war, auch in die Vertuschung des Abschusses des Flugs der Itavia 870 im Jahre 1980. Italiens MP Adreotti hatte später die Existenz von Gladio mit ca. 130 Verstecken für Sprengstoff, Waffen und Munition eingestanden. Vieles bleibt jedoch im Dunkeln. ▸ Literaturverzeichnis, u. a. Regine Igel, Terrorjahre
Gojushiho sho	höhere Kata im Shotokan-Karatestil, bedeutet 54 Schritte. Es handelt sich um eine der ältesten Katas. Sie ist voller artifiziell schwieriger Bewegungen und assoziiert mit leichten, fliegenden Wolken im Sturm
Habibi	arabisch für Liebling
Hallas!	arabisch für *Mach doch was du willst, lass mich in Ruhe* und ähnliches
Halver Hahn	in Köln scherzhaft für ein halbes Roggenbrötchen mit einer dicken Scheibe Gauda und scharfem Mostrich
Hamdulillah	arabisch für „Gelobt sei Allah!", im Sprachgebrauch auch für „Es geht mir gut, Allah sei Dank"

Hazloche und broche	Hals- und Beinbruch (hebr.)
Häzz	Kölsch: Herz
Heliopolis	Geschäfts- und Wohnviertel im Norden Kairos, in dem sich u. a. der Präsidentenpalast befindet und es umfangreiche Ausgrabungen gibt
Hidschab	Frauengewand, das den gesamten Körper bedeckt, in einigen Fällen einen Schlitz für die Augen zulässt
Imajagen	ein Berber, der auf die Jagd geht
Imin	arabisch für rechts
Kabbala	mystische Tradition im Rahmen des Judentums, auch Kabbalismus. Es geht um die Suche nach neuen Erfahrungen, um die Suche nach Gott
Kardamon	arabisches Schotengewürz
Karl May	deutscher Romancier (1842–1912), schrieb über 70 Romane (Fiktion), z. T. im Gefängnis, u. a. Autor von „Durch die Wüste" (Bd.1)
Kata	Kata ist neben dem Kampf (Kumite) die Grundform zum Praktizieren von Budokampfkünsten, so man will die Pflicht. Mit austarierten Abwehr- und Angriffstechniken wird gegen imaginäre Angreifer gekämpft. Mit bis zu 64 einzelnen Techniken kommt es auf Dynamik und Präzision an, um schließlich am gleichen Punkt anzukommen, wo man begonnen hat.

Kosher	jüdisches Regelwerk zwecks Einhaltung von rund 600 Speisegeboten und Kleidung des „Reinen“ gemäß Thora, auch zum Schächten von Fleisch, Handhabung von Geschirr etc., um zu einer gemeinsamen Lebensweise (gerade in der Diaspora) zusammenzufinden
Kiai/Ki	japanisch für Kampfschrei. Er wird unterhalb des Zwerchfells gebildet. Die entströmende tiefe Luft bringt die Stimmbänder zum Schwingen. Der „Meister“ sagt: Die innere Harmonie führt zum Ki, alle Kraft, die in deinem Körper steckt. Bei deinem Kiai führst du deine Lebensenergie Ki zusammen zu einem Strahl.
Kufiya	ein gebundenes Tuch, männliche Kopfbedeckung in der arabischen Welt, kommt ursprünglich aus Kufa/Irak
La-a	arabisch für eine starke Verneinung
Lebsees nazzataff	Oasenrezept, eine leichte, krümelige Speise aus Datteln, die in Mehl gewendet in Öl gebacken werden
L´chaim	Trinkspruch für gute Gesundheit, Prost auf das Leben (hebr.)
Lo ci sto	italienisch für „Ich bin vorbereitet“
LPG	landwirtschaftliche Produktionsgenossenschaft in der DDR, geformt durch die Zwangskollektivierung von Land und Produktionsmitteln

Maadi	ein am Nil angrenzendes Stadtviertel im Süden Kairos, in dem viele Ausländer wohnen, es aber auch slumähnliche Souqs und unvollendete Stadtteile gibt, sowie das Gefängnis Tora, in dem auch Mubarak einsaß
Mae-Geri	japanisch für Fußtritt nach vorne in Bauchhöhe im Shotokan-Karate
Marsa Alam	auf Wiedersehen (arab.)
Masel Tov	viel Glück (hebr.)
Mene mene tekel upharsin	eine unheilvolle Warnung oder Zeichen für drohendes Unheil in Form von Zeichen an der Wand, biblischen Ursprungs, häufig verbunden mit einem schwer verständlichen Wortspiel
Mikwe	rituelles Tauchbad einer jeden jüdischen Gemeinde zwecks Reinigung, auch eine Art Taufbecken unter der Erde an Wasseradern, ggf. aber auch Regenwasser, da das M. sieben Stufen haben muss, die man hinabsteigt.
Mohandessin	modernes Stadtviertel im Westen Kairos, wo sich Ingenieurbüros, Agenturen, Handelsgesellschaften sowie die deutsche Handelskammer und die Delegation der Europäischen Kommission niedergelassen haben
Mokusó	Kommando in Budo-Kampfstilen: Schließen der Augen und Ruhe (jap.)

Nafs al-lawwā-ma	Teil der islamischen Identität (arab.), von dem es heißt: "the Qur'an describes the nafs, or self, as operating out of one of three states: nafs al-ammara (commanding self); nafs al-lawwama (accusatory self); and nafs al-mutmainna (peaceful self)… There are no immoral desires. This is the ideal state of ego, there is tranquillity and peace."
Nakli	Oasenrezept, ein salziger Frühstücksbrei aus Eiern, Tomaten und Öl
Naoré!	Kommando in Budoka-Kampfstilen: Halte dich bereit (jap.)
Niddah	hebräisch für Abgrenzung, das Unreine, wird bezogen auf die Zeit der Menstruation der Frau, Teil eines Traktats in Talmud (umstritten)
Niju shi hó	höhere Kata im Shotokan-Karatestil, bedeutet 24 Schritte. Der Beginn der Kata symbolisiert eine an einem Felsen brechende Welle
Niqab	Gesichtsschleier für muslimische Frauen, wobei auch die Augen verborgen werden können
Progress Report	Fortschrittsbericht, standardisierte Form einer häufig geschönten Berichterstattung u. a. in Entwicklungshilfeprojekten internationaler Geberorganisationen und Banken
Pulpo	Oktopus (it.)

Sabchas	Salzsümpfe, Siwa-See, arabisch: بركة سيوة, Birkat Sīwa
Saggala	unverheiratete Männer in der Oase Siwa, die sich als Landarbeiter auf Tageslohnbasis oder gegen Naturalien verdingen. Früher mussten sie außerhalb der Stadt leben. Sie wurden auch zur Verteidigung eingesetzt.
Salam aleikum	arabischer Gruß: Friede sei mit dir, Guten Tag etc., wird beantwortet mit: Aleikum salam
Salah Salem	10-12-spurige Dialonalachse vom Zentrum Kairos zum Flughafen am nördlichen Stadtrand
Sampan	hölzernes Boot, ursprünglich aus Fernost
Sassi di Matera	ursprünglich eine arme und verlassene Geisterstadt an einer tief eingeschnittenen Schlucht des Flusses Gravina in Kalabrien, bekannt für seine Höhlensiedlungen („Sassi"), inzwischen aber ein Touristenmagnet, seit 1993 UNESCO Weltkulturerbe, 2019 Kulturhauptstadt Europas
Schalom	Abschiedsgruß (hebr.), auch Friede (sei mir dir) und Wohlbefinden
Shoah	Völkermord an den Juden durch die Nazionalsozialisten, allgemeiner gesagt: großes Unheil (hebr.), gleichbedeutend mit Holocaust

Sergei il Gato	Commissario, genannt die Katze, der die Ermittlungen in Neapel im Entführungsfall Jae Ruti führt und später ihr väterlicher Freund wird
Sharmuta ya kafir	ägyptischer Fluch, etwa verdammte Ungläubige
Shizentai	Ausgangs- und Endstellung im Karate. Die Beine stehen schulterbreit auseinander und federn leicht, die Fäuste sind geschlossen, der Blick ist nach innen auf den Horizont gerichtet. Der Kämpfer ist bereit.
Solfatara	Vulkankrater in den ▸ Campi Flegrei in Puzzuoli, Neapel
Souq	altes, indigenes Viertel in einer arabischen Stadt, in dem gehandelt wird und ein offener Markt brummt, ähnlich einem Basar, auch Soukh, Suk, Souk geschrieben
Tamazight	Dialekt, der in vielen Berberstämmen Nordafrikas gesprochen wird
Tar	eine im Nahen Osten und in Nordafrika verbreitete Rahmentrommel
Tarfant	Oasenrezept, ein Brotpudding, der aus eingeweichten Brotkrümeln, Datteln und Olivenöl hergestellt wird. Er wird mit Dattelsirup gesüßt.

TOR	Terms of Reference, eine standardisierte Form für Projekte, die staatliche oder private Finanzgeber damit ausschreiben. Das Finanzielle wird i. d. R. nach Auftragsvergabe geregelt, basierend auf dem Angebot.
Uprawlenije Rasrabotki Prestupnych Organisazi	Direktion zur Infiltration krimineller Organisationen, eine Sonderabteilung des russischen Geheimdienstes FSB
Ustica	kleine Insel im Tyrrhenischen Meer ca. 40 km nördlich von Palermo/Sizilien, Ort des Absturzes der ITAVIA 870 am 27. Juni 1980
USIWA	Ustica + Siwa = USIWA. Im Kontext des Romans eine Wortverbindung zwischen der Insel ▸ Ustica und der Oase Siwa. Es ist das Codewort zwischen Jea und Ziad, dem Libyer (der letzte Zeuge, Kapitel 28) und darüber hinaus symbolisch für ihre Vereinigung. Weitere Bedeutungen sind im Romankontext belanglos, etwa die Abkürzung für „Uprawlenje Sowjetskim Imuschestwom w Awstrij" = Verwaltung des sowjetischen Vermögens in Österreich, oder dem Spezialanbieter für Individualreisen & Safaris in Südafrika, Namibia und Botswana USIWA TOURS mit Sitz in Kapstadt, oder die unbekannte Bedeutung des Worts in der Proto-Austronesianen Sprache Kavalan sowie in Swahili

Zada	Jüdischer Großvater
Zamalek	gutsituierte Nilinsel im Zentrum Kairos mit dem Gezira Sporting Club aus der britischen Kolonialzeit, der Oper, zahlreichen Botschaften, Hotels, Restaurants, Läden, Schulen und Institutionen aus aller Welt
Zigg	Kölsch für Zeit: Dat war ne „supergeile Zigg“, die Brings

Personenverzeichnis

Abrahím	geheimnisvoller Zuträger und Informant von Jae in der Oase Siwa, ist homosexuell und betätigt sich als Bote
Aisha Arial	eine Frau, die sich in den zwanziger Jahren gegen die Männerwelt in der Oase Siwa offen auflehnte, sich später wie ein Mann verhielt und schließlich fliehen musste. Sie nannte sich „Ba“, was Vater oder Großvater bedeutet (arab.), ein Vorbild, so berichtet ► Rehab
Amon	jüdischer Freund von Torsten aus Studienzeiten, Professor für Astrophysik an der Universität zu Haifa/ Israel und in einen Austausch über Ursprung und Idee des Universums verwickelt
Anwar	Mitglied einer der beiden Beduinenstämme in der Oase Siwa und Zuträger des (tatsächlich existierenden) Siwa-Manuskripts, der Torsten an sein Ziel der Erbschaft bringen soll
Bella	„hippe“ Freundin und zeitweilige Geliebte von Torsten in Köln
Capitán Macosi	Commissario in Neapel und Untergebener von ► Sergio Clato

Eva-Maria	Tochter des dicken Wirts im Gasthof „Berliner Hof“ im Havelland (am Havelländischen Hauptkanal), wo Torsten gastiert, um die Tagebücher seines Vaters zu finden. Es bahnt sich eine Beziehung an.
Faló	▸ Olaf (rückwärts gelesen)
Francesco Ruti	Stiefvater von Jea und Mann von ▸ Frauke, der Pilot der vor der Insel Usica abgeschossenen Itava 870 am 27. Juni 1980
Frauke Seidele	kurzzeitige Geliebte von Torsten im Jahre 1975. Sie verläßt ihn schwanger und stirbt 1980 nach der Geburt ihrer gemeinsamen Tochter Jae in Nicaragua
Friedrich Wilhelm Biebel	Direktor des althumanistischen Steglitzer Gymnasiums, ein „Trietzer“, der den Schulrausschmiss von Jae vor der Matura anstrebt
Jae Ruti	gemeinsame Tochter von Frauke und Torsten, jedoch verleugnet. Sie wächst als Stieftocher des Piloten ▸ Francesco in Berlin auf. Ihre Geschichte wird im Roman beginnend mit ihrem 14. Lebensjahr erzählt
Joe	CIA- und ▸ Gladio-Agent, Gegenspieler, aber auch Geliebter von Jae mit der Mission, den letzten Zeugen in der Oase Siwa aufzuspüren und zu töten

Martin We.	Projektleiter der Entwicklungsgesellschaft :IZ.2Go! in Kairo und Torstens Vorgesetzter
Mathilde Weizzen	Administratorin in der Entwicklungshilfe-Agentur :IZ.2go! und Auftraggeber von Torsten in seinem Illuminierungsprojekt in der Oase Siwa
Mohamed	ein Berber in der Oase Siwa, der in den Schmuggel verwickelt ist und im Auftrag von ► Joe den „letzten Zeugen", den Libyer Ziad, finden soll
Moroud	ein Waffenhändler in der Oase Siwa, der gegen Joe arbeitet
Olaf	Torstens Schulnachbar, etwas tuntenhaft und schwul, Spitzname Faló
Ramona	Commissaria in Neapel und Untergebene von ► Sergio Clato, betreut die Stiefmutter von Jae, ► Sophia Uhl
Rehab	Tochter des Sheikhs Budallah, einem der 12 Sheikhs in Siwa. Sie genießt außergewöhnliche Freiheiten bzw. nimmt sie sich. Ihr Vorbild: Ba, deren Geschichte sie erzählt. Sie wird Jaes Verbündete und Geliebte.
Rüdiger Ka.	Landesdirektor der Entwicklungsgesellschaft :IZ.2Go! in Kairo und Torstens Auftraggeber

Sabine	Ex-Frau von Torsten und heimliche Freundin seiner Tochter Jae, die immer wieder im Hintergrund agiert und Jae in ihrer „Mission“ abdeckt
Sergio Clato	Commissario, genannt „il Gatto“, die Katze. Chefermittler in Neapel im Entführungsfall von Jae. Er wird mehr und mehr ihr väterlicher Freund und ist nach seinem Tod quasi ihr „Übervater“.
Sophia Uhl	Schwester von Torstens Geliebter Frauke und Stiefmutter von Jae nach deren Tod
Timor Buber	jüdischer Archivar/Bibliothekar im Militärarchiv in Freiburg/Br., der Torsten bei der Recherche zu den Kriegstagebüchern seines Vaters hilft
Torsten Winkel	geschiedener Lichtingenieur, der 2010 seiner Verrentung entgegenschaut, in eine Lebenskrise gerät und unter merkwürdigen Umständen mit der Illuminierung von Relikten der Vergangenheit in der Oase Siwa beauftragt wird. Seine Geschichte wird im Roman erzählt.
Viktor	enger Freund von Torsten und „PR-Fuzzi“, somit auch immer wieder auf Konfrontationskurs zu ihm. Die Freundschaft zerbricht.

Wilhelm Winkel — Torstens Vater, im Krieg der Leibfotograf von ▸ Rommel, der verwundet in der Oase Siwa bei einer Berberfamilie überlebt. Der Roman beginnt mit seinem Geständnis auf dem Totenbett. Torsten geht seinem Erbe nach und fragt sich, was das Erbe der Vergangenheit mit ihm macht.

Literaturhinweise und Quellenverzeichnis

Gerald O. Barney, The Global 2000 Report to the President, 1980

Frank Bösch, Zeitenwende 1979: Als die Welt von heute begann, 2019

Dale Carnegie, The Leader In You, 1993

Luciano de Crescenzo, Also sprach Bellavista, 1977 (deutsche Übersetzung 1986)

Europäisches Parlament, Amtsblatt der Europäischen Gemeinschaften Nr. C 324/202 vom 22.11.1990, Entschließung zur Gladio-Affäre

Hoffmann von Fallersleben, Abschiedslied der Zugvögel und andere Lieder, frühes 19. Jahrhundert

Gichin Funakoshi, Karate-Do. Mein Weg, 1989

Daniele Ganser, Geheimarmeen in Europa, 2005 (aus dem Englischen)

Johann Wolfgang von Goethe, Italienische Reise, 1816

Jürgen Habermas (Hrsg.), Stichworte zur geistigen Situation der Zeit, 2 Bände (ed. Suhrkamp), 1979

Ulrich Harbecke, Die Juden. Geschichte eines Volkes, 2007

Stephen Hawking, Die kürzeste Geschichte der Zeit, 2005

Werner Heisenberg, Quantentheorie der Physik, 1979

Ned Herrmann, Das Ganzhirn-Konzept für Führungskräfte, 1997 (aus dem Amerikanischen 1996)

Homer, Odyssee, 8.Jh.v.u.Z.

Regine Igel, Terrorjahre. Die dunkle Seite der CIA in Italien, 1997

David Irving, Rommel. Eine Biographie, 1978

Peter Krassa, Reinhard Habeck, Das Licht der Pharaonen: Hochtechnologie und elektrischer Strom im alten Ägypten

Jeannette Lander, Ein Sommer in der Woche der Itke K., 1974

Jeannette Lander, Überbleibsel, Eine kleine Erotik der Küche, 1995

Jeannette Lander, Aus meinem Leben, 2013

Carlo Levi, Christus kam nur bis Eboli, 1947/ SZ Bibliothek 2007

Pierre Loti, Im Zeichen der Sahara, Dresden 1922/ dtv 2000

Pierre Loti, Die Wüste, Paris 1895/dtv 2001

Ulrich von Loyen, Neapels Unterwelt, Über die Möglichkeit einer Stadt, 2018

Curzio Malaparte, Kaputt, 1944 (sowie andere Romane von ihm)

Fathi Malim, Oasis Siwa From the Inside Traditions, 2001

Fathi Malin, Secretes of the Oasis, Siwan Cuisine & Recipes, 2007

Karl Marx, Der achzehnte Brumaire des Louis Bonaparte, 1852

Merseburger Zaubersprüche, 10. Jahrhundert, fol. 85 der Handschrift 136 der Domstiftsbibliotek Merseburg, ed. Eduard Sievers Halle/Saale 1872

Alexander und Margarete Mitscherlich, Die Unfähigkeit zu trauern, 1967

Masatoshi Nakayama, Karate Do, Dynamic Karate, 1972

Friedrich Nietzsche, Menschliches, Allzumenschliches (I und II), Ein Buch für freie Geister, 1886

OKW Kriegstagebücher. Heeresarchiv Potsdam, Bln-Lichterfelde 030 18 7770 420

John Dos Passos, Orient-Express, 1927, Deutsche Übersetzung 2016

John Dos Passos, Der 42. Breitengrad, 1931, Deutsche Übersetzung 1961

Orhan Pamuk, Das stille Haus, 2011

John Perkins, Bekenntnisse eines Economic Hit Man, 2007

Rosario Priore, I segreti Bologna, 2018

Rosario Priore, Giovanni Fasanella, Intrigo Internazionale dalla Strategia della Tensione al Caso Ustica, 2014

Andrea Purgatori, Bücher, Filme, Videos zum Massacre di Ustica

Werner Raith, Absturz über Ustica, 1999

Jochen Rausch, Krieg, 2013

Salman Rushdie, Golden House, 2019 (aus dem Englischen 2017)

Sappho, ca. 612-570 v. u. Z., Liebeslyrik (vielfach übersetzt und editiert)

Antoine de Saint-Exupéry, Wind, Sand and Stars (Terre des hommes), 1939

Karl Schlögel, Das Sowjetische Jahrhundert, Archäologie einer untergegangenen Welt, 2017

Peter Scholl-Latour, Arabiens Stunde der Wahrheit, Aufruhr an der Schwelle Europas, 2011

Raoul Schrott, Die Wüste Lop Nor, 2000

Lucius Annaeus Seneca, De brevitate vitae – Vom glücklichen Leben, erstes Jh n.u.Z, vielfach übersetzt und editiert, z. B. Marixverlag 2013

Joachim Seyppel, Columbus Bluejeans, 1965

Joachim Seyppel, Ein Yankee in der Mark, 1973

Paul Spiegel, Was ist Kosher? Jüdischer Glaube – jüdisches Leben, 2003

Bernd Stöver, CIA – Geschichte, Organisation, Skandale, 2016/2017

Bernd Stöver, Der Kalte Krieg, Geschichte eines radikalen Zeitalters 1947-1991, 2017

Baha Taher, Die Oase, 2007

Sun Tsu, Die Kunst des Krieges, ca. 500 v. u. Z., zahlreiche Neuveröffentlichungen

Vamik D. Volkan, Killing in the Name of Identity, 2006

Rahel Wasserfall, Women and Water: Menstruation in Jewish Life and Law, 1999

Museen

- Museum zur Erinnerung an den 2. Weltkrieg und den Deutschen Feldzug in Nordafrika in El Alamein
- Museo per la Memoria di Ustica zur Erinnerung an den Abschuss des Flugs Itavia 870 am 27. Juni 1980, befindet sich in Bologna
- Ethnografisches Museum in der Oase Siwa

Über den Autor

Marcel G. Seyppel wuchs als Spross zweier Schriftsteller in den USA auf und wurde 1960 mit zehn nach Berlin verpflanzt, wo ihn die Zeit der Studentendemos mitriss. Nach abgebrochenem Physikstudium wechselte er nach Köln, wo er 1987 in Geschichte und Anthropologie promovierte.
Der Autor mit jüdischen Wurzeln arbeitete danach u. a. als Journalist, Lektor, Dozent, EU-Berater, Eventmanager und in der Entwicklungshilfe. „You have to make a living!", meinte Bube.
Marcel G. Seyppel ist vor allem ein Schreibender. Zu seinen Veröffentlichungen zählen zahlreiche Zeitungsartikel, Broschüren, EU-Ratgeber, ein Reiseführer, Fachartikel, Medienpakete etc. „USIWA" ist sein erster Roman.
Er ist aber ebenso ein Reisender. Durch seine Tätigkeit in der „EU-Vorbeitrittshilfe" reiste er zwanzig Jahre quer durch ganz Mittel-/Osteuropa und den gesamten Balkan. Seit 2009 ist der Autor im Nahen Osten/Nordafrika sowie in Bangladesch beruflich und privat unterwegs. Von 2012–2013 arbeitete er in Kairo/Ägypten (GIZ, EU-Delegation/Arabische Liga) und besuchte seither wiederholt und länger die Oase Siwa. Dort schrieb er auch den Schlussteil des Romans.
Heute lebt der vielseitige Autor in Köln.